Catherine Bybee
Küsse im Gepäck

Montlake

Das Buch

Sarah McNeilly liebt nichts mehr als eine gute Story. Ihr neuester Auftrag könnte ihr Karrieresprungbrett sein: Sie soll exklusive Details über Maximillian Smith liefern und seine überraschende Verbindung zur mächtigen Stone-Familie enthüllen.

Max führt ein ganz normales Leben – bis er erfährt, dass er der rechtmäßige Erbe eines Milliardenvermögens ist. Plötzlich steht sein Leben kopf, und mittendrin taucht eine neugierige, charmante Reporterin auf, die viel zu viele Fragen stellt. Fragen, deren Antworten er lieber selbst sucht, bevor es jemand anders tut.

Gemeinsam wühlen sie in seiner Vergangenheit und schon bald fliegen zwischen ihnen Funken. Doch je tiefer sie graben, desto größer werden die Zweifel: Wird Sarah wirklich die Geschichte schreiben, für die sie bezahlt wird – oder steht plötzlich mehr auf dem Spiel als nur die Wahrheit?

Die Autorin

New-York-Times-Bestsellerautorin Catherine Bybee wuchs im Bundesstaat Washington auf. Nach der Highschool zog sie nach Südkalifornien, um Schauspielerin zu werden. Bald aber hatte sie genug davon, sich den Lebensunterhalt als Kellnerin zu verdienen, und absolvierte eine Ausbildung zur Krankenschwester. Heute arbeitet sie hauptberuflich als Autorin. Zu ihren bekanntesten Werken zählen die Bücher aus den Reihen »Eine Braut für jeden Tag«, »Fast …«, »Happy End in River Bend« und »Diesmal für immer«. Catherine Bybee lebt mit ihren zwei Söhnen in Südkalifornien.

Catherine Bybee

KÜSSE IM GEPÄCK

Roman

Aus dem Amerikanischen
von Teresa Hein

Montlake

Die amerikanische Ausgabe erschien 2024 unter dem Titel »The Forgotten One« bei Montlake, Seattle.

Deutsche Erstveröffentlichung bei
Montlake, Amazon Media EU S.à r.l.
38, avenue John F. Kennedy, L-1855 Luxembourg
August 2025

Die Übersetzung dieses Buches wurde durch AmazonCrossing ermöglicht.
Umschlaggestaltung: Allyse Karam
Umschlagmotiv: © Wang An Qi © Tom Korcak © DmVector / Shutterstock
Lektorat und Korrektorat: editmove, Ottenhofen
Gedruckt durch:
Amazon Distribution GmbH, Amazonstraße 1, 04347 Leipzig /
CPI Druckdienstleistungen GmbH, Ferdinand-Jühlke-Straße 7, 99095 Erfurt /
CPI books GmbH, Birkstraße 10, 25917 Leck /
Libri Plureos GmbH, Friedensallee 273, 22763 Hamburg

Verantwortliche Person für Produktsicherheit in der EU:
Amazon Publishing, Amazon Media EU S.à r.l.
38, avenue John F. Kennedy, L-1855 Luxembourg
amazonpublishing-gpsr@amazon.com

ISBN 978-2-49671-563-7
e-ISBN 978-2-49671-564-4

www.montlake.de

Für Sarah. Manchmal führt das Universum jemanden in unser Leben, der schon immer hätte da sein sollen.

Liebe Leserinnen und Leser

Nachdem unserer Mutter das Sorgerecht entzogen worden war, wurde ich als Fünfjährige gemeinsam mit meinem damals achtjährigen Bruder in einer Pflegefamilie untergebracht. Weil ich damals noch so jung war, sollte man annehmen, dass ich kaum Erinnerungen an diese Zeit habe. Doch traumatische Erfahrungen sind unberechenbar, man weiß nie, was sich einprägt und was nicht. Ich erinnere mich noch sehr gut daran, wie ich anschließend durch verschiedene Wohngruppen gereicht und einmal auch in eine feste Pflegestelle vermittelt wurde. Und natürlich daran, wie ich zusammen mit meinem Bruder weggelaufen bin und wir kurze Zeit auf uns allein gestellt auf den Straßen Seattles gelebt haben. Sobald die Behörden der Meinung waren, unsere Mutter sei wieder in der Lage, sich um uns zu kümmern, schickte man uns zu ihr zurück.

Jahre später wurde während meiner Schicht als Krankenschwester in der Notaufnahme ein schwer verletzter siebenjähriger Junge eingeliefert. Er war über die Straße gelaufen und nacheinander von zwei Fahrzeugen überrollt worden.

Noch recht neu in der Notaufnahme bot ich an, mich um die Eltern zu kümmern, wenn sie eintrafen, denn unser Seelsorger war bereits anderweitig beschäftigt.

Während die Ärzte und das Pflegepersonal um das Leben des Jungen kämpften, wartete ich darauf, dass sich jemand von seiner Familie bei uns meldete.

Und wartete.

Und wartete.

Als die Ärzte uns die furchtbare Nachricht brachten, dass der Junge seinen Verletzungen erlegen war, saß ich mit einem der erstaunlich emotionslosen Erwachsenen aus seiner Wohngruppe in einem Besprechungszimmer. Gefragt, ob sie den Jungen noch einmal sehen wolle, sagte diese Person: »Nein. Ich kenne ihn ja gar nicht.«

Der Junge war ganz neu in der Gruppe gewesen, einer seiner Elternteile saß im Gefängnis, der andere war verstorben. In der Wohngruppe hatte es Streit gegeben, ältere Kinder hatten den Jungen gejagt, er war auf die Straße gelaufen, und so war das Unglück geschehen.

Noch lange nach dieser Schicht machte es mich tief betroffen, dass es niemanden gab, der um ihn trauerte. Niemanden, der um dieses tote Kind weinte.

Aber ich habe um ihn geweint. Viel länger, als eine Krankenschwester das sollte. Und im Lauf der Jahre habe ich oft an ihn gedacht.

So etwas hätte nie passieren dürfen. Wir müssen das besser hinbekommen.

Kapitel 1

Das Kreischen, mit dem sich das Diamantsägeblatt festfraß, war nun wirklich nicht das, was Max am Ende einer harten Schicht hören wollte. Er ließ den Hebel los, sein obszöner Fluch ging im dröhnenden Baustellenlärm unter. So lange alles rundlief, klangen die Presslufthämmer, Betonsägen , Bohrmaschinen und das Poltern, mit dem der Bagger den Schutt auf die Ladefläche eines Kipplasters fallen ließ, wie ein gut eingespieltes Orchester.

Und wenn es dumm lief, starb ein Sägeblatt einen jaulenden Tod.

In der Hoffnung, es freizukriegen, riss Max daran und gab noch einmal kräftig Gas. Es war zwecklos.

Zwei, drei weitere kräftige Rucke und die Säge glitt aus dem Schnitt. Doch schon auf den ersten Blick war klar: Das Blatt war hinüber. »Fuck!«

Frustriert legte er das Werkzeug beiseite und fuhr sich mit den Händen durchs Haar. Dass er auf dem Firmentransporter kein Ersatzsägeblatt hatte, wusste er auch ohne nachzusehen. Bei der Firma, bei der er arbeitete, lagen keine Zweitausend-Dollar-Ersatzteile einfach so in den Fahrzeugen herum.

Neben ihm verstummte die Betonsäge seines Kollegen. »Was ist?«, schrie Jeff.

Max deutete auf seine eigene Säge und zeigte ihr den Mittelfinger. An der Art, wie Jeff die Schultern nach vorn sacken ließ, erkannte Max, dass sein Kollege ihn verstanden hatte.

Jeff legte sein Arbeitsgerät weg und kam zu ihm. Weil er sonst nichts tun konnte, öffnete Max die Seitentür des Transporters, um nachzuschauen, ob die Diamantsägeblatt-Fee ihm rein zufällig doch eine gute Gabe hinterlassen hatte. Eigentlich sinnlos, aber er tat es trotzdem.

»Verdammter Mist«, kommentierte Jeff mit einem Blick auf das kaputte Sägeblatt.

»Was du nicht sagst.«

»Sheri wird nicht begeistert sein.«

»Was du nicht sagst«, wiederholte Max. Wenn teures Zubehör kaputt ging, fiel einem die Chefin logischerweise nicht um den Hals.

»Woran hat sich das Ding verhakt?«

»Keine Ahnung.« Max schaute sich sämtliche Sägeblätter an, die noch im Transporter lagen, fand aber nichts Passendes.

Das Piepen eines rückwärts fahrenden Baggers verstummte und gleich darauf auch der Motor. Nach einem Blick auf die Uhr schob Max die Seitentür zu. Es war halb fünf und gleich Feierabend. Er und Jeff hatten auf dieser Baustelle noch zwei bis drei Tage lang zu tun, wenn alles glattging. Was im Moment nicht der Fall war.

»Vielleicht liegt in der Werkstatt Ersatz«, meinte Jeff.

»Und selbst wenn, wir brauchen ein größeres Sägeblatt. Das hier war offenbar zu zart für den Job.« Wahrscheinlich hätte er einfach froh sein sollen, anstatt sein Pech zu verfluchen, denn immerhin hatte er das Ding erst kurz vor Schichtende in die ewigen Jagdgründe geschickt. Er fing an, Werkzeug in den

Transporter zu räumen. Das kaputte Sägeblatt legte er obenauf und wartete dann auf Jeff.

Als es auf der Baustelle ruhig genug für einen Telefonanruf wurde, rief er in der Firma an.

»Concrete Coring Express Betonbearbeitung.«

»Hey, Beth. Ist Sheri noch da?«

»Ja, Moment.«

Ein paar Sekunden später war Sheri in der Leitung.

»Was gibt's?«

»Wir haben ein Problem.«

»Max. Du weißt, dass mich vor allem Lösungen interessieren.«

Sheri hatte die Firma von ihrem Vater geerbt und wusste mehr über Betonbearbeitung als jeder andere in der Branche. Von klein auf hatte sie ihren Dad begleitet und irgendwann eigene Aufträge übernommen. Seit sie verheiratet war und Kinder hatte, arbeitete sie allerdings vorwiegend im Büro.

»Wir brauchen größere Sägeblätter«, sagte er.

»Was ihr habt, müsste eigentlich genügen.«

»Das Dreißig-Zoll-Blatt hat's nicht gepackt.«

Bis die Antwort kam, verging eine Sekunde. »Willst du mir das näher erklären?«

Max erzählte ihr, was passiert war.

Sie blieb still.

Er wartete.

»Das ist schon das zweite in diesem Monat, Max.«

»Was soll ich sagen? Wer immer den Kasten hier gebaut hat, dachte wohl, er baut einen Atombunker.«

»Bist du sicher, dass du nicht bloß zu viel Druck machst?«

Schon möglich. »Ich werde nach Stunden bezahlt, weshalb sollte ich hetzen?«

»So kann das nicht weitergehen, Smith.«

»Gib mir ein größeres Blatt, und ich zersäge dir die Wände hier wie Butter.« Wie gefrorene Butter, aber immerhin.

Sheri murmelte etwas. »Das ist das letzte Mal, Smith. Das nächste Blatt bezahlst du aus eigener Tasche«, erklärte sie schließlich.

»Du weißt, es kann immer was kaputt gehen.« Die Aussicht, derart teure Ersatzteile selbst bezahlen zu müssen, machte ihn alles andere als froh.

»Ich weiß auch, dass du es gern sehr flott laufen lässt.«

»Jap, und damit sorge ich dafür, dass bei dir die Kasse klingelt.«

Wieder eine Pause. »Sieh zu, dass es nicht noch mal passiert.«

Vielleicht musste er nicht gleich das nächste kaputte Sägeblatt bezahlen, aber irgendwann würde es so weit sein. Verdammt, wenn er der Boss gewesen wäre, hätte er auch einen Teil des Risikos auf seine Angestellten abgewälzt.

Der Verkehr auf dem Weg zurück zum Betrieb war die Hölle. Dort verabschiedete er sich von Jeff, der mit ihm gefahren war. Wegen der hohen Spritkosten für die schweren Firmentransporters hatten sie den anderen auf der Baustelle stehen lassen. Verschwitzt und müde schwang sich Max auf sein Motorrad.

Für einen Herbsttag war es noch ziemlich warm in Santa Clarita, und er konnte die drohenden Santa-Ana-Winde förmlich spüren. Dieser Wind machte die Arbeit im Freien noch anstrengender – ganz zu schweigen von der Motorradfahrt zur Arbeit und zurück. Tausendmal lieber fuhr er bei Regen, der in den Nachrichten gern mal zum Wolkenbruch aufgebauscht wurde, als in diesem üblen Wind. Zwar bot er auf seinem Motorrad keine große Angriffsfläche, aber andere Fahrzeuge kamen bei den Böen gerne mal ins Schlingern, und das machte die Sache für ihn gefährlich.

Falls der Wind morgen Früh bereits aufgefrischt hatte, würde er noch eher als sonst aufbrechen und mit seinem alten Pick-up zur Arbeit fahren.

Verdammt, er war müde und schmutzig, und er brauchte dringend ein Bier. In seinem schäbigen Viertel angekommen, drückte er bereits aus einiger Entfernung auf die Fernbedienung für das Garagentor.

Er wohnte zur Miete in einer der eingeschossigen Schuhschachteln, die alle gleich aussahen. Ein verdammtes Loch, aber immerhin ein Zuhause.

Während er seine Maschine in die Garage lenkte, sprangen drei Leute aus einem SUV auf der anderen Straßenseite. Ein Mann, zwei Frauen, eine davon schwanger.

Darauf bedacht, jeden Blickkontakt zu vermeiden, stellte er den Motor ab und zog sich den Helm vom Kopf.

»Max Smith?«

Er fuhr zu dem Mann herum, der seinen Namen gesagt hatte, und stieg vom Motorrad. Die beiden Frauen eilten in seine Einfahrt und blieben dann stehen. Die Schwangere lächelte sanft, die atemberaubende Brünette starrte ihm direkt in die Augen. Er nahm an, dass dieses Trio entweder über Jesus reden oder ihm einen Staubsauger verkaufen wollte. Beides konnte ihm gestohlen bleiben. »Was immer Sie verkaufen, kein Interesse.«

Die schwangere Frau lachte und nickte den beiden anderen zu. »Genau wie Miss Abigale.« Wieder lächelte sie sanft.

Er zögerte. Der Name Abigale ließ eine schwache, lange verschüttete Erinnerung in ihm aufglimmen.

»Wir wollen nichts verkaufen.« Der Mann trat näher.

Das nahm er ihnen nicht ab, und dass sie seinen Namen kannten, gefiel ihm gar nicht. Für ihn sahen sie aus wie Sozialarbeiter, nur besser gekleidet. »Trotzdem kein Interesse.« Er drehte sich weg.

Dann sagte der Mann etwas völlig Verrücktes. »Wir wissen, wer dein Vater ist.«

Max erstarrte. Die Härchen auf seinen Armen prickelten. Sofort war er auf der Hut und verschanzte sich hinter seiner ablehnenden Haltung wie hinter einem eisernen Zaun. Was zum Teufel war das wieder für ein Mist?

»So was habe ich nicht«, erklärte er kühl und sehr nachdrücklich.

Wieder lächelte die schwangere Frau ganz sanftmütig, schob sich neben den Mann und legte dem Typen eine Hand auf den Arm. »Dann sagen wir, wir wissen, wer dein Erzeuger war.«

Max biss die Zähne zusammen und setzte die ausdruckslose Miene auf, die er sich über Jahre antrainiert hatte. Er hatte keine Ahnung, was für ein Spiel diese Unbekannten spielten, und keinerlei Lust, sich darauf einzulassen. Falls sie tatsächlich wussten, wer sein Vater war, dann war es jetzt verdammt noch mal zu spät für eine Kontaktaufnahme. »Der interessiert mich nicht.«

»Umso besser.« Die Brünette schnaubte. »Er ist nämlich im April gestorben.«

Offenbar doch kein Spiel. Max blinzelte, dann schaute er langsam von einem zum anderen. Sein Herzschlag beschleunigte sich, sein Atem ging schneller. Flucht oder Angriff. Er ballte die Hände zu Fäusten und öffnete sie wieder. »Prima. Danke für die guten Nachrichten.« Er wollte endlich seine Ruhe.

»Willst du seinen Namen nicht wissen?« Die Brünette trat vor.

Genervt machte er ein paar Schritte auf sie zu. Je schneller er diese Leute loswurde, desto besser für alle. Er kannte seine Grenzen, und die drei waren kurz davor, sie zu überschreiten. »Jetzt passt mal auf. Der Mann, der meine Mutter gevögelt hat, interessiert mich einen feuchten Dreck.« Er hielt inne und schaute auf den Bauch der schwangeren Frau. »Sorry, das soll nicht respektlos klingen. Aber mir ist verdammt noch mal egal, wer er war. Ich hatte einen langen Tag, ich bin müde, und ich brauche eine Dusche und ein Bier. Wenn ihr irgendwas zu sagen habt, spuckt es aus.«

Mit einer Handbewegung hinderte der Mann die Frauen daran, noch näher zu kommen. Kluger Kerl. Doch die Schwangere ließ sich davon nicht abhalten und trat noch einen Schritt vor. »Der Name deiner Mutter war Lisa Davis. Geboren bist du in Phoenix, Arizona. Eine Frau namens Abigale hat sich um dich gekümmert, bis deine Mutter dich im Alter von zwei Jahren verlassen hat«, erklärte sie in einem Atemzug.

Was zum …

Er schaute an den Gesichtern vorbei, die ihn anstarrten. In seinem Kopf blitzte der Name seiner Mutter auf. Ihm hatte man gesagt, sie sei tot.

Verlassen? Die Kinder in den Heimen und Pflegefamilien behaupteten oft, andere seien so schlimm gewesen, dass ihre Eltern sie klammheimlich vor irgendeine Tür gelegt und sich davongemacht hätten. Auf diese Art versuchte jeder, immer wenigstens ein bisschen besser dazustehen als der jämmerliche kleine Loser im Nachbarbett. Dabei saßen sie doch alle in derselben Scheiße.

Sein Blick sprang zu der Frau zurück. In ihm rührte sich der Funke einer Ahnung, einer, die er weggedrängt hatte, seit er zehn gewesen war. Doch jetzt spürte er geradezu, wie sich die Arme einer fülligen Person um ihn legten. »Abigale … eine schwarze Frau?«

Die Brünette seufzte. »Ja. Mit einem Haus voller Quilts und Kekse.«

»Sie wird sich freuen, dass du dich an sie erinnerst«, sagte die Schwangere.

Er schaute zwischen den Frauen hin und her und strich sich über den Bart. »Was ist das für eine verdammte Geschichte?«

Jetzt machte auch der Mann einen weiteren Schritt auf ihn zu. »Schau mich mal genau an«, sagte er mit ruhiger Stimme.

Max musterte ihn. Sie waren ähnlich gebaut, er vielleicht ein, zwei Zentimeter größer. Sie hatten dieselbe Augenfarbe, dieselbe Augenform. Max sah sein eigenes Kinn an den Mann, nur ohne Bart. Waren sie verwandt? »Fuck«, murmelte er.

»Ich bin dein Halbbruder.«

Er schnappte nach Luft, seine Finger zuckten und er schluckte.

Die Brünette stellte sich neben den Mann. »Ich bin deine Halbschwester.«

Der Typ zog ein Schriftstück aus der Gesäßtasche und hielt es Max entgegen.

Er nahm es, aber dass ihm dabei die Hände zitterten, konnte er genauso wenig verhindern wie seinen nächsten Atemzug. Ganz oben standen die Worte »DNA-Analyse, Abstammungsgutachten«. Offenbar handelte es sich um einen Vaterschaftstest.

Die Buchstaben verschwammen ihm vor den Augen.

»Der Nachlassverwalter wird sich absichern müssen, dass du es wirklich bist. Aber eigentlich gibt es keinen Grund, daran zu zweifeln.«

Max starrte auf das Blatt Papier und fuhr sich mit der Hand durchs Haar. Wovon redeten diese Leute? »Nachlassverwalter? Was denn für ein Nachlassverwalter?« Misstrauisch musterte er den Unbekannten, der behauptete, sein Halbbruder zu sein.

»Unser Vater … dein Vater war Aaron Stone. Stone Enterprises … Stone Hotels und Resorts. Schon mal gehört?«, fragte der Mann.

»Ja.« Wer diese Hotelkette nicht kannte, musste schon sehr weit weg auf einer einsamen Insel hausen. Ungläubig stieß er die Luft aus und wartete, dass jemand von den dreien ihm sagte, das alles sei nur ein blöder Scherz. Doch sie schwiegen.

Er las das Schriftstück noch einmal genauer. Name des Vaters: A. S. Name der Mutter: Lisa Davis.

Das Blut wich aus seinem Kopf. Sein Blick wanderte ziellos zwischen dem Blatt Papier und den drei Fremden hin und her.

Name des Kindes: Maximillian Smith.

Das war er. Aber warum Smith? Wenn Aaron Stone sein Vater war, warum stand dann Smith auf dem Zettel?

Da war doch was faul.

»Unser Vater hat seinen drei Kindern seinen gesamten Besitz hinterlassen.« Der Typ, der vorgab, Max' Halbbruder zu sein, zeigte auf die Brünette. »Eins.« Er zeigte auf sich. »Zwei.« Er zeigte auf ihn. »Drei.«

Was für ein Schwachsinn.

Was für ein verdammter Schwachsinn.

Max knallte das Blatt Papier geradezu gegen die Brust des anderen und baute sich vor ihm auf. »Ich habe keinen verdammten Schimmer, wer ihr seid oder wer euch hergeschickt hat. Aber glaubt mir, ihr wollt mich nicht verarschen.«

Der Mann rührte sich nicht von der Stelle.

»Chase. Vielleicht gehen wir jetzt lieber«, meinte die schwangere Frau.

Chase? So hieß dieser Typ? »Ja, ich denke, du hörst besser auf sie.«

»Okay, komm, Piper.«

»Ach, Scheiß drauf.« Die Brünette drängte sich zwischen Max und die beiden anderen und zwang ihn damit, zurückzuweichen.

Einem Mann eine zu verpassen, war für ihn kein Problem. Aber noch nie im Leben hatte er eine Frau geschlagen und würde jetzt nicht damit anfangen.

»Wir verarschen dich nicht.«

»Verdammt, Alex!« Chase versuchte, sie wegzuziehen, doch sie riss sich los.

»Ich bin deine Schwester und er ist dein Bruder. Als wir das erfahren haben, waren wir genauso schockiert wie du jetzt. Also bring deinen Testosteronpegel unter Kontrolle und hör zu.«

»Leck mich!«

Alex verdrehte die Augen. »Lieber nicht, du bist schließlich mein Bruder.«

»Wie bitte?« Diese Frau hatte Eier. Mächtige Eier.

»Hier, schau dir das an.« Piper hielt ihm ihr Smartphone unter die Nase. »Das sind Chase und Alex auf der Beerdigung eures Vaters.«

Max hatte nur zwei Möglichkeiten: die Hand der Frau von seinem Gesicht wegzuschlagen oder aufs Display zu schauen. Er funkelte sie an.

»Denk nicht mal dran«, drohte Chase.

Max nahm Piper das Telefon aus der Hand und las.

Stone Enterprises geht an Aaron Stones Erben

Wie die Anwälte von Aaron Stone heute bestätigten, geht der gesamte Besitz des verstorbenen Geschäftsmanns an seine Kinder Chase und Alexandrea Stone.

Er las weiter. »Über mich steht hier nichts.«

»Weil keiner von dir weiß«, erklärte ihm Alex. »Außer uns und dem Nachlassverwalter.«

Unvermittelt schaute Chase hinter sich. Max folgte seinem Blick und sah, dass sein Vollpfosten von einem Nachbarn sie beobachtete.

»Können wir vielleicht drinnen weitersprechen?«, fragte Chase.

Piper legte eine Hand auf ihren runden Babybauch. »Ich muss mich wirklich bald mal hinsetzen.«

»Wenn ihr versucht, mich zu verarschen …«

»Großer Gott!« Die Brünette stiefelte an ihm vorbei in seine Garage, als gehörte sie ihr.

Max schaute zu, wie sie durch die Verbindungstür im Haus verschwand. Piper folgte ihr.

»Was zum …«

Chase pflückte ihm Pipers Telefon aus der Hand. »Hör uns an, Max. Wir suchen dich schon seit April. Gib uns eine Stunde.«

Kapitel 2

Max wischte sich mit einem Handtuch übers Gesicht und schaute in den Spiegel. In seinem Wohnzimmer saßen drei Fremde, von denen zwei vorgaben, seine Geschwister zu sein. Seine Gedanken rasten.

Eine Stunde würde er ihnen tatsächlich geben, aber nur weil er wusste, dass er sonst tagelang grübeln würde, weshalb diese Leute hier aufgetaucht waren. Er stieg in saubere Jeans und zog sich ein frisches Shirt über den Kopf.

Schon vom Flur aus hörte er sie flüstern.

»Ist doch klar, dass er mehr als skeptisch ist. Schließlich sind wir ohne jede Vorwarnung bei ihm aufgetaucht«, sagte eine der Frauen.

»Hätten wir lieber vorher anrufen sollen?«

»Nein. Er wollte ja nicht mal mit uns reden, als wir vor ihm gestanden haben. Eine Verabredung auf einen Plausch in einer Kneipe hätte er ganz sicher abgelehnt.«

Anstatt noch weiter zu lauschen, marschierte Max ins Wohnzimmer, fixierte seinen angeblichen Bruder und sagte: »Richtig. Ich hätte abgelehnt.«

Die drei schauten zu, wie er an ihnen vorbei direkt in die offene Küche ging und die Kühlschranktür aufriss. Ohne ihnen etwas anzubieten, schnappte er sich ein Bier, öffnete die Flasche, warf den Deckel in den Müll und nahm einen langen Schluck. Dann lehnte er sich an die Arbeitsplatte, schaute seine Gäste an und wartete.

»Das muss ein ziemlicher Schock für dich sein«, sagte die schwangere Frau.

»Wie war noch mal dein Name?«

»Piper.« Sie lächelte.

Max zeigte mit dem Bier erst auf sie, dann auf Chase. »Seid ihr verheiratet?«

»Verlobt«, antwortete Chase schnell.

Einen Moment lang hing Max' Blick an Pipers rundem Bauch. Wenigstens drückte sich der Typ nicht vor der Verantwortung.

»Max. Wir wissen, das alles klingt ...«, begann die Brünette. »Es ist nicht leicht zu erklären.«

»Versuch es.« Wieder nahm er einen Schluck Bier.

Nach einem kurzen Blick zu den beiden anderen konzentrierte sich seine angebliche Schwester wieder auf ihn. »Unser Vater ist im April überraschend gestorben. Herzinfarkt.«

Max zuckte mit den Schultern. Als ob ihn das interessiert hätte. Die Sehnsucht nach einem Daddy hatte er sich schon vor vielen Jahren abgewöhnt.

»Bei der Testamentseröffnung haben wir erfahren, dass wir einen Bruder haben«, erklärte Chase. »Bis dahin hatten wir keine Ahnung, dass es dich gibt.«

»Unser Vater war ein Arsch«, fuhr Alex ungerührt fort. »Dass Chase und ich ein sehr distanziertes Verhältnis zu ihm hatten, ist kein Geheimnis. Die Medien haben es zusätzlich aufgebauscht, aber es stimmt schon: Wir hatten jahrelang fast keinen Kontakt und waren sehr überrascht, dass wir erben.«

Jetzt redete wieder Chase. »In seinem Leben gab es ziemlich viele Frauen. Mit deiner Mutter hatte er jedenfalls was, während er mit unserer verheiratet war. Du bist einunddreißig, richtig?«

Max nickte kurz.

»Okay. Ich bin zweiunddreißig, Alex dreißig.«

»Ziemlich umtriebig, euer Vater«, stellte Max fest. Zu Hause ein Baby und er schwängerte schon die Nächste. Klang wirklich nach einem absoluten Arsch.

»Unser Vater. Ja.«

Das nahm Max ihnen noch immer nicht ab. »Und jetzt ist er tot und hat mich in seinem Testament erwähnt?«

»Nein. Ja. Nicht namentlich«, erklärte Alex.

Ah, ja. Da war er, der Haken. »Und das heißt was?« Wieder nahm Max einen Schluck.

»Uns wurde gesagt, wir hätten einen Bruder.« Mit den Fingern zeichnete sie in der Luft Anführungszeichen um das Wort Bruder. »Einen Namen haben wir nicht erfahren. Nur dass es diesen Bruder gab und wir ihn finden mussten.«

Max zeigte auf die DNA-Analyse auf dem Couchtisch. »Er hat meinen Namen gekannt.«

»Ja, aber seinem Anwalt hat er ihn nicht verraten und ihn auch nicht ins Testament schreiben lassen.«

»Warum?«

Chase beugte sich vor und stützte die Ellbogen auf die Knie. »Schwer zu sagen. Wir vermuten, er wollte Alex und mir Zeit geben, uns an unsere neuen Aufgaben zu gewöhnen und uns von überstürzten Entscheidungen abhalten.«

»Neue Aufgaben?«

»Im Unternehmen«, sagte Piper. »Bei Stone Enterprises.«

Max fuhr sich mit der Hand übers Gesicht und wandte sich ab. Dann stieß er zweifelnd die Luft aus. »Und ich soll euch jetzt glauben, dass ich der uneheliche Sohn, der Bastard eines reichen Mannes bin. Eines Hotelmoguls? Nennt man das so?«

»Klingt verrückt, ist aber wahr«, sagte Chase.

»Von einem Bastard sagt keiner was«, hielt Piper Max entgegen.

»Hat er meine Mutter geheiratet?«

»Nein.«

»Dann bin ich ein Bastard.«

Max kannte viele Bezeichnungen für solche Kinder. Bastard war nur eine davon.

»Dass er deine Mutter nie geheiratet hat, ändert für uns nichts.« Alex wedelte mit der Hand. »Das Beste, was unsere Mutter je getan hat, war, sich von ihm scheiden zu lassen und uns ein normales Leben zu ermöglichen. Unser Vater war kein Daddy, wie man ihn sich wünscht. Er war selbstsüchtig und narzisstisch.«

»Ein Womanizer«, fügte Piper hinzu. »Seine letzte Frau war genauso alt wie Alex.«

Alex schüttelte sich und verdrehte die Augen. »Pass auf, Max. Das ist eine ziemlich komplizierte Geschichte und wir werden dir gern alles erklären. Wichtig ist, dass du die Tragweite verstehst. Sie wirklich verstehst.«

Er betrachtete die Flasche und stellte fest, dass sie schon fast leer war. »Was willst du damit sagen? Was ihr da erzählt, ist doch schon durchgeknallt genug. Wie soll es noch verrückter werden?«

Alex schaute Chase an. »Er glaubt uns nicht.«

»Würdest du das glauben?«, fragte Piper. »Nicht mal ich habe schon alles begriffen, und ich weiß, dass es stimmt.«

Max schaute Chase in die Augen. »Was gibt es denn noch zu verstehen, Bruder?« Dem letzten Wort verpasste er einen verächtlichen Unterton.

»Unser Vater hat seinen Besitz seinen Kindern zu gleichen Teilen vermacht. Ein Drittel davon gehört dir.«

»Und jetzt soll ich euch glauben, dass ich einfach so über Nacht was geworden bin? Ein Millionär?« Bullshit.

»Du musst nur einen DNA-Test machen, dann …«

Und dann was? Irgendwem ein paar Tausend Dollar überweisen? »Braucht einer von euch eine Niere?«

»Nein, zum Glück nicht«, sagte Alex.

»Genau genommen sind es Milliarden«, murmelte Piper.

»Wie bitte?«

Sie nickte ihm zu und lächelte. »Du bist Milliardär.«

Max knallte die Bierflasche so heftig auf die Arbeitsplatte, dass seine Besucher zusammenzuckten.

Er hatte die Schnauze voll. Tief durchatmen und bis fünf zählen. Der Ratschlag, den er unzählige Male gehört hatte, schoss ihm durch den Kopf, und er gab sich alle Mühe, die Kontrolle zu behalten. Eine echte Herausforderung.

Kurzerhand marschierte er zur Haustür und riss sie auf. »Raus.«

»Wirklich, wir …«

Wütend funkelte er Alex an. »Schert euch zum Teufel. Ich weiß nicht, wer euch geschickt hat, aber wenn ich es rausfinde, wird das für denjenigen nicht spaßig.«

»Wirklich, es ist wahr«, beteuerte Piper.

Max schaute hinüber zu dem SUV, aus dem sie vorher gestiegen waren. »Was ist das? Ein Dodge Ram? Mit Doppelkabine? Und allem Schnickschnack?«

»Max, bitte, hör uns zu.« Piper gab noch nicht auf.

»Was hast du dafür hingeblättert? Achtzig… neunzigtausend?« Er schaute Chase an.

»So in etwa.«

»Cooles Teil.«

Chase stand auf. Jeder Rest Heiterkeit wich aus seinen Zügen. »Max …«

Um die offene Haustür herum griff Max nach dem Baseballschläger in der Ecke und wog ihn in den Händen.

»Und die Zuglast? Dreieinhalb Tonnen?«

»Knapp fünf.«

Max stieß einen Pfiff aus. »Der würde mir gefallen.«

»Bitte hör dir doch an …« Alex stand auf.

»Sind diese Trucks so unverwüstlich, wie behauptet wird?«

»Max!«

Das Gespräch war beendet.

Mit dem Baseballschläger in der Hand stiefelte Max los zu dem Wagen. Eine Stimme in seinem Hinterkopf befahl ihm, stehen zu bleiben, aber vergeblich. Von hinten näherten sich eilige Schritte. Kurz bevor er die Straße erreichte, holte Chase ihn ein und hob die Hände. »Wir sind weg.«

Max atmete schnell. Er zeigte mit dem Schläger auf Chase, dann auf den Dodge. »Pack deine Frauen in die Karre und verpiss dich. Und lasst euch hier nie wieder blicken!«

Alex und Piper gingen in einem großen Bogen um ihn herum und stellten sich hinter Chase. »Ruf an, wenn …«, versuchte Piper es noch einmal.

»Komm, Babe. Es hat keinen Sinn«, sagte Chase zu ihr. Dabei schaute er Max fest in die Augen.

Jeder Muskel in Max' Körper war gespannt, seine Hand umklammerte den Schläger so fest, dass es ihn nicht gewundert hätte, wenn er unter seinen Fingern der Länge nach geborsten wäre.

Das satte Geräusch, mit dem sich die Wagentüren hinter den Frauen schlossen, war für Chase das Zeichen zum endgültigen Rückzug. Ohne Max aus den Augen zu lassen, ging er rückwärts zu seinem Dodge, stieg ohne ein weiteres Wort ein und startete den Motor.

Von seiner Einfahrt aus schaute Max zu, wie sie wegfuhren. Dann wandte er sich ab und ging zurück ins Haus. Sein Herz jagte, sein Nacken war verspannt. Wutentbrannt warf er den Schläger aufs Sofa. Er prallte zurück und erwischte den Couchtisch. Das Holz der Tischplatte splitterte. Max schnappte sein Bier und hob es an die Lippen, aber die verdammte Flasche war leer. Mit voller Wucht warf er sie in die Küche und schaute zu, wie sie in tausend Teile zersprang.

* * *

»Du siehst scheiße aus.«

»Und du wie der helle Sonnenschein.« Max war nicht nach Wortgeplänkeln. Nachdem es ihm endlich gelungen war, die Gedanken an die ungebetenen Besucher aus seinem Kopf zu verbannen und einzuschlafen, war der Wind immer stärker geworden und das Geheul hatte ihn jede Stunde geweckt.

Noch bevor es richtig hell war, stiegen er und Jeff in den Firmentransporter.

»Hat Sheri dir wegen des Sägeblatts die Hölle heiß gemacht?«

Max lenkte den Transporter vom Hof in Richtung des Parkplatzes, den man hier in L.A. als Freeway bezeichnete. »Wann macht diese Frau uns denn nicht die Hölle heiß?«

Jeff stieß ein schnaubendes Lachen aus und nahm einen Schluck aus dem Kaffeebecher, ohne den man ihn nur selten antraf. »An Weihnachten?«

»An Weihnachten haben wir frei.«

»Genau.«

Damit brachte er Max immerhin zum Lächeln.

Schon weit vor dem Freeway sahen sie die lange Schlange roter Bremslichter. »Weshalb zieht Sheri keine Aufträge in der näheren Umgebung an Land?«

»Weil sie in der Innenstadt mehr verlangen kann.« In L.A. war alles teurer als in Santa Clarita oder im Antelope Valley. In der City wohnte das Geld.

Max bekam die drei Unbekannten vom Vorabend nicht aus dem Kopf. Er hatte sich in den Schlaf getrunken und dabei immer wieder auf das Blatt Papier mit dem Ergebnis des

DNA-Tests gestarrt, das sie zurückgelassen hatten. Offenbar hatte jemand kurz nach seiner Geburt Klarheit über seine Abstammung haben wollen. Aber so einen offiziell aussehenden Schrieb konnte sich jeder am Computer zusammenbasteln. Der Name des Vaters bestand nur aus zwei Buchstaben, der Nachname der Mutter war nicht derselbe wie seiner. Und weshalb hieß er Smith? Wenn die zwei auf dem Test seine Eltern waren, warum dann dieser Name?

Das Gedankenkarussell drehte sich schon wieder genauso heftig wie in der vergangenen Nacht. Irgendwer spielte ihm einen üblen Streich. Oder diese Arschlöcher brauchten nur irgendeinen Max Smith für ihre eigenen Zwecke, wie immer die auch aussehen mochten.

Er fuhr sich mit der Hand über den Bart. Das verdammte Ding juckte, vermutlich von dem Staub, der überall herumflog.

Nach ein paar Meilen im Kriechverkehr, während derer er sich Jeffs Klagen über seine Frau anhörte, beschloss er, den Namen Stone fallenzulassen.

Aus dem Augenwinkel behielt er Jeffs Züge im Blick und fragte: »Was weißt du über Stone Enterprises?«

»Stone was?«

»Enterprises.«

»Nie gehört. Moment mal … Du suchst doch nicht etwa einen neuen Job?« Jeff seufzte. »Schmeiß jetzt nicht alles hin, Kumpel. Sheri kann hart sein, aber wenn sie weiß, dass du recht hast, kriegt sie sich auch wieder ein. Bis nächste Woche ist das Sägeblatt vergessen.«

»Nein, nicht …« Nicht Stone wie in Stein und Beton. Offenbar dachte Jeff, er wolle zu einem Konkurrenzunternehmen wechseln. »Ich meine Stone Enterprises, die mit den Hotels.«

»Ach so. Gott sei Dank. Aber nein, über die weiß ich nicht viel. Ich glaube, unseren ersten Hochzeitstag haben wir in einem Stone-Hotel gefeiert. War schön dort. Willst du Urlaub machen?«

Max packte das Steuer noch fester. Beim Namen Stone hatte Jeff nicht mit der Wimper gezuckt und steckte daher wohl nicht hinter dem seltsamen Streich mit der Erbschaft. »Ich überlege gerade, ob ich an Thanksgiving nach Vegas fahre.«

»Warum denn? Du weißt, bei uns bist du immer willkommen.«

»Deine Frau kann nicht kochen.«

»Stimmt.« Jeff nickte. »Aber den Truthahn kriege ich selber hin. Truthahn und Bier? Was brauchen wir mehr?«

Max freute sich über das Angebot, aber Feiertage waren ihm zuwider. »Ich überlege es mir.« Ganz sicher nicht, und mit dem Auto konnte er in fünf Stunden in Vegas sein. Feiertage verbrachte er lieber allein oder auch einsam inmitten einer Menschenmenge oder in einem Casino. Umgeben von Fremden konnte er besser verdrängen, dass er keine Familie hatte.

Auf dem Rest der Fahrt unterhielten sie sich über alles und nichts, der Name Stone wurde nicht mehr erwähnt. Der Wind fegte über die Baustelle, wirbelte Staub und allerhand anderes Zeug auf und machte ihnen die Arbeit schwer. Nach drei Stunden hatte Max' Laune einen neuen Tiefpunkt erreicht.

Zum Glück lief die Säge mit dem etwas größeren Blatt, das Sheri ihm widerstrebend ausgehändigt hatte, tadellos. Immerhin ein Problem weniger.

Am Abend bog er erst um kurz nach sieben in seine Einfahrt ein. Schon halb in der Erwartung, dass die drei Verrückten noch einmal gekommen waren, schaute er sich um. Aber es war keiner da. Wie immer parkte er seinen uralten Pick-up ganz rechts in der Einfahrt, denn das verdammte Ding leckte gelegentlich. Irgendwas war eigentlich immer, und er wollte die Bescherung nicht überall in der Einfahrt haben und weder Öl noch andere Flüssigkeiten an den Schuhen mit ins Haus schleppen.

Das Haus gehörte ihm zwar nicht, aber Sauberkeit war ihm wichtig. Was ihn nicht unbedingt davon abhielt, Bierflaschen auf unsichtbare Dämonen zu werfen. Das hatte er allerdings bitter bereut, als er barfuß in eine Scherbe getreten war und danach auf Händen und Knien nach den letzten verstreuten Splittern gesucht hatte.

Unter der Dusche spülte er mit dem Dreck auf seiner Haut auch einen Teil seiner düsteren Stimmung weg. Zweimal griff er zum Rasierer, um seinen Bart loszuwerden, oder zumindest einen Teil davon. Zweimal legte er die Klinge wieder weg.

Zurück in der Küche wollte er sich ein Bier aus dem Kühlschrank nehmen, entschied sich aber dagegen. Gestern Abend hatte er damit seine Nerven beruhigt und sich ein bisschen betrunken. Das durfte nicht zur Gewohnheit werden. Die Kontrolle zu behalten, war ihm wichtiger, als sich mit ein paar Bier lockerzumachen.

Als die Fremden bei ihm aufgetaucht waren, hatte ihm diese Kontrolle gefehlt. Er hätte sie gar nicht ins Haus lassen dürfen, sondern ihnen sofort sagen müssen, sie sollten sich verpissen. Aber eine kleine Stimme hatte ihm zugeflüstert, er sollte sich anhören, was sie zu sagen hatten.

Ein Fehler. Egal.

Sie waren weg und er würde sie nie wiedersehen. Er nahm sich eine Limo aus dem Kühlschrank und ein Fertiggericht, das gleich ein Date mit der Mikrowelle haben würde, aus dem Gefrierabteil.

Dann sortierte er seine Post und warf die Werbesendungen weg. Die Rechnungen las er beim Essen. Nach einer Episode einer seiner derzeitigen Lieblingsminiserien auf Netflix machte er den Fernseher aus und ging ins Bett.

Die ganze Zeit über tobte der Wind so heftig, dass Wedel von der Palme seines Nachbarn aufs Hausdach fielen. In der Hoffnung, dass der verdammte Wind bis zum Morgen nachlassen werde, schlief er ein. Dann würde er vor der Arbeit noch draußen aufräumen.

Unordnung ums Haus konnte er nicht ausstehen.

Kapitel 3

Ohne Vorwarnung oder ein freundliches Guten Morgen plärrte »Shut Up and Dance!« aus dem Lautsprecher. Sarah schnellte hoch und saß aufrecht im Bett. Mit schweren Lidern und ein bisschen Spucke im Mundwinkel befahl sie Alexa, Ruhe zu geben.

Dann ließ sie sich mit ausgebreiteten Armen aufs Bett zurückfallen und starrte hinauf an die Zimmerdecke. Von einem Wecker aus dem Schlaf gerissen zu werden, hasste sie, und eine Minute lang fragte sie sich, weshalb sie ihn gestellt hatte. Dann fiel es ihr wieder ein.

Zoom-Meeting. Patrick.

Stöhnend warf sie die Bettdecke beiseite, nahm ihre Brille vom Nachttisch und setzte sie auf. Barfuß tappte sie durch den kurzen Flur der Wohnung, die sie mit ihrer besten Freundin Teri teilte, in ihr gemeinsames Badezimmer. Ein Blick in den Spiegel und sie wusste wieder, weshalb sie den frühen Morgen verabscheute. Verquollene Augen, blasse Haut und widerspenstiges rotes Haar. Sie ignorierte ihr Spiegelbild, wusch sich mit kaltem Wasser das Gesicht und erleichterte ihre Blase.

Fünf Minuten später stand sie in ihrem Bademantel vor der Kaffeemaschine und versuchte, sie mit purer Willenskraft zur Eile anzutreiben. Die Geräusche aus dem Flur deuteten darauf hin, dass Teri ebenfalls bereits wach war. Um diese frühe Uhrzeit ziemlich selten.

Wobei früh relativ war, es war sieben Uhr dreißig. Aber Teri arbeitete als Barfrau und kam dreimal die Woche erst morgens um drei nach Hause.

»Warum bist du nicht mehr im Bett?«, rief Sarah, während sie eine Tasse aus dem Schrank nahm und nach der Kanne griff, in die noch immer der Kaffee tropfte.

»Sie hat mich rausgeworfen.«

Die unbekannte männliche Stimme ließ Sarah erstarren. Die Tasse rutschte ihr zwischen den Fingern hindurch, und sie schaffte es gerade noch, sie aufzufangen, bevor sie auf den Fußboden knallte. Hektisch zog sie den Bademantel um sich zusammen und wandte sich zu dem Kerl um, den Teri offenbar mitgebracht hatte.

Er war gerade dabei, sich ein Shirt über den Kopf zu ziehen, und einen Moment lang sah sie nur seine tätowierte Brust. Bäh!

Der Typ war ein bisschen kleiner und schmaler als die Kerle, die Teri normalerweise anschleppte, aber das Lächeln, das er ihr zuwarf, als er ihr in der Küche gegenüberstand, machte das wieder wett. »Hi«, presste sie hervor und schob ihre Brille zurecht.

Er musterte sie von oben bis unten und stieß ein kurzes Lachen aus. »Ich nehme an, der Kaffee ist nicht für mich.«

»Stimmt genau. Wir betreiben hier keine Frühstückspension.«

»Okay.« Damit wandte er sich ab und stiefelte aus der Wohnungstür.

Sarah schloss sie hinter ihm ab, dann marschierte sie zum Zimmer ihrer Freundin und riss die Tür auf. »Wer war das?«

Teri rollte sich zusammen und schob die Hände unters Kopfkissen. »Nicht der Rede wert.«

Sarah zog ihr das Kissen weg.

»Hey!«

»Es war ausgemacht, dass du mir Bescheid sagst, wenn du jemanden mitbringst!«

Teri griff nach ihrem Kissen. »Du hast schon geschlafen.«

»Wenn ich schlafe, weckst du mich.« Sarah hielt das Kopfkissen außerhalb von Teris Reichweite.

»Wir waren ziemlich beschäftigt.«

Was das bedeutete, konnte Sarah sich vorstellen. »Er hat mich in der Küche überrascht. Ich hätte nackt sein können.«

Teri gab die Jagd nach dem Kopfkissen auf und bettete den Kopf auf ihren Arm. »Du stehst nie nackt in der Küche.«

Sarah warf das Kissen ein wenig fester auf sie als beabsichtigt.

»Hey!«, protestierte Teri und löste sich aus ihrer Embryoposition.

»Das haben wir doch besprochen.«

»Es kommt nicht wieder vor«, versicherte Teri.

»Das hast du letztes Mal auch gesagt.« Und beim vorletzten Mal und beim Mal davor.

Teri setzte sich auf und lehnte sich an die Wand. »Du willst doch, dass ich sie mit zu uns bringe.«

Richtig. In einer Stadt voller Verrückter ging Sicherheit vor.

»Du hättest mich von der Bar aus anrufen können.«

Teri seufzte. »Du hast ja recht. Tut mir leid. Ich dachte, du schläfst sicher schon. Aber sag mal, hast du heute Morgen nicht ein Meeting?«

Shit!

Sarah wandte sich um und schaute auf die Uhr an der Wand hinter sich. Ihr blieben noch genau fünf Minuten, um ihren Computer anzuwerfen und sich bei Zoom einzuloggen. »Verdammt!«

Bei ihrem Spurt von Teris Zimmer zu ihrem segelte der Bademantel zu Boden. Sie zog sich das Nachtshirt über den Kopf und griff sich ein Sweatshirt. Die Boyshorts, in denen sie geschlafen hatte, ließ sie an. Dann stürzte sie ins Badezimmer, drehte mit einem schnellen Handgriff ihr Haar zu einem Knoten, klemmte es fest und zog sich ein paar Strähnen ums Gesicht. Ein bisschen Lipgloss noch, für mehr war keine Zeit.

Draußen im Flur sprang sie über ihren Bademantel, rannte in das winzige Wohnzimmer und schob sich hinter ihren Schreibtisch. Dort schüttelte sie die Maus und erweckte damit ihren Computer zum Leben. Hinter ihr hing ein Poster mit der Skyline von Manhattan. Vor ihr breitete sich das übliche Chaos aus: bunt zusammengewürfelte Kissen auf einer Secondhandcouch, dazu zwei leere Getränkedosen, heute auch Teris Lederjacke und … War das ein BH?

Kopfschüttelnd klickte sie sich in das Zoom-Meeting.

Sie war zwei Minuten zu spät dran und die anderen hatten sich bereits eingeloggt.

»Guten Morgen!«, rief sie, noch bevor sie die Kamera in Gang setzte.

»Wow, du bist beinahe pünktlich, Sarah«, sagte jemand.

»So schlimm bin ich doch gar nicht.« Oh doch!

Teri winkte ihr vom Flur aus zu. »Kaffee?«, flüsterte sie.

Sarah schaltete ihr Mikro stumm. »Das ist das Mindeste, was du tun kannst, du wilde Schlampe«, stichelte sie scherzhaft.

»Bloß kein Neid.« Teri grinste. »Und wen nennst du hier eigentlich Schlampe?«

Sarah fuhr zum Monitor herum und stellte fest, dass sie, anstatt das Mikro stummzuschalten, nur die Kamera eingeschaltet hatte. Ein paar Teammitglieder lachten. Patrick, ihr Boss, lachte nicht.

* * *

Endlich war es Freitag. In der Nacht hatten die Windgötter ein Einsehen gehabt und Max gut schlafen lassen. Ohne die Böen konnte er mit dem Motorrad zur Arbeit fahren. Er und Jeff hatten sich beeilt und die Baustelle schon eine halbe Stunde vor dem offiziellen Arbeitsbeginn erreicht. Dank dieses Vorsprungs konnten sie am Nachmittag ein bisschen früher Schluss machen und vor dem allerschlimmsten Verkehr zu Hause sein.

In Gedanken hörte er schon den Beat der Hausband in der kleinen Bar um die Ecke, in der er am Wochenende gern abtauchte. Ziemlich geschafft von der Woche bog er in seine Straße ein, fuhr die letzten Meter zu seinem Haus und wollte schon aufatmen. Da sah er den blitzblanken schwarzen Pick-up mit Doppelkabine in seiner Einfahrt stehen. Nicht schon wieder! Sofort begann sein Blut zu kochen. Diese Idioten gaben offenbar nicht auf. Kurzerhand stellte er sein Motorrad quer hinter den fremden Wagen und blockierte ihm damit den Weg. Entschlossen, diesem Chase eine reinzuhauen oder wahlweise seinen Truck zu demolieren, zog er sich beim Absteigen den Helm vom Kopf.

Doch sein menschlicher Gegner war nirgends zu sehen.

»Wo bist du?«, rief er.

Keine Antwort.

Mit langen Schritten marschierte er zur Haustür und rechnete beinahe damit, dass sie aufgebrochen war, seine angebliche Familie drinnen saß und sich sein Bier in den Hals kippte. Doch er fand nur einen Umschlag. Wütend riss er ihn auf und zog einen Zettel heraus.

Max,
wir wissen nicht, wie wir dich davon überzeugen sollen, dass wir die Wahrheit sagen. Vielleicht ist diese Geste ja ein Türöffner für weitere Gespräche.

Hinter dem Pflanzkübel an der Haustür findest du einen Schlüsseltresor. Öffne ihn mit den ersten drei Ziffern deiner

Sozialversicherungsnummer. Die Schlüssel in dem Tresor sind für den Pick-up in deiner Einfahrt.

Schau dir die Zulassungspapiere und den Versicherungsschein im Handschuhfach an. Die Versicherung ist für ein Jahr im Voraus bezahlt. Wir wollten gleich für fünf bezahlen, aber Versicherungsgesellschaften sind verdammte Blutsauger, und mehr als ein Jahr wollten sie uns nicht geben.

Unterschrieben war die Nachricht nicht. Max drehte sie um, doch die Rückseite war leer. Er schaute hinunter, und tatsächlich, hinter dem Pflanzkübel lag ein Kästchen. Mit dem Ding in der Hand drehte er sich zu dem Pick-up um. Der Wagen trug ein vorläufiges Nummernschild aus Pappe, wie man es bekam, bevor das endgültige per Post zugestellt wurde.

Seine Wut wich kompletter Verwirrung. Das konnte doch unmöglich wahr sein.

Ungläubig gab er die ersten drei Ziffern seiner Sozialversicherungsnummer in den Schlüsseltresor ein und das Ding sprang auf. Er nahm die beiden Schlüssel heraus und ließ das Kästchen auf den Rasen fallen.

Bei einem Knopfdruck auf den elektronischen Schlüssel blitzten die Scheinwerfer des Autos kurz auf, und das Geräusch, mit dem sich Wagentüren entriegelten, durchbrach die Stille des späten Nachmittags. Beim Öffnen der Fahrertür schlug ihm der typische Geruch von nagelneuem Leder und viel Geld entgegen. Bislang hatte er so etwas nur gerochen, wenn er bei der Arbeit mal in ein neues Firmenfahrzeug gestiegen war.

Sein Herz geriet ins Stolpern. Aufregung? Beklommenheit? Vermutlich ein Mix aus beidem.

Er stieg ein und strich mit der Hand übers Lenkrad. Hier vorn im Cockpit gab es alles, was man sich bei einem neuen Wagen wünschen konnte. Der Art Wagen, in der er sich in frühestens zehn Jahren gesehen hatte. Er klappte das Handschuhfach auf.

Auf den Zulassungspapieren stand genau wie auch auf dem Versicherungsschein als Fahrzeughalter Maximillian Smith.

Die Versicherung hatte nicht nur seinen Namen, sondern auch die Nummer seines Führerscheins, seine Adresse und Telefonnummer. Und dieser Truck war nicht bloß auf ihn zugelassen, er war auch komplett bezahlt.

»Was zum …?«

Er blätterte die Papiere durch und fand dazwischen einen Zettel, auf dem ein Name und eine Telefonnummer notiert waren.

Chase Stone. Ruf mich an.

Kapitel 4

Max wusste nicht, was er erwartet hatte, aber ganz sicher nicht das hier.

Am Vorabend hatte er nur kurz mit Chase telefoniert.

»Okay, ich höre mir an, was ihr mir sagen wollt.«

»Ich hoffe, du hast den Wagen nicht gleich zertrümmert, sondern erst mal meine Nachricht gelesen.«

»Dem Wagen ist nichts passiert.«

»Gut. Können wir uns morgen treffen?«

»Ja. Ich komme zu dir.«

»Ich schicke dir meine Adresse.«

»Okay.«

»Und, Max? Lass den Baseballschläger zu Hause. Den brauchst du nicht.«

Max bog in die Einfahrt eines ziemlich normal aussehenden Hauses in einem ziemlich normalen Wohnviertel ein, wo die Nachbarn einen streiten hören konnten, wenn sie draußen im Garten waren.

Die Baumkronen wirkten üppiger, die Vorgärten waren gepflegter, und ganz sicher kostete Chase Stones Haus das Doppelte wenn nicht Dreifache einer vergleichbaren Immobilie im Antelope Valley. Aber das hier war weder Brentwood noch

Malibu. Die Wohngegend eines Milliardärs stellte man sich anders vor.

Nicht dass Max viele Milliardäre kannte.

Anstatt wie üblich freitagabends in die Bar zu gehen, hatte er gestern geduscht und dann eine halbe Stunde lang hinter dem Steuer des Wagens gesessen, bevor er zu einer Testfahrt aufgebrochen war. Raus aus der Lichtverschmutzung der Stadt, hinaus in die Wüste, wo Zehntausende Sterne am Himmel funkelten. Von dort aus hatte er Chase angerufen.

Wer war verrückt genug, einem Wildfremden einen Hunderttausend-Dollar-Pick-up vor die Tür zu stellen? Jemand, für den eine solche Summe nicht viel bedeutete.

Ein kurzes Gespräch, und sie hatten sich für den nächsten Tag verabredet und Chase hatte Max seine Adresse geschickt. Jetzt fuhr er Chase' Einfahrt entlang und parkte neben dem SUV, mit dem die Stones vor nicht ganz einer Woche bei ihm aufgetaucht waren.

Einen Moment lang blieb er stehen und schaute sich um, dann klopfte er an die Haustür.

Chase öffnete mit einem reservierten Lächeln. »Schön, dass du da bist.«

Max deutete über seine Schulter in die Einfahrt. »Deine Einladung war schwer zu übersehen.«

»Wie fährt er sich?« Chase trat zurück und winkte ihn hinein.

»Wie ein feuchter Traum.«

Mit einem kurzen Lachen schloss Chase die Haustür. »Freut mich. Willst du was trinken? Ein Bier?«

Nein. Für dieses Gespräch brauchte er einen klaren Kopf. »Ist das Kaffee, was ich da rieche?«

»Ja. Wie trinkst du ihn?«

»Schwarz.«

Chase ging voran in eine offene Küche. Klare Linien, nicht hypermodern, aber auch nicht traditionell oder altmodisch. Die dunklen Junggesellenfarben wurden von dem riesigen Blumenstrauß auf der Kücheninsel durchbrochen.

Aus einem Flur kam ein stämmiger Rottweiler und marschierte schnurstracks zu Max.

»Wer ist das?«, fragte Max.

»Kit.«

Max hielt dem Hund seine Hand zum Schnüffeln ihn. Der Stummelschwanz blieb still, aber immerhin knurrte das Tier nicht. »Freundlich?«

»Er wird dich nicht beißen. Es sei denn, du bedrohst Piper. Dann garantiere ich für nichts.«

Kit ließ sich hinter den Ohren kraulen, dann tappte er zu Chase.

»Wo sind deine Schwester und deine Verlobte?«

»Die schauen sich nach einer Location für die Hochzeit um.« Chase gab dem Hund eine Belohnung und Kit trottete damit aus der Küche.

»Wann ist denn der große Tag?«

»Keine Ahnung. Wir haben uns gerade erst verlobt, und Piper möchte warten, bis das Baby da ist.«

»Und du?«, fragte Max.

»Ich versuche, sie zu überreden, aufs Standesamt zu gehen, und die Party dann irgendwann später zu feiern. Mal sehen, ob mir das gelingt.«

Max zog einen Barhocker unter der Kücheninsel hervor und setzte sich. Neben sich sah er einen Laptop und einen Stapel Post. »Dein Homeoffice sieht aus wie meins«, bemerkte er.

»Ich wollte gerade das freie Zimmer in ein Arbeitszimmer verwandeln, da habe ich Piper kennengelernt, und jetzt wird es ein Kinderzimmer.« Chase stellte Max den Kaffee hin, schob den Computer beiseite und setzte sich.

»Verstehe.« Was Chase sagte, hörte sich irgendwie merkwürdig an, vielleicht weil es so normal war.

»Ich weiß nicht recht.« Chase ließ den Blick durch den Raum schweifen. »Vielleicht wohnen wir nicht mehr lange hier. Wozu dann noch eine neue Tapete und ein neuer Boden?«

»Warum wollt ihr weg?«

Chase schaute Max in die Augen. »Seit dem Tod unseres Vaters tauchen hier immer wieder Reporter auf. Die sind ziemlich unverfroren, und Privatsphäre ist ein Fremdwort für sie. Eigentlich bin ich kein Fan von Villen mit hohen Mauern und Toren, aber langsam habe ich das Gefühl, so zu wohnen, wäre schlauer.«

»Weshalb wohnst du nicht längst so?« Mit einer Villa hinter hohen Mauern hatte Max eigentlich gerechnet.

»Bis zur Testamentseröffnung konnte ich mir das hier gerade so leisten. Mit dem, was ich mit meiner Firma verdiene.«

»Du hast eine Spedition, richtig?«

Chase grinste. »Du hast mich gegoogelt?«

Max nahm einen Schluck Kaffee, dann stellte er die Tasse ab. »Jap. Und von einem verlorenen Bruder stand da kein Wort.«

»Stimmt. Von einem Bruder wirst du nirgends etwas lesen. Nicht, bevor wir damit an die Öffentlichkeit gehen. Und das müssen wir sehr strategisch machen.«

Max hob eine Hand. »Du glaubst tatsächlich, dieser Bruder bin ich?«

»Ja.« Unter der geöffneten Post zog Chase einen Ordner hervor und schob ihn Max hin.

»Was ist das?«

»Ein Bericht von einem privaten Ermittler.«

»Von einem Detektiv?« Max öffnete den Ordner und starrte auf ein Foto von sich vor seinem Haus. Es war mit einem Teleobjektiv aufgenommen. Darunter konnte er seinen Namen, seine Adresse und seine Sozialversicherungsnummer lesen.

»Glaub mir«, sagte Chase. »Dich regelrecht auszuspionieren, war kein gutes Gefühl.«

Max blätterte um und sah die Adressen der verschiedenen Pflegefamilien und Wohngruppen, in denen er seine Kindheit verbracht hatte. An einige dieser Namen erinnerte er sich, an andere nicht.

Als Nächstes kamen knappe Hinweise auf Eintragungen im Jugendstrafregister und einen Aufenthalt im Jugendknast. »Dieses Zeug sollte eigentlich unter Verschluss sein.«

»Dafür sorgen wir.«

Mit einem unguten Gefühl blätterte er weiter. Erst ganz hinten stand etwas über seine Mutter. »Mir hat man gesagt, meine Eltern seien tot.«

»Einem Kind zu erzählen, dass seine Eltern es nicht wollten, wäre vermutlich noch schlimmer gewesen.«

Er zeigte auf die Seite mit den Informationen über seine Mutter. »Wo ist sie?«

»Deine Mutter?«

»Ja.«

»Das wissen wir nicht. Wir wissen nur, dass unser Vater ihr Geld geschickt hat. Wenn wir weitersuchen, erfahren wir vielleicht mehr. Aber unsere Priorität war, dich zu finden.«

Max blickte überrascht auf. »Euer Vater hat Unterhalt für mich bezahlt?«

Chase nickte. »Sieht ganz danach aus.«

»Das Geld hat er ihr geschickt?«

»Ja.«

»Und sie hat es genommen und ist abgetaucht?« Nach all den Jahren zu erfahren, dass die Kinder in den Heimen doch recht gehabt und seine Eltern ihn nicht gewollt hatten, war ein harter Brocken.

»Allem Anschein nach, ja.«

Max fuhr sich mit der Hand über den Bart und schlug den Ordner zu. »Verdammt!«

»Es ändert nichts, wenn ich das sage – aber, es tut mir leid.«

»Du kannst nichts dafür.«

»Richtig, aber …«

»Ich will kein Mitleid.« Max' Stimme klang hart.

Chase verstand und wechselte das Thema. »Alex und ich haben schon DNA-Proben abgegeben. Jetzt brauchen wir nur noch einen Wangenabstrich von dir. Das Labor ist auf Stand-by, ein guter Freund kann die Probe dort heute noch abgeben. Dann haben wir in ein paar Stunden das Ergebnis.«

»Wie schafft man es, ein Labor auf Stand-by zu haben?«

Chase lächelte schief. »Mit genügend Geld ist fast alles möglich.«

Max konnte nicht still sitzen. Er stand auf und fuhr sich durchs Haar. »Das klingt alles wie ein kitschiger Film.«

»Ja, und sicher schwirrt dir der Kopf.«

Ein verstorbener Vater, eine Mutter, die vielleicht noch lebte, und zwei Geschwister. Dazu viel Geld.

An das Geld wollte Max nicht denken. Noch nicht. »Wo ist das Testkit?«

* * *

Sarah stand vor den Aufzügen und zupfte am Saum ihres Rocks herum. Ein Blick auf die Uhr zeigte, dass sie pünktlich war. Zumindest, sofern der Aufzug nicht auf jedem Stockwerk anhielt. Aber das war nicht sehr wahrscheinlich, denn es war Samstag und in den meisten Büros wurde nur montags bis freitags gearbeitet.

Einzig die Zeitschrift schlief so gut wie nie. Die Redaktion des *RMI Magazine* blieb nur an den wichtigsten Feiertagen geschlossen.

Patrick hatte sie gebeten, ja ihr geradezu befohlen, in sein Büro zu kommen. Dass er sie persönlich sprechen wollte, machte sie nervös. Und dass das Treffen zudem noch am Wochenende stattfand, ließ bei ihr sämtliche Alarmglocken schrillen. Teambesprechungen, hin und wieder ein Telefonanruf oder ein kurzer Stopp an ihrem Schreibtisch, wenn sie im Haus war – viel mehr Kommunikation gab es nicht zwischen ihrem Boss und ihr.

Ein Vieraugengespräch passte nicht ins Bild.

Das Aufzugsglück war mit ihr, und so eilte sie bald, ohne nach links und rechts zu schauen, an ein paar Kollegen vorbei und stand fünf Minuten vor der vereinbarten Zeit in Patricks Büro.

»Bin ich zu früh dran?«, fragte sie, um ganz deutlich zu machen, dass sie pünktlich war.

Er schaute erst zur Uhr und dann zu ihr. »Nein, kommen Sie rein und machen Sie die Tür zu.«

Ihre Handflächen wurden feucht. Schwitzte man an den Handflächen tatsächlich oder sagte man das nur so? Sarah trat ein, schloss die Tür und nahm sich vor, nach diesem Gespräch zu recherchieren, was es mit verschwitzten Handflächen auf sich hatte. Es sei denn, sie wäre dann zu sehr damit beschäftigt, sich einen neuen Job zu suchen.

Während in ihrem Kopf alles wild durcheinanderwirbelte, setzte sie ein Lächeln auf und ließ sich in dem Sessel ihrem Chef gegenüber nieder. Patrick war ein Mann in den Fünfzigern und hatte ganz sicher seit dem Sportunterricht in der Highschool nichts mehr für seine Fitness getan. Zu den vielen Fast-Food-Mittagessen und der Packung Zigaretten am Tag kamen vermutlich noch der eine oder andere Feierabendcocktail, Wein zum Abendessen und ein Absacker vor dem Schlafengehen. Sarah hatte oft den Eindruck, als wäre Patrick nur einen einzigen stressgeladenen Anruf von einem Herzinfarkt entfernt. Und in ihrer Branche gab es solche Anrufe täglich.

»Was gibt es denn?« Sie gab sich alle Mühe, einen unbekümmerten Ton anzuschlagen.

»Wir müssen uns über ein paar Dinge unterhalten.«

Sie lächelte, blinzelte und konzentrierte sich darauf, ihre Hände ruhig liegen zu lassen, nicht an ihrer Kleidung herumzuzupfen oder sich in andere nervöse Gesten zu flüchten. »Okay.«

»Sie arbeiten jetzt seit vier Jahren hier.«

»Vier Jahre und zwei Monate.«

»Ja.« Patrick lehnte sich zurück. Sein Sessel knarzte unter seinem Gewicht. »Gefällt es Ihnen hier?«

»Ja, klar«, antwortete sie schnell und hoffte, dass ihr Gesichtsausdruck nicht die ganze Wahrheit verriet. Für eine Klatschzeitschrift zu schreiben, war nicht ihr Lebenstraum. Aber dank dieses Jobs konnte sie immerhin ihre Rechnungen bezahlen.

»Haben Sie das Gefühl, dass Sie für die Zeitschrift eine Bereicherung sind?«

Keine gute Frage. Sarah rutschte auf dem Sessel hin und her. »Ich hänge mich rein.«

Patrick neigte den Kopf. Er wirkte nicht überzeugt. »So ganz stimmt das nicht.«

Ogottogott! Sie durfte jetzt nicht ihren Job verlieren. Gerade erst hatte sie ihr Studentendarlehen an ihre Eltern zurückgezahlt und konnte sie nicht gleich wieder um Geld bitten.

»Wie meinen Sie das?« Erneut veränderte sie ihre Position. Jetzt nur nicht die Nerven verlieren.

»Sie kommen ständig zu spät.«

Oh nein! »Aber meine Arbeit schaffe ich trotzdem.«

»Sie bitten oft um Aufschub.«

»Nur wenn es absolut nötig ist.«

»Während der Teambesprechungen sehen sie manchmal aus, als würden Ihnen gleich die Augen zufallen.«

»Das ist das Internet bei mir zu Hause. Es ist ziemlich wackelig.« Ihre Hände landeten in ihrem Schoß, ihre Finger schlangen sich ineinander.

»Ganz ehrlich? Ich hätte nicht gedacht, dass Sie so lange bei uns bleiben. Als Zugpferd unseres Blatts würde ich Sie nicht gerade bezeichnen.«

Falls er sie vor die Tür setzte, würde sie verdammt noch mal dafür sorgen, dass er erfuhr, was er da wegwarf.

»Alles, was ich abgebe, ist überprüft und akkurat. Wegen meiner Artikel muss sich die Rechtsabteilung nie den Kopf zerbrechen. Wie viele andere können das von sich behaupten?«

»Genau das ist Teil des Problems. Bei einer Zeitschrift wie unserer müssen manchmal Regeln gebrochen und Grenzen ausgereizt werden. Wenn Sie Risiken eingehen würden, wie viele andere hier, würden Sie keinen Aufschub brauchen und Ihre Seiten würden mehr Klicks bekommen. Ihre Geschichten haben mehr Potenzial ...«

»Sie wollen Tratsch und Gerüchte?«

Patrick richtete seinen fleischigen Zeigefinger auf sie. »Genau.«

»Ich soll Lügen verbreiten?«

Er sagte weder Ja noch Nein. »Man kann manchmal ein bisschen vage bleiben und den Lesern erlauben, eigene Schlüsse zu ziehen. Man kann Worte und Formulierungen wählen, die Spielraum für Interpretationen lassen. So arbeiten Zeitschriften wie unsere, Sarah. Und solange man uns keine Verleumdung oder vorsätzliche Falschmeldungen nachweisen kann, sorgen unsere Anwälte dafür, dass wir nicht vor Gericht landen. Das wussten Sie, als Sie damals hier angefangen haben.«

Richtig, aber in ihren Artikeln lügen oder etwas schreiben, was sie bereuen würde, wenn sie eines Tages für eine größere, bessere und seriösere Zeitschrift oder Zeitung arbeitete, das wollte sie nicht. Es hieß immer, fünf Jahre Erfahrung in dieser

Branche würden ihr wichtige Türen öffnen. Bei der *Times*, beim *Journal*, bei anderen ernst zu nehmenden großen Blättern.

Noch ein Jahr Regenbogenpresse, dann hatte sie dieses Etappenziel erreicht. Jetzt an die Luft gesetzt zu werden, konnte in ihrem Lebenslauf nicht gut aussehen. Freiwillig zu gehen und sich auf moralische Bedenken zu berufen, klang vielleicht besser. Aber ob sie nun gefeuert wurde oder selbst ging, ihre Stelle zu verlieren, weil sie angeblich ihre Arbeit nicht machte, war keine Empfehlung. Und nennenswerte finanzielle Rücklagen hatte sie noch nicht. Jedenfalls nicht genug, um ihren Teil der Rechnungen für die Wohnung länger als einen Monat bezahlen zu können. Ohne das Geld, das sie hier verdiente, hatte sie ein riesiges Problem.

»Ich brauche diesen Job«, platzte es aus ihr heraus.

Patricks Schweigen tönte furchtbar laut. Er verschränkte die Finger über seinem Bauch und schaute ihr ins Gesicht.

Sie schwieg ebenfalls und suchte fieberhaft nach den rettenden Worten. Eine gescheiterte Klatschreporterin, die nie die Redaktion einer seriösen Zeitschrift oder Zeitung von innen sehen würde, wollte sie nicht sein.

Leider waren die dringend benötigten Worte nicht auffindbar.

»Ich brauche hier Leute, die keine Angst haben, bei Sturm ein bisschen nass zu werden.«

Sein Vergleich ging an der Sache vorbei. Er wollte Leute, die keine Angst hatten, sich die Finger schmutzig zu machen, die den Kopf hinhielten, wenn es schieflief.

Er wollte etwas, was Sarah absolut zuwider war, doch ihm das zu sagen, kam einem beruflichen Selbstmord gleich. Vielleicht musste sie ihre Artikel von nun an tatsächlich mit Spekulationen, Andeutungen und ähnlichem Mist ausschmücken. Zumindest, bis ihr etwas Besseres einfiel.

»Ich kann an mir arbeiten«, sagte sie schließlich.

»Könnten sie.«

Verdammt, verdammt, verdammt! Sie fing an zu zittern.

Patrick löste seine Finger voneinander und legte die Handflächen auf den Schreibtisch. »Jetzt bleiben Sie mal entspannt, Sarah. Ich werfe Sie nicht raus.«

Sie hielt den Atem an, ihr war schwindelig. »Nicht?«

»Nein. Obwohl ich jeden Grund dafür hätte.«

Zu gern hätte sie ihm widersprochen, ließ es aber bleiben.

»Sie kriegen einen Spezialauftrag.«

»Was?«

Er zog ein Blatt Papier zu sich und studierte es einen Moment lang. »Wir haben einen Tipp bekommen. Anonym und vielleicht komplett erfunden. Aber die Sache ist sensibel, und diesmal brauchen wir genau das, was Sie so gut können.«

»Und das wäre?«

»Dafür sorgen, dass wir nicht vor Gericht landen. Normalerweise würde ich diese Story meinem angriffslustigsten Hai hinwerfen und hoffen, dass er Blut riecht. Und wenn es keins gibt, würden wir uns was ausdenken. Aber diese Leute sind zu mächtig und haben ganz sicher noch mächtigere Freunde.«

»Das klingt nicht nach einer Nullachtfünfzehn-Promitratschgeschichte.«

»Ist es auch nicht. Aber falls was dran ist an der Sache, will ich es wissen. Die Wahrheit, nicht die Lügen. Und ich will diese Geschichte exklusiv.« Patrick schob Sarah das Blatt hin.

Darauf standen zwei Namen. Einen kannte sie, den anderen nicht. »Und was erwarten Sie jetzt von mir?«

»Finden Sie raus, welche Verbindung es zwischen den beiden Namen gibt. Dafür müssen Sie vermutlich ganz nahe ran. Ein bisschen Internetrecherche reicht da nicht.«

»Okay.«

»Diese Leute dürfen natürlich nicht wissen, wo Sie arbeiten. Deshalb machen Sie das auch nicht von hier aus.«

»Ich schreibe doch sowieso unter einem Pseudonym«, erinnerte sie ihn.

»Schon richtig. Leute wie die haben Bodyguards und Angestellte, die für Abstand zu unsereins sorgen.« Patrick musterte sie von oben bis unten. Sein Blick war nicht anzüglich, sondern eher kritisch. »Obwohl Sie rein äußerlich nicht wirken, als würden Sie hier arbeiten, möchten wir doch lieber keinerlei Verdacht erregen.«

Sarah schaute an sich hinunter. »Was stimmt denn nicht mit meinem Aussehen?«

»Für eine Studentin wäre es in Ordnung.«

Sie hatte keine Ahnung, was er damit sagen wollte. Störten ihn die Converse, die sie zu fast allem trug?

»Glauben Sie mir, Sarah: Für diesen Auftrag sind Sie perfekt.«

»Weil ich was genau bin?«

»Weil Sie die Einzige in dieser Redaktion sind, die keine Geschichte erfindet, wenn es keine gibt. Aber falls es eine gibt und Sie Ihren Job behalten wollen, dann schreiben Sie sie für mich. Und falls es eine gibt und Sie sie nicht schreiben wollen, dann setze ich Sie vor die Tür.«

Kapitel 5

Dass Max Chase' bestem Freund Busa die Hand geschüttelt und dann zugeschaut hatte, wie er mit dem Testkit davonfuhr, das über seine Zukunft entscheiden würde, lag zwei endlose Stunden zurück.

In der Zwischenzeit hatte Chase ein paarmal angesetzt, ihm etwas über Aaron Stone zu erzählen und über die Firma, die der Mann aufgebaut hatte. Max hatte entweder weggehört oder gleich abgewinkt. »Falls der Test negativ ist, muss ich von alldem nichts wissen. Lass uns einfach abwarten und über Football reden.«

Wie sich herausstellte, machten sie sich beide nicht viel aus diesem Sport.

Chase gab sich Mühe, das Gespräch in Gang zu halten. Er erzählte, wie er ins Speditionsgeschäft eingestiegen und sein Unternehmen ohne die Hilfe seines reichen Vaters aufgebaut hatte, vielleicht sogar ihm zum Trotz. Und wie er kürzlich die Büros seines Unternehmens in den Hauptsitz von Stone Enterprises verlegt hatte, um beide Firmen managen zu können. Auch dass Alex bis zur Testamentseröffnung bei einem der größten Konkurrenten von Stone Enterprises gearbeitet hatte, erfuhr Max im Lauf des Gesprächs und nahm an, dass sie auf diese Art ihrem Vater den erhobenen Mittelfinger entgegengestreckt hatte. Was er bestens verstand und guthieß.

Zwei Stunden nachdem Busa losgefahren war, hielt ein Wagen vor dem Haus und Max und Chase sprangen auf. Doch nicht Chase' Freund, sondern Alex und Piper kamen durch die Tür. Chase begrüßte seine Verlobte mit einem Kuss und seine Schwester mit einem Lächeln. Nach einem Lächeln ihrerseits und einem Hallo hetzte Piper zur Toilette.

Alex musterte Max. »Hast du den Baseballschläger daheim gelassen?«

Er nickte kurz. »Das mit dem Baseballschläger war idiotisch, ich weiß.«

»Ist das eine Entschuldigung?«

»Nein. Ich dachte, ihr hättet irgendeinen besonders schrägen Scam am Laufen. Aber offenbar glaubt ihr beide an diese Geschichte mit dem verlorenen Bruder. Sonst würdet ihr nicht so viel Aufwand betreiben.«

»Und falls der DNA-Test zeigt, dass du doch nicht der bist, den wir suchen?«, fragte Alex.

Max kniff die Augen zusammen. »Dann spendiert mir einer von euch die Taxifahrt nach Hause und ich muss mich erst recht nicht für den Baseballschläger entschuldigen.«

Alex schüttelte den Kopf. »Entschuldigst du dich überhaupt je für irgendwas?«

»Meistens habe ich keinen Grund.«

Lachend öffnete sie den Kühlschrank ihres Bruders.

»Der Truck gehört dir«, sagte Chase. »Ganz gleich, was bei dem Test rauskommt.«

»Als eine Art Trostpreis?«, fragte Max.

»Als Geschenk in gutem Glauben. Wenn wir irgendwelche Zweifel hätten, wären wir nie zu dir gekommen. Aber falls wir doch falschliegen …«

»Wir liegen nicht falsch«, unterbrach Alex ihren Bruder.

Piper kam zurück. »Sorry. Sie ist unglaublich zappelig. Ich muss alle fünf Minuten aufs Klo.«

»Ich weiß nicht, ob Max das wirklich hören will«, sagte Chase.

Korrekt. Frauen und Babys, oder vielmehr schwangere Frauen, erschienen nicht auf seinem Radar.

Der Sound eines näher kommenden Motorrads beendete das Gespräch.

Chase warf einen Blick aus dem Fenster. »Er ist wieder da.«

»Busa?«, fragte Alex.

»Ja.«

Ein kollektives Seufzen.

Chase öffnete seinem Freund die Tür. »Danke, dass du das übernommen hast.«

Den Helm unter einem Arm und in der freien Hand einen Umschlag, marschierte Busa ins Haus. »Keinen Blick reinzuwerfen, hat mich beinahe umgebracht.«

Chase schaute von dem versiegelten Umschlag zu Max.

Max' Puls begann zu jagen, sein Blickfeld verengte sich.

»Mach ihn auf«, sagte Piper zu Chase.

Chase holte tief Luft und riss das Siegel durch. Er faltete ein einzelnes Blatt Papier auseinander, der Umschlag fiel zu Boden. Nur ein paar Sekunden lang glitt sein Blick über die Seite. Während er das Blatt an Alex weitergab, schaute er Max an.

Alex nahm sich mehr Zeit zum Lesen, dann begann sie zu lachen.

Großer Gott, was stand da bloß?

Sie ließ das Schreiben sinken und fixierte Max. »Ich hoffe, du entschuldigst dich jetzt doch, Bruder.«

Mit dem Gefühl, dass sich der Boden unter seinen Füßen auftat, schnappte er sich das Blatt voller Grafiken. Die Übereinstimmungen der Kurven von Chase und Alex zeigten, dass die beiden Vollgeschwister waren.

Im nächsten Schaubild waren Chase' und Max' Kurven gemeinsam dargestellt. An ihrem Verlauf konnte man ablesen, dass sie Halbgeschwister waren. Die dritte Grafik mit Alex' und Max' Kurven sah ganz ähnlich aus. Er hatte also einen Halbbruder und eine Halbschwester.

Ein Stück weiter unten wurde Max' Kurve mit der Kurve einer Person namens Vivian Stone verglichen. Hier gab es keinerlei Gemeinsamkeiten, also keinen Verwandtschaftsgrad.

»Wer ist Vivian?«, fragte er.

»Unsere Mutter.«

Er blickte nicht auf, registrierte nicht einmal, wer die Frage beantwortet hatte, so vertieft war er in jedes einzelne Wort auf der Seite. Der Name des Labors, der Laborantin, die Uhrzeit, zu der Probe eingeliefert worden war, und wer sie gebracht hatte. Dazu ein Hinweis, dass alle Proben bei ihrem Eingang fotografiert worden waren und alle die Unterschriften der Getesteten getragen hatten. Auch das Testergebnis wurde noch einmal erklärt, und er konnte schwarz auf weiß lesen, dass eine Person namens Maximillian Smith ohne den geringsten Zweifel zwei Halbgeschwister namens Alexandrea und Chase Stone hatte. Auch dass Vivian Stone, die Mutter von Chase und Alexandrea, mit diesem Maximillian nicht verwandt war, wurde noch einmal dargelegt.

Das ließ nur einen einzigen Schluss zu: Der verstorbene Aaron Stone war tatsächlich Max' biologischer Vater.

Er wandte sich ab und starrte aus dem Wohnzimmerfenster.

»Alles in Ordnung?« Die Frage hatte Piper gestellt, die Frau mit der sanfteren Stimme.

»Ich glaube, ich würde jetzt gern etwas trinken, was ein bisschen stärker ist als Bier.«

»Kein Problem«, erwiderte Chase.

Max rieb sich mit der Hand das Gesicht. Bevor er sich zu den anderen umwandte, hob er das Kinn. Er schaute Alex fest in die Augen. »Es tut mir leid. Entschuldigung.« Diese Worte kamen ihm normalerweise nicht über die Lippen. Niemals.

Alex lächelte. »Entschuldigung angenommen.«

Chase goss Whiskey in Gläser, Piper gab Eis dazu. Ein Glas brachte Chase zu Max.

Piper schwenkte ein Glas Wasser. »Auf neue Anfänge.« Sie prostete in die Runde.

Die anderen hoben ihre Gläser und nippten an ihrem Whiskey.

Mit einem warmen Brennen lief die Flüssigkeit durch Max' Kehle, und in diesem Moment wurde ihm schlagartig bewusst, dass er das alles nicht träumte. »Heilige Scheiße.«

Busa fing sich als Erster und klopfte ihm auf den Rücken. »Das kannst du laut sagen.«

* * *

Alex schaute unverwandt hinaus in den Garten. Bisher war ihr verlorener Bruder nur ein Punkt auf einer Checkliste gewesen, etwas, worum man sich kümmern musste, bevor es weitergehen konnte. Sie wollte Erleichterung spüren und das gute Gefühl haben, dass sie vorankamen. Doch die Spannung in ihren Schultern ließ nicht nach, und die Erleichterung wollte sich nicht einstellen.

»Er starrt schon seit einer halben Stunde ins Nichts«, sagte sie irgendwann zu Chase und Piper.

Ihr Halbbruder saß gedankenverloren auf der hinteren Veranda. Sie hatten auf das Testergebnis angestoßen und darauf, dass ihr Verwandtschaftsverhältnis jetzt geklärt war. Dann hatte Max gesagt, er brauche eine Minute für sich. Inzwischen waren es bereits dreißig und die Zeit schlich quälend langsam dahin.

Busa war nach Hause gegangen, Kit hatte sich auf der Couch zusammengerollt und war eingeschlafen.

»Er hat immer geglaubt, er wäre allein auf der Welt, und jetzt hat er plötzlich eine Familie. Kein Wunder, dass er völlig durcheinander ist«, meinte Piper.

»Sollen wir zu ihm rausgehen?«, fragte Alex. Zu gern wollte sie endlich ein richtiges Gespräch mit dem Mann führen.

Chase schüttelte den Kopf. »Lass ihn das Tempo vorgeben.«

»Wir müssen dafür sorgen, dass er ein paar Dinge verstanden hat, bevor er heute hier rausgeht«, beharrte Alex. »Wir brauchen seine Kooperation.«

»Er ist hier«, sagte Piper. »Er wird bestimmt kooperieren.«

»Hoffentlich. Bald findet die letzte Vorstandssitzung dieses Jahres statt, und wir schieben die Abstimmung über den Zukauf schon Monate vor uns her.« Solange sie Max noch nicht gefunden gehabt hatten, war dieser Aufschub nötig gewesen, denn er verfügte über einundzwanzig Prozent der Stimmanteile. Ohne seine Einwilligung für ihn abzustimmen, hätte man ihnen als Betrug auslegen können, und Alex wollte den Vorstandsmitgliedern keine Munition geben, die diese Leute auf sie und ihre Familie abfeuern konnten.

»Sicher wird es eine Weile dauern, bis er ganz und gar verstanden hat, was es bedeutet, diese Stimmrechte zu besitzen«, gab Piper zu bedenken.

»Dann lasst uns versuchen, die Abstimmung noch mal zu vertagen.« Alex seufzte. »Wir könnten uns auf die bevorstehenden Feiertage berufen oder die Mitleidskarte spielen. Schließlich ist das unser erstes Jahr ohne Dad.«

Chase war kurz davor, die Augen zu verdrehen. Piper lachte auf.

»Okay. In Ordnung. Das Baby vielleicht? Eure Verlobung?«

Die Hintertür öffnete sich und sie drehten sich alle drei um.

»Alles klar?«, fragte Piper Max.

»Kommt drauf an.«

»Worauf?«, fragte Alex.

»Jedes Mal, wenn ich ins Zimmer komme, steckt ihr drei die Köpfe zusammen und flüstert. Warum?« Max durchquerte das Wohnzimmer und stellte sich ihnen gegenüber hinter die Kücheninsel.

»Wir machen uns Sorgen.« Alex redete nur ungern um den heißen Brei herum.

»Warum?«

Nach einem Blick in die Runde sagte sie: »Was weißt du über die Entscheidungsprozesse in einer größeren Firma?«

»So viel wie jeder andere Außenstehende, denke ich.«

Damit Max freundliche, gelassene Menschen vor sich sah, setzte sich Alex neben Piper. Er sollte kein Unterlegenheitsgefühl haben, weil er sich mit Unternehmensstrukturen nicht auskannte. »Unser Vater hat seinen gesamten Anteil an Stone Enterprises uns dreien hinterlassen.«

»Seinen Anteil?«

»Ja.«

»Das bedeutet, die Firma gehört nicht allein der Familie.«

»Genau«, sagte Chase. »Aber gemeinsam haben wir drei genügend Anteile, um Entscheidungen durchsetzen zu können.«

»Dad wollte die Kontrolle über das Imperium, das er aufgebaut hat, nie aus der Hand geben. Kein anderes Vorstandsmitglied hat ausreichend Anteile, um unsere Position zu gefährden«, erklärte Alex.

»Und was ist das für eine Position?«

»CEO. Alle richtungsweisenden Entscheidungen treffen wir. Wir drei. Nehmen wir mal an, die Idee käme auf, das Resort in Vegas abzustoßen. Wenn alle anderen dafür stimmen, wir drei aber dagegen, dann gibt es auch keinen Verkauf.«

In Max' Kopf griffen die Zahnräder geradezu sichtbar ineinander. Er schaute zur Seite. »Und jetzt habt ihr Angst, dass ich meine Stimmrechte gegen euch verwenden könnte.«

Das war nicht Alex' größte Sorge. »Nein, eigentlich nicht.«

»Du kannst abstimmen, wie du willst«, versicherte ihm Chase. »Ich persönlich verlasse mich auf Alex. Immerhin arbeitet sie schon seit dem College in der Hotelbranche.«

Sie zuckte die Achseln. »Ich muss noch viel lernen. Leider hat Dad sich nie die Mühe gemacht, uns in seine Firma einzuführen.«

»Warum hat er sie euch dann vererbt?«, fragte Max.

»Das fragen wir uns schon seit Monaten«, antwortete Chase.

»Wenn ihr euch keine Sorgen macht, wie ich abstimme, was macht euch denn dann so nervös?«

Alex tauschte Blicke mit Chase, dann drehte sie sich wieder zu Max. »Dass du deine Anteile verkaufen könntest. Eventuell in näherer Zukunft.«

»Oder dass jemand von den anderen Eignern dich dazu bewegen könnte, in seinem Interesse zu stimmen und nicht im Interesse der Firma«, fügte Piper hinzu.

Max schüttelte den Kopf. »Mein Wissen über Hotels beschränkt sich darauf, wie man ein Motelzimmer bucht.«

»Das werden auch die anderen Eigner vermuten, wenn sie erfahren, dass es dich gibt. Aber wir möchten nicht, dass sie dich ausnutzen oder über den Tisch ziehen«, sagte Chase.

»Warum?«

Alex gluckste. »Weil du nun mal unser Bruder bist. Wenn jemand dich überredet, deine Anteile zu verkaufen, bevor du überhaupt weißt, was du da verkaufst, schadet dir das. Und das möchten wir verhindern.«

»Aber warum? Warum ist euch das wichtig? Ihr kennt mich doch gar nicht.«

In der Hoffnung, dass Piper vielleicht besser erklären konnte, was sie Max sagen wollte, drehte sich Alex zu ihrer zukünftigen Schwägerin.

»Max«, begann Piper. »Seit euer Vater gestorben ist, haben Alex und Chase Himmel und Hölle in Bewegung gesetzt, um dich zu finden. Ihre Suche haben sie geheim gehalten, damit du, wenn du irgendwann vor ihnen sitzen würdest, Zeit haben konntest, zu verstehen, was du da in den Händen hältst. Sie haben sich alle Mühe gegeben, Stone Enterprises erst einmal unverändert weiterzuführen und keine Unruhe aufkommen zu lassen. Wenn ein CEO stirbt, dann kreisen die Geier. Sie suchen nach Schwachstellen, an denen sie ansetzen können, um die Firma an sich zu reißen. Die Geier kreisen tatsächlich, aber dein Bruder und deine Schwester wollten dir kein Chaos vor die Füße werfen und schon gar keine Anteile an einer sterbenden Firma. Sogar die Kunstsammlung eures Vaters haben sie behalten, weil sie dachten, vielleicht möchtest du etwas davon haben.«

»Ich will keine Staubfänger von irgendjemandem, den ich gar nicht gekannt habe.«

»Das konnten wir aber nicht wissen.« Alex hob die Hände. »Vielleicht willst du dir die Sachen ja mal ansehen.«

Max fuhr sich mit der Hand übers Gesicht. »Was sind meine Anteile wert?«

»Der Gesamtwert der Firma liegt im mehrstelligen Milliardenbereich und ihr Geschwister seid die Haupteigner«, erklärte Piper. »Das bedeutet, ein sehr großer Teil der jährlichen Gewinne geht an euch. Selbstverständlich würdest du bei einem Verkauf deiner Anteile einen ordentlichen Batzen Geld bekommen. Aber viel interessanter ist doch, was die Anteile über die Jahre abwerfen können. Es ist wie bei einem Lottogewinn: Willst du eine Einmalzahlung oder willst du alljährlich eine schöne Summe überwiesen bekommen? Eine Einmalzahlung für Stone Enterprises möchtest du nicht haben.«

»Und wenn doch?«

Alex schaute Chase an.

»Abhalten können wir dich nicht«, sagte Chase.

Alex war sicher, dass Max die Tragweite seiner Entscheidungen noch nicht abschätzen konnte. Wie auch?

»Wenn du ein paar Millionen möchtest, kein Problem. Die hast du nämlich schon. Um Geld in der Tasche zu haben, musst du deine Anteile nicht verkaufen. Gib uns Gelegenheit, dir zu zeigen, was es bedeutet, sie zu besitzen. Falls du sie dann immer noch verkaufen willst, werde ich nicht versuchen, es dir auszureden.« Sie schaute zu Chase.

»Ich sehe das genau wie Alex. Gib uns sechs Monate.«

»Und was passiert in diesen sechs Monaten?«, fragte Max.

Alex antwortete mit einer Frage. »Was wäre dir denn wichtig?«

Nach einem langen Moment der Stille schaute Max von einem zum anderen. »Ich will die Frau finden, die das Geld genommen und mich in der Scheiße hat sitzen lassen.«

Seine Worte trafen Alex wie ein Fausthieb. Auch Piper machte ein sehr betroffenes Gesicht.

Chase wirkte ein wenig gelassener. »Dann machen wir uns an die Arbeit. Wir helfen dir, deine Mutter zu suchen, und du gibst uns sechs Monate, in denen du deine Anteile erst mal behältst.«

»Glaubt ihr, ihr könnt die Frau finden?«

»Dich haben wir auch gefunden.« Alex schaute ihm fest in die Augen.

Zwar starrte Max ins Leere, doch er nickte ein paarmal. »Okay, abgemacht.«

Alex stieß die Luft aus, die sie angehalten hatte.

Max warf einen Blick auf die Uhr. »Ich muss los. Ich habe noch einiges zu erledigen, und am Montag muss ich wieder zur Arbeit.«

»Wir geben dem Nachlassverwalter Bescheid. Gibt es einen Wochentag, der für einen Termin bei ihm günstig ist?«, fragte Chase.

»Ich arbeite montags bis freitags. Ihr besorgt den Termin, ich nehme mir frei.«

Eigentlich musste er nicht mehr zur Arbeit gehen, aber Alex würde ihn nicht davon abhalten. »Wahrscheinlich ist es am besten, erst mal alles für dich zu behalten. Zumindest, wenn dir deine Privatsphäre wichtig ist.«

Piper wandte sich an Alex. »Sobald der Nachlassverwalter sein Okay gibt, hole ich die PR-Abteilung mit ins Boot.«

»Wenn in der Firma irgendwer von Max erfährt, wird sich die Nachricht wie ein Lauffeuer verbreiten«, hielt Alex dagegen.

»Dann beauftragen wir nicht unsere eigenen PR-Leute, sondern jemanden von außerhalb«, erklärte Piper.

»Wir müssen so gut vorbereitet sein, wie es nur irgend geht. Wer, glaubt ihr, wird das größte Problem damit haben, dass wir Max' Existenz bis jetzt geheim gehalten haben?«

»Alle. Die werden Sturm laufen«, sagte Piper.

»Okay«, unterbrach Max ihre Überlegungen. »Ihr diskutiert, wie es jetzt weitergeht, ich mache mich auf den Weg.«

Chase ging um die Kücheninsel herum. »Ich bringe dich raus.«

* * *

In der kühlen Luft draußen atmete Max erst einmal durch.

»Alex ist manchmal ein bisschen hitzig, und sie ist ein Fan klarer Worte«, sagte Chase.

Das war Max bereits aufgefallen. »Deine Schwester hat Eier.«

»Unsere Schwester. Und ja, hat sie. Größere als die meisten Männer, die ich kenne.«

Noch war Max nicht so weit, irgendwen als Schwester oder Bruder zu bezeichnen.

Bei seinem Wagen blieben sie stehen. »Deine Verlobte weiß ziemlich gut Bescheid über euer Unternehmen.«

»Sie weiß auf jeden Fall mehr als wir.«

»Und wie kommt das?«

Chase verlagerte sein Gewicht von den Fußballen auf die Fersen. »Sie war die letzten fünf Jahre die Assistentin unseres Vaters. Kurz bevor er gestorben ist, hat er sie rausgeworfen, weil sie nicht mit ihm ins Bett wollte.«

»Klingt, als wäre er wirklich ein Arsch gewesen.« Typen, die Frauen das Leben schwer machten, sie misshandelten oder ihre Macht ausspielten, waren für ihn das Letzte.

»Einen Orden für den nettesten Kerl der Firma hätte ihm garantiert niemand verliehen.«

»Dann war es vielleicht besser, dass ich ihn nicht gekannt habe.«

»Schon möglich.« Chase stützte sich mit der Hand an Max' neuem Pick-up ab und schaute beiseite. »Hör mal, wir wollen dich zu nichts drängen. Nimm dir so viel Zeit, wie du brauchst, um mit deiner neuen Situation klarzukommen.«

»Womöglich dauert das ein bisschen länger als sechs Monate.«

»Dann nimm dir ein Jahr. Ganz ehrlich. Wenn du möchtest, dass die Welt erst in einem Jahr erfährt, dass du Aaron Stones Sohn bist, tun wir, was wir können, damit keiner etwas erfährt. Aber es für immer geheim halten? Keine Chance. Wenn du glaubst, deine Welt wäre jetzt schon verrückt, warte mal ab, was passiert, wenn sämtliche Zeitungen und Klatschblätter Fotos von dir bringen.«

»Ja, klar.«

»Nein, im Ernst.«

»Die Leute werden sich einen feuchten Dreck für mich interessieren. Und falls doch, dann nicht lange.« So war das in seinem Leben schon immer gewesen.

Mit einem Lächeln wechselte Chase das Thema. »Falls du am Samstag noch nichts vorhast, würde ich dir gern etwas zeigen.«

»Und wenn ich Nein sage? Schickst du mir dann ein Boot?« Einen Moment lang sah er in seiner Vorstellung einen Anhänger mit einem Boot in seiner Einfahrt stehen.

Chase klopfte lachend auf das Dach des Trucks. »Nein. Ein Boot suchst du dir besser selbst aus. Das mit dem Wagen war einfach, weil dir meiner so gut gefällt.«

Max öffnete die Fahrertür. »Wegen Samstag gebe ich dir Bescheid.«

»Gut.« Chase streckt ihm die Hand hin.

Nach einem kurzen Zögern legte Max seine hinein.

Kapitel 6

In ihrem Pyjama saß Sarah vor dem Computer und stützte mit einem frustrierten Stöhnen den Kopf in die Hände.

Patrick hatte richtiggelegen. Im Internet würde sie diese Story nicht finden, obwohl Aaron Stone einfach überall war. Ziemlich beachtlich für einen Toten. Die Schlagzeilen aus der Zeit direkt nach dem Tod des milliardenschweren Hotelmoguls hatte Sarah selbstverständlich gelesen. Auch in ihrer Zeitschrift waren wochenlang immer wieder Stone-Geschichten erschienen. Vor allem über die Trophäenehefrau, die nur das bekommen hatte, was ihr laut Ehevertrag zustand. Nicht viel, angesichts des gigantischen Vermögens ihres Gatten.

Selbst das Haus, in dem Melissa Stone mit ihm gelebt hatte, hatte sie noch in der Woche nach seinem Begräbnis verlassen müssen.

Und dann der zweite Name, den Patrick ihr gegeben hatte! Maximillian Smith!

Wer hieß denn so? Ziemlich viele Leute offenbar. Es gab Hunderte Maximillian Smiths in jedem Alter, mit jeder Hautfarbe und in jeder erdenklichen beruflichen oder gesellschaftlichen Position. Nur keinen, der sich in Aaron Stones Kreisen bewegt hatte.

Das Geräusch eines Schlüssels, der sich im Schloss der Wohnungstür drehte, holte Sarah aus ihren Grübeleien ins Hier und Jetzt.

Zwei Tüten voller Lebensmittel in einem Arm, eine dritte im anderen, kämpfte sich Teri herein und schloss die Tür mit einem Tritt.

»Du lieber Himmel, du sitzt ja immer noch hier.« Als Teri um neun ins Fitnessstudio gegangen war, hatte Sarah bereits auf die Computertastatur eingehackt.

»Ich finde einfach nichts!«, schimpfte sie verzweifelt.

Teri wuchtete die Tüten auf die Arbeitsplatte in der Küche und packte sie aus. Sarah stand auf und half ihr.

»Hat dein Boss nicht gesagt, diese Geschichte könntest du dir nicht zusammengoogeln?«

»Patrick unterschätzt meine Googel-Künste.«

Teri grinste. »Diesmal offenbar nicht.«

»Ich habe sämtliche Suchoptionen und Kombinationen mit den Namen Aaron Stone und Maximillian Smith durchprobiert und keine Verbindung gefunden. Noch nicht mal einen Maximillian Smith in der Hotelbranche.«

»Vielleicht hat er ja mit Hotels nichts zu tun.«

»Den Familienstammbaum habe ich mir auch angesehen. Nada.«

»Ein Feind?«

Ja, auch daran hatte Sarah gedacht. Aber wo sollte sie da anfangen? »Bei Leuten, die durch ihn Geld verdient haben, war Aaron Stone gern gesehen. Über sein Privatleben habe ich dagegen nicht viel Nettes gefunden. Zumindest nicht in den Klatschblättern.«

Teri warf ihr einen vielsagenden Blick zu. »Und wir wissen ja, wie verlässlich gerade diese Quellen sind.«

»Meine Geschichten sind immer hervorragend recherchiert und stimmen.« Sarah stellte die Eier in den Kühlschrank.

»Vielleicht musst du rausfinden, wo Stone sich nach Feierabend aufgehalten hat, und dich dort umsehen.«

»Ja, klar.« Sarah lacht auf. »Eine Stammkneipe hatte er sicher nicht. Leute wie er gehen in den Country Club, und meine Mitgliedschaft ist leider kürzlich abgelaufen.«

»Dann finde raus, wer in seinem Country Club an der Bar arbeitet, und lern diese Leute kennen. Wenn ich Rechnungen für die Therapiegespräche allein während der Happy Hour schreiben dürfte, müsste ich nie wieder arbeiten gehen. Wer hinter der Bar steht, hört einfach alles.«

»Das wäre aber ziemlich raffiniert.« Dabei machte es Sarah nichts aus, ein bisschen kreativ zu sein, um an eine Story zu kommen. Was sie dann schrieb, musste allerdings der Wahrheit entsprechen. Patricks Anweisung, sie solle in Zukunft besser vage bleiben und Spielraum für Interpretationen lassen, ging ihr nicht aus dem Kopf.

»Der Barkeeper hat ja von Stone nichts mehr zu befürchten, und Schweigepflicht hat er auch nicht. Er ist ja kein Arzt. Ach, und habe ich schon erwähnt, dass der Mann, um den es geht, inzwischen tot ist?«

Sarah stieß den Atem aus. »Schon gut. Ich habe kapiert, was du mir sagen willst.« Während Teri in der Barszene zu Hause war, fühlte sich Sarah dort wie ein Fisch auf dem Trockenen. »Vielleicht wissen ja seine Hausangestellten etwas.«

»Glaubst du, er hat noch Angestellte?«

Sarah stopfte eine leere Plastiktüte in die größere Tüte, in der sie noch verwendbare Tüten sammelten. »Wenn reiche Leute sterben, wird sicher nicht das ganze Personal automatisch entlassen. Das Gras mäht sich schließlich nicht selbst und auch Luxusvillen setzen Staub an.«

»Klingt, als müsstest du ein bisschen stalken.« Teri schnappte sich einen Apfel, warf ihn in die Luft und fing ihn wieder auf.

»Klingt illegal«, murmelte Sarah.

»Wenn der Mann noch am Leben wäre – vielleicht. Aber du kundschaftest ja nicht sein Haus aus, um anschließend dort einzubrechen. Du möchtest dich nur mit den Angestellten anfreunden.«

Sarah trommelte mit den Fingern auf die Arbeitsplatte. »Ja, okay.«

Sie ging zurück an ihren Computer und notierte sich Aaron Stones Adresse.

* * *

Den Sonntag verbrachte Max damit, die Garage aufzuräumen, um Platz für seinen neuen Wagen zu schaffen. Mit einem Fenstermarker schrieb er seine Telefonnummer und »Gegen Höchstgebot zu verkaufen!« auf die Windschutzscheibe seines alten Pick-ups und parkte ihn an der Zufahrtsstraße zum Viertel. Um die Mittagszeit hatten bereits fünf Leute angerufen und ihm ihre Preisvorstellung genannt. Er verhandelte nicht, schrieb sich einfach nur den Betrag und die Telefonnummer auf und versprach, sich gegen Abend zu melden.

Doch schon nachmittags um kurz nach zwei bekam er überraschend Besuch.

Die Arme voller Werkzeug, das er platzsparend verstauen wollte, hörte Max über seine laute Musik hinweg jemanden rufen. Draußen stand ein höchstens sechzehnjähriger Junge, schlaksig, dünn und mit Pickelgesicht. Max drehte die Musik leiser.

»Hi«, sagte der Junge.

Mit einem Handtuch von der Werkbank wischte sich Max die Hände ab. »Hallo.«

Der Junge zeigte mit dem Daumen hinter sich. »Ist das Ihr Pick-up, der zu verkaufen ist?«

»Jap.«

»Wie viel soll er denn kosten?«

»Bist du überhaupt schon alt genug zum Fahren?«

»Ich habe seit zwei Monaten den Führerschein«, erklärte der Junge stolz.

»Und da willst du gleich einen Pick-up?«

Der Junge zuckte mit den Schultern.

»Der schluckt ganz schön was weg«, gab Max zu bedenken.

»Tun das nicht alle Autos, die nicht elektrisch sind?«

Ein guter Einwand. Max nahm einen Bleistift und ein Stück Papier von der Werkbank. »Sag deinen Eltern, sie sollen mich anrufen …«

»Meine, ähm …« Der Junge trat von einem Fuß auf den anderen und schaute sich um. »Das Auto kaufen mir nicht meine Eltern. Ich bezahle es selbst.«

Max hörte auf zu schreiben.

Hier im Viertel wohnten keine Leute, die ihren Kindern neue oder fast neue Wagen kaufen konnten. Aber Teenager, die in alten Familienkutschen herumfuhren, sah man öfter. »Meinst du, dafür reicht dein Geld?«

»Kommt darauf an, was er kostet.«

»Ich verkaufe ihn gegen Gebot.«

»Und was heißt das genau?«

»Es bedeutet, den Pick-up kriegt der, der am meisten bezahlt.«

Der Junge ließ die Schultern hängen. »Oh.«

Sofort fühlte sich Max, als hätte er gerade einem Fünfjährigen einen Welpen weggenommen. »Die Kiste ist ziemlich alt, und du hast noch nicht mal eine Testfahrt gemacht.«

»Das muss ich auch nicht.«

»Junge, du musst immer alles testen, bevor du dich entscheidest.« Frauen, Autos, Jobs.

»Ich habe Sie oft an Ihrem Wagen rumschrauben sehen. Und hier bei Ihnen ist alles sauber und ordentlich. So jemand hält seine Sachen in Schuss.«

Da konnte Max nicht widersprechen. Der Wagen war alt, aber er hielt ihn am Laufen.

»Außerdem gibt es bei uns an der Schule einen Werkstattkurs, wo man viel über Autos lernt«, fügte der Junge hinzu.

»Wie heißt du?«

»Tucker.«

»Bist du sicher, dass du nicht ein sparsameres Auto willst, Tucker?«

»Mit einem Pick-up kann man was transportieren. Und hier in der Gegend haben die Leute einen Haufen altes Zeug rumstehen. Mit dem passenden Auto könnte ich ein bisschen Geld verdienen.«

Max kniff die Augen zusammen. Er hatte eine ziemlich gute Vorstellung von dem, was in dem Jungen vorging. »Du brauchst Geld?«

Tucker schaute beiseite. »Geld ist immer gut.«

»Okay, Tucker. Wie lautet dein Angebot?«

Die Unsicherheit fiel wie ein Vorhang über die Züge des Jungen. »Ich habe bloß vierhundertfünfzig. Na ja, eigentlich fünfhundert. Aber ich brauche ja auch Sprit. Also kann ich vierhundertfünfzig bezahlen.«

»Was ist mit der Versicherung?«

»Sobald ich Geld verdiene, kann ich mir eine leisten.«

Max hätte seinen neuen Wagen darauf verwettet, dass Tucker keinerlei Absicht hatte, den alten Pick-up zu versichern.

»Helfen dir deine Eltern mit der Versicherung?«

Wieder ein Schulterzucken. »Vielleicht. Ja. Wahrscheinlich.«

Gut lügen konnte der Junge nicht.

Max schnappte sich die Schlüssel. »Du musst eine Testfahrt machen.«

»Wirklich?«

»Jap. Wie gesagt, man kauft nie etwas, ohne es vorher auszuprobieren.«

Tuckers freudiges Grinsen ließ schiefe Zähne aufblitzen.

Nachdem Max die Garagentür geschlossen hatte, ging er mit dem Jungen zu der Straßenecke, wo er den Pick-up geparkt hatte. Er warf Tucker die Schlüssel zu und schob sich auf den Beifahrersitz.

Der Junge sprang auf den Fahrersitz, als hätte er gerade auf dem Jahrmarkt den Hauptpreis gewonnen. Er stellte die Rückspiegel ein und strich mit der Hand übers Lenkrad. »Ist das Radio neu?«

Das Radio hatte Max vor nicht ganz einem Jahr gekauft, und es hatte mehr gekostet als das, was Tucker ihm für den Wagen geben konnte. »Das habe ich schon länger«, log er.

Tucker ließ den Motor an und wollte losfahren.

Max hielt ihn zurück. »Alte Pick-ups wie den hier lässt man am besten erst warmlaufen.«

Der Junge lehnte sich zurück. »Wie lange?«

»So lang, bis die Drehzahl im Leerlauf hörbar runtergeht. Und an kalten Tagen jedes Mal fünf Minuten, wenn er eine Weile gestanden hat.«

»Ah.« Tucker nahm die Hände vom Steuer und wartete.

Sobald der Motor etwas ruhiger lief, sagte Max ihm, er könne jetzt losfahren. »Die Bremse ist ein bisschen …«

Tucker trat eine Spur zu kräftig aufs Pedal, und sie wurden beide nach vorn geworfen.

Max stützte sich mit der Hand auf dem Armaturenbrett ab. »… empfindlich.«

»Sorry.«

Noch während er den Sicherheitsgurt anlegte, fragte sich Max, ob er verrückt war, sich zu einem blutigen Anfänger in den Wagen zu setzen.

»Du kennst die Karre nicht, und an alle Autos, egal ob neu oder alt, muss man sich erst mal gewöhnen.«

»Ja, verstanden. Okay.«

Obwohl Max ziemlich angespannt war, liefen die nächsten fünfzehn Minuten gar nicht schlecht. Tucker hielt sich an sämtliche Verkehrsregeln und fuhr nicht eine einzige Meile schneller als erlaubt. Was Max ein bisschen kribbelig machte. Kein Mensch fuhr immer derart vorschriftsmäßig.

Am Ende hielt Tucker vor Max' Haus und stellte den Motor ab.

»Und? Was meinst du?«, fragte Max.

»Mir gefällt er. Fährt sich gut. Und er ist sauber.«

Max versuchte, nicht zu grinsen.

»Willst du dir den Motor ansehen?«

»Ich wüsste ja nicht mal, worauf ich da achten muss.«

Max räusperte sich. »Pass auf, so was sagst du niemals zu jemandem, von dem du ein Auto kaufen willst.«

»Aber ich habe wirklich keine …«

Max zeigte auf eine Stelle. »Mit diesem Hebel hier lässt du die Motorhaube aufschnappen.«

Draußen vor dem Pick-up gab er Tucker eine kurze Einführung. »Schau nach, ob es irgendwelche Lecks gibt. Und ob die Riemen richtig sitzen und nicht ausgeleiert sind. Ist Rost an der Batterie? Schau dir den Kühler und die Klimaanlage an. Und die Reifen. Wie viel Profil haben sie noch?« Obwohl ihm völlig klar war, dass der Junge sich nicht alles merken würde, erklärte Max weiter.

Als Tucker die Motorhaube wieder geschlossen hatte, starrten sie beide auf den Wagen.

»Ich verkaufe ihn dir«, sagte Max schließlich.

»Wirklich?«

»Vierhundertfünfzig ist eigentlich zu wenig. Aber ich war auch mal so alt wie du.«

Tucker strahlte. »Wow! Ich kann es gar nicht glauben.«

Max holte die Papiere aus dem Haus. Dann erklärte er dem Jungen, was er tun musste, um den Wagen auf sich zuzulassen, und Tucker zückte die Geldbörse.

Max winkte ab.

»Du gibst mir vierhundertfünfzig, aber nicht in bar.«

Verwirrt schüttelte Tucker den Kopf.

»Die Woche über werde ich hier gründlich ausmisten. Du kannst am Wochenende kommen und altes Zeug mit dem Pick-up abtransportieren.«

»Wirklich?«

»Ja. Und zum Rasenmähen fehlt mir im Moment die Zeit. Hast du das schon mal gemacht?«

»Ja, klar.«

»Ich gebe dir fünfzig die Woche fürs Mähen. Einen Rasenmäher habe ich. Aber ich erwarte, dass du ihn immer sauber hinterlässt.«

»Das ist kein Problem.«

»Prima. Rechne aus, wie viel dich eine Fahrt zum Müllplatz und die Entsorgung kostet. Und vergiss nicht, es gibt Secondhandläden, die noch verwendbare Sachen umsonst annehmen. Dann sagst du mir, was du verlangst, und stotterst auf die Art die Kosten für den Pick-up ab. Passt das für dich?«

»Ja klar. Und für Sie?«

»Jap, aber eins noch.« Max hob einen Finger.

»Was denn?«

»Du brauchst eine Haftpflichtversicherung. Wenn du ohne eine erwischt wirst, kann die Polizei dir den Wagen wegnehmen.«

»Im Ernst?«

»So lautet das Gesetz, Junge.«

»Eine Versicherung ist aber ganz schön teuer.«

»Das ist der Preis für einen eigenen Wagen. Mach deine Hausaufgaben über die Versicherung und zeig mir nächste

Woche, dass du eine gefunden hast. Für den Rest des Monats ist der Pick-up noch über mich versichert. Zumindest so lange, bis du ihn auf dich zulässt. Hier ist der Versicherungsschein. Den musst du gut aufbewahren. Also am besten nicht im Handschuhfach. Und warte noch ein bisschen mit dem Ummelden.«

Max nahm den Schlüssel für den Pick-up von seinem Schlüsselbund und gab ihn dem Jungen. »Hier, bitte.« Dann streckte er Tucker die Hand hin.

Er schlug ein, und Max hielt die Hand ein wenig länger fest als üblich. »Dein Händedruck muss fest sein, und schau dem anderen Mann dabei in die Augen.«

Der Junge drückte herzhafter zu und sah Max ins Gesicht.

Ein paar Minuten später fuhr Tucker in dem alten Pick-up davon, und Max war sich ziemlich sicher, dass er sich nach diesem Handel noch besser fühlte als der Junge.

Kapitel 7

Obwohl brandneu, passte Max' Truck nicht recht in die kurvigen Straßen von Beverly Hills mit seinen Prachtvillen, Bentleys und Lamborghinis. Als Chase ihm die Adresse genannt hatte, an der sie sich treffen sollten, war Max davon ausgegangen, dass sie zu einem Anwaltsbüro gehörte.

Der Termin während der Woche war nicht zustande gekommen, denn der Nachlassverwalter hatte zu bedenken gegeben, dass seine Belegschaft neugierig werden könnte, wenn Max in der Kanzlei auftauchte. Und Gerüchte sollten um jeden Preis vermieden werden.

Diese Leute schienen tatsächlich zu glauben, dass seine Existenz in den Medien und der Finanzwelt Schockwellen auslösen würde, und Max hatte langsam den Verdacht, dass sie heimlich Crack rauchten.

Die Woche hatte sich dahingeschleppt, als wäre nichts passiert. Als Max in dem neuen Pick-up bei der Arbeit aufgetaucht war, war Jeff die Kinnlade heruntergefallen, doch er hatte Max abgekauft, dass er lange für eine Anzahlung gespart hatte. Nach einer gründlichen Inspektion des Wagens war der Arbeitstag verlaufen wie immer.

Die morgendlichen Fahrten nach L.A. waren lang und die abendliche Rückfahrt noch länger. Normalerweise fuhr Max bei gutem Wetter mit dem Motorrad zur Arbeit, doch er wollte den neuen Wagen nicht zu Hause stehen lassen – noch nicht einmal in der Garage. Der Pick-up war das Schönste und Wertvollste, was er je besessen hatte, und die Vorstellung, dass jemand in seine Garage einbrechen und mit dem Wagen davonfahren könnte, machte ihm zu schaffen.

Jetzt quälte er sich durch den Verkehr zu der Adresse, die Chase ihm gegeben hatte. Kaum eines der Häuser in diesem Nobelviertel war von der Straße aus sichtbar. Überall nur hohe Hecken und Zäune. Dann sagte ihm das Navi, er habe sein Ziel erreicht.

Er ließ sein Fenster herunter und drückte einen Knopf an der Sprechanlage unter der Überwachungskamera.

»Du hast hergefunden«, tönte Chase' Stimme aus dem Lautsprecher.

»Jap.«

Das Tor öffnete sich summend. Die von Bäumen gesäumte Einfahrt führte durch einen perfekt angelegten, geradezu parkartigen Garten. Beeindruckt ließ Max den Blick über das Grundstück schweifen. Das Haus sah beinahe aus wie ein Hotel. Was immer dieser Anwalt pro Stunde berechnete, es war zu viel. Das ganze Anwesen mit seinen Brunnen und Statuen war völlig irre. Und dann dieses zweigeschossige Gebäude mit Säulen bis hinauf unters Dach! Ein paar Schritte entfernt stand eine Garage, in der sicher Platz für acht Fahrzeuge war. So etwas sah man normalerweise nur im Kino.

Max stellte seinen Pick-up neben den von Chase und schaltete den Motor ab. Dann stieg er aus und streckte die Arme über den Kopf. Eine geschlagene Minute lang schaute er sich ungläubig um. Hier hörte man lediglich das Plätschern eines Brunnens, die Verkehrsgeräusche waren nur noch ein fernes

Raunen. Keine bellenden Hunde, keine spielenden Kinder, keine Rasenmäher.

Max ging zum Haus, stieg die Stufen zum Eingang hinauf und streckte den Kopf durch die offene Tür. »Hallo?«

»Ich bin hier hinten. Komm rein!«

Er trat ein, die Tür ließ er offen. Schon von außen war das Haus ein irrer Prachtbau, doch das Innere war schlichtweg der Wahnsinn. Allein das Foyer, oder wie immer man so etwas nannte, war größer als seine Küche und sein Wohnzimmer zusammen.

In der Mitte stand ein runder Tisch auf den Steinfliesen, darüber hing ein Kronleuchter. Von da aus konnte man in ein unfassbar elegantes Wohnzimmer sehen, in dem mehr Möbel standen als in einem Möbelhaus. Draußen vor den raumhohen Fenstern lag der hintere Teil des Gartens.

So hatte sich Max eigentlich Chase' Haus vorgestellt, das Haus eines Milliardärs. Bei dem Gedanken richteten sich die Härchen in seinem Nacken auf.

»Sorry, ich war im Arbeitszimmer.« Chase kam auf ihn zu und streckte ihm die Hand hin.

»Dieses Haus ist der Hammer.«

Schulterzuckend sah Chase sich um. »Ja, könnte man sagen.« Er zeigte mit dem Daumen hinter sich. »Ich habe Kaffee gemacht.«

Max kniff die Augen zusammen. »Du kochst bei deinem Anwalt Kaffee?«

Lachend ging Chase voraus und Max folgte ihm.

»Nein, nein. Das ist nicht Cadrys Haus. Es gehört uns.«

Max blieb abrupt stehen und drehte sich um die eigene Achse. »Du nimmst mich auf den Arm.«

»Nein, kein bisschen.«

»Dieses Haus hat eurem Dad gehört?«

»Ja, ziemlich protzig, was?«

Jetzt, da er wusste, dass sein Vater hier gewohnt hatte, betrachtete Max dieses Luxusdomizil mit anderen Augen. »Ist Alex hier eingezogen?«

»Nein. Keiner von uns hatte Lust, hier zu wohnen.«

»Aber warum denn nicht, verdammt?«

Chase seufzte. »Du siehst eine Villa, wir sehen ihn.«

Durch einen Flur gelangten sie in eine Küche mit einer Insel, an der locker sechs Leute sitzen konnten, mit Einbauschränken, einem doppelt breiten Kühlschrank und einem Herd wie in einem Restaurant.

Max rieb sich den Bart. Das alles hier lag meilenweit außerhalb seiner Komfortzone.

»Schwarz. Richtig?« Chase nahm eine Kaffeetasse aus dem Schrank.

»Ja.«

»Stuart müsste in ein paar Minuten hier sein.«

Den Namen des Anwalts und Nachlassverwalters hatte Chase Max bei ihrem Telefongespräch während der Woche genannt.

»Seid ihr in eurer Kindheit manchmal hier gewesen?«, fragte Max.

»Eher selten. Wie schon gesagt, er war alles andere als ein Musterdad. Wenn wir mal bei ihm waren, haben immer irgendwelche Kindermädchen auf uns aufgepasst. Ihn selbst haben wir kaum zu Gesicht bekommen. Unsere Mutter hat dem ein Ende gesetzt, und wir sind nur noch manchmal an den Feiertagen hergekommen. Irgendwann dann gar nicht mehr.«

»Wow.«

Chase drückte Max die Kaffeetasse in die Hand. »Komm, ich führe dich ein bisschen herum.«

Nach einem Schluck Kaffee stellte Max die Tasse ab. Gemeinsam gingen sie den breiten Flur entlang, der von der Küche wegführte.

»Das dort ist eine Art Luxusmännerhöhle und das hier das Arbeitszimmer.« Chase blieb in einer offenen Tür stehen, Max schaute in den Raum.

Eine der Wände dort bestand komplett aus Bücherregalen, der Schreibtisch stand mitten im Zimmer. Es gab Sessel, ein Sofa … Sie gingen weiter.

»Ein Badezimmer.« Chase zeigte auf eine Tür. »Ein Gästezimmer. Oder vielleicht ein Ich-bin-zu-betrunken-um-noch-die-Treppe-hochzukommen-Zimmer.«

Das Gästezimmer war zweimal so groß wie Max' Schlafzimmer in Palmdale.

»Bar und Billard.«

Das gefiel Max sehr gut.

An der Bar standen hohe Hocker, daneben hing ein großer Flachbildfernseher. Um den Billardtisch herum war so viel Platz, dass man sich bewegen konnte, ohne befürchten zu müssen, mit dem Queue an die Wand zu stoßen. »Sehr cool.«

Chase schnaubte. »Und vermutlich alles unbenutzt.«

»Wozu hat man es denn dann?«

»Status.«

Was immer das bedeutete.

Sie gingen weiter. »Heimkino.«

So ein schickes Minikino hatte Max bis jetzt auch nur aus Kinofilmen gekannt.

»Sag mir, dass er es benutzt hat.«

Chase marschierte weiter. »Ich bezweifle es.«

Ein weiteres Badezimmer, eine Waschküche und ein Arbeitsraum. Eine Tür, durch die hinaus man an die Seite des Hauses gelangte, und eine weitere, von der aus man auf eine überdachte Terrasse mit einem kompletten Outdoor-Wohnzimmer, einer weiteren Bar und einem weiteren Fernseher trat. Dahinter lagen ein Pool und etwas, was aussah wie ein Poolhaus.

»Das kannst du dir später gern genauer ansehen.«

Sie gingen ins Haus zurück, wanderten durch ein vornehmes Esszimmer und an der Tür zum Weinkeller vorbei. Durch einen etwas weniger förmlichen Essbereich gelangten sie schließlich zurück in das riesige Wohnzimmer. Weitere Gästezimmer lagen ebenso im Erdgeschoss wie ein komplett ausgestattetes Fitnessstudio mit Whirlpool und Sauna. Selbst ein Massagetisch stand hier bereit.

Im Obergeschoss gehörte zu jedem Gästezimmer ein eigenes Bad, und wie zu erwarten gewesen war, war Aaron Stones Schlafzimmer das größte von allen. Neben einem offenen Kamin hatte es auch einen Balkon und ein Bad mit einer riesigen schwellenlosen Dusche, einer Badewanne und zwei Waschbecken. Das Bad sah allerdings nicht so aus, als hätte sich hier je eine Frau aufgehalten, und im begehbaren Kleiderschrank hing noch immer ein Großteil der Kleidung des Verstorbenen.

»Einiges davon haben wir bereits gespendet, unter anderem an Organisationen, die aufstrebenden jungen Geschäftsleuten gute Anzüge zur Verfügung stellen. Ich hoffe, du hast nichts dagegen.«

»Warum sollte ich? Das Zeug gehört schließlich nicht mir.«

»Genau genommen schon. Aber Alex und ich konnten uns nicht vorstellen, dass du seine Kleider haben willst.«

»Stimmt genau.« Max strich mit der Hand über ein paar Jacketts. »Ich habe nicht viele Anzüge.«

Chase lachte. »Hast du überhaupt einen?«

»Nein.«

Er lachte noch lauter, und auch Max spürte, wie seine Mundwinkel sich zu einem Lächeln hoben.

Als Nächstes warfen sie einen Blick in das ehemalige Schlafzimmer der Gattin. Hellere Farben, ähnliche Ausstattung, nur alles ein bisschen kleiner. »Sie haben nicht im selben Zimmer geschlafen?«

»Melissa hat Sex vermutlich als Mittel eingesetzt, um zu bekommen, was sie wollte.«

»Das gibt es wohl öfter, als man denkt.«

Länger als eine Minute hielt es Chase nicht in diesem Raum. »Sie hatten einander verdient.«

Wie wenig er seinen Vater … ihren Vater … gemocht hatte, war Chase deutlich anzuhören.

Max wollte das alles nicht in den Kopf.

Seinen Vater.

Seinen Erzeuger.

Er schüttelte den Gedanken ab.

Sie schauten noch in ein paar weitere Räume, darunter ein nicht ganz so riesiges Fernsehzimmer und das Arbeitszimmer einer Frau. Dass eine Frau hier am Schreibtisch gesessen hatte, schloss Max aus den helleren Farben und einem funkelnden Kronleuchter. Ein Wäschezimmer gab es hier oben auch und eine Hintertreppe nach unten, die sie aber nicht weiter beachteten.

Sie nahmen die breite Haupttreppe zurück ins Erdgeschoss. »Jetzt hast du alles gesehen bis auf die Garage, das Poolhaus und die Unterkünfte für die Angestellten.«

»Für die Angestellten?«

»Ein paar von ihnen haben manchmal hier geschlafen.«

»Ich habe mich schon gefragt, wer das alles hier in Schuss hält.«

»Den Garten, den Pool und das Haus haben wir in Ordnung halten lassen. Mehr nicht. Am Wochenende ist es hier ziemlich ruhig, und im Sommer haben wir den Pool ab und zu benutzt. Einmal hat Alex hier übernachtet, aber abgesehen davon steht das Haus leer.«

Komplett gaga. Diese unglaubliche Villa genauso wie die Tatsache, dass niemand hier wohnte.

Ein Mann in einem sündhaft teuren Anzug trat lächelnd durch die offene Haustür. »Ich habe mich selbst reingelassen. Ich hoffe, das ist in Ordnung.«

Chase drückte dem Mann die Hand. »Selbstverständlich. Das ist Max. Max, Stuart Cadry, der Anwalt und Nachlassverwalter unseres Vaters.«

»Freut mich.«

»Ganz meinerseits, Max. Ich habe das Testergebnis noch einmal überprüfen lassen und hoffe, Sie sind bereit für Ihr neues Leben.«

»Mehr oder weniger.«

Chase klopfte Max auf den Rücken und ging voran ins Arbeitszimmer.

* * *

Während sie noch einmal die Straße entlangfuhr, in der der verstorbene Aaron Stone gewohnt hatte, rückte Sarah die Brille auf ihrer Nase zurecht.

Erstaunlicherweise und völlig unüblich für diese Gegend stand das Tor zu seinem Anwesen weit offen, was ihr ein wenig Hoffnung gab, dass sie ganz zufällig jemanden entdecken könnte, der hier arbeitete und sich ein paar Informationen entlocken ließ.

Dieser Zufall musste sich allerdings unbedingt außerhalb der Grundstücksgrenzen ergeben, denn sie wollte weder als Stalkerin gelten, noch unbefugt Privatgelände betreten. Wenn Patricks Anwälte aktiv werden mussten, ohne dass sie eine spektakuläre Geschichte lieferte, würde er sie schneller vor die Tür setzen, als sie »Ich kündige« sagen konnte.

Bei ihrer nächsten Runde um den Block sah sie, wie ein Pick-up auf das Anwesen einbog, der nicht wie der Firmenwagen eines Handwerksbetriebs aussah. Die vorläufigen

Nummernschilder aus Pappe deuteten darauf hin, dass er brandneu war.

Ein paar Minuten später fuhr sie wieder vorbei. Jetzt surrte ein Tesla die Einfahrt entlang, und auch hinter diesem Wagen blieb das Tor offen.

Anstatt noch ein weiteres Mal durch die Straße zu fahren, parkte sie am Straßenrand. Sie notierte sich Marke und Modell aller Fahrzeuge, die sie gesehen hatte, und wartete. Dabei behielt sie die vorbeifahrenden Autos im Blick. Falls sie eines davon zweimal sah, musste sie weg. Wie weit Medienvertreter gehen durften, war gesetzlich geregelt. Und sie war eindeutig dabei, die Grenzen zu überschreiten.

»Nicht gut«, murmelte sie vor sich hin, blieb aber trotzdem sitzen. Mit jeder Minute, die verging, wurde ihr Herzschlag heftiger. Dann endlich bewegte sich etwas.

Ein Pick-up, den sie nicht hineinfahren sehen hatte, verließ das Grundstück. Zwar konnte sie den Fahrer nicht deutlich erkennen, doch sie war sich ziemlich sicher, dass es sich um Chase handeln musste, Aaron Stones Sohn.

Das Tor blieb weiterhin offen.

Minuten nach dem Pick-up fuhr auch der Tesla wieder weg. Der ältere Herr am Steuer hantierte dabei mit seinem Mobiltelefon.

Und das Tor blieb auf.

Kurzerhand schnappte sich Sarah ihre Schlüssel und die bunte Touristenstraßenkarte mit Angaben zu den Villen der Stars. Die Stone-Adresse hatte sie bereits eingekreist und dick den Namen »Pink« danebengeschrieben. Sie joggte die Straße entlang zur Einfahrt. Die Sicherheitskamera dort war nicht zu übersehen. Deshalb hantierte sie demonstrativ mit der Straßenkarte, drehte sich um die eigene Achse und ging hin und her.

Als sich das Motorgeräusch eines weiteren schweren Fahrzeugs in der Einfahrt näherte, wandte sie sich ab und trabte zurück zu ihrem Wagen. Der brandneue Pick-up, den sie schon kannte, hielt draußen auf der Straße an, und sie versuchte, nicht hinzustarren. War sie bemerkt worden?

Aus dem Augenwinkel wagte sie einen Blick. Der Fahrer drehte sich mit einer Fernbedienung in der Hand nach hinten zum Tor. Doch plötzlich öffnete sich die Fahrertür und er sprang heraus.

Die Nerven aufs Äußerste gespannt, beeilte sich Sarah noch ein bisschen mehr, zu ihrem Wagen zu kommen.

»Verdammt!«, schimpfte der Mann aus dem Pick-up.

Sie blieb stehen. »Sorry. Ich habe nur nach …«, sagte sie entschuldigend, brach dann aber ab. Denn offenbar schimpfte er nicht mit ihr, sondern mit der Fernbedienung. Immer wieder klopfte er mit der Hand dagegen, doch sie schien nicht zu funktionieren.

Diese Gelegenheit konnte sie sich nicht entgehen lassen. »Haben Sie ein Problem?«, rief sie zu ihm hinüber.

»Ich glaube, die Batterien sind im Eimer«, antwortete er, ohne aufzublicken.

Um sich Mut zu machen, atmete sie tief durch. Dann ging sie zu ihm. »Haben Sie schon versucht, sie zu drehen?«

Der Mann blickte auf, und Sarah sah ihn zum ersten Mal richtig.

Den Bart hatte sie bereits bemerkt, kein Holzfällerbart, aber doch recht üppig. Das Haar trug der Mann kurz, und sie fragte sich, ob er sich das mit dem Bart wirklich gut überlegt hatte. Oder machte er bei irgendeinem Ding mit, wo man sich einen Monat lang nicht rasierte? Jedenfalls war sie sich ziemlich sicher, dass er glatt rasiert oder mit einem kurz getrimmten Bart besser ausgesehen hätte, weil dann sein Gesicht mehr zur Geltung kommen konnte. Seine Augen hatten eine sehr ungewöhnliche Farbe, nicht Gold, nicht Braungrün, sondern Bernstein. Vielleicht lag es auch an den Lichtverhältnissen, aber umwerfend waren sie auf jeden Fall.

Zu seinen Jeans trug er ein Flanellhemd und eine Jacke mit einem Logo, das ihr nichts sagte.

Seine Bernsteinaugen schauten sie an und der Blick zog sich in die Länge.

Etwas verspätet merkte Sarah, dass sie ihn anstarrte, und räusperte sich. »Die Batterien. Haben Sie die schon gedreht? Manchmal hilft das.«

Der Unbekannte löste den Blick von ihr und versuchte, das Batteriefach der Fernbedienung zu öffnen, doch es gelang ihm nicht.

Sarah streckte die Hand aus. »Ich habe Fingernägel, damit geht es besser.«

Er nickte ihr zu. »Okay.«

Sie klemmte sich die Straßenkarte unter den Arm, nahm die Fernbedienung und öffnete sie. Die Batterien ließen sich mühelos drehen. »Welchen Knopf muss ich drücken?«

»Den mittleren.«

Sie hob den kleinen Apparat, drückte den Knopf und das Tor fuhr zu. »Hat funktioniert.«

»Danke.«

»Gern geschehen.«

Der Mann schaute die Straße entlang. »Wohnen Sie hier in der Gegend?«

»Nein. Ich bin bloß …« Sie wedelte mit der Straßenkarte. »Angeblich gehört das Haus Pink. Stimmt das?«

Er kniff die Augen zusammen. »Sie suchen nach Promivillen?«

»Ja.«

»Pink wohnt hier nicht.« Er streckte die Hand nach der Fernbedienung aus, die sie noch immer festhielt.

»Sorry.« Sie hielt sie ihm hin und versuchte gleichzeitig, das Logo auf seiner Jacke zu lesen. Offenbar zu viel auf einmal, denn der kleine Apparat rutschte ihr aus der Hand und landete auf dem Asphalt.

Reflexartig bückten sie sich beide danach, dabei fiel ihr die Brille von der Nase. Während sie sich aufrichtete, machte der Mann einen Schritt nach vorn.

Mit einem hässlichen Geräusch zerbrach die Brille unter seinem Fuß. Sie beugte sich hinunter, aber da war nichts mehr zu retten.

»Oh nein!« Ihre Welt verschwamm und Panik stieg in ihr auf.

»Oje! Tut mir leid.«

Sie hob den kläglichen Überrest ihrer Brille auf. »Schon okay.« Sie winkte ab, aber natürlich war es nicht okay. Ohne Brille konnte sie nicht fahren und Ersatz hatte sie nicht dabei.

»Können Sie ohne die überhaupt etwas sehen?«

Sie kniff die Augen zusammen und blinzelte. »Jap. Sie stehen direkt vor mir.« Absichtlich zeigte sie an ihm vorbei und lachte.

Er gluckste. »Nein, im Ernst.«

»Es geht schon. Zu Hause habe ich noch eine.«

»Können Sie so fahren?«

»Vermutlich …« Sie setzte sich das lädierte Ding auf die Nase. Ein paar Scherben steckten noch im Gestell, aber durch das zerbrochene Glas konnte sie nichts erkennen. »Ich rufe mir ein Uber-Taxi.«

»Wohnen Sie in der Nähe?«

»In Northridge.«

»Das ist ein ganzes Stück weg.«

»Jetzt am Wochenende ist nicht so viel Verkehr.«

Runzelte er die Stirn? Lächelte er?

Die Stimme ihrer Mutter klang ihr im Ohr. »Hör auf, dich hinter deiner Brille zu verstecken, und benutz deine Kontaktlinsen.«

»Einen Moment.«

Der Mann ging zurück zu seinem Wagen, dann hörte sie, wie das Tor wieder auffuhr.

Teri hatte gesagt, sie müsse heute arbeiten. Aber hatte sie Früh- oder Spätschicht? Blöd, dass sie nicht aufmerksamer zugehört hatte.

Einen Augenblick später stand der Mann wieder vor ihr. »Wo sind Ihre Wagenschlüssel?«

Sarah zog sie aus der Tasche. »Hier.«

»Wir stellen Ihren Wagen hinter dem Tor ab, und ich fahre Sie nach Hause, damit Sie Ihre Brille holen können.« Er nahm ihr die Schlüssel aus der Hand.

»Das müssen Sie nicht. Ich bestelle mir ein Uber.«

Er war bereits auf dem Weg zu ihrem Auto. »Ich habe Ihre Brille kaputt gemacht, das ist das Mindeste, was ich tun kann.«

»Ich kenne ja noch nicht mal Ihren Namen.«

»Ich bin Max. Und wie heißen Sie?«

In ihrem Hirn gab es einen Kurzschluss.

»Sarah.«

Er war Max?

»Schön, Sie kennenzulernen, Sarah.«

Konnte sie tatsächlich so viel Glück haben? So etwas passierte ihr normalerweise nicht. Um eine Story zusammenzubekommen und Wissenswertes über die Leute zu erfahren, über die sie schrieb, musste sie sich immer furchtbar abmühen. Und jetzt stieg dieser Max einfach in ihren Wagen, um …

»Oh Shit!«

Sie stürzte hinter ihm her, doch er saß bereits am Steuer, und ihr Notizbuch lag offen auf dem Beifahrersitz. »Ich kann das wegnehmen.«

Sie hörte, wie ihr Motor gestartet und gleich darauf wieder abgestellt wurde. Max stieg aus und hielt etwas in der Hand.

»Ich kann …«

»Was zum Teufel ist das?«

Sie schluckte und wich einen Schritt zurück.

»Ich kann nicht sehen …«

»Sie suchen nach den Häusern von Stars?« Alle Freundlichkeit war aus seiner Stimme gewichen. Jetzt klang er überrascht und ärgerlich.

»Ähm …« Sie war geliefert. Ertappt, bevor sie auch nur die erste Zeile einer Geschichte geschrieben hatte, die sie noch gar nicht kannte. »Ich bin …«

»Sie sind Reporterin.« Das war keine Frage.

Auch ohne dass sie Max' Gesicht klar und deutlich sehen konnte, wusste sie, dass er stinksauer war. Sie schloss die Augen. »Ich kann das erklären.«

Er schlug ihre Wagentür zu und stapfte an ihr vorbei. »Das können Sie sich sparen, Lady.«

»Bitte, Max! Mr Smith.«

Er blieb stehen und wandte sich um. »Man hat mich gewarnt, aber als man mir gesagt hat, dass mir bald Reporter auflauern würden, dachte ich, das sei ein Witz. Ich habe mich getäuscht. Wo arbeiten Sie?«

»Ich arbeite freiberuflich.« Das war keine hundertprozentige Lüge. Aber genau genommen hatte sie, seit sie bei RMI angeheuert hatte, nicht mehr frei gearbeitet.

»Woher wissen Sie, wie ich heiße?«

»Das war ein Tipp.«

»Von wem?«

»Das weiß ich nicht.«

»Mann oder Frau?«

»Keine Ahnung.«

»Was wissen Sie überhaupt?«

Sie schüttelte den Kopf. Ein Auto kurvte in viel zu hohem Tempo um sie herum.

»Nichts«, gab Sarah zu.

»Gut. Und so sollte es auch bleiben.«

Wieder schoss ein Auto um die Ecke, diesmal mit Gehupe. Sarah sprang zurück und verlor beinahe das Gleichgewicht.

Max stürmte davon, und sie konnte nur verdattert zusehen, wie er einen Moment später in seinem Pick-up an ihr vorbeidonnerte. Das Tor fuhr zu und er verschwand.

»Verdammt!«

Kapitel 8

Heilige Scheiße.

Max fuhr den Hügel hinunter, dann hielt er am Straßenrand und überlegte, was er jetzt machen sollte.

Chase hatte ihn gewarnt. Er hatte gesagt, die Reporter würden auftauchen und dann nicht so schnell wieder verschwinden. Aber Sarah – ihren Namen würde er vermutlich niemals vergessen – überraschte ihn. Die Touristin auf der Suche nach Pinks Haus hatte er ihr abgekauft. Aber eine Reporterin? Nie im Leben.

Zu ihrem wilden roten Haar und der Brille auf der sommersprossigen Nase hätte ganz gut ein karierter Schulmädchenrock gepasst. Nicht dass Max auf Schulmädchen stand, aber sie hätte diesen Look definitiv gerockt.

Dann war ihre Brille hinuntergefallen, und sofort hatte er sie mit einem Messy Bun und in einem schwarzen, ledernen Bleistiftrock vor sich gesehen, wie sie an einem Pult lehnte und mit erhobenem Zeigefinger die unartigen Schuljungen in ihrem Klassenzimmer ermahnte.

Mit Brille oder ohne – wie eine Reporterin auf der Jagd nach einer Story sah sie einfach nicht aus.

Und er hatte sie allein an der Straße stehen lassen. Eigentlich hätte er deswegen kein schlechtes Gewissen haben sollen, doch der Gedanke machte ihn beklommen. Hatte sie nicht gesagt, sie würde sich ein Taxi rufen?

Er ließ den Motor an, nur um ihn sofort wieder abzustellen. Vielleicht konnte er dem Uber-Fahrzeug folgen. Aber was, wenn es einen anderen Weg nahm? Auf dem Navi an seinem Armaturenbrett suchte er nach Routen, die aus diesem Teil von Beverly Hills hinausführten. Hinter dem Stone-Anwesen gab es eine zweite Möglichkeit, die allerdings recht umständlich aussah. Aber ziemlich sicher musste der Uber-Fahrer die Kreuzung eine Ecke hinter ihm passieren. Max fuhr direkt dorthin.

Weil am Straßenrand kaum Platz zum Parken war, blockierte er eine Einfahrt, schaltete die Warnblinkanlage ein und wartete. In seinem Kopf entwickelte sich ein Plan.

Die gute Sarah wollte etwas über ihn herausfinden, aber dieses Spiel konnten auch zwei spielen. Es gab etwas, was er über sie wissen wollte.

Der Verkehr an der Kreuzung hielt sich in Grenzen. Teuren Luxuskarossen schenkte Max genauso wenig Beachtung wie Lieferfahrzeugen oder typischen Handwerkerkastenwagen. Doch etwa zehn Minuten und ein Dutzend Autos später schob sich ein älterer Toyota Prius über die Kreuzung, auf dessen Armaturenbrett eine Lampe das Wort Uber neonartig aufscheinen ließ.

Nach exakt acht Minuten kam der Prius den Hügel wieder herunter. Auf dem Rücksitz starrte Sarah in ihren Schoß. Max folgte dem Wagen und, wie erwartet, blickte Sarah kein einziges Mal auf. Einmal drückte sie ihr Smartphone ans Ohr, aber zu dem Pick-up hinter ihr drehte sie sich nicht um.

Sicher half es, dass sie nicht selbst am Steuer saß. Wenn er bei jemandem mitfuhr, bemerkte er andere Fahrzeuge auch kaum. Auf dem Freeway ließ er sich ein wenig zurückfallen.

Weil er wusste, dass Sarah nach Northridge musste, und sein Wagen höher war als die meisten anderen auf der Straße, war es leicht, dem Uber zu folgen.

Unterwegs dachte er über das Gespräch mit Chase und dem Anwalt nach. Eine Ausfertigung des Testaments lag zusammen mit den Unterlagen, die den Stone-Familientrust betrafen, neben ihm auf dem Beifahrersitz. Aaron Stone hatte testamentarisch verfügt, dass die Dokumente Max ausgehändigt werden sollten.

»Jetzt, wo wir Sie gefunden haben, können wir die Vermögenswerte Ihres Vaters veräußern oder aufteilen. Ganz wie Sie möchten«, hatte Cadry erklärt.

»Mir ist es lieber, wenn wir ihn Aaron nennen. Einen Vater hatte ich nie«, hatte Max entgegnet, und der Anwalt und Chase hatten Blicke getauscht.

»Verstehe. Also Aaron«, hatte der Anwalt gesagt, »hat festgelegt, dass seine Immobilien, sein persönlicher Besitz und sein Bargeld erst angerührt werden dürfen, wenn Sie gefunden sind. Abgesehen von den Beträgen, die notwendig waren, um alles am Laufen zu halten. Chase und Alex haben ihre Namen und Unterschriften bereits bei Aarons Banken hinterlegt und somit Zugriff auf die Konten. Wann immer Sie möchten, arrangieren wir dasselbe für Sie.«

»Von wie vielen Banken reden wir?«

»Von zu vielen«, antwortete Chase.

»Wir können entweder Ihren Namen zu den Konten hinzufügen lassen oder Ihre Anteile auf ein gesondertes Konto überweisen. Mit der zweiten Möglichkeit würden wir etwas Zeit gewinnen, bevor wir der Welt von Ihrer Existenz erzählen müssen, und könnten noch ein wenig darüber nachdenken, was wir dem Vorstand sagen. Wenn wir Ihren Namen zu Aarons bestehenden Konten hinzufügen, wird das nicht unbemerkt bleiben. Die Leute reden.«

»Ich habe das Geld gestern nicht gehabt und brauche es auch nicht gleich morgen.«

»Wer ist Ihr Steuerberater?«, erkundigte sich Cadry.

Was war das denn für eine Frage? »H&R Block.« Max nannte den Namen der Kette, bei der man sich für kleines Geld Unterstützung bei der Steuererklärung holen konnte.

Cadry lachte. »Nein, im Ernst.«

Max starrte ihm ausdruckslos ins Gesicht.

»Oh.«

Chase räusperte sich. »Alex und ich führen die Konten unseres Vaters weiter. Wir eröffnen einfach eines auf deinen Namen und überweisen dir ein Drittel des Geldes. Mein Steuerberater ist gut, ich habe ihn schon seit Jahren und kann dir gern seine Nummer geben.«

Max nickte.

»Wie weit sind wir mit den PR-Leuten?«, fragte der Anwalt Chase.

»Piper spricht am Montag mit zwei Bewerbern. Sobald wir öffentlich machen, dass es Max gibt, werden wir auch die PR-Abteilung von Stone Enterprises einbinden.«

Während des gesamten Gesprächs mit dem Anwalt hatte Max das Gefühl gehabt, neben sich zu stehen. Erst als Chase ihm die Schlüssel zur Villa und eine Fernbedienung für das Tor an der Einfahrt in die Hand gedrückt hatte, war ihm klar geworden, dass er nicht träumte.

»Was zum …?« Max hatte auf die Schlüssel in seiner Hand gestarrt.

»Das Haus gehört dir genauso wie uns. Und außerdem bist du hier abgeschirmt. Sicher wirst du das bald zu schätzen wissen.«

Dann waren Chase und der Anwalt gegangen und Max hatte volle zwanzig Minuten wie in Trance im Wohnzimmer eines toten Mannes gestanden. Umgeben von jeder Menge luxuriösem, teurem Zeug, mit dem er nichts anfangen konnte.

Als seine Füße ihm schließlich wieder gehorcht hatten, war er noch immer ziemlich benommen die Treppe hochgestiegen und in Aaron Stones Schlafzimmer gegangen. Dort war alles so perfekt arrangiert, als hätte man das Haus zum Verkauf hergerichtet.

Wo waren die Fotos von Chase und Alex? Von Aaron selbst und seiner Trophäenfrau? Max hatte im Internet nach den beiden gesucht und dort die Bilder gefunden, die Aaron der Öffentlichkeit hatte präsentieren wollen. Schicke Empfänge und exklusive Homestorys, aber nichts wirklich Persönliches. Keine Schnappschüsse, die hätten zeigen können, wer der Mann wirklich gewesen war. Man sah nur den Milliardär und Hotelmogul.

Noch einmal schaute sich Max im begehbaren Kleiderschrank um und öffnete ein paar Schubladen. In einer davon lagen mehrere Armbanduhren. Er nahm eine Rolex heraus, legte sie aber gleich wieder zurück. Mit Uhren kannte er sich nicht aus, aber dass eine Rolex teuer war, wusste schließlich jeder. Den Markennamen der Uhr daneben hatte er noch nie gehört, aber sie gefiel ihm besser. Erst wollte er sie ebenfalls wieder in die Schublade stecken, dann zögerte er. Ihm fiel ein, was Chase gesagt hatte: »Ich will nichts von dem, was im Haus ist, und Alex hätte die ganze Hütte sowieso am liebsten angezündet.«

Max legte sich die Uhr ums Handgelenk und fand, sie sah gut aus. Zwar hatte er keinen Schimmer, was er sich da nahm, aber er mochte den Stil. Die restlichen Uhren ließ er, wo sie waren, und ging.

Erst verließ er Aaron Stones Kleiderschrank, dann das Haus. Und draußen stieß er mit Sarah zusammen. Der Reporterin in dem Uber-Taxi, das gerade den Freeway verließ. Bald darauf hielt es vor einem Apartmentkomplex.

Weil der Fahrer nicht wegfuhr, als sie ausstieg, nahm Max an, dass sie mit ihrer Ersatzbrille gleich wieder herauskommen würde. Und tatsächlich, schon nach wenigen Minuten joggte sie zurück zu dem Wagen. Als sie weg war, fuhr Max um den Block und suchte sich einen Parkplatz.

Der Eingang zu dem Komplex war nicht abgeschlossen. Laut einem Schild musste er das erst ab acht Uhr abends sein, und wie bei vielen großen Mehrfamilienhäusern hingen zwischen Treppenhaus und Aufzug unzählige Briefkästen.

In diesem Gebäude wohnten vierundzwanzig Parteien, auf den Briefkästen standen leider nur die Anfangsbuchstaben der Vornamen und die Nachnamen. Zweimal schaute er sich die Beschriftungen genau an und suchte nach einer, die passen konnte. Die Wohnung mit der Nummer 220 teilten sich offenbar S. McNeilly und T. Lookwood. In der 107 wohnten R. & S. Pines.

Nach einer Pines sah Sarah nicht aus, und einen Ehering hatte er auch nicht bemerkt.

Aber eine McNeilly konnte sehr gut rote Locken und eine sommersprossige Nase haben. Wo er gerade schon mal hier war, ging er einmal um das Gebäude und sah sich die Parkplätze der Wohnungen an. Die von 107 und 220 waren leer. Kurz entschlossen marschierte er zu der Bushaltestelle auf der anderen Straßenseite und wartete darauf, dass Sarah zurückkam.

* * *

»Ich habe es so verdammt gründlich vergeigt, dass ich mir morgen am besten gleich einen neuen Job suche.« Sarah saß an der Bar, hinter der Teri arbeitete, und hielt sich an einem Fuzzy Navel fest.

Die Uber-Fahrt zu ihrer Wohnung und dann zurück zu ihrem Wagen hatte sie ein verdammtes Vermögen gekostet. Danach war sie kurz nach Hause gefahren, nur um gleich wieder aufzubrechen, damit sie Teri bei einem Drink ihr Leid klagen konnte. Bei einem Gratisdrink natürlich. Das war der Vorteil, wenn man eine Barfrau zur Freundin hatte.

»Der Kerl hat deine Brille kaputt getreten und dich dann einfach auf der Straße stehen lassen? Und du sagst, du hättest es vergeigt?«

»Ich bin aufgeflogen«, jammerte Sarah.

Lachend ließ Teri hinter der Bar Bier in Gläser laufen und mixte danach ein paar bunte Drinks. »Du bist keine Detektivin, Sarah.«

»Heute war ich eine, und ich kann einfach nicht fassen, dass ich Max gleich beim ersten Versuch gefunden habe.«

Nachdem sie die Bestellungen auf das Tablett eines Kellners gestellt hatte, hielt Teri vor Sarah einen Moment lang inne. »Weißt du jetzt schon mehr über die Verbindung zwischen den beiden Namen, die dein Boss dir gegeben hat?«

»Ich habe keinen Schimmer. Aber sie muss ziemlich eng sein, schließlich hatte der Typ die Fernbedienung für das Tor.« Sarah gingen tausend Möglichkeiten durch den Kopf, wer Max sein konnte. Nicht, dass es jetzt noch darauf ankam. Sobald Patrick erfuhr, dass sie dabei ertappt worden war, wie sie um das Stone-Anwesen herumschlich, und, schlimmer noch, unbefugt die Einfahrt betreten hatte, konnte sie sich beim Arbeitsamt anstellen. Es sei denn, sie zog doch noch die ganz große Story an Land.

»Wohnt er dort?«

Sarah ließ die Eiswürfel in ihrem Glas kreisen und nahm einen kleinen Schluck. »Keine Ahnung. Und ich werde mich verdammt noch mal kein zweites Mal dabei erwischen lassen, wie ich dort herumschnüffle, um es rauszufinden.«

»Hervorragende Idee.«

Der Fuzzy Navel landete im falschen Hals und brannte eine feurige Spur in Sarahs Kehle. Die männliche Stimme hatte sie fast zu Tode erschreckt.

Ein Blick über die Schulter, und ein Hustenanfall drohte, sie zu ersticken.

»Großer Gott! Soll ich den Notruf wählen?« Eilig stellte Teri ihrer Freundin ein Glas Wasser hin.

»Sicher geht es gleich wieder, nicht wahr, Sarah?« Max Smith setzte sich auf den Barhocker neben ihr und schob mit einer Fingerspitze das Wasserglas noch ein bisschen näher an sie heran.

»Ihr kennt euch?«, fragte Teri.

Sarah schnappte sich das Glas und nickte. Sie spürte, wie Max ihr sachte auf den Rücken klopfte, als könnte er so das Husten vertreiben.

»Flüchtig.«

Mit dem Handrücken hob Sarah ihre Ersatzbrille an und wischte sich die Tränen von dem Hustenanfall aus den Augen. Langsam kam sie wieder zu Atem, doch ihr Herz klopfte immer noch wie verrückt. »Was … Was machen Sie hier?«

»Das ist eine öffentliche Bar, also dachte ich, hier kriege ich was zu trinken.«

Teri legte eine Serviette auf den Tresen, fing dabei einen Blick von Sarah auf, und ihre Augen verengten sich. »Moment mal. Wer bist du?«

»Du weißt doch so viel. Sag du es ihr«, schlug Max Sarah vor und ging dabei ganz selbstverständlich zum Du über.

Sie räusperte sich. »Das ist, ähm … das ist Max.«

Teri fuhr zu ihm herum. »Max? Der Max?«

»Wie hast du mich gefunden?«, fragte Sarah.

Max lächelte Teri an. »Welche India Pale Ales schenkt ihr denn hier aus?«

»Teri?«, rief eine der Bedienungen am anderen Ende der Bar.

»Moment«, schrie Teri zurück und hob eine Hand. »Bist du ihr gefolgt?«

Max schüttelte den Kopf, als wäre Teris Frage komplett gaga, stritt es aber nicht ab.

»Oh nein! Nein. Sarah, ich glaube …«

Sarah winkte ab. »Schon gut.« Gar nichts war gut.

»Teri!«

»Geh, mach deinen Job.« Sarah wedelte mit der Hand.

Während Teri zu der Bedienung eilte, versuchte Sarah zu lächeln und sich ganz locker zu geben. »Ich kann alles erklären«, begann sie.

Max warf erst einen Blick auf seine Uhr, dann schaute er ihr in die Augen und schwieg.

»Ich hatte keine Ahnung, dass du dort in dem Haus warst.«

Er legte den Kopf schief.

Sie fuhr fort. »Man hat mir gesagt, ich soll die Verbindung zwischen dir und dem verstorbenen Aaron Stone finden. Das wäre dann eine ganz große Story. Aber dich aufzuspüren, war schwer. Denn es gibt massenhaft Maximillian Smiths. Der Name ist ziemlich häufig.«

»In etwa so wie Sarah McNeilly.«

Sie schnappte nach Luft. »Woher kennst du meinen Nachnamen?«

»Der war leicht rauszukriegen.«

Ein Schauer lief ihr über den Rücken. Ihren Nachnamen hatte sie ihm nie genannt, und um ihr Handschuhfach zu durchwühlen, hatte er nicht lang genug in ihrem Wagen gesessen. »Das … das gefällt mir gar nicht.«

»Was gefällt dir nicht, Sarah? Dass jemand etwas über dich weiß, was du ihm nie gesagt hast? Dass jemand deine Privatsphäre verletzt?«

»Ja, auch.« Sie wusste, was er ihr damit sagen wollte.

»Für wen arbeitest du noch mal?«

Sie rutschte auf dem Barhocker hin und her. »Ich brauche hin und wieder eine warme Mahlzeit und habe keine Lust, auf der Straße zu schlafen. Deshalb kann ich dir das leider nicht sagen.«

Max beugte sich vor und rückte ihr dabei ein wenig näher, als ihr lieb war. Sie drückte den Rücken durch und wich keinen Millimeter zurück. Er wollte sie einschüchtern, aber sie würde verdammt noch mal keine Angst zeigen. Um zu verbergen, dass ihr die Hände zitterten, umfasste sie das Wasserglas fester.

»Gib mir deine Telefonnummer.«

»W…warum?«

Er zuckte mit den Schultern. »Vielleicht rufe ich dich ja mal an und du kriegst deine Story.«

Sein Gesichtsausdruck und sein Ton ließen sie daran zweifeln. »Das nehme ich dir nicht ab.«

Er schob seinen Barhocker zurück und stand auf. »Wie du meinst.« Damit drehte er sich weg.

Sie sprang auf. »Okay«, sagte sie schnell und streckte die Hand aus. »Gib mir dein Telefon.«

Er zog es nur aus der Tasche und wartete. Als sie ihm ihre Nummer nannte, tippte er sie ein und rief sie an. Das Smartphone in ihrer Handtasche summte.

Er brach den Anruf ab. »Ich melde mich.«

»Woher kennst du die Stones?«, fragte sie hastig. Sie brauchte irgendeinen Anhaltspunkt für ihre Story.

Er schüttelte den Kopf. »Kam der Tipp von einem Mann oder einer Frau?«

»Ich weiß es wirklich nicht. Der Tipp ist nicht bei mir eingegangen, den hat mein Boss bekommen.«

»Per Telefon? Per Post oder E-Mail?«

»Ich habe nicht die geringste Ahnung. Leider.«

Ein anderer Gast drängte sich an ihnen vorbei und zwang Sarah, ein bisschen näher an Max heranzurücken.

Er musterte sie einen Moment lang. »Wenn ich anrufe, solltest du die Antworten auf diese Fragen haben.«

Mit zusammengekniffenen Augen starrte sie zurück. Über seinem linken Kieferknochen gab es in seinem Bart einen helleren Streifen, so als wäre dort eine Narbe und das Haar wollte nicht mehr so richtig sprießen. Doch vor allem seine Augen zogen sie in ihren Bann und machten es ihr schwer, wieder wegzuschauen.

»Und welche Gegenleistung kriege ich dafür?« Sie versuchte, ihre Hormone im Zaum zu halten, und rief sich ins Gedächtnis, dass sie diesen Mann nicht abchecken, sondern über ihn schreiben sollte.

»Das überlege ich mir noch. Aber so, wie ich das sehe, brauchst du für deine Story meine Kooperation. Und jetzt, wo ich weiß, wer du wirklich bist, kannst du die Masche mit der hilflosen, am Straßenrand gestrandeten Frau vergessen.«

»Wenn du nicht auf meine Brille getreten wärst, wäre ich auch nicht gestrandet.«

»Woher soll ich wissen, dass du das nicht genau so geplant hast?«

Jetzt reichte es ihr. »Du warst dabei. Es war ein Missgeschick, ein Unfall.«

»Unfälle vortäuschen können Frauen ziemlich gut.«

Sie schüttelte den Kopf. »Wow! Vertrauen ist offenbar nicht dein Ding.«

Er lachte auf. »Ziemlich komisch, ausgerechnet dich das sagen zu hören.«

»Ach ja?«

»Ja. Vor ein paar Stunden hast du behauptet, du würdest freiberuflich arbeiten. Und jetzt sagst du, den Tipp hätte dein

Boss bekommen. Freiberuflerinnen haben keinen Boss, und so was nennt man lügen, Lady.« Er wandte sich ab.

Sie schob sich vor ihn und blockierte ihm den Weg. »Ja, stimmt. Ich meine, ich bin freiberufliche Reporterin, okay, ich war es. Und zugegeben, das war geflunkert. Aber dafür zu sorgen, dass du auf meine Brille trittst und dann Mitleid mit mir hast, dafür bin ich nicht clever genug. Das Gestell war ziemlich teuer und mein Boss bezahlt mir für so was keine Spesen. Als du aus der Einfahrt gefahren bist, hatte ich keine Ahnung, wer in dem Pick-up saß.«

Er schnaubte, als würde er ihr nicht glauben. »Wen hast du denn erwartet?«

»Einen Gärtner vielleicht oder irgendeinen Angestellten.«

Sein durchdringender Blick wurde ein bisschen weicher. Vertrauen sah zwar anders aus, aber wenigstens wirkte er nicht mehr ganz so skeptisch.

»Wie lange suchst du schon nach mir? Wann hat dein Boss den Tipp bekommen?«

»Das sind zwei Fragen. Wenn du meine beantwortest, beantworte ich deine.«

»Kommt drauf an, was du wissen willst.«

Okay, dass sie nicht viel aus ihm herausbekommen würde, war ihr klar. Zumindest nicht jetzt. Aber vielleicht erfuhr sie ja etwas, woran sie anknüpfen konnte. »Wie lange kennst du die Stones schon?«

Ein Lächeln huschte um seine Lippen. »Du zuerst.«

»Den Tipp hat mein Boss vor ein paar Tagen an mich weitergegeben. Dass er damit lange gewartet hat, kann ich mir nicht vorstellen. Er muss ihn wohl letzte Woche bekommen haben. An seiner Stelle hätte ich erst mal selbst eine Onlinesuche gemacht und dann den Auftrag vergeben. Und genau genommen habe ich dich gar nicht gesucht, ich habe dich eher zufällig gefunden.«

Max nickte, als müsste er diese Informationen erst einmal abwägen.

»Jetzt du. Wie lange kennst du die Stones schon?«

Mit einem tiefen Atemzug wurden seine breiten Schultern noch breiter. »Weniger als ein Jahr, länger als eine Woche.«

Wie bitte?

Wieder wandte sich Max ab und wieder schob sie sich eilig vor ihn. Diesmal verschränkte sie energisch die Arme. »Was soll das denn für eine Antwort sein? Ich habe dir Einzelheiten gegeben, du gibst mir einen Zeitraum von einundfünfzig Wochen.«

»So ist das, wenn man am längeren Hebel sitzt, Sarah. Ich beantworte deine Fragen, wie es mir passt. Und jetzt …« Ganz sanft legte er seine Hände an ihre Schultern und schob sie beiseite. »… muss ich wirklich los.«

Sie schaute ihm hinterher. »Unser Gespräch ist noch nicht zu Ende«, rief sie ihm nach.

Über seine Schulter hinweg musterte er sie von oben bis unten. Sein Blick war nicht anzüglich, er ließ nicht gleich sämtliche Alarmlämpchen bei ihr aufleuchten. »Das sehe ich genauso.«

Seine Worte klangen wie ein Versprechen. Und aus irgendeinem Grund, den sie selbst nicht verstand, war sie sicher, dass Max Smith hielt, was er versprach.

Kapitel 9

Am Montag fuhr Max mit dem Motorrad zur Arbeit.

Seit es die Stones in seinem Leben gab, hatte er Schlafprobleme. Vorher hatte er normalerweise nur fünf Stunden pro Nacht geschlafen, wenn er wirklich müde gewesen war auch einmal sechs. Aber inzwischen brachte er es gerade noch auf drei oder vier. Und zwischendurch wachte er immer wieder auf.

In seinem Kopf gab es ein ständiges Pingpong zwischen der Familie, die plötzlich vom Himmel gefallen war, dem Erbe, das er offenbar bekommen würde, und jetzt zusätzlich Sarah. Die kecke Reporterin tat, als wäre sie einen Meter größer, als sie in Wahrheit war.

Ihr Gesichtsausdruck bei seinem überraschenden Auftauchen in der Bar war den ganzen Aufwand und das Detektivspiel wert gewesen. Während er darauf gewartet hatte, dass sie in ihrem Wagen zu ihrer Wohnadresse zurückkam, damit er anhand der Parkplatznummer sehen konnte, in welchem Apartment sie nun tatsächlich lebte, hatte er im Netz nach ihr gesucht. Bei keiner Zeitung und keiner Zeitschrift hatte er eine Sarah McNeilly oder eine Sarah Pines gefunden. Mit den sozialen Netzwerken hatte er sich erst nach dem Besuch in der Bar beschäftigt.

Es gab eine Instagramseite mit lediglich ein paar lustigen Memes und ein paar Tiervideos, dazu Fotos von ihr und der Barkeeperin. Er schaute sich an, welche Verbindungen es zwischen ihr und den Leuten gab, die mit auf den Fotos waren oder ihr auf Instagram folgten.

Einen festen Freund hatte sie offenbar nicht und ihre Eltern tauchten auf Instagram nicht auf. Ein Mann mit demselben Nachnamen wie sie war vermutlich ihr Bruder. Er war etwa fünf Jahre jünger als Sarah und lebte im Orange County. Zumindest verbrachte er dort einen Großteil seiner Zeit.

Max scrollte sich zurück durch die Fotos, bis er eines von Sarah ohne Brille, aber in einem figurbetonten Kleid und High Heels fand. Zu behaupten, ihm habe nicht gefallen, was er sah, wäre gelogen gewesen.

Nur dass sie eine Reporterin auf der Jagd nach einer Story war, bremste ihn. Aber ein bisschen Gucken schadete nichts. Also guckte er weiter, blieb lange wach und war dann auf dem Weg zur Arbeit furchtbar müde.

Er fuhr auf den Betriebshof und parkte neben Jeffs Wagen. Jeff selbst fand er mit einer Tasse Kaffee und einem Donut im Pausenraum.

»Morgen.« Max ging direkt zur Kaffeekanne.

»Guten Morgen. Wie war dein Wochenende?«

»Kann mich nicht beklagen«, antwortete Max knapp. Von den Stones hatte er noch niemandem etwas erzählt. »Bei dir?«

»Anstrengend. Meine Honey-du-musst-Liste wird jeden Monat länger.«

»Nicole scheucht dich durch die Gegend?«

»Na ja, da sind die Kinder, das Haus, ihre Eltern. Ich komme nicht mal dazu, den verdammten Rasen zu mähen, und

Nicole hat schon gedroht, einen Gärtner zu bestellen. Aber ich bezahle doch keinen dafür, dass er das Gras stutzt.«

Max schenkte sich Kaffee ein und lehnte sich an die Arbeitsplatte. »Gibt es bei euch in der Gegend keine Kids, die sich ein bisschen was verdienen wollen?«

Jeff verdrehte die Augen. »Nicht da, wo ich wohne. Da fahren die Eltern ihre Kinder ständig zum Sport oder zu irgendwelchen Aktivitäten. Zeit um Zeitungen auszutragen oder für kleine Jobs haben die gar nicht.«

Jeff lebte am Rand von Canyon Country, wo die Häuser erschwinglicher waren, aber aussahen wie geklont. Die Baubestimmungen und andere Vorschriften waren völlig überzogen. Man durfte die Außenmauern nur in fünf zugelassenen Farbtönen streichen und musste die Mülltonnen exakt am Tag der Leerung an den Straßenrand stellen, um kein Bußgeld zu riskieren.

»Dein Garten ist so groß wie meine Hand. Wie lange brauchst du da zum Mähen?«

»Du klingst schon wie meine Frau.« Jeff warf ihm einen düsteren Blick zu.

Max trank lächelnd seinen Kaffee.

Ihre Chefin kam herein. »Gut, dass ich euch beide hier erwische.«

»Was gibt's?«, fragte Jeff.

»Draußen am Freeway werdet ihr heute fertig, oder?«

»Spätestens gegen Mittag.«

Sheri nickte. »Prima. Morgen geht es für euch dann in Santa Anita weiter.«

Max fiel die Kinnlade herunter.

»Du machst Witze«, sagte Jeff mit demselben fassungslosen Gesichtsausdruck wie Max.

»Die Baustelle liegt direkt an der 210.«

»Das ist eine verdammt weite Fahrt, Sheri«, hielt Max dagegen.

»Aber es ist direkt an der 210.«

Dass die Baustelle nahe am Freeway lag, machte die Sache kaum besser, wenn man eineinhalb Stunden brauchte, um überhaupt dorthin zu kommen.

»Kannst du uns keine Jobs in der Nähe besorgen?«, fragte Jeff. »Ich sehe meine Kinder jetzt schon kaum noch.«

Ihre Chefin zuckte mit den Schultern.

»Zahlst du uns dann wenigstens Fahrtgeld?«, fragte Max.

»Fahrtgeld bezahle ich nie. Nur Überstunden und die auch nur nach Absprache.«

Jeff holte Luft, aber Sheri ließ ihn nicht zu Wort kommen. »Das ist ein Eilauftrag, und es wird auf jeden Fall Überstunden geben. Wenn ihr länger arbeitet, steht ihr auch nicht im Stau.«

Das war kaum mehr als ein schlechter Witz. So etwas wie Stoßzeiten gab es nicht in L.A. Zwischen zehn Uhr morgens und halb drei am Nachmittag konnte auf den Straßen manchmal ein bisschen weniger los sein, alles davor und danach war an allen Wochentagen immer nur Stau und Stillstand.

»Ich weiß, die Fahrt nervt. Aber die bezahlen gut, und ich hoffe, das hilft.« Sheri sah nicht aus, als ob sie Mitleid hätte.

Max nickte Richtung Tür. »Lass uns fahren«, sagte er zu Jeff.

An ihrer Chefin vorbei marschierten sie zum Transporter. Jeff schimpfte während der ganzen Fahrt.

»Unser Betrieb liegt in Santa Clarita. Warum zum Teufel nimmt sie Aufträge in Santa Anita an? Hast du mitbekommen, dass sie Mitch und den Neuen letzte Woche raus ins Orange County geschickt hat?«

So wenig Max die Aussicht auf die endlosen Anfahrten gefiel, er fragte sich, ob das noch wichtig war, wenn die Sache mit dem Stone-Erbe tatsächlich stimmte.

»Jammern hilft nichts.«

Jeff jammerte trotzdem weiter. Auf der Baustelle stürzten sie sich in die Arbeit, damit sie tatsächlich noch vor Mittag fertig waren.

Als um elf Uhr dreißig Max' Telefon klingelte, packte er gerade das Werkzeug in den Transporter.

»Ja?«, sagte er zur Begrüßung, nachdem er gesehen hatte, dass der Anruf von Chase kam.

»Ich wollte dir nur sagen, dein Konto ist eingerichtet. Du musst bloß zu einer Bankfiliale in Santa Clarita und dort unterschreiben.«

Um besser hören zu können, steckte sich Max einen Finger ins freie Ohr.

»Zu welcher?«

»Zur Fidelity in der Nähe des Zentrums. Ich schicke dir die Adresse.«

Passierte das gerade wirklich? Und wie viel war ein Drittel des Geldes, auf dem die Stone-Kinder saßen? »Brauche ich irgendwas Besonderes dafür?«

»Frag nach dem Filialleiter und weise dich irgendwie aus. Alles andere haben wir geregelt. Falls es Probleme gibt, ruf mich an.«

»Geht klar.«

»Wo bist du?«, fragte Chase.

»Bei der Arbeit.«

War das ein Lachen am anderen Ende der Leitung?

»Darf ich dir einen Rat geben?«

Max versuchte, das Telefon gegen den Lärm eines rückwärtsfahrenden Lastwagens abzuschirmen. »Klar.«

»Behalte die Zahlen für dich. Wenn die Leute erfahren, dass du Geld hast, behandeln sie dich plötzlich ganz anders.«

»Kein Problem, das ich je hatte.«

Zwei Stunden später stand Max auf dem Parkplatz der Bank. In seinen schmutzigen Arbeitsstiefeln und mit dem

Motorradhelm unter dem Arm betrat er die Filiale. Vor den Schaltern warteten einige Kunden und in ein paar Bürowaben starrten Angestellte auf ihre Computerbildschirme. Eine Frau in einer der Waben blickte auf, schaute aber gleich wieder weg. Ein Mann telefonierte.

Max stellte sich vor einem der Schalter an, um sich durchzufragen.

»Was kann ich für Sie tun?«, fragte die junge Frau hinter der Panzerglasscheibe, als er an der Reihe war.

»Ich muss mit dem Filialleiter sprechen.«

»Gibt es ein Problem?«

Er schüttelte den Kopf. »Ich soll etwas unterschreiben und werde wohl erwartet.«

Sie griff nach ihrem Telefon. »Wie ist Ihr Name?«

»Max Smith.«

Gleich darauf sagte sie ins Telefon: »Hier steht ein Max Smith, er möchte zu Ihnen.« Dann nickte sie und schaute Max an. »Er holt Sie gleich ab. Sie können dort drüben warten.« Die Frau zeigte auf eine Sitzgruppe.

Doch noch bevor er sich gesetzt hatte, durchquerte ein Mann im Anzug den Raum und streckte ihm die Hand hin. »Maximillian Smith?«

»Max genügt.«

Der Mann stellte sich vor und bat Max mit einer Geste, ihm zu folgen. »Ich bin Park Schultz. Kommen Sie bitte mit in mein Büro, es dauert auch nicht lange.«

Nachdem sich die Glastür hinter ihnen geschlossen hatte, legte Max seinen Helm neben sich auf den Fußboden.

»Ich brauche bitte einen Ausweis.« Schultz rollte seinen Sessel näher an den Schreibtisch, Max gab ihm seinen Führerschein.

Der Filialleiter warf einen Blick darauf und tippte etwas in seinen Computer. »Fidelity arbeitet schon sehr lange mit Stone

Enterprises zusammen. Aber das war das erste Mal, dass uns ein Mitglied der Stone-Familie persönlich angerufen hat.«

»Chase Stone hat selbst bei Ihnen angerufen?«

»Ja.« Schultz blickte auf und schaute dann wieder auf den Bildschirm. Der Drucker hinter ihm setzte sich in Bewegung. »Er hat mich gebeten, mich um Sie zu kümmern. Was ich natürlich sehr gern tue.«

»Danke.«

»Wo erledigen Sie denn sonst Ihre Bankgeschäfte?«

»Bei Wells Fargo.«

Schultz lächelte und tippte weiter. »Haben Sie dort auch eine Kreditkarte?«

»Ja.«

»Hier bei uns haben Sie einen Kreditrahmen von dreihunderttausend. Angesichts der Summe auf Ihrem Konto entfallen die Jahresgebühren. Ich brauche nur noch Ihre Unterschrift.«

Max blinzelte einmal und dann noch einmal. »Dreihunderttausend? Dollar?«

Der Filialleiter blickte auf und lächelte. »Ja.«

»Ich hätte nicht geglaubt, dass der Kreditrahmen so hoch sein kann.«

»Es gibt nicht allzu viele Kunden, die dafür infrage kommen.« In den nächsten fünf Minuten gab der Mann Max einen Überblick über die Angebote der Bank und erklärte ihm, dass er hier jetzt ein Giro- und ein Sparkonto habe. Viel von dem, was Schultz ihm erzählte, rauschte an Max vorbei.

»Im Moment habe ich nicht die Zeit, mich über Geld zu unterhalten«, hörte er sich schließlich sagen. Er hatte ein Date mit dem Freeway.

»Oh, verstehe.«

Schultz schob einen Stapel Unterlagen über den Schreibtisch und zeigte Max, wo er jeweils unterschreiben musste. Nachdem er den Führerschein eingescannt und zurückgegeben hatte, bat er Max, noch einen Moment zu warten, und verließ das Büro.

Max lehnte sich zurück und schaute sich um. Mit einem Bankangestellten hatte er bis jetzt nur ein einziges Mal gesprochen, und zwar als er vor Jahren sein Girokonto eröffnet hatte. Und das war an einem Bankschalter passiert und hatte eine halbe Stunde gedauert.

Keine fünf Minuten später kam Schultz zurück und legte ein paar Dinge vor Max auf den Tisch. »Das hier ist Ihr Scheckbuch. Das Format ist ein bisschen größer als üblich. Aber wir haben festgestellt, dass kaum noch jemand ein Scheckbuch mit sich herumträgt, und das hier ist zu groß, um es aus Versehen zu verlegen.« Max schlug den Hefter auf und sah, dass sein Name und seine Adresse bereits auf die Schecks gedruckt waren.

»Das hier ist Ihre Kreditkarte und das die Debitkarte.« Der Filialleiter schob die Karten über den Tisch.

Die Debitkarte schob Max gleich wieder zurück. »Debitkarten benutze ich nicht.«

»Aber …«

»Nein.« Als Teenager hatte er einen Typen gekannt, der davon gelebt hatte, sich mithilfe von Debitkarten in fremde Konten zu hacken. Seither wollte Max von den Dingern nichts mehr wissen.

»Ganz wie Sie möchten. Auf Ihre Konten haben sie sofortigen Zugriff. Es gibt keine Wartezeit, denn das Geld fließt bankintern von einem bestehenden Fidelitykonto auf Ihre beiden.«

»Prima.« Max rutschte auf seinem Stuhl hin und her.

»In dieser Broschüre hier finden Sie alles, was wir anbieten, sowie Informationen zum Onlinebanking, zu Daueraufträgen und so weiter. Wenn Sie irgendetwas brauchen, dürfen Sie sich gern jederzeit bei mir melden. Betrachten Sie mich als Ihren privaten Banker. Haben Sie im Moment irgendwelche Fragen?«

»Nur eine.«

»Ja bitte?«

»Kann ich mal den Kontostand sehen?«

Schultz hob lachend die Hände. »Ja natürlich. Entschuldigung.«

Wieder tippte er etwas in seinen Computer, dann drehte er den Bildschirm zu Max.

»Das erste ist Ihr Girokonto, das zweite Ihr Sparkonto.«

Max schaute sich die Zahlen an, blinzelte und beugte sich näher zum Bildschirm. »Sind alle diese Nullen an der richtigen Stelle?«

Schultz schaute auf seinen Computer und dann zurück zu Max. »Sieht irgendetwas falsch aus? Mir hat man gesagt, ich soll zwei Millionen auf das Girokonto und dreiundzwanzig auf Ihr Sparkonto übertragen.«

Max' Mund war plötzlich knochentrocken. Heilige Scheiße.

»Kann außer mir noch irgendwer Geld von diesen Konten abheben?«

»Nur, wenn Sie die Person dazu bevollmächtigen.«

»Nicht mal Chase Stone?« Endlich gelang es Max, den Blick vom Computerbildschirm loszureißen und in das gelassene Gesicht des Bankers zu schauen.

»Nein. Diese Konten laufen auf Sie. Mr Stone kann darauf einzahlen, aber abheben kann er nichts.«

Ein paar Minuten später trat Max aus der Bank hinaus in den Sonnenschein. Er schaute hinauf in den blauen kalifornischen Himmel und begann zu lachen.

Kapitel 10

Auf ihrem Computerbildschirm sah Sarah die Oberseite von Patricks Kopf. Dass er zu einem kurzen Zoomgespräch bereit gewesen war, bedeutete nicht automatisch, dass er ihr dabei seine ungeteilte Aufmerksamkeit schenkte.

»Ich brauche mehr Informationen«, drängte sie.

»Es gibt keine.«

Dass er das sagen würde, hatte sie geahnt. »Wissen wir, ob der Tipp von einer Frau oder einem Mann kam? War es eine E-Mail, ein Anruf? Was?«

Eine Sekunde lang blickte ihr Boss auf, dann wandte er sich wieder den Unterlagen auf seinem Schreibtisch zu. »Ein Anruf von einer Frau, die Nummer war unterdrückt.«

»Jung oder alt?«

»Irgendwo dazwischen«, antwortete er.

»Hat sie namentlich nach Ihnen gefragt oder wollte sie nur den Chefredakteur sprechen?«

Patrick unterbrach seine Nebenbeschäftigung und starrte sie durch die Kamera hindurch an. »Was macht das für einen Unterschied?«

»Ich frage mich, ob wir es mit einer Person zu tun haben, die wahllos bei Zeitschriften Spam-Anrufe gemacht hat, oder mit einer gut informierten Insiderin, die gezielt vorgeht.«

»Auch in dem Fall könnte sie mehr als eine Zeitschrift kontaktiert haben«, wandte Patrick ein.

Das war Sarah bewusst. Wenn die geheimnisvolle Informantin aber tatsächlich bei mehreren Zeitschriften angerufen hätte, dann hätte sicher eine der noch weniger seriösen einen Artikel zusammenfabuliert. Eine halbe Seite mit der Silhouette eines Mannes mit unkenntlichen Zügen, unter der Max' Name stand. Dazu eine reißerische Schlagzeile wie: Was weiß Max Smith über Aaron Stones Tod? Oder: Welches Geheimnis hat Aaron Stone Max Smith vor seinem Tod anvertraut? Vielleicht auch: Wo war Max Smith an dem Tag, an dem Aaron Stone einem Herzinfarkt erlag?

Eine solche Schlagzeile hätte den bewussten Max mit etwas Glück aus der Deckung gelockt. Aber kein Blatt hatte irgendetwas in der Art gedruckt, also hatte die Informantin ihren Tipp nicht wahllos gestreut.

»Um welche Uhrzeit ist der Anruf eingegangen?«

Patrick stieß ungeduldig die Luft aus. »Während der Bürozeiten. Haben Sie jetzt etwas oder nicht?«

Sarah rückte ihre Brille zurecht und betrachtete ihre Notizen. »Noch nicht«, log sie. Wenn ihr Boss geahnt hätte, dass sie Max Smith' Handynummer hatte, hätte er zum Angriff geblasen. Und in diesem Fall wäre Max abgetaucht. Dessen war sie sich absolut sicher.

Wenigstens konnte sie Max jetzt ein paar Details geben, und vielleicht war er ja zu einer Gegenleistung bereit.

»Weshalb setzen Sie Ihre Verhörkünste nicht bei jemandem ein, der nicht für Ihren Gehaltsscheck verantwortlich ist?«

Sarah beendete das Gespräch, ließ die Hände in den Schoß fallen und lachte über ihre Pyjamahose, auf der eine

Comic-Katze Jagd auf ein Wollknäuel machte. Aber nicht die Katze war so lustig, sondern die Tatsache, dass sie um vier Uhr nachmittags noch in ihren Schlafklamotten dasaß. Sie trommelte mit den Fingern auf ihren Notizblock, dann breitete sie einen großen Papierbogen aus. Mitten auf das Blatt hatte sie die Namen Aaron Stone und Maximillian Smith gesetzt.

Neben Stones Namen hatte sie ein Dollarzeichen und »RIP« geschrieben. Dazu das Wort Affären mit einem Fragezeichen, denn zu Lebzeiten des Mannes hatte die Regenbogenpresse immer gern über seine wechselnden Begleiterinnen berichtet und seine Frau als geldverliebte Barbie dargestellt. Das war vermutlich nicht fair, aber ein Blick auf die Blondine und ein paar Recherchen brachten ans Licht, dass sie exakt genauso alt war wie Aaron Stones Tochter. Ugh!

Neben Max' Namen stand noch fast nichts. Weniger als ein Jahr, mehr als eine Woche. Sie verdrehte die Augen. Brandneuer Pick-up. Die vorläufige Nummer hatte sie sich leider nicht notiert. Aber da sie weder bei der Zulassungsstelle noch bei der Verkehrspolizei Kontakte hatte, war das auch nicht weiter wichtig. Kernig. Der Mann hatte etwas an sich, was auf harte körperliche Arbeit schließen ließ. Die strapazierfähigen Jeans und Flanellhemden holte er sich vermutlich bei einer günstigen Kaufhauskette und nicht in einer teuren hippen Männerboutique. Er kaufte also da ein, wo sie auch einkaufte und wo Leute wie die Stones sich nie im Leben zeigen würden.

Wie eine große Story aussehen sollte, in der zwei Männer aus derart unterschiedlichen Kreisen gemeinsam eine Rolle spielten, war ihr ein Rätsel.

Max war gut aussehend, und er war jung. Zumindest im Vergleich zu dem verstorbenen Aaron Stone. Hatte Max etwa eine Affäre mit der Trophäenehefrau gehabt? Und wenn ja, war das dann wirklich so weltbewegend? Sicherlich doch nur, wenn Aaron Stones Tod verdächtig gewesen wäre. Aber diesbezüglich war nie irgendwo ein Sterbenswörtchen zu lesen gewesen. Der Mann war ohne Fremdverschulden an einem Herzinfarkt gestorben, das war allgemein bekannt.

Vor ihrer ersten Begegnung mit Max hatte Sarah »Schuld an Stones Tod?« unter seinen Namen geschrieben. Danach hatte sie die Worte wieder ausgestrichen.

Ein geheimnisvoller Unbekannter konnte vielleicht die Finger im Spiel gehabt haben. Der Max, mit dem sie es jetzt zu tun hatte, auf gar keinen Fall. Dass er innerhalb kürzester Zeit herausgefunden hatte, wie sie hieß und wo ihre Freundin arbeitete, ließ auf gewisse detektivische Fähigkeiten schließen. Aber das machte ihn nicht zu einem Gewalttäter.

Hatte Max etwas gegen Stone in der Hand gehabt?

Sarah trommelte mit den Fingern auf ihren Schreibtisch und griff nach ihrem Smartphone.

Bevor sie es sich anders überlegen konnte, wählte sie Max' Nummer. Es klingelte und klingelte. Hatte dieser Typ keine Mailbox? Beim fünften Klingeln ging er ran.

»Na so eine Überraschung. Unsere kleine Miss Sarah, die freundliche Reporterin.«

»Das klingt ja fast wie ein Kosename«, gab sie in einem Ton zurück, der mindestens so sarkastisch klang wie seiner.

Sie hörte ihn lachen. »Welchem Grund verdanke ich das Vergnügen dieses Anrufs?«

»Sprichst du wirklich so? Das passt nicht zu einem Flanellhemd und einem fetten Pick-up.«

»Wie hören sich ein Flanellhemd und ein fetter Pick-up denn an?«

»Jedenfalls nicht nach einem, der sagt, das ›Vergnügen dieses Anrufs‹.«

Einen Moment lang blieb er still. »Was willst du, Sarah?«

Sie lächelte. »Schon besser.«

»Ich warte.«

»Ich habe ein paar Informationen für dich.« Viel war es nicht, aber das konnte er ja nicht wissen.

Wieder das Schweigen.

»Interessieren sie dich nicht?«

»Ich warte immer noch«, sagte er.

»Ich habe Antworten auf deine Fragen. Und die gebe ich dir lieber persönlich.«

»Warum?«

»Warum ich sie dir gebe? Oder warum persönlich?«

»Beides.«

»Wenn jemand mir gegenübersitzt, kann ich sehen, ob er lügt. Am Telefon ist es viel schwerer rauszukriegen, ob eine Person ihre Antworten erfindet«, erklärte sie und ließ ihm dann Zeit, sich zu entscheiden.

»Okay«, sagte er schließlich. »Ich rufe dich an und nenne dir Ort und Zeit.«

»Es muss ein öffentlicher Ort sein.«

Wieder lachte er. »Hast du Angst vor mir, Sarah?«

»Was? Nein.« Sie schüttelte den Kopf. »Ich bin eben vorsichtig.«

»Sagt die Frau, die einem wildfremden ausgewachsenen Mann auf der Straße Hilfe angeboten hat.«

Wo er recht hatte … »Das war in einer sehr noblen Gegend.«

»Wo die Häuser so weit auseinander stehen, dass kein Mensch irgendetwas gehört hätte.«

Sie lehnte sich zurück. »Willst du mir Angst machen?«

»Hast du Angst?«

Nein. »Antwortest du immer mit einer Gegenfrage?«

»Nur wenn ich es mit einer Reporterin zu tun habe«, gab er zurück.

»Was hast du gegen Reporterinnen?«

»Nichts. Du bist die erste, die mir über den Weg läuft. Und bis jetzt verhältst du dich genau so, wie man es von solchen Leuten erwartet.«

»Autsch«, sagte sie halb im Spaß. »Ich habe noch nie ein unwahres Wort geschrieben.«

»Hast du überhaupt schon mal was geschrieben?«

Sie machte den Mund auf und gleich wieder zu. Wenn er glaubte, sie würde andernfalls irgendwelchen erfundenen Mist in Druck geben, würde er ihr vielleicht ein paar Fakten liefern. »Am besten treffen wir uns noch diese Woche. Mein Chefredakteur will Fortschritte sehen, sonst setzt er jemand anderen auf die Geschichte an, der dann womöglich nicht so wahrheitsliebend und umgänglich ist wie ich.«

»Netter Versuch.«

Er hatte gemerkt, dass sie den Mund ziemlich voll nahm. »Danke.«

»Ich melde mich.«

Sie lächelte. »Diese Woche.«

»Wir wollen ja nicht, dass dein Boss zu kribbelig wird.«

Der Mann brachte sie zum Lächeln. »Aber bitte nicht zu früh am Tag. Ich bin kein Morgenmensch.«

Sein leises Lachen machte ihr Lächeln noch breiter, dann legte er wortlos auf.

* * *

Lächelnd beendete Max das Gespräch mit seiner persönlichen Lois Lane, lehnte sich zurück und verschränkte die Hände über dem vollen Bauch.

Der Vergleich mit Lois Lane, der Reporterin aus den Superman-Comics, gefiel ihm. Nur dass hier sie die Brille als Verkleidung trug und nicht Clark Kent.

Vor ihm lag der Rest des saftigen Rib-Eye-Steaks, das er sich auf dem Nachhauseweg an der Fleischtheke eines Supermarkts geholt hatte. Neben dem Teller stand sein Laptop, ein fünf Jahre altes, ziemlich günstiges Modell. Der Bildschirm zeigte seine neuen Konten bei der Fidelity Bank mit unfassbaren fünfundzwanzig Millionen Dollar auf der Habenseite.

Immer wieder hatte er sich gesagt, was die Stones ihm erzählten, sei absoluter Quatsch. Dass ihn bald jemand anrufen und erklären werde, alles sei nur ein Missverständnis, aber, hey, den Pick-up dürfe er zum Trost behalten.

Was zum Teufel sollte er mit fünfundzwanzig Millionen anstellen?

Heute Morgen bei der Arbeit hatte er noch geflucht, weil er in den nächsten Tagen die ganze Strecke bis nach Santa Anita fahren musste, und von seiner Chefin Fahrtgeld verlangt. Jetzt konnte er sich ein Haus in der Nähe der Arbeit leisten und seine Fahrzeit damit halbieren.

»Lustiger Gedanke«, murmelte er vor sich hin. Denn eigentlich musste er gar nicht mehr arbeiten. Machte man das nicht, wenn man den Jackpot geknackt hatte? Seinen Job kündigen?

Was sollte er tun, wenn er nicht mehr die Betonsäge schwingen musste? Er strich sich über den Bart und stand von seinem kleinen Esstisch auf. Vom Wohnzimmerfenster aus schaute er hinaus in die Hochwüstenlandschaft. Ein bisschen Grün wuchs hier nur bei ständiger Bewässerung. Aber das war teuer, und viele Leute im Viertel verzichteten darauf. Er dagegen gönnte sich nur sehr selten ein Steak und gab das Geld lieber für seinen Rasen aus. Er mochte die Farbe Grün.

In Arizona hatte er nie irgendwo gewohnt, wo man Geld für Gießwasser ausgab, und er hatte sich schon damals geschworen, eines Tages einen Garten zu haben. Einen grünen. Ein paarmal blinzelte er, dann riss er sich vom Fenster los und griff zu seinem Smartphone.

Chase antwortete schon beim ersten Klingeln. »Hallo.«

»Was zum Teufel mache ich denn jetzt?«

»Ähm, wie bitte?«

»Kündige ich meinen Job? Den verdammten Gehaltsscheck brauche ich ja nicht mehr.«

»Ach darum geht es«, sagte Chase.

»Ja, darum. Ich starre aus dem Fenster, denke, dass ich es mir jetzt leisten kann, den Rasen zweimal täglich zu wässern, und stelle gleich darauf fest, dass ich gar nicht mehr in diesem Dreckloch wohnen muss. Ich muss kein Stück Schotterwüste mehr gießen, das mir gar nicht gehört. Ziehe ich um? Und wenn ja, wohin? Was tut ein Mann, der gearbeitet hat, seit er vierzehn war, und plötzlich feststellt, dass er von jetzt an nicht mehr für irgendeinen Boss schuften muss?«

»Auch wenn das Jammern auf höchstem Niveau ist, ich verstehe genau, was du meinst.«

Max stieß die Luft aus. »Was habt ihr denn gemacht, als ihr erfahren habt, dass ihr Aarons gesamte Kohle erbt?«

»Lass mich überlegen. Alex und ich haben gestänkert, getrunken und dann wieder gestänkert. Ich bin zur Arbeit gegangen, habe meinen Stellvertreter gebeten, für mich einzuspringen, und bin dann zum Hauptsitz von Stone Enterprises gefahren und dort ins Büro marschiert, als würde das von mir erwartet.«

»So war es ja auch.«

»Nein. Eigentlich nicht. Alex hat trotzdem ihren damaligen Job gekündigt, und wir haben begonnen, nach dir zu suchen.«

»Das hättet ihr nicht tun müssen.«

»Stimmt. Aber wir wollten unbedingt rausfinden, wer du bist. Stone Enterprises für uns einfach abzuhaken und dich um dein Erbe zu bringen, war für uns beide kein guter Gedanke.«

Etwas in der Art hatte Chase schon einmal gesagt, aber erst jetzt verstand Max den Mann.

»Sobald wir gehört haben, dass es dich gibt, haben wir dich als Teil der Familie betrachtet, Max. Wenn du ein komplettes Arschloch gewesen wärst, hätte sich das vielleicht geändert.«

Max drückte die Augen zu. »Ich war kurz davor, mit einem Baseballschläger deinen Wagen zu zertrümmern.«

»Ja, stimmt.«

Einen Moment lang hielt Max inne und versuchte zu begreifen, was ihm da angeboten wurde. »Mit Familie habe ich keine Erfahrung. In meinem Leben hat es nie jemanden gegeben, für den ich auch nur halb so viel getan hätte wie Alex und du für mich.«

»Eine Familie steht dir zur Seite«, erklärte Chase. »Aber wenn der eigene Vater sich nicht für einen interessiert, versucht man, damit klarzukommen und irgendwie weiterzumachen. Ich erwarte nicht, dass du Alex und mir gleich ewige geschwisterliche Treue schwörst. Aber, verdammt, ich hoffe, du gibst uns eine Chance und lässt uns in dein Leben.«

Um die Anspannung loszuwerden, die sich in seinem Nacken festsetzen wollte, kreiste Max mit dem Kopf. »Jemandem zu vertrauen, fällt mir nicht leicht.«

»Gut. In den nächsten Wochen und Monaten kann das nicht schaden.«

»Das gilt auch für euch«, fügte Max hinzu.

»Damit kann ich leben. Die Zeit wird dir zeigen, was für Menschen Alex und ich sind.«

Max wollte ihm gern glauben. »Und woher wisst ihr, dass ihr mir vertrauen könnt?«

»Eine Garantie gibt es nicht. Aber immerhin hast du mich angerufen, um mich zu fragen, was du tun sollst, wenn du morgen früh aus dem Bett steigst. Also vermute ich, die Tür zum gegenseitigen Vertrauen steht einen Spaltbreit offen.«

»Hm. Du hast mir noch keinen Vorschlag gemacht, was ich von jetzt an machen könnte.«

Chase lachte. »Bist du bereit für die Rente? Willst du Golf spielen oder jeden Tag angeln gehen?«

»Das klingt wie die Vorhölle.«

Einen Moment lang blieb es still in der Leitung.

»Was würdest du denn gern tun?«, fragte Chase.

Max dachte an seinen üblichen Tagesablauf. »Jedenfalls will ich nicht mehr vier Stunden täglich auf einem Freeway rumstehen und für irgendeinen Boss schuften.«

»Dann kündige. Sobald die Öffentlichkeit erfährt, wer du bist, hast du bei der Arbeit sowieso keine Ruhe mehr.«

Sofort schoss Max Sarah durch den Kopf. »Die Presse hat mich schon gefunden.«

»Was?« Chase hatte die Frage beinahe geschrien.

»Genau genommen nur eine einzelne Reporterin. Sie hat meinen Namen, weiß aber nicht, wer ich bin.«

»Und das heißt was genau?«

Max musste zugeben, dass das ziemlich verwirrend klang. »Als ich von Aarons Grundstück gefahren bin, stand sie draußen an der Straße.«

»Mit einer Kamera?« Chase' Stimme hatte plötzlich einen schrillen Unterton.

»Nein. Sarah hat darauf gewartet, dass …«

»Du kennst ihren Namen?«

»Jetzt halt mal die Luft an, verdammt, und hör zu.« Max hielt inne, und als Chase nichts sagte, fuhr er fort. Er erzählte ihm von der Begegnung mit Sarah und wie er ihr danach gefolgt war und sie in der Bar zur Rede gestellt hatte. »Sie hat keine Ahnung, welche Verbindung es zwischen Aaron und mir gibt.«

»Aber irgendwer weiß es«, folgerte Chase.

»Ich treffe sie diese Woche und werde versuchen rauszufinden, wer dieser irgendwer ist.«

»Fragt sich, ob das klug ist.«

Max zuckte mit den Schultern. Er würde es trotzdem tun. »Sie hat einen Tipp bekommen und mich dann vor Aarons Haus gesehen. Für einen Artikel voller Spekulationen in irgendeinem Klatschblatt hätte das sicher gereicht. Aber sie hat keinen geschrieben.«

»Zum Glück. Von Piper und mir wurde mal ein Paparazzifoto geschossen. Ihr Gesicht war von einem Hut verdeckt, und da hieß es plötzlich, ich hätte eine Affäre mit Melissa.«

»Mit deiner Stiefmutter?« Kein schöner Gedanke.

»Formell war sie das, aber Alex und ich haben sie immer nur Melissa genannt.«

Max lenkte das Gespräch zurück zu seiner Lois Lane. »Sarah hat jedenfalls keine irren Gerüchte in die Welt gesetzt. Ich treffe mich mit ihr, um rauszukriegen, woher der Tipp kam. Wir wollen doch die Kontrolle darüber behalten, was an die Öffentlichkeit gelangt. Hast du das nicht gesagt?«

»Das klingt eher nach Piper. Aber ja.«

»Vielleicht könnte Sarah uns dabei helfen.«

»Reporter schreiben, was sich verkauft. Die Wahrheit spielt dabei kaum eine Rolle.«

Im Grund war Max derselben Meinung. »Wenn Sarah einen Tipp bekommen hat, ist sie vielleicht nicht die Einzige.«

Chase stieß einen tiefen Seufzer aus. »Davon müssen wir ausgehen. Wenn wir tatsächlich die Kontrolle behalten wollen, müssen wir schnell sein. Ich dachte, wir hätten ein bisschen mehr Zeit.«

»Noch stehen keine Übertragungswagen hier vor meinem Haus.«

»Ja, genau, Bruder. Noch.«

Kapitel 11

»Ich kündige«, sagte Max am nächsten Morgen auf dem Firmenparkplatz zu Jeff.

»Nicht dein Ernst.«

»Doch, hundertprozentig. Und zwar fristlos.«

»Wegen der neuen Baustelle in Santa Anita?«

»Aus verschiedenen Gründen«, antwortete Max wahrheitsgemäß. »Über ein paar davon kann ich im Moment noch nicht sprechen, aber wenn es so weit ist, rufe ich dich an.«

Jeff kniff die Augen zusammen. »Du fängst bei der Konkurrenz an, stimmt's?«

Max klopfte ihm auf den Rücken. Gemeinsam gingen sie zum Gebäude. »Nein, aber wie gesagt …«

»Wenn das für mich auch was wäre und ich dadurch weniger durch die Gegend fahren müsste, gib Bescheid. Als ich Nicole von unserer nächsten Baustelle erzählt habe, ist sie ausgeflippt.«

»Über das Geld für die Überstunden wird sie sich freuen.« Max öffnete die Tür. Drinnen drückte er Jeff die Hand. »Hat mich wirklich gefreut, mit dir zu arbeiten, Mann.«

Jeff packte seine Hand und umarmte ihn männlich herzhaft. »An Thanksgiving bist du bei uns.«

Max klopfte ihm auf den Rücken. »Ich melde mich.«

»Tu das auch wirklich.«

Während Jeff zum Pausenraum ging, marschierte Max zu Sheris Büro und klopfte zweimal kurz an die offene Tür.

Seine Chefin blickte auf. »Hey.«

»Hey, Sheri.«

»Was gibt's?«

Er trat ein. »Ich bin weg«, erklärte er ohne Umschweife.

Sie machte ein verwirrtes Gesicht. »Ja, okay. Fehlt irgendwas auf dem Transporter?«

Er schüttelte den Kopf und lehnte sich an den Türrahmen. »Du hast mich nicht richtig verstanden. Ich bin weg. Ich kündige und bin nur gekommen, um es dir persönlich zu sagen.«

Ihre Hand fiel auf den Schreibtisch, ihr blieb der Mund offen stehen. »Der Job in Santa Anita ist in zwei Wochen erledigt.«

»Kann schon sein, aber ohne mich.« Er nutzte die Gelegenheit, um noch einmal deutlich zu machen, was ihn und Jeff schon von Anfang an gestört hatte. »Wenn du ständig Aufträge mit zwei Stunden Anfahrtsweg annimmst, verlierst du noch mehr gute Leute.«

»Wir müssen dorthin, wo die Arbeit ist.«

»Und wie weit willst du gehen? Schickst du bald auch Leute nach San Diego? Oder nach Bakersfield?«

»Du übertreibst.«

»Zutrauen würde ich es dir. Jeff hat eine Familie, seine Kinder sehen ihn kaum. Aber er braucht diesen Job, und das weißt du.«

Ihre düstere Miene wirkte beinahe komisch. »Du etwa nicht?«

»Jetzt nicht mehr.«

»Das heißt, in zwei Wochen hörst du auf?«

Er schüttelte den Kopf. »Mir hat das nie wirklich eingeleuchtet: Warum kann dein Boss dir fristlos kündigen und muss dir nur noch den letzten Tag bezahlen, während du mindestens zwei Wochen vorher sagen musst, dass du gehst?« Eine Antwort erwartete er nicht. Er drückte sich vom Türrahmen ab. »Ich gehe nicht im Zorn. Es ist deine Firma, und du musst tun, was du für richtig hältst. Viel Glück dabei, deine guten Leute zu halten.«

Sheri zischte ein paar deftige Flüche und griff zum Telefon, während Max sich abwandte und ging.

Er drückte ein paar Leuten, die gerade zu ihrer Schicht erschienen, die Hände und verabschiedete sich. Dann stieg er in seinen Pick-up und starrte aus dem Fenster. Der Druck seines Jobs glitt ihm langsam von den Schultern und ein Lächeln trat auf seine Züge. Er warf einen Blick auf die Uhr. Es war kurz nach halb sieben. Heute war er zum letzten Mal vor Tagesanbruch aufgestanden, um für jemand anderen zu arbeiten.

Die Kündigung war erledigt, er war frei. Er griff zum Telefon und wählte die Nummer der einzigen Person, die er um diese Uhrzeit anzurufen wagte.

Lois Lane klang wie ein schnurrendes Kätzchen. »Wehe, wenn es nicht wirklich gut ist.«

»Mir ist schon öfter gesagt worden, ich sei gut«, schnurrte Max direkt zurück.

»Was? Moment. Wer ist da?«

Beim Klang von Sarahs Stimme, die sich langsam aus dem Schlaf kämpfte, durchrieselte Max ein ungewohnt fluffiges warmes Gefühl.

»Rufen dich viele Männer um diese Uhrzeit an?«

Sie stöhnte. »Ich hätte nie sagen sollen, dass du mich nicht frühmorgens anrufen sollst.«

»Für mich klang das wie eine Herausforderung.«

Er hörte etwas auf den Boden knallen, dann Sarah fluchen und stellte sich vor, dass sie beim Versuch, die Nachttischlampe anzuknipsen, ein Wasserglas umgestoßen hatte. »Gibt es ein Problem?«

»Wenn ich wegen dir meine Ersatzbrille kaputt mache, dann …«

»Hey, ich bin ganz weit weg. Ich bin unschuldig.«

»Du bist unmöglich.«

»Man hat mich schon Schlimmeres genannt. Hast du etwas zum Schreiben?«

»Moment.« Wieder polterte etwas zu Boden und Max grinste über die Worte, die Sarah über die Lippen kamen.

Eine gute Minute verging, dann sagte sie: »Leg los.«

»Es gibt ein Café in Burbank. An der Ecke von Glenoaks und Magnolia.« Das Café hatte er ausgesucht, weil es weit weg von seinem Viertel lag und Sarah sich furchtbar beeilen musste, um es rechtzeitig dorthin zu schaffen.

»In Burbank? Warum das denn?«

Die Antwort blieb er ihr schuldig. »Ich bin in einer Stunde da.«

»In einer Stunde?« Sie klang bestürzt.

Dass er sie damit unter Stress setzte, hatte er gewusst. Ein Lachen konnte er zwar unterdrücken, doch er grinste wie eine Katze, der der Schwanz eines Geckos noch aus dem Maul hing.

»Hast du dir das notiert?«

»Burbank. In einer Stunde.« Stöhnend beendete sie das Gespräch.

Eine Dreiviertelstunde später saß Max mit einer leeren Kaffeetasse an einem kleinen Tisch. Online beobachtete er den Verkehr und sah auf der Karte, welche Staus Sarah auf dem Weg nach Burbank umfahren musste. Es war höllisch viel los.

Inzwischen tat sie ihm fast ein bisschen leid. Auf ihn wirkte sie ein wenig chaotisch, und vermutlich war sie ziemlich nervös, weil sie wusste, dass sie zu spät kommen würde. Er hätte seinen letzten Gehaltsscheck von Sheri darauf verwertet, dass sie seit den Tagen, als ihre Eltern sie für die Schule geweckt hatten, nicht mehr pünktlich gewesen war.

Das Café füllte sich. Am Drive-in war genauso viel los wie an den Tischen. Ein paar Leute nahmen ihre Tassen mit zu einem freien Platz, klappten ihre Laptops auf und schotteten sich mit Ohrstöpseln ab. Aber die meisten holten sich nur einen Kaffee und sprangen zurück in ihren Wagen.

Mit zehn Minuten Verspätung traf Sarah ein. Aus dem Augenwinkel schaute er zu, wie sie geradezu durch die Tür sprintete und mit dem Blick fieberhaft den Raum absuchte, bis sie ihn entdeckte. Sofort straffte sie die Schultern und ging so langsam, als hätte sie alle Zeit der Welt.

»Gerade habe ich mich gefragt, ob du noch kommst«, log er und legte sein Smartphone mit dem Display nach unten auf den Tisch.

»Wenn du mir ein bisschen mehr als eine Stunde gegeben hättest, wäre ich pünktlich gewesen.« Sie setzte sich ihm gegenüber und warf ihre Handtasche auf den Tisch.

»Du wolltest doch, dass wir uns an einem öffentlichen Ort treffen.«

»Ja, aber nicht im Morgengrauen.«

»Sieh dich um.« Er breitete die Arme aus. »Die halbe Welt ist schon unterwegs.«

»Und die klügere Hälfte liegt noch im Bett.« Sie schaute zum Barista hinüber. »Ich brauche erst mal Kaffee.«

»Prima. Ich trinke ihn schwarz. Keine Extras.«

Jetzt fixierte sie ihn. Als er keine Anstalten machte, nach seiner Geldbörse zu greifen, verdrehte sie die ausdrucksvollen Augen hinter der Brille und stemmte sich hoch. Er nutzte die Zeit, während sie am Tresen wartete, um sie sich genauer anzusehen. Vermutlich hatte sie sich in die Klamotten geworfen, die gerade griffbereit gewesen waren. Sie trug Jeans und ein Sweatshirt in Grün und Gold, auf dessen Rücken eine Ente prangte. Für Collegefootball hatte er sich nie groß interessiert, aber er vermutete, dass Lois Lane an der University of Oregon studiert hatte. An den Füßen trug sie zerschlissene Converse-Tennisschuhe, ihre schlichte schwarze Handtasche war geräumig genug für ein Notizbuch oder auch ein iPad oder irgendein anderes Tablet. Und für die Ersatzbrille.

Wegen der zerbrochenen Brille hatte er tatsächlich ein schlechtes Gewissen.

Mit den Kaffeetassen in den Händen kam sie zum Tisch zurück, setzte sich und trank sofort einen Schluck. Genießerisch schloss sie die Augen, ihre Lippen öffneten sich ganz leicht.

Max rutschte auf seinem Platz herum. Dass sie so in ihrem Kaffee schwelgte, fand er seltsam erotisch. »Ist das irgendein süßer Frappu mit Soja-Mandelmilch-Gedöns?«

Sie starrte ihn über den Rand der Brille hinweg an, die ihr auf die Nase gerutscht war. »Sehe ich aus wie ein Frappuccinomädchen?«

»Jap«, antwortete er trocken. »So siehst du aus.«

Sie schüttelte den Kopf. »Der einzige Kaffee, der sich lohnt, ist schwarz. Alles andere ist ein Milkshake.«

»Wer ist der Typ, der dir das beigebracht hat?« Das war vielleicht sexistisch, aber er kannte keine einzige Frau, die ihren Kaffee so schnörkellos trank.

»Mein Vater.« Der Mann war ihm sofort sympathisch. »Aber weil wir geschäftlich hier sind und nicht zu einem Kaffeedate, überspringen wir den Small Talk über die Familie und kommen am besten gleich zum Punkt.«

Dass die Familie in diesem Fall der springende Punkt war, konnte sie ja nicht ahnen. »Das ist kein Date?«

»Ha! Wenn es eins wäre, wäre ich schon aus der Tür. Mit einem Mann, der mir nicht mal eine Tasse Kaffee spendiert, verschwende ich nicht meine Zeit.«

Darüber wollte er gern mehr erfahren. Er schob seine Tasse beiseite und stützte die Ellbogen auf den Tisch. »Wie muss es laufen, damit es für dich keine Zeitverschwendung ist?«

Sie ließ die Hand mit der Kaffeetasse sinken, ohne noch einmal getrunken zu haben. »Meinst du das jetzt ernst?«

»So halb.«

»Ich habe ein paar Informationen für dich. Willst du sie hören oder nicht?«, blaffte sie.

Er lehnte sich zurück. »Kommt darauf an, was mich das kostet.«

»Ich will wissen, welche Verbindung zwischen dir und Aaron Stone bestanden hat.«

»So viel möchte ich noch nicht verraten.«

»Wie wär's mit einem Teil davon?«

»Damit du dir den Rest ausdenken kannst?«

Sie wirkte ein wenig gekränkt. »So arbeite ich nicht. Ich habe meinem Boss noch nicht mal gesagt, dass ich dich gefunden habe.«

»Warum?«

»Weil er ein Hai ist. Und wenn er Blut riecht, lässt er nicht locker und schnappt sich am Ende den ganzen Brocken.«

»Du schreibst also tatsächlich für eine Klatschzeitschrift.«

Sie bestätigte es nicht, stritt es aber auch nicht ab.

»Weshalb nicht für eine seriöse Zeitung? Die University of Oregon ist keine Hinterwäldleruni, die fragwürdige Abschlüsse verteilt.«

Ihr fiel die Kinnlade herunter. »Woher weißt du, dass ich an der University of Oregon war?«

Er ließ den Blick hinab zu ihrem Shirt wandern und dann wieder zurück.

Sarah schaute an sich hinunter. »Ach.«

»Und jetzt deine Antwort. Warum schreibst du für ein Klatschblatt?«

Sie verdrehte die Augen. »Um bei einer seriösen Zeitung genommen zu werden, braucht man Erfahrung. Und um Erfahrung zu sammeln, muss man irgendwo anfangen. Also habe ich bei …« Sie brach ab. »Bei der Zeitschrift angeheuert, für die ich schreibe.«

»Und? Bist du gut?«

»Großartig. Aber erfundene Geschichten gibt's bei mir nicht. Ich weiß, den bunten Illustrierten sagt man nach, dass sie so was drucken. Und ja, da wo ich arbeite, passiert das auch. Aber meine Texte beruhen auf Tatsachen. Wenn der Tag kommt, an dem ich mich bei der *Times* oder beim *Journal* bewerbe, habe ich einen ganzen Stapel gut recherchierter und gut geschriebener Artikel und Reportagen, die mir helfen werden, den Job zu kriegen.«

Ihr Kampfgeist und ihr Selbstbewusstsein gefielen ihm. »Was für Informationen hast du für mich?«

»Wie groß ist diese Story?«

»Groß.«

»Irgendwas Illegales?«

»Wie meinst du das?«

Sie hob die Schultern. »Aaron Stone ist nicht mehr unter uns. Hat deine große Story etwas mit seinem Tod zu tun?«

Er lachte so laut auf, dass ein paar Gäste die Köpfe nach ihnen drehten. »Du bist eindeutig eine Klatschreporterin.«

»So weit hergeholt ist das nicht.«

Er musterte sie mit schief gelegtem Kopf. Trotz der Frage, die sie gestellt hatte, wirkte sie ziemlich unbesorgt.

»Wenn ich etwas mit Aaron Stones Tod zu tun hätte, wäre die letzte Person auf der Welt, mit der ich reden würde, eine Reporterin, die darüber schreiben will.«

Sie rückte ihre Brille zurecht und zog ein Notizbuch und einen Stift aus ihrer Handtasche. »Genau das habe ich mir auch gedacht.«

»Schön, dass wir das geklärt haben. Ich möchte nämlich nicht glauben, dass du so dumm wärst, dich mit jemandem zum Kaffee zu treffen, von dem du denkst, er hätte bei so was die Finger im Spiel gehabt.«

Sie blickte auf, als wollte sie etwas entgegnen, schüttelte dann aber den Kopf und schloss ihre Handtasche. »Die Person, von der der Tipp kam, ist eine Frau.«

Sarah kam überraschend schnell zur Sache. »Hat sie Namen genannt?«

»Nur deinen und den von Stone.«

»Hat sie gesagt, sie ruft noch andere Zeitschriften an?«

Sarah bewegte einen Zeigefinger hin und her, was wohl Nein heißen sollte. »Wenn deine Geschichte ans Licht kommt, wird sie dann weltweit Aufsehen erregen oder nur lokal?«

»Stone Hotels gibt es überall.«

»Weltweit also.« Sie machte sich eine Notiz. »Ob die Frau noch andere Zeitschriften oder Zeitungen angerufen hat, wissen wir nicht. Haben sich noch weitere Reporter bei dir gemeldet?«

»Noch nicht.«

»Aber du rechnest damit.«

Er ließ es sie annehmen.

»Weshalb finde ich nichts über dich im Netz?«, fragte sie.

»Weil ich nur ein Durchschnittstyp bin, der keine Lust auf die sozialen Medien hat.«

Sie hob den Kopf. »Durchschnittstypen haben keinen Schlüssel zu Aaron Stones Anwesen in Beverly Hills. Und sie tragen auch keine Hunderttausend-Dollar-Armbanduhren.«

Verdutzt starrte er auf sein Handgelenk. Großer Gott! So wertvoll war diese Uhr? »Fälschungen kriegt man in dieser Stadt überall.«

Jetzt machte Sarah ein Gesicht wie eine Katze, die gerade einen Kanarienvogel verspeist hatte. »Du unterschätzt mich.«

Er wollte den Arm vom Tisch ziehen, doch sie hielt ihn fest. Ihre Hand war klein und weich, aber überraschend stark. Sie ließ den Stift auf den Tisch fallen und schob seinen Ärmel ein wenig zurück, um die Uhr aus Aarons Schrank genauer betrachten zu können.

Mit dem Finger strich sie so sanft über den Rand des Gehäuses, als würde sie eine Ohrmuschel streicheln. »Gefälscht werden vor allem sehr bekannte Marken. Rolex, Movado, Omega, Cartier. Marken, die Leute sich vor allem wegen ihres Namens zulegen, um zu zeigen, dass sie Geld haben. Das hier ist eine Roger Dubuis. Und nicht irgendeine. Obwohl auch so eine schon mehrere Zehntausend kosten würde. Das durchbrochene Zifferblatt ist wie ein Fenster zu etwas, was man ein Tourbillon nennt, glaube ich. Dieser Mechanismus sorgt für eine extrem hohe Ganggenauigkeit und ist etwas ganz Besonderes. Bei anderen Uhren gibt es auf dem Zifferblatt manchmal ein paar zusätzliche Anzeigen wie einen Höhenmesser oder so. Deine Uhr dagegen zeigt nur die Uhrzeit, nicht mehr, erlaubt aber einen Blick in ihr exquisites Innenleben. Und sehr leicht ist sie auch, oder?«

»Ja, ist sie.«

»Vermutlich aus Titan.« Ganz gelassen rückte sie seinen Ärmel wieder zurecht, tätschelte seine Hand und lehnte sich zurück. »Wahrscheinlich trägst du im Moment etwas am Handgelenk, wofür Preise nördlich einer Viertelmillion Dollar aufgerufen werden. Was bedeutet, du, Max Smith, bist alles andere als ein Durchschnittstyp.«

Er hatte keine Ahnung, ob sie die Wahrheit sagte, doch er glaubte ihr jedes Wort. Und dann das Schnurren in ihrer Stimme, wenn sie über die Details dieser Uhr sprach, und wie intensiv sie das Stück betrachtet hatte – das war schlichtweg heiß. Verdammt, sie trug löchrige alte Converse, und er reagierte, als wäre sie in einem schulterfreien schwarzen Kleid und auf zehn Zentimeter hohen Absätzen hier erschienen. »Woher weißt du so viel über Uhren?«

»Von meinem Vater.«

»Dein Vater hat auch so eine?«

Sie lachte auf. »Nur in seinen Träumen.«

Max beugte sich vor und fixierte sie. »Weißt du was, Sarah McNeilly? Wir machen einen Deal.«

»Ich höre.«

»Ich gebe dir deine Story.«

Sie begann zu lächeln.

»Unter einer Bedingung.«

Sie legte den Kopf schief.

»Du musst die Wahrheit schreiben. Nichts Erfundenes, nichts, um bloß die Verkaufszahlen eurer Zeitschrift in die Höhe zu treiben und Auflage zu machen. Im Augenblick arbeite ich mit ein paar Leuten, die gern kontrollieren möchten, was öffentlich wird und wann.«

»Ein spezielles Team für Öffentlichkeitsarbeit?«

»Könnte man sagen.« Die genaue Bezeichnung, die Chase dafür verwendet hätte, kannte er nicht.

»Du meinst, du sagst mir, was ich schreiben soll? Und woher weiß ich, dass es stimmt?«

»Ich erzähle dir keine Lügen.«

»Gut. Wann kriege ich die Geschichte?«

»Bald. Und falls irgendetwas vorzeitig ans Licht kommt, musst du schnell sein. Wir wollen, dass die Wahrheit als Erstes bekannt wird.«

»Dann haben wir einen Deal.« Sie streckte ihm die Hand hin.

Max hätte beinahe gelacht. Stattdessen griff er nach der kleinen Hand und besiegelte mit sanftem Druck ihre Abmachung.

Als er sie nicht sofort wieder losließ, schaute sie ihm in die Augen.

Das Schweigen zwischen ihnen dehnte sich aus. Bevor sie die Hand wegzog, huschte ein Hauch Rot über ihre Wangen, und plötzlich war er sich ganz sicher, dass die kleine Miss Lois Lane noch mehr im Sinn hatte als eine gute Geschichte.

Max nahm sich vor, das zu nutzen, sobald sich ihm die Gelegenheit bot.

Kapitel 12

Direkt nach dem Telefongespräch mit Max rief Chase seine Schwester oben im Eckbüro an. Bis zum Tod ihres Vaters hatte der zweite Stock im Hauptsitz von Stone Enterprises leer gestanden. Das Unternehmen zu erweitern und den Platz dafür zu nutzen, wäre strategisch nicht klug gewesen. Deshalb waren sie übereingekommen, die Räumlichkeiten Chase zu überlassen. Er hatte die Verwaltung von CMS, seiner Spedition, hierher verlegt, denn seine eigene Firma zu leiten und zugleich bei Stone Enterprises als CEO in einem der Chefsessel zu sitzen, war bei zwei verschiedenen Standorten an entgegengesetzten Enden der Stadt nahezu unmöglich gewesen.

Einige der Umbauten im zweiten Stock liefen noch, und einige seiner Mitarbeiter mussten erst noch hierher umziehen. Aber das Herzstück von CMS befand sich inzwischen in diesem Gebäude. Unter der Büronummer, die Chase wählte, meldete sich seine Verlobte. Wie immer brachte ihn ihre Stimme zum Lächeln.

»Guten Morgen. Sie sind mit dem Büro von Alexandrea Stone verbunden. Wie kann ich Ihnen helfen?«

»Da hätte ich spontan gleich mehrere Ideen.«

Piper lachte und ließ den geschäftsmäßigen Ton fallen. »Ich muss jemanden aus der IT-Abteilung damit beauftragen, deinen Namen auf dem Display erscheinen zu lassen, wenn du von deinem Büro aus anrufst.«

»Die Mühe kannst du dir sparen. Lange sitzt du nicht mehr an deinem Schreibtisch.«

»Wirfst du mich raus?«, scherzte sie.

»Man nennt es Mutterschutz.« Und falls sie danach wieder anfangen wollte, sollte sie nicht mehr als Assistentin der Geschäftsleitung arbeiten. Abgesehen davon, dass sie dann eine Stone sein würde, war sie längst überqualifiziert für diese Aufgabe. Sie sollte ihr Talent nicht damit vergeuden, Telefonanrufe anzunehmen und Termine zu planen. Aber dieses Gespräch würden sie ein andermal führen.

»Ach ja.«

»Ist Alex da?«

»Sie telefoniert gerade. Soll ich sie unterbrechen?«

»Nein, ich komme zu euch rauf.«

»Hast du mit Mr Smith gesprochen?«

Wann immer die Möglichkeit bestand, dass jemand mithörte, nannten sie Max Mr Smith. Und wenn auf der Chefetage nicht gerade hinter verschlossenen Türen gesprochen wurde, war sehr oft jemand in Hörweite.

»Jap.«

»Ich richte ihr aus, dass du bald da bist.«

Zehn Minuten später saß Chase mit seiner Verlobten im ehemaligen Büro seines Vaters auf dem Sofa. Seit er und Alex das Unternehmen leiteten, hatte sich auf der Führungsetage, auch was die Einrichtung und räumliche Aufteilung anging, einiges geändert. Hier drin stand inzwischen nur noch Alex' Schreibtisch. Chase war ausgezogen und hatte Floyd Gatlins Büro übernommen. Gatlin als stellvertretendem Geschäftsführer hatte man in einem ehemaligen Besprechungszimmer ein großzügiges neues Büro eingerichtet, was ihm allerdings gar nicht passte. Aber seit Aaron Stones Tod passte diesem Mann hier sowieso nichts mehr. Nicht nur, dass er am Wochenende nicht mehr im Firmenjet mit seiner Geliebten nach Vegas fliegen konnte – verbittert war er vor allem deshalb, weil er nach dem Tod seines Chefs nicht an dessen Stelle gerückt war.

»Max hat sich mit der Reporterin getroffen.«

Alex schüttelte den Kopf. »Das gefällt mir nicht.«

»Dasselbe habe ich ihm auch gesagt. Aber er meint, sie will sich einen Namen machen, und das kann sie nicht, wenn sie irgendwelches erfundenes Zeug schreibt. Er vertraut darauf, dass sie zeitgleich mit unserer Vorstandssitzung ins Netz stellen kann, was wir in dem Moment an die Öffentlichkeit weitergeben wollen.«

Alex ging unruhig auf und ab. »Aber warum gerade in einer bunten Illustrierten? Weshalb hat die mysteriöse Person, von der der Tipp kam, sich dafür ausgerechnet eine Klatschzeitschrift ausgesucht?«

»Ich habe eine Vermutung«, sagte Piper.

Die beiden anderen drehten sich zu ihr.

»Bei einer großen seriösen Zeitung würde man vielleicht nicht jeden Stein umdrehen, um etwas über die Person zu erfahren, die mit eurem Vater in Verbindung gebracht wird. Aber die Regenbogenpresse braucht Sensationen, damit die Leute die Blätter kaufen. Die *Times* dagegen verkauft sich auch so.«

»Da ist was dran.« Alex nickte.

»Der Tipp kam übrigens von einer Frau«, erklärte Chase.

»Melissa«, murmelte Alex. »Das kann nur sie gewesen sein.«

»Das denke ich auch.« Chase zog eine düstere Grimasse. »Aber was bezweckt sie damit?«

»Sie möchte Chaos stiften, Verunsicherung«, schimpfte Alex. »Die Frau hasst uns und will uns scheitern sehen.«

»Sie will ein größeres Stück vom Kuchen. Wenn sie das Vertrauen in euch beide untergräbt, werden vielleicht andere aus dem Vorstand verlangen, dass Aarons Testament offengelegt wird. Sie selbst kann das ja wegen gewisser Klauseln nicht«, sagte Piper.

»Wir müssen dem Vorstand so schnell wie möglich reinen Wein einschenken. Das Pflaster abreißen. Ist die PR-Frau einsatzbereit?« Alex setzte sich an ihren Schreibtisch.

»Ja.« Piper nickte.

»Gut, dann tun wir jetzt Folgendes:« Alex befand sich bereits im Kampfmodus. »Chase, du holst Max mit an Bord. Piper, ruf … Wie war noch mal ihr Name?«

»Christina Kelly.«

»Ruf Ms Kelly an. Wir treffen uns morgen Abend auf dem Anwesen. Passt das für euch beide?«

»Weshalb auf dem Anwesen?«, fragte Chase.

»Weil Melissa weiß, wie ungern wir dort sind. Falls sie uns beobachtet oder beobachten lässt, erfährt sie es, wenn wir uns bei einem von uns zu Hause treffen. Damit, dass wir das Anwesen nutzen, rechnet sie nicht. Außerdem hat es Tore und wir können zusätzlich Sicherheitsleute kommen lassen. Die Vorstandssitzung berufen wir für Freitag ein. Wir sagen, wir sind jetzt so weit, um über den Zukauf von Starfield abstimmen zu können.«

»Und diese Reporterin?«, fragte Chase.

»Ich würde sagen, wir lassen sie machen. Und Cadry muss morgen Abend auch dabei sein.«

»Wofür brauchen wir unseren Anwalt?«

»Er sorgt dafür, dass Max' Entscheidung in der Starfield-Sache juristisch hieb- und stichfest ist.«

»Dann stimmen wir also tatsächlich ab?«

»Wenn Max dazu bereit ist, ja. Falls er mehr Zeit und Informationen braucht, muss Cadry das dokumentieren, auch wenn ein weiterer Aufschub dem Vorstand nicht gefallen wird.« Alex war wieder mal mit Lichtgeschwindigkeit unterwegs, ihre Finger flogen über die Computertastatur.

»Ich dachte, Max sollte sich in aller Ruhe an die neue Situation gewöhnen.«

»Das war der Plan, bevor diese Reporterin aufgetaucht ist. Jetzt bleibt uns nur ein kleines Zeitfenster, in dem wir agieren können, anstatt bloß zu reagieren. Deshalb will ich die Vorstandssitzung schon am Freitag.«

Chase wusste, dass seine Schwester recht hatte. Aber verdammt, er wünschte, sie hätten noch warten können. »Wir kennen unseren Bruder erst seit zwei Wochen.«

»Dass wir jetzt so unter Druck stehen, ist ärgerlich. Aber immerhin kann uns der Vorstand dann nicht vorwerfen, wir würden Max' Existenz länger als nötig geheim halten. Bislang konnten wir uns ja auf Dads letzten Willen berufen und sagen, die ganze Heimlichtuerei hätten wir ihm zu verdanken.«

»Sauer werden sie trotzdem sein.«

»Das Wochenende wird eine Shitshow«, stöhnte Piper.

Alex stützte den Kopf in die Hände. »So ungern ich dort bin, ich glaube, wir sollten uns alle gemeinsam in Beverly Hills verschanzen. Wir dachten, die Zeit nach Dads Tod sei ein Zirkus gewesen, aber diesmal wird es garantiert zehnmal so schlimm.«

Sie stießen einen kollektiven Seufzer aus.

* * *

»Wir müssen shoppen.«

Max musterte Ms Kelly überrascht. Seit er vor einer halben Stunde auf dem Anwesen angekommen war und sie einander vorgestellt worden waren, hatte die Frau keine fünf Worte mit ihm gesprochen.

»Meine Klamotten gefallen Ihnen nicht?«

»Es geht hier nicht um Geschmacksfragen, sondern um Außenwirkung, Mr Stone.«

»Smith. Mr Smith.«

Ms Kelly, die darauf bestand, als Ms Kelly angesprochen zu werden, war Mitte, Ende fünfzig. Ihr langes Haar war grau, und im Gegensatz zu den meisten Frauen ihres Alters zelebrierte sie diesen Look. Das Grau unterstrich sie mit Strähnen in dunkleren Tönen. Sie war gertenschlank, und mit der Frisur, dem eleganten Hosenanzug und der weißen Bluse hätte sie bestens auf das Titelbild einer Hochglanzzeitschrift gepasst.

Alex, Chase, Piper und Max waren ziemlich leger gekleidet, wobei Alex dabei immer ein bisschen stylisher wirkte als die anderen.

Der Anwalt trug seine übliche Uniform aus Anzug, Krawatte und einer gewissen Steifheit. Max war wie immer in Jeans, einem Flanellhemd und Tennisschuhen erschienen. Aber seit wann fiel ihm überhaupt auf, was irgendwer anhatte?

»Werden Sie Ihren Namen ändern?«, fragte Ms Kelly.

»Warum sollte ich das tun?«

Sie schaute ihn an, als hätte er den Verstand verloren. »Warum sollten Sie es lassen?«

Max hatte den Eindruck, dass seinen Geschwistern sein Name egal war, und folgte seinem Gefühl. »Mein Name bleibt.«

»Die Leute werden Sie trotzdem Mr Stone nennen.«

Er zuckte mit den Schultern. »Nicht mein Problem.«

»Wie dem auch sei, wir müssen Sie für die Kameras kleiden, die bald reichlich auf Sie gerichtet sein werden. Der erste Eindruck ist nicht zu unterschätzen.«

»Anzug und Krawatte sind nicht mein Ding.«

»Keiner erwartet, dass du aussiehst wie unser Vater«, sagte Alex. »Aber Ms Kelly hat recht. Die Vorstandsmitglieder sind an formale Geschäftsgarderobe gewöhnt. Wir brauchen den

Respekt dieser Leute und dürfen ihnen nichts bieten, was ihnen als Aufreger dienen könnte.«

»Sie würden sich an meinen Klamotten stören?«

»Leider ja«, bestätigte Piper.

»Aber das ist kein Problem. Nick wird dir helfen, ihm macht so was Spaß. Du sagst ihm, was dir gefällt und was nicht, und er sucht dir Kleider aus, von denen du dir wünschen wirst, du hättest sie schon dein ganzes Leben lang im Schrank gehabt«, erklärte Alex.

»Wer ist Nick?«

»Ein Freund«, antwortete sie.

»Du wirst ihn mögen«, versicherte ihm Piper.

»Das wäre also geklärt.« Ms Kelly wedelte mit der Hand vor ihrem Kinn herum. »Können wir das ein bisschen in Form bringen?«

»Zwingen kann dich keiner«, versicherte ihm Chase.

»Daran habe ich sowieso schon gedacht. Aber ganz rasiere ich den Bart nicht ab. Ich will schließlich nicht aussehen wie du.« Max zeigte auf Chase und sie lachten beide.

Ms Kelly zog einen kleinen Laptop aus dem Aktenkoffer an ihrer Seite. Das Treffen fand im riesigen Wohnzimmer des Anwesens statt, wo auf jedem Sofa locker sechs Personen sitzen und die Sessel eine zierliche Frau verschlucken konnten.

»Ich habe die sozialen Netzwerke nach Ihnen durchkämmt …«

»Da finden sie mich nicht.«

»Ein großer Vorteil«, stellte Ms Kelly fest. »Jeder, mit dem Sie jemals etwas zu tun hatten, wird plötzlich auf der Bildfläche erscheinen. Leute, mit denen Sie zur Schule gegangen sind, Arbeitgeber, Kolleginnen und Kollegen, Lehrkräfte, Nachbarn … Ihr plötzlicher Reichtum gibt diesen Leuten ihre fünf Minuten im Rampenlicht, und die meisten werden ihr Gesicht nur zu gern in jede verfügbare Kamera halten. Was glauben Sie, was werden Ihre Freunde über Sie sagen?«

Max fand die Frage seltsam. »Viele enge Freunde habe ich nicht.«

Eigentlich nur Jeff, und selbst den hatte er vorwiegend bei der Arbeit gesehen und nur selten am Wochenende.

»Niemand lebt auf einer Insel.« Ms Kelly schaute ihm fest in die Augen.

»Ja, okay, ich hatte einen Kollegen, Jeff.«

»Was würde Jeff einem Reporter über Sie sagen?«

»Keine Ahnung. Dass ich zupacken kann und hart arbeite?«

Ms Kelly ließ die Schultern hängen. »Versuchen wir es anders. Wie viel trinken Sie?«

Max hob die Wasserflasche, die neben ihm stand. »Ich trinke selten was und dann auch nur in Maßen.«

»Drogen?«

Er schüttelte den Kopf.

»Früher als Teenager?«

»Weshalb ist das wichtig?« Langsam kam er sich vor wie bei einem Verhör.

Sie setzte sich auf und faltete die Hände im Schoß. »Wenn Sie in der Highschool ein paar Gummys probiert haben, erklären wir das mit der typischen Experimentierphase eines Teenagers. Adderall? Sie waren unruhig und wollten sich besser konzentrieren können. Kokain? Ihnen hat ein Vater gefehlt und Sie hatten die falschen Freunde. Aber falls Sie damals ein kleines Methlabor im Keller hatten und jemand Sie damit erpressen könnte, will ich es jetzt wissen. Hier geht es nicht um richtig oder falsch und nicht um Moral, Mr Smith. Hier geht es um PR. Und ob Ihnen das gefällt oder nicht, schlichtweg alles über Sie wird bald in der Öffentlichkeit breitgetreten werden. Je pikanter es ist, desto schneller wird jemand es ans Licht zerren.«

Max starrte sie an, blinzelte. Bilder aus der Vergangenheit stiegen in ihm auf.

»Okay. Alkohol und Gras haben früher eine Rolle gespielt. Direkt vor und während der Highschool. Bei einer Party habe ich auch mal was anderes probiert, weiß aber nicht, was es war. Scheußliche Erfahrung. Danach habe ich nicht weiter experimentiert. Drogen hergestellt oder verkauft habe ich nie. In den Wohngruppen und Pflegefamilien habe ich manchmal Alkohol geklaut. Ich war in vielen verschiedenen, und dort bin ich auch an das Gras gekommen. Oder meine Freunde haben es bei ihren Eltern abgezweigt.«

Ms Kelly hörte zu und tippte.

»Irgendwelche Vorstrafen?«

Max schaute zu Chase, und Chase antwortete, bevor er selbst etwas sagen konnte. »Die Akten sind unter Verschluss.«

»Sicher?«

»Ganz sicher.«

»Ich war noch ein Junge«, fügte Max hinzu. »Hatte ein paar Auseinandersetzungen.«

Sie nickte. »Nichts als Erwachsener?«

»Nein.«

»Was werden Ihre Ex-Freundinnen über Sie sagen?«

Darüber musste er lachen. Die Erinnerung daran, wie die letzte Frau in seinem Leben geschrien hatte, er sei emotional abwesend, und dann aus der Tür gestürmt war, blitzte vor ihm auf. »Ich bin nicht der Typ für Beziehungen.«

Sie tippte. »Kinder?«

»Nein.«

»Sicher?«

»Hundertprozentig.«

Ms Kelly fixierte ihn. »Kein Mann kann sich hundertprozentig sicher sein, es sei denn, er lebt wie ein Mönch.«

Max schaute zu Piper, dann zurück zu ihr. »Ich habe mich mit einundzwanzig sterilisieren lassen.«

Piper schnappte nach Luft. Alex fragte: »Was?«

Er schaute in ungläubige Mienen, zuckte die Achseln und gab keine weitere Erklärung ab.

Nach ein paar Sekunden hatte Ms Kelly sich gefangen, und die Fragen gingen weiter. Als sie mit ihm fertig war, wandte sie sich an Alex und Chase. Jetzt ging es darum, in welchem Licht sie ihren verstorbenen Vater erscheinen lassen wollten.

»So gern wir ihn als den Kotzbrocken darstellen würden, der er war – dem Unternehmen zuliebe und dem Vorstand gegenüber müssen wir absolut professionell auftreten«, antwortete Alex.

»Was ist mit Mr Smiths Mutter? Bei unserem Vorgespräch sagten Sie, sie sei noch am Leben.«

»Soweit wir wissen, ja«, antwortete Piper.

»Suchen Sie aktiv nach ihr?«

»Ja.« Chase nickte. »Aber das muss unter uns bleiben, sonst taucht sie vielleicht ab. Immerhin hat sie die Unterhaltszahlungen für ihr Kind eingesteckt und Max als Zweijährigen allein zurückgelassen.«

Jetzt meldete sich auch der Anwalt zu Wort. »Möglicherweise bekommt sie Ärger mit den Behörden, denn die mussten für sie einspringen, als sie verschwunden ist. Ich werde mich dazu noch genauer informieren.«

Ms Kelly nickte dem Anwalt zu. »Weshalb wollte Aaron Stone nicht, dass jemand von Max erfuhr, bevor er gefunden war?«

»Er war der Meinung, so wäre es für das Unternehmen und für seine Kinder am besten.«

Die Frau setzte sich auf und klappte den Laptop zu. »Unter normalen Umständen würde ich eine Pressemitteilung schreiben und die dann an sämtliche Medien gleichzeitig verschicken. In

Ihrem Fall tue ich das erst gegen Ende oder direkt nach der Vorstandssitzung. Diese Reporterin, ist sie in der Lage, während der Sitzung ein paar Dinge öffentlich zu machen?«

»Das behauptet sie zumindest.«

»Gibt es Bedenken, weil sie für eine bunte Illustrierte schreibt?«, fragte Alex.

»Das könnte sogar von Vorteil sein. Ihre Zeitschrift kann unsere Pressemitteilung drucken und ins Netz stellen, und sie ergänzt sie mit einem persönlichen Interview, in das wir nur das packen, was wir der Welt sagen wollen.« Sie schaute Max an. »Wenn Sie exklusiv mit einer einzigen Reporterin sprechen, ist es leichter, dafür zu sorgen, dass Sie korrekt zitiert werden. Klatschzeitschriften werden oft nicht ernst genommen, aber nicht alles, was sie schreiben, ist falsch. Wenn in einem dieser Blätter nur Gutes über Sie steht, werden die anderen das auch schreiben, bis sie irgendwo auf schmutzige Wäsche stoßen. Und glauben Sie mir, die werden etwas finden. Aber dann können wir mithilfe dieser Reporterin den Schmutz so darstellen, dass Ihnen das nützt.«

»Was denken Sie, wie lange wird das so gehen?«, erkundigte sich Max.

»Die ersten paar Wochen werden turbulent. Aber mit etwas Glück stürzen sich die Medien bald auf eine andere Geschichte. Allerdings wird das Interesse jedes Mal wieder aufflammen, wenn es in Verbindung mit Stone Enterprises irgendwelche Neuigkeiten gibt. Und im nächsten Jahr steht ja einiges an. Ein Baby, eine Hochzeit …«

»Nicht mein Baby, nicht meine Hochzeit«, erwiderte Max.

»Das wird kaum einen Unterschied machen«, sagte Piper sanft. »Wir werden von jetzt an als Einheit betrachtet. Wenn du zur Hochzeit kommst, werden die Medien dich fragen, wie du das empfunden hast. Wenn du nicht kommst, werden sie unbedingt wissen wollen, weshalb. Wie fühlt es sich an, plötzlich Onkel zu sein, wenn man bis vor ein paar Wochen noch glaubte, keine Angehörigen zu haben? Und wenn man dich öfter als zweimal mit derselben Frau sieht: Wann ist die Hochzeit?«

»Im Grunde hört es nie auf, Max. Zeitweise wird es stiller, dann kocht es wieder hoch. In unserer Kindheit und Jugend sind Chase und ich weitgehend davon verschont geblieben. Vor allem, weil wir wenig Verbindung zu unserem Vater hatten. Unsere Mutter hat uns, so gut es ging, aus der Öffentlichkeit herausgehalten. Und weil wir Kinder waren, waren wir durch Gesetze und Vorschriften vor allzu aufdringlichen Medienvertretern geschützt. Als Erwachsene hatten wir es hin und wieder mit Reportern und Fotografen zu tun. Aber seit Dad gestorben ist, stehen wir nonstop unter Beobachtung.« Alex griff nach ihrem Weinglas und lehnte sich zurück. »Anfangs wird es ein echter Zirkus sein, Max. Das ist wohl nicht zu vermeiden. Nächstes Wochenende wird die Welt erfahren, dass Aaron Stone noch einen zweiten Sohn hatte. Wir denken, es wäre am besten, wenn wir es alle zusammen hier verbringen.«

»Und wozu soll das gut sein?«, fragte Max.

»An unseren Wohnadressen werden Übertragungswagen auf uns warten und Reporter mit Mikrofonen. Sie werden jede Menge Fragen haben, besonders an dich. Wie wirst du damit umgehen, wenn du vor deiner Einfahrt von ihnen bestürmt wirst und das Blitzlichtgewitter losbricht?«

Bei der Vorstellung, wie es in seinem heruntergekommenen Viertel plötzlich vor Medienleuten wimmelte, musste er grinsen. »Das sollte kein Problem sein.«

»Wir sind auf jeden Fall hier«, erklärte Alex. »Das Tor und die Zäune werden die Hyänen auf Distanz halten. Außerdem fordern wir ein paar Wachleute an.«

»Ist das wirklich nötig?«

Alex nickte Piper zu. »Das Baby kommt erst in etwa fünf Wochen, aber man weiß ja nie. Falls wir Sicherheitsleute brauchen, die uns einen Weg nach draußen bahnen, stehen sie bereit.«

Max schüttelte den Kopf. »Ich glaube, ihr übertreibt.«

»Hoffentlich behältst du recht. Aber wenn nicht, dann sind wir vorbereitet.«

Ms Kelly verstaute ihren Computer in ihrem Aktenkoffer und stand auf. Pipers Rottweiler Kit, der neben Pipers Füßen gedöst hatte, hob kurz den Kopf und bettete die Schnauze dann wieder auf die Pfoten.

»Die Presseerklärung und die Vorschläge, was Sie der Reporterin sagen sollen, habe ich morgen früh fertig. Aber was noch wichtiger ist: Ich werde Ihnen auch sagen, was jetzt lieber noch nicht an die Öffentlichkeit gelangen sollte«, erklärte die PR-Beraterin.

Sie verabschiedete sich und Chase brachte sie nach draußen.

»Zeit fürs Geschäftliche«, meldete sich Cadry zu Wort.

»Ich dachte, das hätten wir gerade erledigt«, sagte Max.

Alex stellte ihr Weinglas ab und stand auf. »Wir berufen eine Vorstandssitzung ein. Mit der Begründung, dass wir jetzt bereit sind, über einen geplanten Zukauf abzustimmen«, erklärte sie Max. »Unser Vater wollte als Nächstes die Starfield-Hotels übernehmen.«

Chase kam zurück und Alex begann, auf und ab zu gehen.

»Ist diese Abstimmung nicht bloß eine Formalität? Schließlich hatte Aaron so viele Firmenanteile, dass nur seine Stimme wirklich gezählt hat«, wandte Max ein.

»Ja, aber ähnlich wie vor Gericht können die verschiedenen Vorstandsmitglieder vor so einer Abstimmung alles vorbringen, was dafür oder dagegen spricht. Bislang haben wir diese Entscheidung hinausgezögert. Wir konnten nicht über Stimmenanteile verfügen, die uns gar nicht gehören. Einundzwanzig Prozent liegen bei dir. Unser Anwalt ist hier, damit juristisch alles wasserdicht ist. Er dokumentiert, ob du abstimmen willst, und wenn ja, wie.«

»Wie soll ich über etwas abstimmen, wovon ich überhaupt keine Ahnung habe?«

Piper gab ihm den Ordner, der vor ihr auf dem Couchtisch gelegen hatte. »Das hier bekommen auch die anderen Vorstandsmitglieder.«

»Niemand erwartet, dass du über Nacht zum Experten wirst. Verdammt, ich verstehe ja selbst kaum, was da steht«, sagte Chase.

»Da steht, es ist ein schlechtes Geschäft«, schnaubte Alex. »Starfield hatte schon vor 2020 Probleme. Und als das Leben wieder normal weiterging, hat sich die Hotelgruppe nicht erholt. Es stimmt schon, das macht sie zu einem Kandidaten für einen Aufkauf, und der Preis ist günstig. Aber für Stone Enterprises wäre das nicht gut.«

Max warf einen Blick in die Unterlagen. »Von irgendwelchen Starfield-Hotels habe ich noch nie gehört.«

»Wir sprechen von einem halben Dutzend Boutiquehotels, vorwiegend an der Ostküste. Jedes hat seinen eigenen Namen, aber alle gehören zu Starfield.«

Max zeigte auf den Verkaufspreis. »Lese ich richtig? Sechshundertfünfzig Millionen?« Heilige Scheiße.

»Ja, genau. Und die kann sich Stone Enterprises im Moment nicht leisten. Wir müssen uns verschlanken, nicht wachsen«, beharrte Alex.

»Seit etwa zehn Jahren hat unser Vater immer wieder andere Ketten aufgekauft, aber vor etwa drei Jahren hat er so richtig damit losgelegt. Was er damit bezweckt hat, ist uns nicht ganz klar.« Chase setzte sich neben seine Verlobte.

»Er wollte der Größte in der Branche werden«, erklärte Piper. »Das habe ich ihn immer wieder sagen hören. Von diesem Gedanken war er wie besessen.«

Max klappte den Ordner zu und warf ihn auf den Tisch. »Dann stimmt ihr gegen den Kauf?«

»Ja. Wir beide haben zusammen zweiundvierzig Prozent der Stimmen. Gemeinsam mit deinen einundzwanzig Prozent könnten wir nicht überstimmt werden. Aber wenn du für einen Zukauf votierst, besteht die Chance, dass sich dir andere Eigner anschließen, und der Deal könnte über die Bühne gehen.«

»Deshalb bin ich hier«, erklärte Cadry. »Sie haben mehrere Möglichkeiten, Max. Haben Sie schon einmal etwas von einem stillen Teilhaber oder einem stillen Partner gehört?«

»Ja. Das ist jemand, der sein Geld in eine Firma steckt, dort aber nicht aktiv mitmischt, richtig?«

»Korrekt. Falls Ihnen nicht nach einem Crashkurs in Sachen Multi-Milliarden-Dollar-Unternehmensführung ist, um dann aus dem Stand eine Sechshundertfünfzig-Millionen-Dollar-Entscheidung zu treffen, können wir dem Vorstand mitteilen, dass Sie im Augenblick noch ein stiller Partner sind, auf die Expertise von Chase und Alexandrea vertrauen und sich deren Entscheidungen anschließen. Das können Sie übrigens jederzeit ändern, aber diese Formulierung werden die Vorstandsmitglieder verstehen und gegen diese Logik keine echten Einwände vorbringen können.«

»Einige werden womöglich trotzdem versuchen, dich auf ihre Seite zu ziehen und dir die Sache mit einer stillen Partnerschaft auszureden, damit du in ihrem Sinn abstimmst«, warnte Alex.

Max rieb sich das Gesicht und schüttelte den Kopf. »Das Geld der Firma für etwas auszugeben, wovon ich keine Ahnung habe, steht mir nicht zu. Vielleicht werde ich irgendwann mehr wissen, aber im Moment ist das nicht der Fall.«

»Sie können sich Zeit lassen und darüber nachdenken. Oder Sie hören sich alle Argumente an und stimmen dann ab«, sagte Cadry.

»Wenn ich mich eurer Meinung anschließe und genauso abstimme wie ihr, geht das Unternehmen dann pleite? Verlieren wir irgendwas?« Max schaute zwischen Chase und Alex hin und her.

»Nein. In dem Fall nicht. Die Hotels zu kaufen, wäre viel riskanter. Sie profitabel zu machen, würde Jahre dauern, und wir müssten zusätzlich viele Millionen investieren. Im Grunde ist es so, als würdest du Nein zu einem Hauskauf sagen. Wenn du ein Haus besichtigst, und es ist nicht das, was du willst oder brauchst, dann nimmst du es nicht. Wenn dein Budget nicht ausreicht und die Raten dir das Genick brechen würden, lässt du die Finger von dem Deal. Genau das tun wir hier.«

Max zuckte die Achseln. »Für einen Hauskauf bin ich noch nicht bereit. Und auf einen Haufen fremder Leute, die mich zu irgendwas überreden wollen, habe ich keine Lust.« Er hätte sich gefühlt wie ein Idiot. Sicher hatte jeder in diesem Vorstand an einer teuren Uni studiert, während er nur mit Mühe seinen Schulabschluss geschafft hatte. »Das Schlauste, was ich im Moment tun kann, ist, die Klappe halten, bis ich eines Tages vielleicht genügend weiß, um etwas zu sagen.«

Der Anwalt schob Max ein Blatt Papier hin. »Ich habe es so knapp formuliert wie möglich, aber juristisch muss es standhalten. Kurz gesagt steht hier, dass Sie Ihre Stimmrechte in dieser Sache an Alex und Chase übertragen. Mein Rat wäre, dem Vorstand zu erklären, Sie möchten ein stiller Partner bleiben. Aber zu Ihrem Schutz halten wir das erst schriftlich fest, wenn Sie auch wirklich wissen, was das für Sie bedeutet.«

»Zu meinem Schutz vor wem?«

»Vor uns.« Alex zeigte auf sich und Chase. »Zu befürchten hast du von uns natürlich nichts. Aber wie du ganz richtig gesagt hast, kennen wir uns noch nicht gut. Ich an deiner Stelle wäre misstrauisch, wenn jemand mir irgendwelche Papiere unter die Nase hält und mir sagt, ich soll ihn einfach nur machen lassen.«

»Wir möchten nicht, dass du uns misstraust«, fügte Chase hinzu. »Aber wir wissen, Vertrauen muss man sich verdienen. Und das braucht Zeit.«

Eine volle Minute lang saß Max schweigend da.

Über seinen Bruder und seine Schwester wusste er tatsächlich noch nicht genug, um ihnen zu vertrauen. Doch verdammt, das, was sie da machten, verdiente Respekt.

Kapitel 13

Wer sein gesamtes Erwachsenenleben lang im Morgengrauen aufgestanden war, konnte nicht von einem Tag auf den andern plötzlich ausschlafen.

Mit einer Tasse Kaffee in der Hand schaute Max von seiner hinteren Veranda aus zu, wie die Sonne aufging. Der schwarze Kaffee ließ ihn an Sarah denken. Diese Frau war ein wandelnder Widerspruch. Sie schrieb für eine Klatschzeitschrift, weigerte sich aber, Lügen zu verbreiten. Zumindest behauptete sie das, und er wollte ihr gern glauben. Einen Moment lang war er versucht, sie anzurufen und zu fragen, unter welchem Namen sie ihre Artikel verfasste.

Aber er würde sie noch eine Weile schlafen lassen. Zumindest heute.

Er wünschte sich wirklich, er könnte ihr vertrauen. Verdammt, nicht nur ihr, sondern auch den anderen neuen Menschen in seinem Leben. Zwar hatten sie ihm bislang keinen Grund gegeben, es nicht zu tun, aber das hieß noch lange nicht, dass er es einfach so konnte.

Auch Alex und Chase als seine Geschwister anzusehen, gelang ihm noch nicht.

Es gab seltene Augenblicke, in denen er zu gern jemandem von all den Ereignissen der letzten Wochen erzählt hätte, und so ein Augenblick war jetzt.

Vielleicht konnte er ja Jeff anrufen, sobald die Geschichte öffentlich war, und mit ihm ein bisschen feiern. Ja, das würde er tun.

Er trank den letzten Schluck Kaffee und schaute auf die Uhr. Normalerweise wäre er jetzt zur Arbeit gefahren, aber mit diesem Nick war er erst gegen Mittag in einem schnieken Einkaufszentrum verabredet, von dem er noch nie etwas gehört hatte. Den ganzen Aufwand wegen seiner Garderobe empfand er als Zeitverschwendung. In Flanellhemden und Jeans fühlte er sich wohl. Und im Sommer trug er T-Shirts. In seinem Leben hatte es Zeiten gegeben, in denen er kein einziges Kleidungsstück besessen hatte, das nur für ihn allein gekauft worden war. Jetzt als Erwachsenem reichten ihm eine Handvoll Shirts und Hosen zum Wechseln. Das war mehr als genug. Wie ein einzelner Mensch wie Aaron Stone einen so riesenhaften Kleiderschrank füllen konnte, war ihm schleierhaft.

Er wartete ab, bis der schlimmste Morgenverkehr vorbei war, dann fuhr er los in die City. Selbst in dem brandneuen Pick-up wurde die Fahrerei auf den verstopften Straßen langsam lästig.

Das Einkaufszentrum gehörte zu den typischen hippen Shoppingtempeln hier in Kalifornien. Über den Eingängen prangten die Namen und Logos von Luxusmarken, und es gab mehr Leute mit Schoßhunden unter dem Arm als mit Kinderwagen. Für ihn war das alles Neuland.

Zum fünften Mal in zehn Minuten schaute er auf die Armbanduhr, die Sarah so genau betrachtet hatte, und trat am vereinbarten Treffpunkt von einem Fuß auf den anderen. Als er gerade wieder in seinen Wagen steigen wollte, hörte er seinen Namen.

»Du musst der verlorene Bruder sein.«

Max wandte sich um und sah einen Mann auf sich zukommen, dessen Augen hinter einer Sonnenbrille verborgen waren.

»Nick?«

»Ja, genau der.« Nick schob die Sonnenbrille auf seiner Nase tiefer und musterte Max von oben bis unten. »Ich bin unsagbar froh, dass Alex mich angerufen hat.«

Max streckte ihm die Hand hin. »Vermutlich verschwenden wir hier nur deine Zeit. Bislang habe ich es ganz gut geschafft, mir meine Klamotten selbst zu kaufen.«

»Oh, kaufen wirst du sie auch diesmal. Ich suche sie nur für dich aus.« Die Sonnenbrille landete wieder an ihrem Platz, Nick machte ein undefinierbares Geräusch. »Und du brauchst meine Hilfe, glaub mir.«

Schon nach der Begrüßung und dem Händedruck war Max klar, weshalb Alex glaubte, Nick sei der Richtige, um ihn für die Kameras zu stylen. Eigentlich brauchte er keine weitere Bestätigung, doch Nicks nächste Worte bewiesen, dass er mit seiner Vermutung richtig lag.

»Du glaubst gar nicht, wie sehr ich gehofft habe, Alex' neuer Bruder würde in meinem Team spielen.« Nick seufzte. »Aber auch diesmal scheint mein finsterer Plan nicht aufzugehen.«

»Ich bin nicht …«

»Schon klar«, unterbrach ihn Nick. »Du musst nicht auch noch Salz in die Wunde streuen.«

Max grinste.

»Unseren ersten Termin haben wir bei meinem Stylisten.«

»Bitte was?«

Nick ging voraus. »Alex hat gesagt, du brauchst einen Haarschnitt, und mit deinem Bart muss etwas passieren. Sie hat recht. Sobald du auf dem Stuhl sitzt, besprechen wir alles Weitere.«

»Rasieren kann ich mich selbst …«

»Das glaube ich dir. Aber lass uns doch ein bisschen was von Daddys Geld ausgeben.« Nick holte tief Luft. »Er war ein totaler Arsch. Sicher haben Chase und Alex dir das schon gesagt.«

»Langsam frage ich mich, ob es überhaupt jemanden gab, der ihn mochte.«

»Bei seinem Begräbnis haben viele so getan.«

Nick marschierte in einen Salon, der eindeutig auf Männer ausgelegt war. Einen Barbershop hätte Max diesen Laden nicht genannt, denn hier gab es keine runzeligen alten Männer, die seit fünf Jahrzehnten Haare schnitten und das inzwischen im Schlaf konnten.

Nein, hier hatte jemand viel Geld in die Hand genommen, um die Kundschaft zu beeindrucken. Dunkelgraue Wände, ein hellgrauer Boden und Akzente aus Chrom sorgten für einen modernen, kühlen Look.

Die Frau am Empfang begrüßte Nick mit einer Umarmung und einem Wangenkuss. »Jason erwartet euch.«

Max folgte Nick zu ein paar Sesseln, wo Jason und Nick einander die Hände drückten.

»Das ist der Freund, von dem ich dir erzählt habe«, sagte Nick dabei zu Jason.

Freund? Sie kannten sich noch keine fünf Minuten.

»Ich bin Max«, stellte er sich vor und schüttelte Jason die Hand. »Schön, dich kennenzulernen.«

»Du wirkst ein bisschen überrumpelt«, meinte Jason.

Max zeigte in den Raum. »Bis jetzt kenne ich bloß Friseurläden mit einer rot-weiß-blauen Säule vor der Tür.«

Jason klopfte auf den Sessel, in den Max sich setzen sollte. »Dein erstes Mal in so einem Salon?«

»Jap.«

»Aber nicht sein letztes«, verkündete Nick.

»Im Grund machen wir alle dasselbe, nur hier ist es ein bisschen teurer.«

Nick knuffte Jason gegen die Schulter. »Er ist viel zu bescheiden. Du wirst lieben, was er tut.«

Max setzte sich und schaute in den Spiegel vor sich. Das gerahmte Foto daneben zeigte eine Frau und einen kleinen Jungen. »Dein Sohn?«

Jason nickte. »Ist gerade drei geworden.«

»Sieht dir ähnlich.«

»Oh ja, das arme Kind.« Jason schaute Max im Spiegel an. »Was machen wir heute?«

Max strich sich über den Bart. »Da muss einiges weg, aber nicht alles. Und mach es so, dass ich zu Hause allein damit klarkomme.«

»Und die Haare?«

»Oben ein bisschen länger, seitlich und hinten kurz.«

»Perfekt.« Nick klatschte in die Hände. »Ich gehe ein paar Sachen besorgen und bin gleich wieder da.«

Als Nick weg war, legte Jason Max einen Umhang um die Schultern und schloss ihn um den Hals. »Nick ist eine Naturgewalt.«

»Könnte man sagen.«

Der Friseur machte sich ans Werk. »Er meint, du hast demnächst irgendein Mediending.«

»Ja.« Mehr sagte Max dazu nicht.

»Er ist jedenfalls genau der Richtige, um dich hollywoodtauglich zu machen.«

»Ich weiß gar nicht, ob ich das will.«

Jason lächelte ihn im Spiegel an. »Das wird schon.«

In den nächsten vierzig Minuten wusch und schnitt er Max' Haar und trimmte seinen Bart, bis er sein Spiegelbild kaum noch erkannte.

Nick kam zurück und stellte viele Fragen. Welche Farben hatte Max im Schrank? Welche Farbe kam absolut nicht infrage? Bei welcher war Max flexibel?

Krawatten verweigerte Max rundheraus, meinte aber, ein Anzug könne nicht schaden. Jeans waren ihm lieber, doch er war bereit, auch mal was anderes zu probieren.

Hatte er jemals Seide getragen?

Nein, und er glaubte auch nicht, dass er das je tun würde.

An der Kasse des Salons zog Max zum ersten Mal seine neue Kreditkarte aus der Geldbörse und gab sich alle Mühe, kein komplett idiotisches Gesicht zu machen, als er hörte, was sein neuer Style kostete. Ja, Jason hatte ganze Arbeit geleistet, aber verdammt, der Mann war teuer.

»Mit dem Geld könnte man ein ganzes Dorf sattkriegen«, sagte Max draußen vor dem Laden zu Nick.

»Tu mir einen Gefallen.« Nick setzte sich in Bewegung. »Versuch, dran zu denken, dass das Geld, das du heute ausgibst, von einem Mann stammt, der sich verdrückt hat, als er eigentlich für dich hätte da sein sollen. Dann werden dir die Ausgaben gleich viel weniger wehtun.«

Interessanter Gedanke.

* * *

In dem Moment, in dem Sarah Max' Namen auf ihrem Smartphonedisplay aufleuchten sah, wusste sie, dass es gleich wieder anstrengend werden würde. Und er enttäuschte sie nicht.

»Ich hoffe, du hast noch nicht gegessen«, begann er.

Sie betrachtete den Teller mit Resten, den sie sich gerade geholt hatte, und schob ihn weg. »Kommt drauf an. Muss ich wieder bezahlen?«

»Nope. Ich glaube, das kann ich übernehmen.«

Er nannte ihr den Namen eines Restaurants, von dem sie noch nie gehört hatte. Diesmal nur eine halbe Stunde von ihrer Wohnung entfernt. »Soll ganz nett sein, ein öffentlicher Ort, aber ruhig.«

»Kriege ich dann meine Story?«

»Jap. Veröffentlichen darfst du sie allerdings erst um kurz nach neun Uhr morgen früh.«

»Du hast sehr genaue Vorstellungen.«

»Eine Minute früher, und du hörst kein Wort von dem, wofür andere Reporter ihren rechten Arm geben würden.«

Ihr Pulsschlag beschleunigte sich.

»Keine Minute früher. Versprochen.«

Er machte ein Geräusch, als würde er ihr nicht glauben.

»Dann sehen wir uns um sieben.«

Sie warf einen Blick auf die Uhr. »Das ist in vierzig Minuten.« Herausforderungen liebte sie, aber sie hasste Eile.

»Ist das ein Problem?«

Sie stand vom Tisch auf und trabte in ihr Zimmer. »Nein. Wie schick ist denn das Restaurant? Ach, Moment, ganz nett, hast du gesagt.«

»In einer Nebenstraße, aber keine Spelunke. Vielleicht ziehst du die Converse ein anderes Mal an.«

Sie blieb wie angewurzelt stehen. »Dir sind meine Schuhe aufgefallen?«

Er lachte. »Bis gleich, Sarah.«

Stöhnend warf sie ihr Smartphone aufs Bett und riss ihren Kleiderschrank auf.

Vierzig Minuten später zog sie den Saum ihres Kleids zurecht, während sie in das Restaurant hetzte, das von außen ziemlich gewöhnlich wirkte. Doch schon am Rezeptionstisch schwanden ihre Bedenken: gedämpftes Licht und ein opulenter Eingangsbereich, dazu der Duft von Knoblauch, Gewürzen und gegrilltem Fleisch.

Sie wartete, bis die perfekt gestylte Empfangsdame das Paar vor ihr an einen Tisch geführt hatte, dann wurde sie mit einem Lächeln begrüßt. »Guten Abend. Haben Sie eine Reservierung?«

»Ich werde erwartet.«

»Von Mr Smith?«

Sarah hielt inne. »Ja.«

»Wunderbar. Bitte folgen Sie mir.«

Die Frau führte sie an Nischen vorbei, in denen vor allem Paare saßen. Nur gut, dass Max ihr gesagt hatte, sie solle keine Sneaker tragen. Das einzig saubere Kleidungsstück, das sie gerade zur Hand gehabt hatte, war ausgerechnet ein Kleid gewesen. Jetzt wusste sie, dass sie dazu hohe Absätze hätte tragen sollen.

Aber egal. Sie war wegen einer Story hier, nicht zu einem Date.

Die Frau brachte sie zu einem Tisch, an dem bereits ein Mann saß. Erst nach einem kompletten Atemzug erkannte Sarah, dass es sich dabei um Max handelte.

Seinen Bart konnte man kaum noch so bezeichnen und sein zuvor schon kurzes Haar sah jetzt aus wie auf einem Foto in einem Männermagazin. Der dunkle Rollkragenpullover, den er trug, war sicher zum Streicheln weich. Ihr Blick wanderte an ihm nach unten, und sie sah schicke Schuhe und eine Hose, die keine Jeans war.

Er war … Er … Oh, verdammt! Max Smith war unfassbar sexy, und jetzt hätte sie sich dafür ohrfeigen können, dass sie nicht ihre Kontaktlinsen trug und auch mit ihrem widerspenstigen Haar nichts angestellt hatte.

Wobei er ihr dafür sowieso nicht genügend Zeit gelassen hatte.

»Hallo, Sarah.«

»Ich, ähm, hätte dich fast nicht erkannt«, sagte sie ehrlich.

»Muss am Haarschnitt liegen.«

Das Lächeln, das in seinen Augen tanzte, verriet, dass er genau wusste, wie er aussah. Plötzlich war ihre Kehle trocken. Sie räusperte sich und stellte ihre große Handtasche ab. Als sie ihre Jacke ausziehen wollte, stand Max auf und half ihr heraus.

An ihren Schultern zögerten seine Hände eine Sekunde lang, und die Haut in ihrem Nacken begann zu prickeln. »Danke.«

Lächelnd reichte er ihr die Jacke.

»Wirklich nett hier.« Sie schob sich in die Nische.

»Finde ich auch.«

»Du bist zum ersten Mal hier?«

»Ja.«

»Woher wusstest du von dem Restaurant?« Sie zupfte an den Ärmeln ihres Kleides.

Er hielt kurz inne. »Von meinem Bruder.«

»Ah. Wohnt er in der Nähe?«

»Nah genug.«

Erneut zog sie ihren Rock zurecht und legte sich das Haar auf den Rücken, bevor sie sich endlich setzte. Als sie aufblickte, sah sie, dass Max sie anstarrte.

»Was ist?«

»Ist die Brille neu?«

Mit schief gelegtem Kopf musterte sie ihn. Sie konnte sich nicht daran erinnern, wann zuletzt jemand ihre Brille bemerkt hatte, außer wenn sie zuvor eine Weile Kontaktlinsen getragen hatte. »Die andere hat jemand kaputt gemacht.«

Er grinste. »Ich hoffe, du hast ihm ordentlich die Meinung gesagt.«

»Dazu hatte ich leider keine Gelegenheit. Jedenfalls noch nicht.«

»Sicher kannst du das bald nachholen.«

Sie hörte auf, an sich herumzuzupfen, und faltete die Hände auf dem Tisch. »Weshalb der neue Look?«

»Gefällt er dir nicht?«

Sie verdrehte die Augen. »Du willst Komplimente hören?«

»Nein. Ich ziehe dich bloß auf.«

»Das merke ich.« Jetzt lächelte sie so strahlend wie er.

Ein Kellner kam an den Tisch und fragte, was sie trinken wollten.

»Möchtest du gern Wein?«, fragte Max.

»Ich bin keine große Weintrinkerin.« Sie nickte dem Kellner zu. »Für mich einen Fuzzy Navel.«

Max bestellte sich grinsend einen Whiskey on the Rocks.

Als der Kellner weg war, sagte er: »Deinen Kaffee trinkst du schwarz und deine Cocktails mit einem halben Pfund Zucker.«

»Schwarzer Kaffee ist das Billigste, was man in einem Café kriegt. Und fruchtige Cocktails kann man sich mit günstigen Hausmarken mixen lassen, und sie schmecken immer noch passabel.«

»Hast du das von deiner Freundin, der Barkeeperin, gelernt?«

»Teri ist meine Mitbewohnerin. Aber ja. Hast du schon mal einen Martini mit Smirnoff getrunken?«

»Nein.«

»Lass es. Ich kann es nicht empfehlen.«

Max' Augen blitzten amüsiert.

»Aber warum jetzt dieses Makeover?«, hakte sie noch einmal nach.

Er lehnte sich zurück und atmete tief durch. »Ich habe morgen früh eine Vorstandssitzung.«

Das klang völlig abstrus. »Für so was bist du eigentlich nicht der Typ.«

»Es gibt für alles ein erstes Mal.«

»Das ist deine erste Vorstandssitzung?« Ihr Lächeln fiel in sich zusammen. Sofort dachte sie an Aaron Stone. »Moment mal. Sprechen wir vom Vorstand von Stone Enterprises?« Sie hatte umfassend recherchiert, und Max Smith hatte mit dem Unternehmen nichts zu tun.

Er nickte.

»Hast du Anteile gekauft?«

»Nicht gekauft. Geerbt. Von meinem Vater.«

Sarah schüttelte den Kopf. »Im Vorstand gab es in letzter Zeit keine Veränderungen. Nur …« Ihre Blicke trafen sich und ihr ging ein gigantisches Licht auf.

Adrenalin jagte in ihre Adern. »Aaron Stone war dein Vater?«

Max hob die Hände. »Das wurde mir versichert.«

Ihr blieb der Mund offen stehen. Das war ein Riesending. Riesig!

Mit einer derart sensationellen Geschichte brauchte sie sich um ihren Job keine Sorgen mehr zu machen.

»Wie? Was … Heilige Scheiße. Wie lange … Hast du …«

»Atmen, Sarah.«

Sie drückte eine Hand auf ihre Brust und holte tief Luft.

Max beugte sich vor. »Vor zwei Wochen standen plötzlich Chase und Alexandrea Stone vor meiner Haustür und haben mir erklärt, ich sei ihr Halbbruder. Bis zu diesem Augenblick hatte ich keine Ahnung, wer mein Vater war. Mir hat man immer gesagt, er sei tot. Gestorben lange vor Aaron Stones Herzinfarkt.«

»Hat dir das deine Mutter erzählt?«

Er schüttelte den Kopf. »Wenn du etwas über meine Mutter hören willst, und das willst du ganz bestimmt, wirst du das, was du heute Abend erfährst, erst um fünf nach neun morgen früh veröffentlichen.«

»Heilige Scheiße, Max. Das ist krass.«

»Ja, allerdings.«

»Wer weiß sonst noch davon?«

»Ein sehr kleiner Kreis.«

Sie griff nach ihrer Handtasche, aber Max schob seine Hand über den Tisch und hielt sie am Arm fest. »Die wichtigsten Fakten stehen in einer Presseerklärung. Ich hole dir nachher eine aus meinem Wagen.«

Sie musste sich Notizen machen, aber er drückte ihren Arm. Anstatt nach einem Stift zu greifen, hörte sie zu.

»Wenn morgen die Vorstandssitzung beginnt, veröffentlichst du zeitgleich die Geschichte. Während die Vorstandsmitglieder von meiner Existenz erfahren, sagst du es der Welt. Um neun Uhr fünfzehn werden interne Mails in der gesamten Firma verschickt, um zehn geht die Presseerklärung an sämtliche Medien raus. Dürre Fakten, nicht mehr. Aber du hast zusätzlich ein Interview, Zitate und exklusive Fotos.«

»Jetzt verstehe ich auch das Makeover.«

Er ließ ihren Arm los und rieb sich mit dem Handrücken das Gesicht. »Das Gestrüpp wurde mir inzwischen sowieso ein bisschen lästig.«

Sarah spürte, wie ihr Puls wieder etwas ruhiger ging. »Auf die Gefahr hin, dass dir das zu Kopf steigt: Der neue Look steht dir besser.«

Er zwinkerte ihr zu.

Hitze schoss ihr in die Wangen. »Wie viele Firmenanteile hat Stone dir vererbt?«

»Nicht bloß Firmenanteile. Ein Drittel seines gesamten Vermögens.«

Sie riss die Augen so weit auf, dass es fast wehtat. Sein Zwinkern war vergessen. »Ein Drittel von allem?«

»Hm-hm. Wie viel das genau ist, weiß ich noch nicht. Aber sicher eine ganze Menge.«

»Das sind Milliarden.« Ihre Stimme war lauter geworden. Erschrocken redete sie leiser weiter. »Milliarden, Max. Ich habe meine Hausaufgaben gemacht, es ist viel mehr als eine ganze Menge. Moment mal. Ich sitze hier mit einem Milliardär?« Ihre Hand fiel auf den Tisch. »Du hast mich deinen Kaffee bezahlen lassen und ihn dann nicht mal getrunken.«

Er versuchte, ein Grinsen zu unterdrücken. »Ich habe ja gesagt, ich mache es wieder gut.«

Der Kellner brachte die Drinks. Sarah betrachtete ihren pappsüßen Geht-immer-Cocktail. »Ich habe es mir anders überlegt. Ich nehme einen Gray Goose Martini, extra dirty, mit zwei Oliven.« Dabei schaute sie Max in die Augen.

Dieser Mann hatte tatsächlich ein sehr schönes Lächeln.

Kapitel 14

In zwei schwarzen SUVs ließen sie sich am nächsten Morgen zu Stone Enterprises fahren. In einem saßen Max und Alex, im anderen Chase und Piper. Beim Abendessen hatte Max Sarah alles erzählt, was sie wissen musste, dann war er mit einer Wagenladung voller neuer Klamotten nach Hause gefahren. Überraschend müde war er sofort ins Bett gefallen und eingeschlafen. Als er morgens in den neuen Sachen wieder aufgebrochen war, hatte er sich geärgert, dass er Chase' Angebot nicht angenommen hatte, die Nacht in seinem Haus zu verbringen. Damit hätte er sich viel umständliche Fahrerei erspart.

Aber das Wochenende würde ihm gehören und er freute sich schon auf ein bisschen Ruhe.

»Warum sind wir noch mal in diesen SUVs unterwegs?«, fragte er Alex.

Sie blickte von dem Bericht über die Starfield-Hotels auf, den sie gerade noch einmal durchlas, und sagte: »Weil unsere Fahrer auch unter Stress immer wissen, was sie tun, und Verfolger notfalls abhängen können.«

Falls der Mann im schwarzen Anzug und mit der dunklen Brille Alex gehört hatte, ließ er sich nichts anmerken.

»Nach Aarons Tod haben die Medien auch Jagd auf euch gemacht?«

»Ja, und wir haben daraus gelernt. Chase ist zu sich gefahren, ich zu mir, aber wir hatten beide keine ruhige Minute mehr.«

»Ich hoffe, ihr seid diesmal nur übervorsichtig«, meinte Max.

»Ich auch.«

Zum fünften Mal seit Beginn der Fahrt griff Alex nach ihrem Telefon. »Sieht aus, als würde deine Reporterin Wort halten. Bis jetzt steht nichts im Netz.«

»Davon bin ich ausgegangen.«

Sie näherten sich bereits dem Hauptsitz von Stone Enterprises und Max sah das Gebäude zum ersten Mal. Bislang hatte er nie einen Anlass gehabt, ein solches Bürohochhaus zu betreten. Aber jetzt würde er gleich durch Flure und Räume gehen, die zu einem Drittel ihm gehörten.

Sie hielten vor dem Haupteingang. Eine Sekunde später stand auch der zweite SUV hinter ihnen.

»Bist du bereit?«, fragte Alex.

Max nickte kurz. »Es kann losgehen.«

Der Fahrer öffnete ihnen die Tür, Max stieg aus und streckte Alex die Hand hin.

Sie trug Rot. Einen Blazer zu einem knielangen Rock, dazu Absätze in einer fürs Büro noch angemessenen Höhe. Das Haar fiel ihr in einem schlichten Pferdeschwanz über den Rücken.

Chase hielt ihnen die Glastür auf. Jetzt, um acht Uhr dreißig, war es in der Lobby recht ruhig.

Max betrachtete den Namen Stone über dem großen Empfangstisch. Von hinten beleuchtete goldene Buchstaben ließen keinen Zweifel daran, wem das Gebäude und die Firma gehörten.

Chase ging auf den Mann hinter dem Empfangstisch zu. »Guten Morgen, Malcolm.«

»Morgen, Mr Stone, Ms Stone.«

»Haben Sie den Ausweis, um den ich Sie gebeten habe?«

»Selbstverständlich, Sir.« Der Angestellte nahm eine Plastikkarte aus dem Schreibtisch und reichte sie Chase, der sie an Max weitergab.

»Vielen Dank.«

Nacheinander passierten sie eine Sensorschleuse, an der es piepte und grün aufleuchtete, und erreichten dahinter die Aufzüge.

Als sie allein in einem der Fahrstühle standen, hielt Chase seine eigene Karte an einen Sensor und wählte das oberste Stockwerk.

»Dieses Haus gehört euch doch, wozu braucht ihr da so eine Karte?«, fragte Max, nachdem sich die Türen geschlossen hatten. Schließlich wurden hier keine Top-Secret-Produkte hergestellt.

»Der elfte September«, antwortete Piper.

»Bitte?« Was hatte der Anschlag auf das World Trade Center mit Stone Enterprises zu tun?

»Es ist wichtig, jederzeit zu wissen, wer sich im Gebäude aufhält.«

Verdammt!

»Klingt vielleicht morbide, ist aber sinnvoll.«

Der Aufzug hielt im vierten Stock. Die Frau, die einstieg, starrte auf ihr Handy.

Sie blickte auf, sah, wer in der Kabine stand, und steckte eilig ihr Telefon weg. »Ähm. Guten Morgen.«

Chase lächelte, Alex nickte.

»Guten Morgen, Lynn«, sagte Piper.

Es folgte verlegenes Schweigen, bis die arme Lynn im sechsten Stock ausstieg und hastig davonhuschte.

»Sind die Leute in eurer Gegenwart immer so nervös?«

»Normalerweise tauchen wir nicht so geballt auf wie heute«, sagte Piper.

»Das liegt an Alex. Vor ihr haben alle Angst«, frotzelte Chase.

»Gar nicht wahr«, verteidigte sich Alex.

Als sich die Türen zur Chefetage öffneten, beugte sich Chase näher zu Max. »Oh, doch.«

Alex ging drei Schritte vor ihnen. »Das habe ich gehört.«

Max lachte.

»Guten Morgen, Ms Stone, Mr Stone, Piper«, sagte die Frau am Empfang, die aussah wie ein Model.

Max folgte ihnen zu ihrem Büro. Unterwegs blickten überall Angestellte auf, die meisten grüßten freundlich, ein paar gaben sich sehr beschäftigt und taten, als würden sie sie nicht bemerken.

Aus einem Büro, an dem sie vorbeigingen, trat ein Mann mittleren Alters. »Gerade habe ich mich gefragt, ob Sie womöglich Ihre eigene Sitzung verpassen«, sagte er.

»Inzwischen sollten Sie mich besser kennen«, entgegnete Alex.

Er nickte ohne jeden Anflug von Humor. »Stuart Cadry sitzt bereits im Konferenzzimmer. Gibt es irgendeinen Grund für seine Anwesenheit?«

Piper ging weiter, die anderen blieben stehen.

»Ja, den gibt es.« Mehr sagte Alex dazu nicht.

Der Mann schaute Max an.

»Max, das ist Floyd Gatlin, unser stellvertretender Geschäftsführer.«

Das war also Gatlin.

Der Mann sah tatsächlich ein bisschen zwielichtig aus. Trotzdem drückte Max ihm die Hand. »Max Smith.«

»Freut mich«, sagte Gatlin. Seine unausgesprochene Frage hing in der Luft.

»Wenn Sie uns bitte entschuldigen.« Ohne auf Gatlins Antwort zu warten, wandte sich Alex ab.

Chase klopfte dem Mann auf die Schulter. »Wir sehen uns gleich bei der Sitzung.«

Einen Augenblick später fand sich Max hinter der verschlossenen Tür von Alex' Büro wieder.

»Wir mussten dich nur einer einzigen Person vorstellen«, sagte sie. »Gut gelaufen, wenn man bedenkt, dass der gesamte Vorstand auf dem Weg hier herauf ist.«

»Euch ist schon klar, dass Gatlin garantiert bereits am Telefon hängt.« Piper trat hinter Alex' Schreibtisch und nahm den Telefonhörer ab. »Hey, Julia. Ich muss wissen, wen Floyd vor und nach der Besprechung heute anruft. Gut. Und bitte greif Dee unter die Arme. Sobald die Sitzung vorbei ist, verschwinden wir. Nein, nein. Ich habe einen Arzttermin.« Piper blickte auf und lächelte. »Danke.« Sie legte auf. »Julia hält Augen und Ohren für uns offen.«

»Ihr traut diesem Mann nicht über den Weg«, stellte Max fest.

»Stimmt.« Alex nahm jetzt Pipers Platz ein.

»Dann werft ihn raus.« So kompliziert konnte das doch nicht sein.

»Es ist leichter, seine Feinde im Blick zu behalten, wenn sie nur ein paar Türen weiter sitzen.«

Max trat an die Fenster mit dem spektakulären Blick über die Stadt. »In meiner Welt gibt es in so einem Fall ein Kündigungsschreiben, den letzten Gehaltsscheck und ein Tschüss.«

»Jemanden aus dem Management loszuwerden, ist gar nicht so einfach. Da landet man leicht vor Gericht. Für den Augenblick bleibt er«, erklärte Alex.

»Allerdings nicht mehr lange«, fügte Chase hinzu.

»Jap. Aber eins nach dem anderen.«

»Oh Shit!« Piper griff wieder nach dem Telefon und wählte. »Fast hätte ich die Sicherheitsfirma vergessen.«

Während Piper die zusätzlichen Sicherheitsleute anforderte, stellte sich Chase zu Max.

»Nervös?«

»Sollte ich das sein?«

»Vermutlich nicht. Wenn du weg bist, werden wir die Sitzung noch so lange wie möglich ausdehnen. Busa wartet am Aufzug. Er steigt in einen Wagen, du in den anderen. Wenn ihr euch trennt, folgt hoffentlich die Hälfte der Medienmeute dem falschen Fahrzeug.«

Völlig übertrieben die ganze Sache. »Klingt gut.«

»Willst du wirklich nicht mit uns kommen?«

»Falls ich es mir anders überlege, weiß ich ja, wo ihr seid.« Max machte eine ausholende Geste. »Hat sich hier viel verändert, seit er nicht mehr da ist?«

»Nur die Farbe, die Kunst an den Wänden, das Sofa und der Schreibtisch.«

Max gluckste und drehte sich zu Alex. »Warum eigentlich Ms und nicht Miss?« Er wusste, dass Alex nie verheiratet gewesen war, doch hier im Haus nannten alle sie Ms Stone.

Sie schaute ihn kurz an, dann wandte sie ihre Aufmerksamkeit wieder dem zu, was sie gerade an ihrem Schreibtisch machte. »Die Anrede einer Frau nach ihrem Familienstand zu richten, ist nicht nur diskriminierend, es ist überholt und komplett aus der Zeit gefallen. Und für den unwahrscheinlichen Fall, dass ich jemals heirate, behalte ich sowieso meinen Nachnamen und keiner muss sich mit der Anrede groß umgewöhnen.«

»Hast du was gegen das Heiraten?« Nicht dass er ganz wild darauf war, aber er kannte keine Frau, die sich nicht ein weißes Kleid und einen Ring am Finger wünschte.

»Alex glaubt, dank unserer Erbschaft sei ihr Liebesleben vorbei«, erklärte Chase.

»Das sind statistische Fakten, lieber Bruder. Mit meiner persönlichen Einschätzung hat das nichts zu tun.« Sie stieß die

Kanten der Unterlagen in ihren Händen gegen den Schreibtisch, um einen ordentlichen Stapel zu bekommen. »Ich hatte schon vor Dads Tod schlechte Karten, und jetzt ist es endgültig aus.«

»Klär mich auf«, sagte Max.

Sie schaute ihm fest in die Augen. »Liegt der IQ eines Mannes um sechzehn Punkte über dem Durchschnitt, so steigen seine Chancen auf eine Partnerin um dreißig Prozent«, erklärte sie. »Und jetzt rate mal, um wie viel Prozent sich diese Chance im selben Fall für eine Frau erhöht.«

Max schüttelte den Kopf. »Keine Ahnung.«

»Gar nicht. Sie sinkt um vierzig Prozent. Wenn du dann noch die Nullen vor dem Komma auf meinem Konto dazu nimmst, hat meine Aussicht auf ernst zu nehmende Dates die Talsohle erreicht. Ich könnte lügen und so tun, als wäre ich jemand anders. Aber mein Gesicht ist überall im Internet. Also muss ich mich wohl damit abfinden. Und wir sprechen hier gerade lediglich vom Daten.«

»In deiner Welt gibt es sicher unzählige Männer, die für ein Date mit dir töten würden«, widersprach Max.

»Falls du irgendwo einen entdeckst, sag es mir bitte. Und denk daran, nur weil ich ein schwieriges Verhältnis zu meinem Vater hatte, muss es nicht gleich einer im Rentenalter sein.« Sie atmete tief durch und straffte die Schultern. »Können wir?«

Piper ging zur Tür, Alex folgte ihr hinaus in den Flur.

»Meint sie das ernst?«, fragte Max Chase leise.

»Leider ja.« Er senkte die Stimme. »Sie braucht dringend mal wieder eine heiße Nacht.«

»Das habe ich gehört«, sagte Alex, die zwei Schritte vor ihnen ging.

»Du kannst mich unmöglich gehört haben«, gab Chase zurück.

Sie schaute über ihre Schulter, warf ihm einen düsteren Blick zu und lächelte dann.

Chase lachte.

Wieder einmal war Max beeindruckt, wie gut sich die beiden verstanden.

* * *

Sarah konnte beobachten, wie Patrick beim Lesen von Max' Geschichte die Augen regelrecht aus dem Kopf quollen.

»Stimmt das, was da steht?«

»Hundertprozentig.«

Er las weiter. »Sie waren mit ihm beim Dinner?«

»Nur das erste von vielen, wenn ich Wort halte.«

»Was haben Sie ihm versprochen?«

Sie warf einen Blick auf die Uhr. »Dass wir das hier um exakt fünf Minuten nach neun veröffentlichen.«

»Weshalb ist der genaue Zeitpunkt so wichtig?« Er blickte auf.

»Um Punkt neun Uhr wird er dem Vorstand von Stone Enterprises vorgestellt. Falls jemand von den Vorstandsmitgliedern schon davor von ihm erfährt, kann und darf die Information nicht von uns stammen.«

Patrick las weiter. »Wer ist die Mutter?«

»Das hat er mir nicht erzählt. Noch nicht.«

»Wird er das noch tun?«

»Wenn ich Wort halte.«

»Was hat er mit seinem Erbe vor?«

»Das sind alles Fragen für morgen, Patrick. Ich habe Max versprochen, dass das hier um fünf nach neun im Internet steht. Das PR-Team, das den ganzen Prozess begleitet, gibt um zehn Uhr die ersten beiden Absätze als Presseerklärung heraus. Sämtliche Zeitungen, Zeitschriften und Fernsehkanäle werden sich auf diese Geschichte stürzen und versuchen, persönliche Stellungnahmen zu kriegen. Aber Max und seine Geschwister wollen frühestens nächste Woche mit den Medien sprechen, wenn der Markt sich wieder etwas beruhigt hat.«

»Der Marktwert von Stone Enterprises wird durch diese Nachricht in den Keller rauschen.«

»Gut, dass keiner von uns Anteile an der Firma hält, sonst könnte man uns bei einem Verkauf Insiderhandel vorwerfen. Aber abgesehen davon wird der Wert der Anteile schnell wieder steigen.«

Der Chefredakteur nickte. »Ja, vermutlich.«

»Neun Uhr fünf, Patrick. Eine Minute früher, und wir kriegen keine weiteren Exklusivinterviews mit ihm.«

Er griff nach dem Telefon. »Wir stellen es um sechs nach neun ins Netz.«

Sarah lächelte.

»Das ist gut, McNeilly.«

»Ich muss also nicht zum Arbeitsamt?«, fragte sie halb im Scherz.

»Nein, Ihr Job hier ist sicher. Für den Moment.«

Wäre es wirklich so schwer gewesen, auf den Zusatz »für den Moment« zu verzichten?

Sie drückte den Rücken durch. »Ach ja …« Sie zog einen USB-Stick aus der Handtasche. »Exklusive Fotos.«

Hektisch schnappte er sich den Stick. »Erinnern Sie mich daran, Ihnen eine Gehaltserhöhung zu geben.«

Das klang schon deutlich besser.

Kapitel 15

Wie es sich anfühlte, einen Konferenzraum zu betreten, in dem ihn mehr als ein Dutzend Fremde anstarrten, würde Max nicht so schnell vergessen.

Er drückte Stuart Cadry die Hand und setzte sich am Kopfende des Tischs zwischen den Anwalt und Alex. Auf Alex' anderer Seite nahmen Piper und Chase Platz.

Sofort fing Piper an, etwas auf ihren Notizblock zu schreiben. Ein paar der Versammelten grüßten, doch die meisten saßen da, als hätten sie einen Stock verschluckt.

Nach wenigen Augenblicken schob ihm Piper ein Blatt hin, auf das sie einen Sitzplan mit den Namen aller Anwesenden gezeichnet hatte. Alex nickte ihm zu.

»Vielen Dank, dass Sie sich so kurzfristig hier eingefunden haben«, begann sie.

»Ihr Vater hat einen anderen Stil gepflegt und die Mitglieder dieses Gremiums nicht kurzfristig herbefohlen«, murrte ein Mann am anderen Ende des Tischs.

Max zählte die Stühle ab. Paul Yarros.

»Diesmal können Sie tatsächlich ihm die Schuld dafür geben, Paul.«

Alle hörten auf, in ihren Unterlagen zu blättern, und es wurde still.

»Wie bitte?«

»Bevor wir dieses Thema weiter vertiefen, möchte ich Ihnen versichern, dass wir heute eine Entscheidung über die Starfield-Hotelgruppe anstreben, wenn Sie dazu bereit sind. Wir danken Ihnen für Ihre Geduld in dieser Sache, aber leider war der Aufschub unvermeidlich.«

»Ich denke, einige hier verstehen durchaus, dass wichtige Entscheidungen Zeit brauchen.«

Max ordnete der älteren Frau, die das gesagt hatte, den Namen Monroe zu.

»Ja, so ist es. Diese Abstimmung haben wir allerdings nicht aufgeschoben, weil uns noch grundlegende Informationen über die Chancen und Risiken dieses Deals gefehlt hätten. Sie war juristisch einfach nicht möglich.«

»Dass Sie als Erben stimmberechtigt sind, hat niemand hier infrage gestellt.« Der Sitzplan zeigte Max, dass dieser Einwurf von einem der Hausanwälte von Stone Enterprises gekommen war.

»Richtig. Aber wir hatten ein paar Fakten, die Ihnen nicht vorlagen.« Alex lächelte Max an.

»Wovon zum Teufel reden Sie da?«, blaffte Yarros.

Die Härchen auf Max' Unterarmen richteten sich auf.

Bevor er auch nur Luft holen konnte, knurrte Chase: »Diese Versammlung wird von meiner Schwester geleitet, Paul, nicht von Ihnen. Und wenn Sie sich nicht um einen angemessenen Ton bemühen, werde ich eine Möglichkeit finden, hier auch ohne Sie weiterzumachen.«

Chase' Worte schlugen ein wie eine Bombe. Yarros schob seinen Stuhl zurück. Der Zorn über die Zurechtweisung war ihm deutlich anzusehen. Max schloss die Hände zu Fäusten und öffnete sie wieder. Hier kreisten eindeutig die Aasgeier, und er verstand, weshalb Chase und Alex die Sache gern hinter sich bringen wollten. Ein kurzer Blick auf seine Uhr zeigte ihm, dass Sarahs Artikel in wenigen Sekunden online gehen würde.

Er schaute zu Piper, die das Internet im Blick behielt. Mit den Lippen formte sie die Worte »noch nicht«.

Alex holte tief Luft. »Bei der Verlesung des Testaments unseres Vaters haben Chase und ich zwei große Überraschungen erlebt. Die erste war, dass er seinen gesamten Besitz einschließlich dieser Firma seinen Kindern vermacht hat. Die zweite und noch deutlich größere, dass wir einen Bruder haben.«

Alle Köpfe drehten sich zu Max, und er schaute den Vorstandsmitgliedern nacheinander fest in die Augen. Das Raunen im Zimmer wurde schnell lauter.

»Lassen Sie sich von dem Namen nicht täuschen. Max Smith ist erwiesenermaßen der Sohn von Aaron Stone.«

»Davon hat Aaron mir nie ein Wort gesagt«, blaffte Gatlin.

Max hätte fast gelacht. »Wohl kaum ein Mann, der seine Frau betrügt, erzählt seinen Mitarbeitern davon.« Sein Kommentar sorgte für Ruhe.

Chase zeigte auf Max, grinste und nickte. Im selben Augenblick hob Piper den Daumen. Seine Geschichte stand jetzt im Netz. Sarah hatte Wort gehalten. Ein Gedanke, der ihn lächeln ließ.

»Aaron hat ihm ein Drittel von allem hinterlassen?«, fragte Yarros.

»Sein Name ist Max Smith, und ja«, antwortete Alex.

»Weshalb war die Rechtsabteilung nicht darüber informiert?«

»Weil Aaron es so wollte«, erklärte Cadry. »Als sein Nachlassverwalter durfte ich darüber nur mit Alexandrea und Chase sprechen und musste ihnen Zeit geben, ihren Bruder zu finden.«

»Heißt das, Aaron wusste nicht, wo er war? Entschuldigen Sie bitte, Mr Smith. Wo *Sie* waren?«, fragte Mrs Monroe und schaute Max an.

»Bis vor zwei Wochen hatte ich keine Ahnung, wer mein Vater war«, antwortete er.

Die Frau senkte den Kopf. »Verdammt noch mal, Aaron.«

»Genau das war auch mein erster Gedanke. Wir waren ziemlich wütend, dass er uns alle in diese Situation gebracht hat«, erklärte Alex.

»Und weil wir selbstverständlich nicht über Stimmrechte verfügen konnten, die wir gar nicht hatten, mussten wir den Beschluss über den Starfield-Zukauf aufschieben«, fügte Chase hinzu. »Ich denke, Sie verstehen das.«

»Kompletter Irrsinn«, schnaubte Gatlin.

»Wissen Sie irgendetwas über dieses Unternehmen, Mr Smith?«, fragte Mrs Monroe.

Max lächelte in das einzige freundliche Gesicht am Tisch, das nicht zu seiner Familie gehörte. »Plötzlich eine Familie zu haben, beschäftigt mich gerade sehr. Mich mit dem Unternehmen auseinanderzusetzen, habe ich so kurzfristig noch gar nicht geschafft.«

»Das kann ich mir vorstellen«, seufzte sie.

»Wir brauchen Beweise.« Yarros lehnte sich zurück, als wären damit die Fakten infrage gestellt.

»Die haben wir«, versicherte Cadry.

Dieser Yarros ließ nicht locker.

»Max war bereit, heute hier vor Ihnen zu erscheinen, um jeden Zweifel an seiner Existenz auszuräumen. Um die Öffentlichkeitsarbeit kümmert sich in dieser Sache eine externe PR-Firma, die wir eigens zu diesem Zweck beauftragt haben. In den nächsten Minuten gibt sie eine firmeninterne Mitteilung und dann auch eine Presseerklärung heraus«, informierte Alex das Gremium.

»Der Wert unserer Anteile wird abstürzen.«

»Mist, ja natürlich.«

»Instabile Verhältnisse können für ein Unternehmen der Todesstoß sein.«

Max verlor den Überblick, wer gerade redete. Ihm fiel auf, dass Chase und Alex schweigend zuhörten, während die anderen Mitglieder des Vorstands nun hitzig diskutierten.

Schließlich räusperte sich Alex. »Ich möchte noch einmal deutlich machen, dass wir diese Situation unserem verstorbenen Vater verdanken. Sein Anwalt war zum Schweigen verpflichtet, Chase und ich waren es nicht. Der Anschein von Instabilität, den Sie nun fürchten, wird von kurzer Dauer sein. Viel schlimmer wäre es geworden, wenn wir Ihnen oder irgendwem von Max erzählt hätten, bevor wir ihn gefunden hatten. Ja, der Marktwert des Unternehmens wird kurzfristig sinken. Bei solchen Nachrichten ist das normal. Aber das wird sich schnell wieder einpendeln, und das ist auch jedem hier im Raum bewusst. Wenn wir unsere Aussagen der Presse gegenüber positiv und einheitlich formulieren und dabei Geschlossenheit demonstrieren, ist nach kürzester Zeit alles wieder im Lot.«

»Das ist durchaus realistisch.«

»Und wie sollen wir Geschlossenheit demonstrieren, wenn jemand, der keinerlei Ahnung von diesem Unternehmen hat, über einundzwanzig Prozent der Stimmrechte verfügt?«

Max beschloss, bei der ersten Gelegenheit mehr über diesen Paul Yarros herauszufinden.

Jetzt räusperte sich Cadry. »Mr Smith ist der Überzeugung, dass es zum jetzigen Zeitpunkt für ihn und Stone Enterprises am besten ist, nur stiller Teilhaber zu sein und seine Stimmrechte Chase und Alexandrea Stone zu übertragen. Damit bleibt erst einmal alles so, wie es in den letzten Monaten bereits war.«

»Schon aus diesem Grund sollte sich niemand in diesem Vorstand Sorgen machen und wir können mit einem guten Gefühl zusammenstehen«, ergänzte Alex.

»Seit Sie beide hier übernommen haben, sorgen wir uns ununterbrochen.«

»Sprich für dich, Paul.«

Von vielen Smartphones im Raum waren Benachrichtigungstöne zu hören.

»Na prima.« Am Ende des Tischs warf jemand sein Telefon beiseite.

Max suchte Pipers Blick. »Die Medien«, raunte sie.

»Wenn du dem Chaos entkommen willst …«, sagte Alex.

Er warf einen Blick auf die Uhr. Die Zeit seit seiner Ankunft im Firmengebäude war blitzschnell vergangen. Er schob seinen Stuhl zurück und erhob sich.

»Was fällt Ihnen ein? Wo wollen Sie hin?«

Max schüttelte den Kopf und biss sich auf die Lippen. Verdammt! Er drehte sich zu Yarros. »Paul? Darf ich Sie Paul nennen?« Max' Ton sorgte dafür, dass alle ihm gespannt zuhörten. »Sie scheinen ein gebildeter Mann zu sein. Und falls ich mich da täusche, sind Sie sicher in der Lage, irgendwo nachzuschlagen, was stiller Teilhaber bedeutet. Ich bin aus Höflichkeit gegenüber den Personen an diesem Tisch hergekommen und um Chase und Alex einen Gefallen zu tun. Wiedersehen werde ich Sie alle erst, wenn ich hier etwas beitragen kann.« Er warf einen Blick in die Runde. »Auf gar keinen Fall werde ich meine Anteile verkaufen oder vertrauliche Gespräche über meine Stimmrechte führen. Also verschwenden Sie nicht Ihre Zeit.«

Das Lächeln wich aus seinem Gesicht und er fixierte Yarros. »Und noch eins. Falls Sie in meiner Gegenwart Alex gegenüber noch einmal laut oder unverschämt werden, werde ich nicht erst nach einem Grund suchen, ohne Sie weitermachen zu können. Ich werde Sie eigenhändig vor die Tür setzen.«

Das einzige Geräusch, das jetzt noch zu hören war, war das leise Rauschen der Lüftung.

Chase und Alex standen ebenfalls auf, Max drückte Chase die Hand. »Danke«, sagte er. Dann klopfte er Piper lächelnd auf die Schulter, und weil er plötzlich das überwältigende Bedürfnis hatte, diesem Vorstand zu zeigen, wie Zusammenhalt aussah, tat er etwas, was für ihn ungewöhnlich war. Anstatt Alex die Hand zu schütteln, umarmte er sie und flüsterte ihr ins Ohr: »Verdammt beeindruckend, wie du das machst, wirklich.«

»Liegt wohl in der Familie«, flüsterte sie zurück.

Lächelnd ließ er sie los, drehte den Versammelten den Rücken zu und ging. Draußen vor dem Aufzug wartete Busa auf ihn.

»Wie ist es gelaufen?«

»Es war ein bisschen, wie hungrigen Raubtieren rohes Fleisch hinzuwerfen.«

Die Aufzugtüren öffneten sich.

»So ähnlich wird es das ganze Wochenende über weitergehen.«

»Meinst du?«

»Du wirst es ja erleben.«

Unten warteten neben ein paar Sicherheitsleuten die beiden Fahrer. Vor dem Eingang hatten bereits etliche Medienvertreter mit ihren Kameras Stellung bezogen.

* * *

Sarah zappte sich durch die Lokalnachrichtenkanäle, deren Reporter fieberhaft nach zusätzlichen Bildern und Wortbeiträgen suchten. Alle bezogen sich auf die Pressemitteilung, die die Stone-Familie herausgegeben hatte.

»Zunächst waren die Neuigkeiten nur online im *RMI Magazin* zu lesen, was für einige Verwunderung sorgt. Da die Zeitschrift nicht für ihre Faktentreue bekannt ist, hat erst die Presseerklärung von Chase und Alexandrea Stone das allgemeine Interesse geweckt. Eine Geschichte wie aus einem Hollywoodfilm lockt Medienvertreter vor den Hauptsitz von Stone Enterprises. Aaron Stone, der im April verstorbene Milliardär und Hotelmogul, hat seinen gesamten Besitz seinen Kindern hinterlassen. Doch erst jetzt stellt sich heraus, dass sein Imperium nicht je zur Hälfte an die beiden Kinder aus seiner ersten Ehe geht, sondern an insgesamt drei leibliche Nachkommen. Laut einem bei *RMI* erschienenen Exklusivinterview glaubte Maximillian Smith bislang, sein Vater sei bereits kurz nach seiner Geburt gestorben. Doch damals war Aaron Stone mit seiner ersten Frau Vivian, der Mutter seiner Kinder Chase und Alexandrea, verheiratet und hat sich nicht zu seinem außerehelichen Sohn bekannt. Wer Maximillian Smiths Mutter ist, liegt noch im Dunkeln …«

»Das ist ein ganz großes Ding, McNeilly. Gratuliere.« Merik, einer ihrer Kollegen bei der Zeitschrift, zeigte auf den Fernseher und knuffte sie gegen die Schulter.

»Danke.« Ja, er hatte recht. In ihrem Lebenslauf würde diese Story richtig gut aussehen.

»Wie ist er denn so?«

Nach einem kurzen Blick zu Merik schaute sie wieder auf den Bildschirm. »Anstrengend.«

»Und das heißt was?«

»Er ruft mich zu unheiligen Zeiten an und erwartet, dass ich alles stehen und liegen lasse, um mich irgendwo mit ihm zu treffen.«

»Klingt wie ein Vollpfosten.«

Sie grinste. Ja, so hörte sich das tatsächlich an. Aber Max war alles andere als ein Vollpfosten. »Nein, das würde ich nicht sagen.«

Die Kameras zeigten, wie Max auf den Rücksitz eines schwarzen SUVs stieg, ohne die wartenden Reporter zu beachten.

»Stimmt es, dass du noch ein weiteres Interview mit ihm kriegst?«

»Jap. Max ist bereit, mir etwas über seine Mutter zu erzählen.«

»Max? Ihr nennt euch beim Vornamen?« Misstrauisch zog Merik eine Augenbraue hoch.

»Ach, hör schon auf. Es ist nicht, wie du denkst. Man führt kein Interview beim Abendessen und nennt sich danach weiterhin beim Nachnamen.«

»Abendessen?«

Sie fixierte Merik, verdrehte dramatisch die Augen und verließ dann den Raum.

»McNeilly!«, rief Patrick, als sie an seinem Büro vorbeiging.

»Ja?« Sie steckte den Kopf durch die Tür.

Er winkte sie hinein.

»Ich wollte gerade gehen.«

Seine Antwort war ein energisches Kopfschütteln. »Nein. Nein. Ich brauche ein Video für die Website. Ich habe seine Adresse in Palmdale rausgefunden, und Sie müssen hin und mit ihm reden.«

Palmdale?

Wo er wohnte, hatte Max ihr nicht gesagt, und sie hatte ihn nicht danach gefragt. Das war auch nicht nötig, schließlich hatte sie seine Telefonnummer.

»Auf gar keinen Fall.« Die Antwort kam wie ein Reflex. Vor nicht ganz einer Woche hatte sie kurz vor dem Rausschmiss gestanden. Ihrem Boss so pampig zu widersprechen, war also vermutlich nicht besonders klug.

»Wie bitte?«, blaffte Patrick.

Sarah ließ sich nicht einschüchtern und versuchte es mit Logik. »Glauben Sie wirklich, ein Mann, der der Welt gerade gesagt hat, dass er über Nacht zum Milliardär geworden ist, fährt danach seelenruhig nach Hause nach Palmdale?«

»Was soll das heißen? Glauben Sie, er kriecht bei den Stones unter?«

»Das könnte ich mir vorstellen.«

»Schön. Dann fahren Sie jetzt dorthin.«

»Patrick …«, begann sie.

»Wir müssen weiterhin die Nase vorn haben.«

»Wenn ich jetzt anfange, ihm nachzujagen wie eine Reporterin einer Klatschzeitschrift, wird er mir nichts mehr sagen.«

»Wir sind eine Klatschzeitschrift.«

»Aber …«

»Ich will, dass wir als Erste einen brandaktuellen O-Ton von ihm bringen. Sie haben gesagt, mit Ihnen redet er. Also gehen Sie hin und bringen Sie ihn dazu.«

Verdammt!

Ärgerlich stapfte sie davon. Sobald sie außer Hörweite war, schimpfte sie leise vor sich hin. Sie fischte ihr Smartphone aus der Handtasche in ihrem Schreibtisch und marschierte ein Stück den Flur entlang, damit keiner das Gespräch mithören konnte.

Dann wählte sie Max' Nummer, hörte es klingeln und tigerte ungeduldig auf und ab. »Jetzt komm schon, Max.«

Als es in der Leitung klickte, durchrieselte sie Erleichterung.

»Du hast Wort gehalten.« Seine Stimme glich einem tiefen Schnurren.

Damit brachte er sie zum Lächeln. »Genau, wie ich gesagt habe.«

»Da, wo ich her bin, kann man sich auf so was nicht unbedingt verlassen.«

»Zum Glück hat sich mein Boss auf die Verzögerung eingelassen. Hör mal, wo bist du denn gerade?« Jemand durchquerte den Flur, und sie ging ein paar Schritte weiter.

»Heute ist kein guter Tag für den Kaffee, den ich dir schulde«, scherzte er.

»Haha. Mein Chefredakteur will unbedingt einen O-Ton von dir und verlangt, dass ich dich aufspüre.«

»Das Exklusivinterview war ihm nicht genug?«

»Ich habe doch gesagt, er ist ein Hai.«

»Stimmt.« Er seufzte. »Tut mir leid, aber heute wird das nichts. Die Stones und ich haben abgemacht, dass keiner von uns vor der Pressekonferenz mit den Medien spricht.«

»Ich weiß. Das hast du mir gesagt. Aber er schickt mich trotzdem los. Und weil ich meinen Gehaltsscheck nun mal brauche, muss ich nach seinen Regeln spielen. Falls du mich also vor dem Haus deines Bruders siehst, bin ich nur dort, weil ich muss.«

Max lachte. »Wenn du dich jetzt zu Chase aufmachst, verschwendest du deine Zeit.«

»Du fährst nicht zu ihm?«

»Nein.«

»Bist du unterwegs nach Palmdale?«

»Woher weißt du von Palmdale?« Die Frage klang wie ein Vorwurf.

»Das hat Patrick rausgefunden, mein Boss. Welchen Teil von ›Er ist ein Hai‹ hast du nicht verstanden?«

»Shit.«

»Du hast doch nicht ernsthaft geglaubt, du könntest deine Adresse geheim halten, oder?« Dieser Mann hatte keine Ahnung, was ihn erwartete.

»Die Hütte gehört mir nicht mal.«

Sarah sah jemanden kommen und bog um eine Ecke. »Aber Wasser und Strom laufen sicher auf deinen Namen.«

Sie hörte ihn tief ausatmen.

»Sorry, Max. Aber wenn Patrick dich gefunden hat, dann finden dich auch andere. Dass du im Moment sicher nicht in

Palmdale bist, habe ich ihm schon gesagt. Und weil du und ich dieses Gespräch nie geführt haben, fahre ich jetzt los, setze mich vor das Haus deines Bruders, esse kalte Pizza und trinke schlechten Kaffee.«

»Dort wirst du niemanden finden«, sagte er.

»Woher soll ich denn das wissen? Ich spreche mit …« Eine der Redakteurinnen verließ gerade ihr Büro und Sarah spürte, wie so etwas wie Panik in ihr aufstieg. »Hi, Tante June …« Sie hob die Stimme um eine Oktave und hörte auf zu flüstern.

»Wo bist du jetzt?«, fragte Max.

Sie tat, als würde sie mit jemand ganz anderem sprechen. »Nein. Ich bin bei der Arbeit. Ich kann mich jetzt nicht mit dir unterhalten.«

Die Redakteurin hob im Vorbeigehen den Daumen. »Super Story«, flüsterte sie.

»Danke«, flüsterte Sarah zurück.

Max lachte. »Man hat mich schon so einiges genannt, aber Tante June noch nie.«

Die Redakteurin verschwand und Sarah flüsterte weiter. »Hier kann man schlecht ungestört telefonieren.«

»Okay, aber danke für das Update.«

»Jederzeit wieder.«

»Jederzeit?« Er senkte die Stimme.

»Nach zehn Uhr morgens«, fügte sie schnell hinzu, und versuchte, nicht auf das flattrige Gefühl in ihrem Magen zu achten.

Flattrige Gefühle für Maximillian Smith konnte sie sich nicht leisten.

Er gluckste. »Auf Wiedersehen, Sarah.«

»Wiedersehen«, flüsterte sie zurück.

Sie legte auf, schüttelte die Ganzkörpergänsehaut ab, die sie plötzlich überlief, und stapfte zurück ins Büro. Dort wartete Kiev, einer der besten Fotografen und Kameraleute der Zeitschrift, auf sie.

»Sieht aus, als wären wir heute ein Team.«

Sie schnappte sich ihre Handtasche. »Sicher verschwenden wir unsere Zeit, aber okay.«

Sie hatte Max gezeigt, dass er ihr vertrauen konnte, und das war im Augenblick das Wichtigste.

Kapitel 16

Beim Einbiegen in seine Einfahrt überlegte Max, ob Sarah sich getäuscht hatte. Nirgendwo in der Straße standen irgendwelche Übertragungswagen, und er lächelte. »Sie haben hoffnungslos übertrieben. Alle miteinander«, murmelte er vor sich hin.

Er fuhr den Pick-up in die Garage und schloss das Tor. Sein Haus hatten die Reporter noch nicht gefunden, aber seine Telefonnummer kannten sie bereits.

Noch während der Fahrer des SUVs die Medienvertreter abgehängt und ihn danach bei seinem eigenen Wagen abgesetzt hatte, hatten drei unbekannte Nummern bei ihm angerufen. Und im Lauf seiner etwas über einstündigen Heimfahrt nach Palmdale hatte sein Smartphone ununterbrochen gesummt.

Er warf das Jackett aufs Sofa und hörte sich die erste von über einem Dutzend Nachrichten auf seiner Mailbox an. Sie stammte vom Redakteur eines Regionalsenders, der ein Interview wollte. Die zweite Nachricht kam von der *Times*, die nächste von einer Sendung im Frühstücksfernsehen, dann eine von einem New Yorker Nachrichtensender und eine aus England.

Alle Anrufer nannten ihren Namen, dann den einer Zeitung oder eines Senders und gaben ihm eine Telefonnummer.

Auch während er sich die Nachrichten anhörte, klingelte sein Handy weiter.

Und klingelte.

Er stellte es stumm und ließ es auf der Arbeitsplatte in der Küche liegen. Die Vorstandssitzung hinter sich zu haben, fühlte sich gut an. Und nachdem er jetzt die unterschiedlichen Persönlichkeiten und Egos in diesem Gremium erlebt hatte, wusste er, was Chase und Alex zu ihren Entscheidungen trieb. Die meisten Gesichter waren misstrauisch oder gar feindselig gewesen. Bei diesem Gedanken schaltete er seinen Computer ein, um etwas über Paul Yarros herauszufinden.

Was für ein Mistkerl.

Und wie dieser Typ mit Alex geredet hatte! Verdammt, nein! Nicht solange er, Max, in der Nähe war. Dass er das Gefühl gehabt hatte, handgreiflich werden zu müssen, um jemanden zu schützen, war lange her. Zu einer anderen Zeit in Max' Leben hätte Yarros jetzt mit einem Knochenbruch beim Arzt gesessen.

Während sein Computer hochfuhr, ging Max ins Schlafzimmer, um den Rest seines Anzugs loszuwerden und in etwas Bequemeres zu schlüpfen. Grinsend betrachtete er die neuen Kleider in seinem Schrank. Noch nie im Leben hatte er so viel Zeug gehabt. Nick hatte auf die Schnelle ganze Arbeit geleistet. Es gab Büroklamotten, Sachen für schicke Abendessen und legere Stücke – ein bisschen was von allem. Eigentlich mochte er seine Flanellhemden, aber er musste zugeben, dass sich ein paar von den neuen Kleidungsstücken tatsächlich nach den Unsummen anfühlten, die er dafür ausgegeben hatte.

Wie die seidenen Hemden zum Beispiel. Bislang hatte er mit Seide immer etwas satinartig Glänzendes im 1970er-Disco-Look in Verbindung gebracht. Aber nein, Seide war anders: wie ein kühlender Windhauch an einem heißen Tag. Zu der Sitzung heute hatte er ein schwarzes Seidenhemd getragen und war nicht ein einziges Mal ins Schwitzen geraten.

Er beschloss, das Hemd anzubehalten, streifte die Anzughose ab und stieg in ein Paar neue Jeans. Noch bevor er mit dem zweiten Fuß im Hosenbein war, klingelte jemand an der Tür. Er zog die Jeans hoch, stiefelte durchs Wohnzimmer und öffnete die Haustür.

Sofort blendete ihn ein helles Licht und jemand hielt ihm ein Mikrofon unter die Nase.

»Mr Smith. Ich bin Griffin Sayer von …«

Shit!

Max hielt die Hand zwischen sein Gesicht und das Kameraobjektiv. »Kein Kommentar.«

»Aber …«

»Runter von meinem Grundstück!«

Er knallte die Tür zu und schloss ab. Ein Blick aus dem Fenster zeigte, dass Chase und Alex vielleicht doch nicht ganz falsch gelegen hatten. Direkt vor dem Haus stand jetzt ein Übertragungswagen, zwei weitere bezogen gerade auf der anderen Straßenseite Stellung. Kurz danach kam ein für dieses Viertel viel zu schicker Pkw an und parkte entgegen der Fahrtrichtung hinter einem der Vans.

Max warf einen Blick auf seine Armbanduhr … Aarons Armbanduhr. Es war kurz nach Mittag. Dann marschierte er in die Küche, suchte nach einem Stück Pappe und schrieb darauf: Privatgelände! Kein Zutritt! Keine Reporter! Kein Kommentar! Dann riss er seine Haustür auf und klebte in Sekundenschnelle den Zettel auf die Außenseite.

* * *

Den Sitz hatte Sarah komplett zurückgeschoben, die Füße aufs Armaturenbrett des kompakten kleinen Vans gelegt, mit dem Kiev immer zu seinen Einsatzorten fuhr. Der Wagen war gerade groß genug für ein paar Kameras und ein bisschen zusätzliche

Ausrüstung. Um sie herum standen Übertragungswagen mit Satellitenverbindungen – etwas, was sie bei *RMI* nicht hatten.

»Ich glaube nicht, dass er herkommt.« Kiev warf sich den nächsten sauren Drops in den Mund.

»Ich habe ja gesagt, wir verschwenden hier unsere Zeit.« Sarah blickte von dem Spiel auf ihrem Smartphone auf, schaute kurz die Straße entlang und jagte dann wieder virtuelle Monster.

»Kannst du ihn nicht einfach anrufen und fragen, wo er ist?«

»Glaubst du, das habe ich nicht längst versucht?« Damit sagte sie weder, dass sie es tatsächlich getan, noch dass sie es nicht getan hatte. Keine Lüge also, und selbst Pinocchios Nase wäre bei dieser Aussage keinen Millimeter länger geworden.

Ein paar weitere wortlose Minuten krochen dahin.

»Hast du irgendeine Vorstellung, was du mit dem vielen Geld tun würdest, das dieser Typ jetzt plötzlich hat?«

»Nope.«

»Hat er gesagt, was er damit machen will?«

Wieder blickte sie von ihrem Spiel auf. »Über das Geld hat er überhaupt nicht gesprochen. Fast so, als wäre es nebensächlich.«

»Wie kann das sein? Das ist doch ein Riesending.«

»Er hat gerade erst erfahren, dass er eine Familie hat. Dagegen verblasst dann wohl ein dickes Konto.«

»Kommt auf die Familie an.« Noch ein Drops. »Meine ist nicht wirklich prickelnd.«

»So anstrengend eine Familie sein kann, mir wäre sie trotzdem immer wichtiger als Geld.« Auf eine vorsichtige Frage nach Max' Vergangenheit hatte sie von ihm keine Antwort bekommen und ihn nicht weiter bedrängt.

Der Übertragungswagen vor ihnen zog seine Antennen ein, während gleichzeitig ein Solofotograf in sein Auto sprang und davonfuhr.

»Was das wohl zu bedeuten hat?«, überlegte Kiev laut.

Sarah zuckte die Achseln und beschäftigte sich mit ihrem Spiel.

Ein weiterer Wagen jagte davon.

»Irgendwer weiß irgendwas«, vermutete er.

»Ich würde sagen, wir bleiben so lange, bis man uns etwas anderes sagt.«

Zwanzig Minuten später bekamen sie tatsächlich etwas anderes gesagt.

»Er ist in Palmdale«, schnauzte Patrick ins Telefon.

Sarah zuckte zusammen. Bitte nicht Palmdale. Die Fahrt dorthin war die Hölle. »Spricht er mit der Presse?«

»Nein. Anscheinend hängt ein Schild an der Tür, auf dem steht, wir sollen verschwinden.«

»Na dann ist es ja sinnlos ...«

»Sie fahren jetzt auf der Stelle hin, McNeilly.«

»Aber ...«

Patrick legte auf.

Kiev ließ den Motor an.

»Ich wette, dort ist er nicht mehr lang«, sagte sie zu ihm. »Wie wär's, wenn wir uns erst mal einen Kaffee holen und abwarten?«

»Bist du sicher?«

Nein. »Willst du die ganze Strecke nach Palmdale fahren, nur um dann zu hören, dass er längst über alle Berge ist?«

»Okay.« Kiev fuhr los. »Aber nicht bei Starbucks. Mit dem Zeug von denen bin ich durch.«

* * *

Damit sein Smartphone nicht ständig vom Tisch tanzte, schaltete Max es irgendwann komplett aus.

Eine Stunde lang zappte er sich durch die Nachrichtenkanäle im Fernsehen und sah ein paarmal sein Gesicht. Die Bilder zeigten ihn entweder beim Verlassen des Gebäudes von Stone Enterprises oder es waren die, die zusammen mit der Presseerklärung verschickt worden waren. Auch Chase und Alex wurden auf dem Weg aus dem Firmensitz gezeigt und dann, wie sie hinter dem Tor des Anwesens in Beverley Hills verschwanden.

Jedes Mal, wenn er durch die Gardinen spähte, standen nicht weniger, sondern mehr Übertragungswagen vor dem Haus. Er versuchte, sich einen Film anzusehen, merkte aber nach einer halben Stunde, dass er keine Ahnung hatte, worum es dabei ging und er noch nicht einmal die Namen der Hauptfiguren kannte.

In seiner Garage wartete Arbeit auf ihn, aber um dort etwas tun zu können, hätte er seinen Wagen hinausfahren müssen.

Vielleicht konnte er ja online nach Immobilien suchen. Unschlüssig saß er vor dem offenen Browser und fragte sich, in welcher Gegend er sich umschauen sollte, jetzt, wo er überall wohnen konnte und nicht mehr irgendwo wohnen musste.

Schwierig …

Ein weiteres Klopfen an der Tür ließ ihn aufblicken.

»Verdammt noch mal.«

Er reagierte nicht darauf, aber es ging einfach weiter.

»Verschwinden Sie!«, brüllte er.

»Mr Smith? Ich bin's, Tucker.«

Max klappte den Laptop zu, ging zur Tür und gab sich alle Mühe, beim Öffnen den Kameras sein Gesicht nicht zu zeigen.

»Ist alles in Ordnung?« Tucker zögerte.

Max wedelte mit der Hand. »Komm rein.«

»Ich hab die ganzen Nachrichtenleute gesehen und mir Sorgen gemacht.«

Max spähte durch die Gardine.

»Ein paar von den Nachbarn reden mit denen. Ist was passiert?«

»Du hast die Nachrichten nicht gesehen?«

»Nein. Sind Sie in Schwierigkeiten?«

Max schüttelte den Kopf. »Wenn du glaubst, ich hätte was ausgefressen, solltest du vielleicht nicht an meine Tür klopfen.«

»Ich hab mir gedacht, was Schlimmes wird es schon nicht sein.«

Alex und Chase hatten recht behalten. Jetzt hockte er wie ein Gefangener in seinem Haus und konnte überhaupt nichts tun. Dabei war Herumsitzen so gar nicht sein Ding, irgendetwas musste geschehen. »Ich ... ich habe ein paar Firmenanteile geerbt, und die Leute von der Presse und vom Fernsehen glauben, das wäre ein großes Ding. Vermutlich gibt's vom Rest der Welt heute nicht viel zu berichten.«

»Firmenanteile? Wirklich?«, fragte Tucker.

Noch ein Blick nach draußen. Der Nachbar, den Max am wenigsten mochte, stand im Scheinwerferlicht und sagte etwas in ein Mikrofon. »Fuck!«

»Sie haben doch gemeint, ich soll vorbeikommen, Sie hätten vielleicht was zu tun für mich.«

»Wie?« Max ließ die Gardine fallen. Er musste hier raus.

Das Anwesen. Es war groß genug, um sich dort nicht zu fühlen wie ein Fisch in einem Aquarium.

»Als Gegenleistung für den Pick-up«, fügte Tucker hinzu.

Max schaute den Jungen an. »Ach ja, richtig. Moment ... du kannst tatsächlich was tun.«

»Okay.«

Max ging in die Küche, fischte die Zweitschlüssel für das Haus aus seiner Krimskrams-Schublade und drückte sie Tucker in die Hand.

»Ich muss für ein paar Tage weg. Komm vorbei, leer den Briefkasten, hab ein Auge auf das Haus. Geht das?« Er schrieb seine Telefonnummer auf einen Zettel.

»Ja, klar.«

»Wie ist deine Telefonnummer?«

Tucker rasselte sie herunter, Max notierte sie sich, dann machte er sich auf den Weg ins Schlafzimmer. »Nimm dir in der Küche, was du willst. Nur nicht das Bier. Die Typen da draußen sollen nicht glauben, ich versorge einen Minderjährigen mit Alkohol.«

»Ich trinke sowieso nichts.«

Max musterte Tucker ungläubig. Für wie blöd hielt dieser Junge ihn?

»Nein, wirklich. Mein … ähm … mein Dad trinkt ziemlich viel. Ich lasse lieber die Finger davon.«

Das konnte Max nun wieder verstehen. »Okay.« Er stopfte Kleidung in eine Sporttasche, dann ging er ins Bad, holte sein Rasierzeug, die Zahnbürste und einen Kamm. »Sprich nicht mit den Reportern und lass niemanden ins Haus.«

»Geht klar.«

Max zog sich ein Flanellhemd über das seidene, stieg in die Motorradstiefel und schlüpfte in seine Lederjacke. »Ich gehe durch die Garage raus. Lass das Tor runter, sobald ich weg bin. Bleib am besten noch eine Stunde lang hier, wenn du möchtest, auch länger. Aber mach die Lichter aus, wenn du gehst. Und falls dann immer noch irgendwelche Reporter draußen rumhängen und dich fragen, wohin ich gefahren bin und wann ich wieder zurückkomme, sagst du nur ›Kein Kommentar‹.«

Tucker folgte ihm lächelnd von Zimmer zu Zimmer. »So wie im Kino? Cool!«

Max schnappte sich die Sporttasche, klopfte auf seine Gesäßtasche – die Geldbörse hatte er eingesteckt. Shit, sein Handy. Rasch holte er es zusammen mit dem Ladekabel aus der Küche.

Gefolgt von dem Jungen ging er in die Garage. Dort zog er zwei Hunderter aus seiner Geldbörse, dann noch einen dritten.

Warum nicht. Da wo das Zeug herkam, lagen noch ganze Stapel davon. Er gab Tucker das Geld.

»Aber ich habe den Pick-up doch noch gar nicht abgearbeitet.«

Max gluckste. »Pass auf, Junge. Ich gebe dir einen Rat: Wenn jemand dir Geld dafür gibt, dass du abschließt und das Licht ausmachst, nimm es einfach.« Er hielt kurz inne. »Es sei denn, derjenige ist in einer Gang oder bei der Mafia.«

Mit einem leisen Lachen steckte Tucker die Scheine ein.

Max schnappte sich seinen Helm, schwang sich aufs Motorrad und setzte den Helm auf. »Kann's losgehen?«

Tucker hatte die Hand bereits am Schalter für das Garagentor.

»Danke. Du bist mir eine große Hilfe«, versicherte ihm Max.

»Gern, Mr Smith. Ich hoffe, Sie können die Leute da draußen abhängen.«

»Warum, glaubst du, nehme ich das Motorrad?«

Der Junge grinste.

Max ließ den Motor aufheulen, dass die Garage vibrierte. Tucker fuhr das Tor hoch und Max gab Gas.

Die Leute draußen traten erschrocken beiseite. Max steuerte auf die freie Stelle am Ende seiner Einfahrt zu, schlug Haken um die Medienvertreter und ein paar neugierige Nachbarn, jagte ohne einen Blick zurück davon und vertraute darauf, dass Tucker das Tor schloss.

* * *

»Er ist gerade aus Palmdale weggefahren.« Patricks Stimme tönte aus dem Handylautsprecher.

Sarah grinste Kiev an.

»Was Sie nicht sagen.« Max hatte also doch auf sie gehört. Lächelnd stellte sie fest, dass es genau so lief, wie sie vermutet hatte.

Kiev setzte den Blinker, um den Freeway zu verlassen.

»Die anderen sind alle auf dem Anwesen von Aaron Stone. Fahren Sie dorthin.«

»Ich sage Ihnen, er wird nicht …«

Ihr Boss legte auf.

»Idiot.«

Kiev lachte.

»Kehr um. Wir fahren nach Beverly Hills.« Sarah lehnte sich zurück und nahm einen Schluck von ihrem schwarzen Kaffee.

Kapitel 17

»›Ich hab's dir ja gesagt‹, kannst du später noch sagen«, meinte Max zu Chase. Etwa eine Meile vom Anwesen entfernt hatte er am Straßenrand angehalten und sein Handy gezückt, bevor er die letzte Meile den Hügel hinauf zum Anwesen fuhr.

»Deine Flucht aus deinem Haus in Palmdale konnte ich mir im Fernsehen anschauen.«

»Verdammte Aasgeier.«

Chase lachte. »Wo bist du jetzt?«

»Schon ganz in der Nähe. Wie schlimm ist es bei euch dort oben?«

»Der reinste Zirkus. Ein Wachmann patrouilliert am Zaun, damit keiner drüberspringt.«

»Shit. Ich bin gleich da. Wenn du mich siehst, mach das Tor auf.«

»Bin bereit.«

Max verstaute das Handy in einer Tasche seiner Lederjacke, zog den Reißverschluss zu, setzte den Helm wieder auf und fuhr die kurvige Straße den Hügel hinauf. Die ersten Übertragungswagen sah er schon in einiger Entfernung vom Haus. Sie parkten überall – am Straßenrand, in den Gräben und sogar im Gebüsch.

Wieder musste er Haken schlagen, weil Leute auf der Fahrbahn herumstanden. Auf den letzten Metern vor der Einfahrt ging es nur noch langsam voran. Blitzlichter leuchteten auf, dann schaute er in die Sicherheitskamera am Tor. Als es nicht sofort auffuhr, ließ er den Motor aufheulen.

Trotz des Helms wussten die Reporter offenbar, wer er war.

»Mr Smith?«

»Max?«

»Nur ein paar …«

Während sich das Tor viel zu langsam öffnete, bemerkte er etwas am Rand seines Blickfelds. Zwischen den anderen Medienleuten stand Sarah. Sie machte keine Anstalten, näher zu kommen. Seine Augen konnte sie sicher nicht sehen, trotzdem wusste sie offenbar, dass er sie ansah.

Jedenfalls hob sie zwei Finger in die Höhe, wie um »Peace« zu sagen, lächelte und zuckte mit den Schultern.

Gerade als er sich mit einem leisen Glucksen abwandte, rempelte ein Typ mit einer riesigen Kamera sie an und schob sie aus dem Weg. Der Kerl schwang sich herum, verschätzte sich offenbar bei der Entfernung und schlug Sarah sein Objektiv ins Gesicht. Sie ging zu Boden.

Trotz des Durcheinanders hörte er ihren Aufschrei, doch die Menge hatte sie bereits verschluckt.

Rasend schnell war der Motorradständer ausgeklappt und Max vom Sattel gesprungen. Mit geöffnetem Visier pflügte er sich durch das Getümmel zu Sarah.

Sie kauerte auf den Knien und hielt sich das Gesicht.

Er ging neben ihr auf ein Knie. »Alles in Ordnung?«

Sie schaute ihn an und er sah die rote Stelle auf ihrer Wange, wo das Objektiv sie erwischt hatte.

Sein Kiefer spannte sich, er hielt ihr seine Hand hin. Sie legte ihre in seine, und er half ihr auf.

Ringsum schrien die Reporter, die Kameras klickten und surrten.

Als Sarah wieder auf den Füßen war, fuhr Max zu dem Kerl herum, der sie mit seinem Objektiv getroffen hatte, und stieß seine Kamera weg. »Nimm das Ding aus meinem Gesicht!«

Der Fotograf hatte alle Mühe, seine Ausrüstung nicht fallenzulassen, und Max schaffte es nur mit äußerster Beherrschung, ihn nicht zu verprügeln.

»Alles gut, Max«, versicherte ihm Sarah hektisch.

Gut sah für ihn anders aus. Ihre Brille war verbogen und ihre Wange begann bereits anzuschwellen.

Am offenen Tor wartete ein Sicherheitsmann darauf, dass er aufs Grundstück fuhr.

»Komm.« Er nahm ihre Hand und sie ließ es zu.

Eilig schwang er sich aufs Motorrad. »Steig auf.«

Nach einem kurzen Blick nach links und rechts saß sie hinter ihm und er klappte den Ständer ein. Weil Sarah sich nicht an ihm festhielt, griff er mit der freien Hand nach hinten, nahm ihren Arm und zog ihn um seine Taille. Sobald sich das Motorrad in Bewegung setzte, schlang sie auch den zweiten Arm um ihn und klammerte sich auf der kurzen Fahrt hinauf zum Haus mit einem Todesgriff an ihm fest.

Dann war der Motor aus und die Reporter waren weit genug weg. Max klopfte auf Sarahs Hand, um ihr zu signalisieren, dass sie absteigen konnte. Er zog sich den Helm vom Kopf, stieg von der Maschine und half ihr herunter. Sie hatte die Brille abgenommen und drückte ihre Hand an ihre Wange.

Er berührte ihre Finger. »Lass mal sehen.«

»Schon in Ordnung.«

Anstelle einer weiteren Aufforderung zog er sanft ihre Hand weg. Die Beule auf ihrer Wange schien noch weiter anzuschwellen.

»Verdammter Idiot. Ich hätte ihn verdreschen sollen.«

»Max …«

»Da muss sofort Eis drauf.«

»Was ist denn da draußen passiert?«, fragte Chase an der offenen Haustür.

»So ein Idiot hat Sarah mit seiner Kamera im Gesicht erwischt.«

»Geht's denn?«, fragte Alex, während sie zusammen mit Chase nähertrat.

Sarah machte ein paar Schritte, verzog das Gesicht, sagte aber: »Halb so schlimm.«

Max entdeckte den Schmutz an ihren Knien. »Kannst du überhaupt gehen?«

»Klar doch«, blaffte sie und humpelte zu den Stufen an der Haustür.

Er hielt sie am Ellbogen fest, und sie schüttelte seine Hand nicht ab.

Alex übernahm die andere Seite. »Auwei, das wird morgen früh erst richtig wehtun.«

Die Muskeln in Max' Unterarmen spannten sich.

»Ich glaube, meine Brille ist kaputt. Schon die zweite diesen Monat.« Sie versuchte, Max anzugrinsen.

Er fand das nicht lustig.

Gemeinsam führten sie Sarah zum Wohnzimmer.

»Moment, meine Schuhe sind schmutzig.«

»Das macht nichts«, sagte Alex. »Jetzt sehen wir erst mal nach dir.«

Max ließ sie los und schaute zu, wie sich Alex um Sarah kümmerte. Alex deutete auf ihn und Chase. »Kann einer von euch Eis holen?«

Max war bereits auf dem Weg zur Küche. Dabei zählte er bis fünf, dann bis zehn, weil seine Wut immer größer wurde.

Chase folgte ihm. In der Küche suchte Max in den Schubladen nach einem Plastikbeutel, während Chase Eiswürfel aus dem Gefrierschrank holte.

Besteck, Gewürze, Geschirrtücher, Messer und Topflappen hatte Max inzwischen gefunden. »Wo sind die verdammten Plastikbeutel?« Er schlug eine Schublade mit Soft-Schließmechanismus so heftig zu, dass sie wieder aufsprang.

»Hey, hey. Schon gut.«

»Ach ja? Diese Ärsche da draußen haben sie umgestoßen und dann gab es ein Gewühl wie beim Schlussverkauf, und sie lag unten.« Er musste dringend auf irgendetwas einschlagen.

* * *

»Du bist also Sarah.«

Verdammt, ihre Wange pochte heftig und die wachsende Schwellung machte das Sehen mit ihrer lädierten Brille noch schwieriger.

»Jap.«

»Max sagt viel Gutes über dich.«

»Oh, freut mich. Danke. Und du bist Alexandrea Stone, richtig?«

»Alex. Und ja.«

Alex schob Sarahs Hosenbein hoch. Aus der Schürfwunde am Knie lief ein kleines blutiges Rinnsal an ihrem Bein hinunter. Ihre Handflächen, mit denen sie den Sturz abgefangen hatte, brannten höllisch.

»Was wolltest du denn da draußen?«

»Mein Chefredakteur hat darauf bestanden, dass ich herkomme. Er meinte, ich könnte Max dazu bringen, vor der Kamera etwas zu sagen.«

Alex krempelte das andere Hosenbein hoch.

»Erst habe ich mich vor dem Haus deines Bruders postiert, vor Chase' Haus, weil Max mir gesagt hat, dort wäre er nicht. Dann hat mein Boss angeordnet, dass wir nach Palmdale fahren, weil Max dort gesichtet worden war, aber noch während wir unterwegs waren, hieß es plötzlich, wir müssten hierher.«

»Ziemlich hektisch.«

»Idiotisch.«

Alex streifte aus Versehen die Schürfwunde am anderen Knie. Sarah zuckte zusammen.

»Sorry.«

Sarah atmete tief durch. »Schon okay.«

»Wer ist wir?«

»Was? Ach. Mein Kameramann und ich.«

»Hast du das hier ihm zu verdanken?«

»Oh Gott, nein. Bei Kiev hätte ich zurückgeschlagen.«

Sarah sah so etwas wie Bewunderung in Alex' Blick.

Ein dumpfes Geräusch irgendwo im Haus ließ sie beide den Kopf heben.

»Ist alles in Ordnung mit ihm?«, fragte Sarah.

»Mit Max?«

»Ja. Ich glaube, er ist ziemlich von der Rolle.«

Alex zuckte die Achseln. »Soweit ich das bis jetzt beurteilen kann, hat er Frauen gegenüber einen ausgeprägten Beschützerinstinkt. Als heute eins der Vorstandsmitglieder mir gegenüber laut geworden ist, hat Max dem Typ quasi Prügel angedroht.« Alex schnappte nach Luft. »Ach Mist. Das hast du nicht gehört. Das kannst du auf keinen Fall schreiben.«

Sarah schüttelte den Kopf. »Sobald ich mich auf Max' Motorrad geschwungen habe, war ich nur noch Sarah. Die Reporterin ist draußen geblieben«, versicherte sie.

Alex schaute ihr in die Augen. »Das möchte ich dir gern glauben.«

Was für eine blöde Situation. Sarah beneidete die Stone-Erben nicht darum, sich immer genau überlegen zu müssen, was sie zu wem sagten, damit es nicht anschließend in der Öffentlichkeit breitgetreten wurde.

»In meinem Artikel habe ich nur das geschrieben, womit Max einverstanden war. Und so wird es auch weiterhin bleiben.«

»Dein Boss hat gesehen, wie Max dich aufs Grundstück gefahren hat. Er wird neues Material erwarten.«

Sarah nickte. »Jap. Er ist eine Schlange. Aber juristischen Ärger hasst er. Deshalb hat er mich auf die Geschichte angesetzt. Ich schreibe keine Lügen – selbst dann nicht, wenn er es verlangt. Und ich verwende auch nicht immer alles, was ich weiß.«

Alex' Miene verriet Sarah, dass sie ihr das nicht abnahm.

Schwere Schritte näherten sich. Durch ihre verbogene Brille sah Sarah Max um die Ecke biegen.

»Hier, das Eis.« Er gab ihr einen Eisbeutel und betrachtete ihre Knie. Seine Nasenflügel bebten. »Dieses verdammte Arsch…«

Oh Shit.

Max stürmte Richtung Haustür davon.

»Hey, cool bleiben, Captain America!« Sarah rappelte sich hoch und humpelte hinter ihm her. »Wo willst du hin?«

»Jetzt komm mal wieder runter, Max«, beschwor ihn Alex.

»Max!«, rief Chase.

Max riss die Haustür auf. »Kein Mann darf eine Frau schlagen«, blaffte er.

Sarah bis die Zähne zusammen und hinkte weiter auf ihn zu. »Das stimmt. Aber es war keine Absicht. Es war ein Versehen.«

Er wandte sich zu ihr um. Sie stand nur ein paar Schritte von ihm entfernt.

»Wenn du jetzt da raus gehst und den Superhelden spielst, ist das Vorsatz und kein Versehen. Und dann werden alle schicken

Haarschnitte und teuren Klamotten der Welt eine schlechte Presse nicht verhindern. Bevor du weißt, wie dir geschieht, wühlt schon die ganze Meute in deiner Vergangenheit und sucht nach dem Jimmy, den du in der dritten Klasse mal vermöbelt hast. Und ich wette, so einen Jimmy gibt es irgendwo.«

Max schaute ihr in die Augen, seine Brust hob und senkte sich, dann atmete er tief durch. Ihre Worte schienen zu ihm durchzudringen und ihn ein wenig zu erden. Angespanntes Schweigen breitete sich aus, während Max mit sich rang. Sarah wartete fast atemlos ab.

Das Geräusch von Pfoten, die eine Treppe herunterrannten, durchbrach die Stille. Rutschend kam ein Rottweiler vor Max zum Stehen und schaute ihn an, als wollte er sagen: »Komm, wir gehen jemanden beißen.«

»So viel zum Thema ›ein Nickerchen machen‹.« Eine hochschwangere Frau arbeitete sich die Treppe herunter.

Max fuhr sich mit der Hand durchs Haar und schloss die Haustür. »Sorry, Piper.«

Der Hund bellte einmal kurz und machte Sitz.

»Du bist ja doch gekommen.« Piper lächelte Max an. Dann schaute sie in die Runde und bemerkte die angespannte Stimmung. »Was ist denn los?« Ihr Blick landete auf Sarah. »Wer bist du, und was ist mit deinem Gesicht passiert?«

Alex nahm Sarah am Arm. »Das besprechen wir, wenn wir alle Kratzer und Wunden versorgt haben. Chase, halte ihn davon ab, etwas Blödes zu tun. Komm, Sarah, gleich hier im Flur gibt es ein Badezimmer.«

Sarah folgte Alex und hoffte von Herzen, dass Max im Wohnzimmer sitzen würde, wenn sie im Bad fertig waren.

Kapitel 18

Sarah hielt Alex ihr Glas hin und schaute zu, wie sie ihr nachschenkte. »Wein mag ich eigentlich gar nicht«, erklärte sie.

Piper lachte. »Was man schon allein daran erkennt, dass das dein drittes Glas ist.«

Nachdem Alex und Piper Sarah verarztet hatten, hatte Alex ihr eine Jogginghose geliehen und die schmutzige Hose in die Waschmaschine geworfen.

Max hatte sich beruhigt, aber jedes Mal, wenn Sarah ihn dabei ertappte, wie er sie anschaute, flog sein Blick zu der Schwellung an ihrer Wange.

Die Stelle fühlte sich an, als stünde sie in Flammen, aber der Wein betäubte den Schmerz einigermaßen. Von dem riesigen steifen Wohnzimmer, in dem man sich fühlte wie in einem Museum, waren sie in einen etwas kleineren, familiäreren Raum umgezogen. Obwohl auch der sicher doppelt so groß war wie Sarahs gesamte Wohnung, wirkte er recht gemütlich.

Kiev hatte sie angerufen und nachgefragt, wie es ihr ging, und sie hatte geantwortet: »Richte dem Boss aus, dass ich das als Arbeitsunfall melden werde.« Ein Sicherheitsmann hatte ihr ihre Handtasche geholt, bevor Kiev weggefahren war.

»Dad war ein Kotzbrocken, aber seine Weine sind überragend«, meinte Alex.

Keiner widersprach ihr, und Sarah fragte lachend: »Ist das eine vertrauliche Information?«

Die beschwipste Alex schüttelte den Kopf. »Nein. Dass er ein Kotzbrocken war, weiß jeder.«

»Nur dass er einen so guten Weingeschmack hatte, war uns neu«, ergänzte Piper. Nicht dass sie eine Vorstellung davon hatte, wie der Wein hier im Haus schmeckte, denn in ihrem Glas war Ginger Ale. Sie hatte sich an Chase gekuschelt, und ihr Hund Kit hatte sich neben ihr auf dem Sofa zusammengerollt. Alex saß im Schneidersitz in dem Sessel neben dem Doppelsitzer, in dem sich Max niedergelassen hatte. Sarah hatte man einen Sessel mit Ottomane überlassen, damit sie die Beine hochlegen konnte. Auf einem ihrer Knie lag ein Eisbeutel, dessen Inhalt allerdings längst geschmolzen war.

Max war beim zweiten Bier, Chase nippte an einem Whiskey, Alex und Sarah waren bei ihrer zweiten Flasche Wein.

In den Abendnachrichten wurden die Schlagzeilen des Tages wiederholt.

Vom Tellerwäscher zum Millionär – die alte Geschichte neu erlebt

Milliardenerbe über Nacht

Mysteriöser Bruder kehrt heim

Es wurde gezeigt, wie die SUVs vom Stone-Enterprises-Gebäude wegfuhren, und es gab kurze Einspieler von dem, was Max' Nachbarn den Reportern gesagt hatten. Bei einem davon runzelte er die Stirn besonders heftig.

Doch erst als Sarah ihr eigenes Gesicht auf dem Bildschirm entdeckte und noch einmal sah, wie Max ihr aufhalf, wurde ihr richtig bewusst, was heute passiert war. Sie hatte diese Familie in einen Tumult gestürzt. Zwar mit Erlaubnis der Betroffenen, aber trotzdem: Wie oft in ihrer Laufbahn hatte sie schon Artikel verfasst, die jemanden gezwungen hatten, vor den Medien hinter Mauern zu flüchten? Selbst wenn ihre Geschichten auf gut recherchierten Fakten beruhten, wie viele Unannehmlichkeiten hatte sie anderen damit beschert? Das Karma hatte sie nun mitten in diese Story geworfen und zeigte ihr, wie es sich anfühlte, so belagert und durchleuchtet zu werden.

In der kurzen Zeit, in der sie nun hier war, hatten die Kollegen und Kolleginnen draußen bereits das Pseudonym herausgefunden, unter dem sie schrieb, ihren richtigen Namen und bei welcher Zeitschrift sie angestellt war. Max' einziger mitgefilmter Satz des Tages wurde auf jedem Sender ein ums andere Mal wiederholt.

»Nimm das Ding aus meinem Gesicht!«

Direkt danach folgte stets der Clip, auf dem Sarah zu ihm aufs Motorrad sprang und sie zusammen hinter dem Tor des Anwesens verschwanden.

Schließlich schalteten sie den Fernseher aus.

Einer der Sicherheitsmänner brachte ihnen das Essen, das sie in einem Restaurant unten am Hügel bestellt hatten, und bald waren sie satt, tranken und lachten weiter.

»Wie seltsam war es denn, zu erfahren, dass ihr einen Bruder habt?«, fragte Sarah Chase und Alex.

»Komplett überrascht waren wir nicht«, antwortete Chase. »Dass unser Dad jede Menge Affären hatte, wussten wir ja.«

»Ihr scheint das sehr gelassen zu nehmen«, stellte Sarah fest.

»Das mit den Affären oder dass wir einen Bruder haben?«

»Beides.«

»Mit wem unser Vater geschlafen hat, nachdem unsere Mutter sich von ihm hat scheiden lassen, hat uns nie interessiert.« Chase nahm einen Schluck von seinem Drink. Zu Alex sagte er: »Und es ist schön, jetzt ein bisschen Unterstützung zu haben, wenn dein Temperament mal wieder mit dir durchgeht.«

»Als wäre das nötig!«, gab sie zurück.

»Sie kommt gut ohne mich klar«, bestätigte Max. »Alex hat die größten Eier von allen hier«, erklärte er Sarah.

»Im Büro nennt man sie den Tornado«, steuerte Piper bei.

Alex verdrehte die Augen. »Aber das wird nicht gedruckt!«

Sarah spielte mit dem Stiel ihres Weinglases. »Das klingt jetzt vermutlich merkwürdig, aber ihr wirkt alle so ... normal.«

»Was hast du denn erwartet?«, fragte Alex.

Sarah schüttelte den Kopf. »Ironischerweise habe ich bisher eben nur das Bild gekannt, das die Medien von euch zeichnen.«

»Und wie sieht das aus?«

»Bei meinen Recherchen über euch und euren Vater habe ich ein paar Aufnahmen vom Begräbnis gefunden. Chase wirkt darauf, als würde er einen Groll von der Größe des Mount Everest mit sich rumschleppen, und Alex zeigt ein kaum zu übertreffendes dauergenervtes ...«

»... Zickengesicht«, beendete Alex den Satz für sie. »Ich weiß, was man so redet.«

»Sorry.« Sarah seufzte. »Aber was ich damit sagen will: Einen Groll spüre ich bei dir überhaupt nicht, Chase. Und Alex, du bist einfach umwerfend.«

»Danke, süß von dir. Aber ich stehe nicht auf Frauen.«

Chase lachte, Max grinste.

»Du weißt, was ich meine.« Sarah nickte Piper zu. »Ist doch so, oder?«

Piper nickte ebenfalls. »Und du weißt sicher am besten, dass die Medien sich was ausdenken, wenn man sie nicht mit Informationen füttert.«

Leider wahr. »Deshalb habt ihr mich meinen Artikel veröffentlichen lassen.«

»Genau. Danke, übrigens. Ich weiß nicht, ob das schon jemand gesagt hat«, bemerkte Piper.

»Ich danke euch. Aber vielleicht könnt ihr dem hier sagen, er soll mich nicht ständig zu absolut unheiligen Zeiten wecken, um mir den nächsten Teil der Geschichte zu erzählen.« Sarah fixierte Max, der den ganzen Abend über sehr still gewesen war.

»Das ist aber nicht nett, Max«, schimpfte Piper grinsend. »Wir Frauen brauchen unseren Schönheitsschlaf.«

Max lächelte. »Manche vielleicht.« Dabei schaute er Sarah direkt ins Gesicht. »Andere nicht.«

Sie hielt seinem Blick stand, spürte aber, wie ihre Wangen dabei heiß wurden. Er flirtete mit ihr, Irrtum ausgeschlossen. Und das merkten sicher auch die anderen im Raum. Plötzlich saß sie da, als hätte sie ihre Zunge verschluckt. Als ihr Lächeln ihre Wange noch heftiger pochen ließ, versteckte sie sie hinter ihrer Hand. »Ab heute wahrscheinlich schon.«

Max' Grinsen schwächte sich ab.

Der Klingelton ihres Handys riss Sarah aus seinem Magnetfeld. Beim Anblick von Teris Profilfoto auf ihrem Display stand sie auf. »Das ist meine Mitbewohnerin.«

»Klar, geh ran.« Alex wedelte mit der Hand.

Sarah machte ein paar Schritte von den anderen weg. »Hey.«

»Oh mein Gott! Wo bist du?«, fragte Teri aufgeregt.

»Immer noch bei den Stones.«

Chase und Alex fingen an, miteinander zu reden, und Sarah ging außer Hörweite.

»Bist du bei ihm?« Teri sprach von Max.

»Er ist hier. Genau wie der Rest der Familie.«

»Gut. Ich habe mir gerade überlegt, ob ich mir Sorgen machen muss. Du warst in den Nachrichten.« Teri klang ziemlich aufgewühlt.

»Ich weiß.«

»Bist du verletzt? Ein Reporter hat gesagt, jemand hätte dir etwas Hartes ins Gesicht geschlagen.«

»Das war eine Kamera, und es war ein Versehen. Nicht, dass man das dem Veilchen ansehen würde, das ich gerade kriege.«

»Mist! Wenn du nach Hause kommst, halte dir was vors Gesicht. Sonst kommt das Veilchen auch noch in den Nachrichten. Draußen vor dem Haus parken deine Kollegen.«

»Wie viele sind es?«, fragte Sarah etwas lauter als geplant.

»Einige. Und ich sehe fünf, sechs Leute mit Kameras.«

»Verdammt!«

Max trat zu ihr. »Ist alles in Ordnung?«

»Vor unserem Haus stehen ein paar Reporter«, erklärte Sarah.

Er zog eine düstere Grimasse.

»Nicht bloß draußen. Innen sind sie auch. Zweimal haben sie schon an die Tür geklopft«, sagte Teri.

Max hatte sie gehört und schüttelte den Kopf.

»Oje, danke für die Warnung.«

»Kommst du bald nach Hause?«, fragte Teri, und Sarah schaute Max an.

Wieder ein Kopfschütteln.

Sie legte die Hand über ihr Telefon. »Was?«

»Bleib lieber hier.«

»Warum?«

Ein Lächeln glitt über seine Züge.

Wieder stieg ihr Hitze in die Wangen, und bald war ihr überall warm. Sie löste sich aus seinem Suchscheinwerferblick und konzentrierte sich wieder auf das Gespräch. »Ich gebe dir Bescheid, wenn ich hier aufbreche. Aber ich habe ein paar Gläser Wein getrunken, vielleicht bleibe ich auch.« Sarah staunte über ihre eigenen Worte.

»Cool. Halt mich auf dem Laufenden, okay?«

»Geht klar. Und, Teri?«

»Ja?«

»Kein Kommentar. Sag niemandem, dass wir geredet haben. Sag auch nicht, wir hätten nicht geredet. Einfach nur: Kein Kommentar.«

»Keine Sorge. Ich kenne mich aus. Meine Mitbewohnerin schreibt für ein Klatschblatt.« Teri lachte.

»Danke. Bis später.«

Sarah beendete das Gespräch und drehte sich zu Max, der sie siegessicher angrinste.

Ihre Blicke trafen sich. »Und jetzt erklär mir bitte, weshalb ich bleiben soll.«

Er legte den Kopf schief. »Weil du es möchtest.«

»Ist das so?«

»Willst du was anderes behaupten?«, raunte er.

Sie schaute an ihm vorbei, sah die anderen ins Gespräch vertieft und spürte ein Kribbeln im Bauch. Sie schluckte. Verdammt, sie starrte auf seine Lippen.

Mit der Hand an ihrer Taille führte er sie aus dem Raum. Ihr zitterten die Knie, aber die Schmerzen von ihrem Sturz waren wie weggewischt. Max zog sie in ein Zimmer, eine Art Büro, und schloss die Tür hinter ihnen.

»Max, ich …«

Mehr brachte sie nicht heraus, bevor er sie gegen die geschlossene Tür schob und seine Hand an die unverletzte Seite ihres Gesichts legte. Vorsichtig nahm er ihr die Brille ab und legte sie auf einen Tisch neben der Tür.

Ihr ganzer Körper begann zu kribbeln, von den Fingern bis zu den Zehenspitzen. Max senkte die Lippen so langsam auf ihre, dass sie sich hätte abwenden und es verhindern können. Nicht dass sie das auch nur eine Sekunde lang gewollt hätte. Dieser Mann war nervig, fordernd und rotzfrech. Und verdammt, er konnte küssen.

Warme Lippen öffneten sich an ihren und baten stumm um mehr. Eine Hand auf seiner Brust, die andere an seiner Taille lehnte Sarah sich an ihn und seufzte. Diese Umarmung war purer Genuss.

Eine seiner Hände schmiegte sich an ihren Hinterkopf, die andere lag an ihrem Hals. Sein Daumen strich so zart über ihren Kieferknochen, dass sie sich fühlte wie ein Schatz, den er nun langsam entdecken wollte.

Berauschend.

Mysteriös und magisch hüllte dieser Mann sie ein und weckte in ihr den Wunsch nach viel mehr als einem Kuss. Seine Zunge tanzte hungrig mit ihrer. Ein so verrückt herrliches Gefühl hatte Sarah noch nie erlebt.

Ohne Hast beendete Max den Kuss, sein Atem ging so schnell wie ihrer.

Ihre Lider flatterten auf, und er schaute ihr in die Augen. Dann betrachtete er die Stelle, an der sich inzwischen garantiert das Veilchen breitmachte, und hauchte ihr einen Kuss auf die Wange.

»Schön, dass wir das geklärt haben«, flüsterte er.

Sarah schluckte. »Du bist dir deiner Sache ziemlich sicher.«

Seine Lippen rückten wieder näher, berührten ihre aber nicht. »Gibt es noch weiteren Klärungsbedarf?«

Ja. Nein.

Ganz kurz berührten seine Lippen ihre und waren schon wieder weg.

»Nein. Alles bestens.«

Max atmete tief durch und schaute ihr in die Augen. »Gut.«

Als er sich ein wenig zurücklehnte, spürte sie anstelle seiner Wärme kühle Luft. Er gab ihr ihre Brille.

»Ich frage Chase, in welchen Zimmern wir schlafen sollen.«

»In welchen Zimmern?« Etwa getrennt? Damit hatte sie nicht gerechnet.

»Ich schlafe nie zum ersten Mal mit einer Frau, wenn sie etwas getrunken hat.«

»Oh.« Nach all dem wilden Verlangen, das er mit seinem Kuss in ihr geweckt hatte, war ihr das fast ein bisschen zu verantwortungsvoll. »Ich bin nicht betrunken.«

»Ich weiß.«

Ihre Worte hinterließen nicht die kleinste Delle in seinem Schutzpanzer. Sarah sah die Entschlossenheit in seinem Blick. Er würde sich nicht umstimmen lassen. Aber konnte sie ihm das vorwerfen?

»Okay«, murmelte sie. Max ließ sie los und griff nach der Türklinke. Sie tauchte unter seinem Arm hindurch in den Flur. »Trotzdem schade«, fügte sie hinzu.

Kapitel 19

Als Max ihre Hormone in Aufruhr versetzt hatte, war Sarah noch nicht betrunken gewesen. Doch nachdem er erklärt hatte, außer dem Kuss werde in dieser Nacht nichts passieren, hatte sie sich nicht mehr zurückgehalten. Sie und Alex hatten gemeinsam drei Flaschen Wein geleert und unglaublich viel gelacht.

Entweder war Alex zu dem Schluss gekommen, dass die Familiengeheimnisse bei Sarah sicher waren, oder der Wein hatte ihr die Bedenken genommen.

Erst kurz vor Mitternacht waren sie alle ins Bett gegangen, und schon viel zu früh fielen Sonnenstrahlen durch die Gardinen des Gästezimmers, in dem Sarah geschlafen hatte. Jetzt bereute sie das letzte Glas Wein bitter.

Ihr staubtrockener Mund und brüllende Kopfschmerzen ließen sie nach dem Wasserglas greifen, das sie vor dem Schlafengehen auf den Nachttisch gestellt hatte. Sie trank es aus und rieb sich die Augen. Keine gute Idee, denn sofort pochte der Schmerz wieder und erinnerte sie an die unfreiwillige Begegnung mit der Kamera draußen vor dem Anwesen. Im Spiegel wollte sie sich heute am liebsten gar nicht sehen.

Trotzdem setzte sie ihre verbogene Brille auf und schwang die Füße aus dem Bett. Sie trug ein T-Shirt. Ein T-Shirt von Max.

Das war das erste Mal, dass sie am Morgen danach das Shirt eines Kerls trug, ohne mit ihm im Bett gelegen zu haben. Sie tappte die wenigen Schritte ins Badezimmer und machte das Licht an.

Beim Anblick ihres Spiegelbilds wollte sie weinen. Der Bluterguss, der abends noch rot und bläulich geschimmert hatte, war jetzt fast schwarz und bedeckte einen Großteil ihrer rechten Gesichtshälfte. Dass sich ihr roter Schopf über Nacht in eine Art wild gewordenen Wischmopp verwandelt hatte, machte die Sache nicht besser.

Sie drehte den Wasserhahn auf und stöberte in den Schubladen. Die Bürste, die sie fand, hätte ihr Haar noch struppiger gemacht, es sei denn, es war nass. Und ein Kamm brachte rein gar nichts.

Kurzerhand drehte sie den Wasserhahn wieder ab und stellte sich unter die Dusche. Das warme Wasser wirkte Wunder und vertrieb einen Teil ihrer Benommenheit, trotzdem brauchte sie dringend ein paar Kopfschmerztabletten.

Als sie kurz darauf das Schlafzimmer verließ, fühlte sie sich fast schon wieder wie ein Mensch. Max' Shirt ließ sie an und knotete es in ihrer Taille. Ihr Haar war nass, und selbst mit viel Make-up hätte sie immer noch ausgesehen wie nach einer Prügelei.

Noch war es still im Haus und sie stieg die Treppe ins Erdgeschoss hinunter. Gestern war so viel passiert, dass sie ihre Umgebung kaum wahrgenommen hatte. Jetzt sah sie überall erlesene Gegenstände, die sicher mehr kosteten, als sie in einem Jahr verdiente. Es gab Bilder, die in einem Museum hätten hängen sollen, nicht an den Wänden einer Villa, wo sie zwischen all dem Luxus kaum zur Geltung kamen.

Nach allem, was gestern Abend zur Sprache gekommen war, hatte Aaron Stones letzte Trophäenehefrau ein ganzes Team damit beauftragt, Grundstück und Gebäude so zu gestalten, wie man es in Hochglanzwohnzeitschriften sah. Die Kunstwerke hingegen hatte Aaron persönlich ausgesucht. Was zuerst da gewesen war, war egal. Das Gesamtergebnis wirkte sehr überzeugend.

Aber erst das ausgelassene Gelächter gestern Abend hatte dem Haus die Aura eines Ausstellungsstücks genommen und es bewohnbar erscheinen lassen. Der Duft von Kaffee holte Sarah aus ihren Gedanken und lockte sie in die Küche.

Von dort aus gelangte man durch eine Glastür hinaus auf eine Terrasse, wo Alex mit einem Mann redete, den Sarah noch nicht kannte.

Neben der Kaffeekanne standen zwei saubere Tassen. Sarah schenkte sich Kaffee ein und nahm den ersten himmlischen Schluck. Die warme Tasse in den Händen, ging sie hinaus zu Alex und dem Unbekannten. Die beiden blickten auf, und Alex verzog mitfühlend das Gesicht.

Der Mann drückte eine Hand auf seine Brust. »Oh mein Gott! Das sieht ja noch schlimmer aus, als ich gedacht habe.«

»Schade, dass Halloween schon vorbei ist«, scherzte Sarah.

»Ach, du Arme, das tut sicher weh«, sagte Alex.

»Angenehm ist es nicht. Gibt es hier vielleicht irgendwo ein paar Schmerztabletten?«

Alex sprang auf. »Aber klar.«

»Ich kann sie mir selbst holen. Sag mir einfach …«

Alex wedelte mit der Hand. »Setz dich und trink deinen Kaffee.« Sie zeigte zwischen Sarah und dem Mann am Tisch hin und her. »Nick, Sarah. Sarah, Nick. Ich bin gleich wieder da.«

Und schon war sie weg.

Sarah setzte sich. »Ich glaube, deinen Namen habe ich gestern Abend schon gehört. Aber es war ziemlich viel Wein im Spiel und leider erinnere ich mich nicht mehr an Details.«

»Ich bin Alexandreas Bestie und Max' Fashionberater. Und bitte sag mir, dass du dir dieses Outfit nicht freiwillig ausgesucht hast.«

Sarah lächelte. Ja, genau. Nick war Alex' schwuler Freund, der kein Blatt vor den Mund nahm und öfter mal für Lacher sorgte.

»Ich habe gestern nicht auf der offiziellen Gästeliste gestanden und war nicht auf eine Übernachtungsparty vorbereitet«, sagte sie.

Er ließ die Schultern fallen. »Was bin ich froh. All das wunderbare Haar wäre doch komplett vergeudet, wenn du dich kleiden würdest wie aus einem Wohltätigkeitsladen.«

»Ich finde solche Länden ganz in Ordnung.«

»Aber nur, um dort nach Vintage-Stücken zu suchen. Mit Vintage kann ich etwas anfangen.«

Sarah nippte lächelnd an ihrem Kaffee. »Wo sind denn alle?«

»Die kleine Mama schläft noch und Chase zeigt Max die Garage.«

Gut, dann hatte sie noch ein bisschen Zeit, richtig wach zu werden, bevor sie Max nach ihrem besonderen gemeinsamen Moment am gestrigen Abend wiedersah.

»Bist du noch in der Nacht hier angekommen?«

»Nein, erst vor etwa einer Stunde.«

Noch ein Schluck Kaffee. »Wie ist denn die Lage unten am Tor?«

»Dort steht eine kleine Zeltstadt, aber ein bisschen hat der Trubel wohl schon nachgelassen.«

Aus Erfahrung wusste Sarah, dass sich das wieder ändern konnte, wenn erst alle Reporter wieder wach waren.

Alex kam mit einem Glas Wasser und den Tabletten aus dem Haus. »Hier, bitte.«

»Du bist ein Engel.« Sarah nahm ihr die Sachen ab.

»Was machen deine Knie?« Alex setzte sich wieder.

»Halb so schlimm.« Sarah schluckte die Tabletten. »Mein Gesicht tut viel mehr weh. So eine Kamera ist ein verdammt hartes Ding.« Sie hatte Sternchen gesehen und war ziemlich benommen gewesen, als Max sie auf sein Motorrad gepackt und zum Haus gefahren hatte.

»Du solltest das jemanden anschauen lassen.«

»Ich glaube, solange ich das Veilchen habe, wird niemand wegschauen können.«

»Im Ernst, Sarah. Sogar das Weiße in deinem Auge ist jetzt rot.«

»Noch ein Grund, keine Kontaktlinsen zu tragen.«

Nick beugte sich vor. »Mir gefällt die Brille. Aber kann es sein, dass sie ein bisschen verbogen ist?«

Sarah lachte.

»Weshalb hast du deine Augen nicht einfach lasern lassen?«, fragte Nick.

»Na ja, während der Collegezeit hatte ich für so was kein Geld, und ich habe mich anstatt für Kontaktlinsen für eine Brille entschieden, weil ich fand, ich sehe damit klüger aus. Später habe ich es eine Weile mit Kontaktlinsen versucht, davon aber ständig Augenentzündungen bekommen. So bin ich wieder bei der Brille gelandet.«

»Und jetzt?«

Sofort hatte Sarah ein Bild vor sich, wie ein gleißender Lichtstrahl ihr ins Auge schnitt. »Habe ich panische Angst vor dem Laser.«

»Du musst keine Angst haben. Ich habe mir das mit achtzehn machen lassen«, erklärte Alex.

»Es gibt Leute mit Phobien vor platzenden Blisterverpackungen, da finde ich meine Angst vor einem Laser in den Augen doch um einiges gesünder.«

»Awh«, gurrte Nick.

»Ja, schon gut. Irgendwann gehe ich es an. Aber für den Moment berufe ich mich noch darauf, dass ich mir die OP nicht leisten kann. Zumindest so lange, bis ich an genügend Beruhigungsmittel komme, um den Eingriff zu überstehen.«

Chase spazierte durch den Garten zur Terrasse. »Guten … Autsch! Guten Morgen«, sagte er zu Sarah.

Sie hob das Kinn. »Du solltest mal meinen Gegner sehen.«

Damit erntete sie ein Glucksen.

»Ist noch Kaffee da?«, fragte er.

»Eine Tasse auf jeden Fall«, antwortete Sarah. »Ist Max noch in der Garage?«

»Jap. Er meint, die Batterien der Autos müssten aufgeladen werden.«

Sarah stand auf und nahm ihren Kaffee. »Bin gleich wieder da.«

»Ach, Sarah …«, begann Alex.

»Ja?«

»Danke, dass du Max gestern davon abgehalten hast, aus dem Haus zu rennen und auf den Reporter loszugehen.«

»Ich war überrascht, dass er auf mich gehört hat.« Sarah nahm Alex' Worte als Zeichen, dass sie Vertrauen zu ihr fasste. Jeden Tag eine gute Tat. So konnte es weitergehen.

»Ich auch.«

Lächelnd machte sie sich auf den Weg zur Garage.

»Was war denn gestern Abend?«, hörte sie Nick beim Weggehen noch fragen.

Ein Gartenpfad führte um das gigantische Haus herum zur Einfahrt und von dort zur Garage. Alle sechs Tore waren geöffnet, ein BMW stand im Freien und Max war unter die geöffnete Motorhaube abgetaucht. Seine Hemdsärmel hatte er hochgekrempelt und am rechten Arm lugte ein Tattoo hervor. Für Sarah keine Überraschung. Selbstverständlich war dieser Mann tätowiert, vermutlich sogar großflächig.

»Ich bin unterwegs zu dir, also erschrick nicht und stoß dir den Kopf nicht an«, sagte sie aus einiger Entfernung.

Ein stummes Lachen ließ seine Schultern zucken. »Sehr freundlich, danke.« Dann schaute er zu ihr herüber, verlor sein Lächeln, fuhr viel zu schnell hoch und stieß sich den Kopf trotzdem an.

Sie prustete los.

Leise fluchend trat er von dem Wagen weg und musterte ihr Gesicht. »Sieht schlimm aus.«

Sie deutete auf die verletzte Seite. »Mein Make-up gefällt dir nicht?«

Er wischte sich die Hände an einem Lappen ab und machte einen Schritt auf sie zu. »Tut es heute weniger weh?«

»Jap«, log sie. »Zwar immer noch so, als hätte jemand meinen Kopf in einen Schraubstock gespannt und eine Viertelumdrehung gemacht, aber wenigstens lenkt das Veilchen von meiner sommersprossigen Nase ab.«

Max starrte demonstrativ auf ihre Nase. »Welche Sommersprossen?«

Sie verdrehte die Augen und zeigte auf den BMW. »Der sieht viel zu neu aus für irgendwelche Probleme.«

»Ich bringe die Motorabdeckung wieder an. Keins dieser Autos ist seit Stones Tod bewegt worden.«

»Jammerschade.« Sie warf einen Blick auf die Wagen. Die Deutschen, die Briten und die Italiener waren stark vertreten. »Sieht aus, als hätte dein Dad nicht nur einen guten Weingeschmack gehabt.«

»Teure Autos, teurer Wein.«

»Trotzdem habe ich Kopfschmerzen von dem Zeug.« Sie ging an einem Porsche vorbei zu einem Ferrari. Beide Wagen sahen stark nach Midlife-Crisis aus.

»Gut zu wissen.« Max folgte ihr.

»Du gönnst mir die Schmerzen?«

»Ich bin froh, dass deine Toleranzschwelle nicht so hoch ist, dass eine Happy Hour wie gestern Abend ohne Kopfschmerzen an dir vorbeigeht.«

Sie zuckte die Achseln und schaute ihn über die Schulter hinweg an. »Was hätte ich bei deiner eisernen Zurückhaltung denn sonst tun sollen?«

Max warf mit einem herzhaften Lachen den Kopf in den Nacken.

Sie zeigte grinsend auf den Ferrari. »Hast du so einen schon mal gefahren?«

»Nein. Du?«

»Klar.« Sie gluckste. »Mindestens einmal die Woche und sonntags sowieso.« In der unsagbar sauberen Garage stellte sie die Kaffeetasse auf ein weißes Ablagebrett. »Der hat einen V12-Motor, richtig?«

»Du kennst dich mit Autos aus?« Max trat neben sie.

Sie schüttelte den Kopf. »Ich weiß nur ein bisschen was über Motoren.«

»Von deinem Dad?«

»Von meinem Bruder. Er hatte als Junge eine Supercarphase, und wir mussten uns endlose Reportagen über schnelle Autos und ihre Fahrer anschauen. Schon mal was von Gumball gehört?«

»Das ist eine Rallye, oder?«

»Jap.« Sarah öffnete die Tür des Ferraris. Das Innenlicht ging nicht an. »Die findet jedes Jahr irgendwo anders auf der Welt statt. Einmal war der Zieleinlauf hier in L.A. Wir haben an der Straße gestanden, zugeschaut, wie alle über die Ziellinie gejagt sind, und anschließend auf dem Parkplatz die Fahrzeuge bestaunt.«

»Als Junge hätte ich so was auch gemacht.«

Sie schloss die Tür und wandte sich dem Porsche zu. »So einer wie der hier hat angehalten, ein kleiner untersetzter Typ ist ausgestiegen. Die Beifahrerin war eine langbeinige Blondine in schwarz-weiß karierten Leggins und High Heels. Meinem armen Bruder ist die Kinnlade bis auf die Knie gefallen, und mein Dad hat ihm auf die Schulter geklopft. ›Schlag dir das aus dem Kopf, mein Sohn. Du könntest dir nicht mal ihre Pediküre leisten‹, hat er gesagt.« Sie lachte bei dieser Erinnerung. »Das werde ich nie vergessen.«

»Weise Worte.«

»Für mich hatte unser Dad dann auch einen Rat: ›Sorg dafür, dass du deine Pediküre immer selbst bezahlen kannst. Der Typ sieht aus wie ein Ekel.‹«

»Noch weiser.« Max grinste.

»Ja, unser Dad weiß Bescheid.« Sie lenkte ihre Aufmerksamkeit von den Autos auf Max. Ihre Blicke trafen sich. »Reden wir noch mal über gestern Abend?«

»Über welchen Teil?« Sein Grinsen verriet, dass er genau wusste, wovon sie sprach.

»Du bist nicht mal mein Typ.«

Er hob eine Braue. »Ist das so?«

»Jap. Du fährst Motorrad, hast Tattoos … Und dann der Bart. Inzwischen sieht er zwar besser aus, aber …«

Seinen Augen war anzusehen, wie viel Mühe es ihn kostete, nicht zu lachen.

»Du bist nervig, und ich glaube, mit einem so anstrengenden Kerl hatte ich es noch nie zu tun.«

Er verschränkte die Arme. »Anstrengend? Inwiefern?«

Sie senkte die Stimme um eine Oktave. »›Sei in einer Stunde da, Sarah. Ich hoffe, du bist wach, Sarah. Du hast vierzig Minuten. Wir sehen uns in Burbank.‹ Noch dazu bist du ein Hitzkopf. So gar nicht mein Ding.«

»Wann bist du zu diesem Schluss gekommen? Bevor oder nachdem du mich praktisch angefleht hast, mit dir zu schlafen?«

Jetzt kämpfte sie gegen ein Lachen an. »Das habe ich nicht getan.«

»Willst du behaupten, ich bin dir egal?«

Sie starrte ihn an, traute sich aber nicht, etwas zu sagen. Wenn sie zugab, dass sie ihn anziehend fand, hatte er gewonnen. Wenn sie es abstritt … So gut konnte sie nicht lügen.

Er trat einen Schritt näher.

Sie wich zurück, doch hinter ihr stand der Ferrari.

»Möchtest du, dass ich einfach vergesse, wie du schmeckst?«

Weshalb waren diese Worte so unglaublich prickelnd?

»Es war doch bloß ein einziger Kuss.« Sie gab sich Mühe herunterzuspielen, was natürlich deutlich mehr gewesen war als bloß ein Kuss.

Noch ein Schritt näher und sie spürte seinen Atem auf ihrem Gesicht. Seine Beine berührten ihre.

»Zeit für den zweiten.«

Das klang nach einer wirklich guten Idee. Max drückte sich an sie, sie legte die Hände an seinen Hals. Er lachte leise an ihren Lippen, und ohne den Wein schmeckte er noch viel besser. Dazu seine Wärme und Küsse mit offenem Mund, die sie unter Strom setzten.

Er drängte ein Knie zwischen ihre Schenkel, sie rückte dichter an ihn heran. Starke Hände umfassten ihre Hüften und zogen sie an seine.

Einen Moment lang hob er den Kopf, nahm ihr die Brille ab und küsste sie dann weiter. Ein Geräusch deutete darauf hin, dass ihre Brille auf dem Boden gelandet war und jetzt unter einem teuren Wagen lag. Aber im Moment waren andere Dinge wichtig.

Max schob ihre Beine noch weiter auseinander und drückte einen sehr harten Teil von sich an eine empfindliche weiche Stelle. Und hallo!

Aus dem einen weiteren Kuss wurden zwei, dann drei. Er strich ihr Haar zur Seite, sodass er mit den Zähnen ihren Hals erreichen konnte, und biss zu. Nicht zu fest, nicht zu zart.

Versengende Hitze jagte durch sie hindurch, als Max sich an sie presste und begann, sich betörend langsam an ihr zu reiben. Obwohl sie beide noch alle ihre Kleider anhatten, hätte sie nicht sagen können, wann sie zuletzt ein derart erotisches Vorspiel erlebt hatte. Stehen wurde immer schwieriger, und der Wunsch, noch mehr von ihm zu spüren, so heftig, dass es schon fast wehtat.

Als sie leise aufstöhnte, hob Max sie auf die Motorhaube des Ferraris.

Wieder drängte er sich zwischen ihre Beine, seine Lippen kehrten zu ihren zurück, Sarahs Hüften zuckten unkontrollierbar und ihre Welt kam ins Trudeln. Max' Hand fand zu einer ihrer Brüste und neckte durch ihr Shirt – sein Shirt – hindurch ihren Nippel. Sie spürte die Hitze seiner Erektion an ihrer Mitte, und mit seinen Bewegungen machte er sie ganz wild.

Eigentlich wollte sie ihn bremsen, irgendetwas ausziehen, ein Bett finden. Doch in ihrer Aufregung packte sie einfach seinen Hintern und zog ihn noch fester an sich.

»Wir … wir sollten …«

Er verschluckte ihre Worte mit seinen Küssen, sein Becken bewegte sich einfach weiter.

Sie konnte nicht atmen, nicht küssen, nicht denken.

Dann brach der Damm und sie klammerte sich an Max, während er sie spielend zum Höhepunkt trieb und dabei ganz festhielt. Danach lag ihr Kopf an seiner Schulter, seine Lippen waren dicht an ihrem Ohr. Nur langsam beruhigte sich ihr Atem, während Max die Luft anzuhalten schien.

Sie versuchte, eine Hand zwischen ihn und sie zu schlängeln, um sich zu revanchieren. Doch er hinderte sie daran.

»Wenn du mich jetzt anfasst, explodiere ich.«

»Ist das nicht der Sinn der Sache?«

Seine Zähne streiften ihr Ohr. »Nicht jetzt.«

»Aber …«

»Der war für dich.«

Sie lehnte sich zurück und schaute ihm in die Augen. Augen, denen sie so nahe war, dass sie sie ziemlich klar sehen konnte. »Fair ist das nicht.«

Lächelnd rieb er ihren Rücken. Dann küsste er sanft ihr lädiertes Gesicht. »Bevor ich mich so tief in dir vergrabe, dass du deinen Namen vergisst, will ich ganz sicher sein, dass ich dein Typ bin.«

Sie wollte etwas Witziges oder Geistreiches entgegnen, konnte aber nur »Okay« hauchen.

Weil er keine Anstalten machte, sie loszulassen, schlang sie die Arme fest um ihn. Gemeinsam warteten sie, bis ihr Atem wieder regelmäßig ging.

Ein Geräusch vor der Garage ließ sie beide zusammenschrecken. Sarah zuckte, Max fuhr herum, ihre Wange stieß gegen seine Schulter. Sie schrie auf, und sofort umfasste er sanft ihr Gesicht. »Oh, Darling.«

»Sorry, ihr zwei!« Das Geräusch hatte offenbar Alex im Vorbeigehen gemacht.

Trotz des nun wieder heftigeren Schmerzes lachte Sarah auf und lehnte die Stirn an Max' Brust.

»Alles in Ordnung?«

Sie schüttelte den Kopf. »Du hast mir geholfen, einen Moment lang zu vergessen, wie weh das tut.« Die Gefühle, die er in anderen Teilen ihres Körpers ausgelöst hatte, waren eine wunderbare Ablenkung gewesen.

Max ließ sie los, hob ihre Brille auf und setzte sie ihr wieder auf die Nase. »Geh, hol deine Handtasche.«

»Warum?«

»Ich bringe dich zum Arzt.«

»Ich habe ein blaues Auge. So was tut weh. Mir fehlt nichts.«

Er nahm sie an den Oberarmen und drückte sie. »Du bleibst hier, ich hole dir die Handtasche.« Er machte einen Schritt von ihr weg.

»Okay.« Sie rückte ihre Kleider zurecht. »Und ich bleibe dabei: Du bist unheimlich anstrengend.«

Er lächelte. »Damit kann ich leben.«

Kapitel 20

»Einen Bruch sehe ich auf dieser Aufnahme nicht.« Die Klinikärztin hielt den Laptop in einer Hand, mit der anderen bewegte sie die Darstellung von Sarahs Schädelknochen auf dem Bildschirm.

»Ich hab's doch gesagt.« Sarah warf Max einen triumphierenden Blick zu.

Dass sie so kampflustig sein konnte, gefiel ihm ganz gut.

»Was heißt ›auf dieser Aufnahme‹?«, fragte er die Ärztin.

Sie zeigte auf eine Stelle auf dem Bildschirm. »Hier ist ein winziger Schatten, der auf einen kleinen Bruch im Orbitaboden hinweisen könnte. Um das genauer beurteilen zu können, bräuchten wir ein CT.«

Max sah, wie Sarahs Schultern nach vorn sackten. »Dann ist da etwas gebrochen?«

»Ohne ein CT lässt sich das nicht ausschließen. Aber wenn man so genau hinsehen muss, um einen Bruch zu finden, ändert das meiner Erfahrung nach nichts an der Behandlung.« Sie schloss den Laptop und legte ihn beiseite.

Nachdem sie sich die Hände gewaschen hatte, stellte sich die Ärztin vor Sarah hin, ließ sie die Brille abnehmen und tastete vorsichtig die Schwellung um ihr Auge ab.

»Tut das weh?«

»Im Moment tut alles weh.«

Die Frau trat zurück und neigte den Kopf. »Trotzdem kann ich Ihnen nur den einen Rat geben: Schonen Sie sich. Vermeiden Sie Kontaktsport, und selbst Pickleball kann ein Kontaktsport sein.«

»Pickleball spiele ich nicht.«

Die Ärztin lächelte. »Falls Sie merken, dass eine Erkältung im Anzug ist, nehmen Sie sofort Schleimlöser und wischen Sie sich die Nase nur vorsichtig ab. Niesen und Schnäuzen bedeutet viel Druck für diesen Bereich.«

Sarah setzte die Brille wieder auf. »Okay, wird gemacht.«

»Und gehen Sie vorsichtshalber zum Augenarzt. Ich nehme an, Sie haben einen.«

»Ja.«

»Ich gebe Ihnen ein Rezept für Schmerzmittel mit. Wenn Sie die nehmen, fahren Sie bitte nicht mit dem Auto.«

Max schaute die Ärztin an. »Wenn Sarah Ihre Schwester wäre, würden Sie ihr dann ein CT empfehlen?«

»Nein, eigentlich nicht. Aber weil es sich hier um einen Arbeitsunfall handelt, könnte es sein, dass ein CT verlangt wird. Vor allem, falls Sie länger ausfallen.«

Sarah schnaubte. »Ich denke, am Montag bin ich wieder am Schreibtisch.«

Max zog eine düstere Grimasse.

Die Ärztin wandte sich an ihn. »Wenn sie meine Schwester wäre, würde ich ihr sagen, sie soll den Rat der Ärztin befolgen und sich erst mal ein paar Tage freinehmen.«

Max schaute Sarah fest in die Augen.

»Was ist?«

Die Ärztin nahm ihren Laptop. »Warten Sie hier. Ich schicke eine Schwester mit dem Rezept und dem Bericht vorbei.«

Nachdem sie gegangen war, verschränkte Max die Arme und wartete.

»Was ist denn?«, fragte Sarah noch einmal. »Warum starrst du mich so an?«

»Sie hat gesagt, du sollst dich schonen.«

Sarah schob sich von der Untersuchungsliege. »Sie bezahlt aber nicht meine Rechnungen.«

»Jeder kann mal krank werden. Und ein Arbeitgeber wäre blöd, wenn er dich trotz eines Arbeitsunfalls zwingen würde zu arbeiten.«

»Weshalb ist dir das so wichtig?«

Gute Frage.

Max schaute an ihr vorbei und zuckte die Achseln. »Schon gut.«

Sarah legte ihre Hand auf seinen Arm. »Du bist wütend.«

»Verärgert.«

»Warum?«

»Ich habe gelernt, niemanden zu drängen, der sich nicht helfen lassen will.«

»Ich arbeite bei einer Zeitschrift, Max. Das ist kein Leistungssport, ich mache Interviews und schreibe. Körperlich ist das nicht übermäßig anstrengend.«

»Aber du hast dir dabei einen Knochen gebrochen.« Er konnte das nicht einfach auf sich beruhen lassen.

»Vielleicht. Minimal. Womöglich. Für mich klang das, als wäre es eher unwahrscheinlich, dass etwas gebrochen ist.« Sie nahm die Hand weg. »Moment mal. Hast du etwa Schuldgefühle?«

»Schuldgefühle? Warum das denn? Schließlich habe nicht ich dir die Kamera ins Gesicht geschlagen.«

»Aber da, wo es passiert ist, habe ich deinetwegen gestanden.«

Max presste die Lippen aufeinander. Fuck.

»Das ist es, oder? Du fühlst dich verantwortlich.«

Er blinzelte … zweimal. »Ich muss dem Fahrer Bescheid sagen, dass wir gleich loskönnen.« Max marschierte aus dem Untersuchungszimmer und in die Lobby.

Alex hatte vorher in der Klinik angerufen und gefragt, ob man sich dort zügig um Sarah kümmern könne, damit sich vor der Tür kein Auflauf von Reportern bildete. Dann hatte einer der Sicherheitsmänner Sarah und Max in einem der schwarzen SUVs vom Vortag hingefahren.

Ein paar Wagen waren ihnen gefolgt, doch sie hatten es unbehelligt in die Klinik geschafft.

Draußen in der Lobby sah Max sofort, dass sie auf dem Weg hinaus nicht so viel Glück haben würden.

Der Sicherheitsmann bemerkte ihn, steckte sein Telefon weg und ging zu ihm.

»Wir sind gleich fertig.« Max deutete zur Tür. »Wie schlimm ist es?«

»Ich habe schon mit den Leuten am Empfang gesprochen. Es gibt hinten einen Personalausgang, da können wir raus. Dort stehen zwar auch ein paar Reporter herum, aber längst nicht so viele wie vorn.«

Max warf einen Blick auf seine Uhr. »Wir sind in fünf Minuten da.«

»Geht klar.«

Innerlich wieder etwas ruhiger, ging er zurück zum Behandlungszimmer. Die Tür stand offen, gerade sprach eine Krankenschwester mit Sarah. Er wartete, bis die Schwester weg war.

»Wir gehen hinten raus.«

Sarah sah aus, als wollte sie etwas erwidern, sagte dann aber nichts.

Gut.

Sobald der Wagen hinten bereitstand, legte Max den Arm um sie und führte sie hinaus.

»Mr. Smith! Wie haben Sie von Ihrem Vater erfahren?«

»Max! Wie viel Kontakt hatten Sie zu Aaron Stone?«

Der Fahrer hielt ihnen die hintere Tür auf.

Max legte Sarah eine Hand auf den Kopf, damit sie sich beim Einsteigen nicht anstieß. Als sich einer der Reporter von hinten näherte, wandte er sich um und hob eine Hand. Er wusste, der Blick, den er dem Mann zuwarf, hätte töten können. Dann setzte er sich neben Sarah und schloss die Tür.

Der Fahrer schaffte es von der Klinik weg, ohne jemanden über den Haufen zu fahren, und Max hätte nicht sagen können, ob ihm das ebenfalls gelungen wäre. Als sie um die nächste Ecke bogen, fragte der Fahrer, wo sie nun hinwollten.

Max schaute Sarah an. »Ich glaube, ich muss nach Hause«, sagte sie.

Er nickte schweigend.

Ein wenig auf Distanz zu gehen, fühlte sich passend an. Sarah gab dem Fahrer ihre Adresse, dann saßen sie und Max stumm nebeneinander, bis ihr Telefon klingelte.

Sie zog es aus der Handtasche und schaute aufs Display. »Das ist mein Dad. Ich sollte mit ihm reden.«

Max nickte kurz.

»Hey, Dad.«

Der Mann sprach so laut, dass Max ihn gut hören konnte.

»Du stehst auf der falschen Seite des Mikrofons, Babygirl. Was ist passiert? Wer hat dich geschlagen?«

»Niemand hat mich geschlagen, Dad.«

»Vom Fahrradfahren hast du dieses Veilchen sicher nicht!«

Max schaute aus dem Fenster und tat, als würde er nichts mitbekommen.

»Das war eine Kamera, keine Faust«, erklärte Sarah.

»Jemand hat dich mit einer Kamera geschlagen?« Ihr Vater klang jetzt noch aufgebrachter.

»Es war ein Versehen und es geht mir gut.«

»Warum bist du dann beim Arzt?«

»Du hast mich in der Klinik gesehen?«

»Nein. Aber im Radio ist dein Name genannt worden. Es hieß, dass du gestern Abend einen Schlag abbekommen hast und vor einer Stunde gesehen wurdest, wie du in eine Klinik gegangen bist.«

Sie seufzte. »Ich erkläre es dir später. Ich bin gerade auf dem Heimweg.«

»Ich hoffe, du fährst nicht selbst. Wo bist du? Ich komme und hole dich.«

Max unterdrückte ein Lächeln.

»Ich fahre nicht selbst. Und in zehn Minuten bin ich zu Hause.«

»Was hat der Arzt gesagt?«

Jetzt wusste Max, warum Sarah immer so viele Fragen stellte. Das lag offenbar in der Familie.

»Dass alles in Ordnung ist«, antwortete sie ein wenig ungeduldig.

»Nicht ganz«, sagte Max lauter als nötig.

»Wer war das?«

Sie warf ihm einen düsteren Blick zu.

»Was ist? Dein Dad will wissen, wie es dir geht. Also lüg ihn nicht an.«

»Ich lüge nicht«, schimpfte sie.

»Aber du sagst auch nicht die ganze Wahrheit.« Max ließ nicht locker.

Sie wandte sich wieder dem Telefon zu. »Die Ärztin meint, ich soll mich schonen.«

Max lehnte sich zurück und sagte nichts.

»Und ich bin noch nicht so alt, dass du mich schonen musst, Babygirl.«

Sarah funkelte Max an und zeigte mit dem Finger auf ihn.

Lustigerweise hatte er keinerlei schlechtes Gewissen. Wenn er Sarah nicht dazu bewegen konnte, sich ein bisschen Ruhe zu gönnen, dann schaffte es ja vielleicht ihr Vater.

»Auf dem Röntgenbild gibt es einen ganz kleinen, fast unsichtbaren Schatten, und die Ärztin meinte, da könnte vielleicht etwas gebrochen sein.«

»Jemand hat dir die Nase gebrochen?«

Sarah legte den Kopf in den Nacken. »Nein. Es ist nur ein kleiner Riss in der Augenhöhle, und nur vielleicht.«

»Jemand hat dir die Augenhöhle gebrochen?«

Sarahs Blicke waren wie Pfeile, die Max direkt in die Brust trafen. Doch er lächelte nur.

In den zehn Minuten, die sie noch bis zu ihrer Wohnung brauchten, hörte er zu, wie sie ihrem Vater versicherte, dass sie nicht in Lebensgefahr schwebte und dass Teri sich um sie kümmern werde. Und sie versprach, sich zu schonen und anzurufen, wenn irgendetwas war. Am Ende verlangte ihr Dad, dass sie jeden Tag anrief, um ihn auf dem Laufenden zu halten. Max fand das alles recht amüsant.

Doch nach dem Anruf wirkte Sarah erschöpft, und er hatte beinahe wieder Schuldgefühle. Beinahe.

»Das hast du mit Absicht gemacht«, warf sie ihm vor.

»Gut beobachtet.«

»Er macht sich immer schreckliche Sorgen um mich.«

Max spürte, wie sein Grinsen verblasste.

Der Fahrer hielt vor der Wohnanlage.

»Ein Elternteil zu haben, dem du so wichtig bist, dass es sich Sorgen macht, ist ein Privileg.« Eigentlich hatte Max das nicht laut sagen wollen und wünschte sich sofort, er hätte den

Mund gehalten. Er stieg aus, dann half er Sarah aus dem Wagen und brachte sie zur Haustür.

Erleichtert stellte er fest, dass nirgends in der Straße Reporter warteten oder Übertragungswagen standen.

Wortlos betraten sie das Haus und stiegen die Stufen zu ihrer Wohnung hinauf.

Vor ihrer Tür drehte sie sich zu ihm. »Hier ist es.«

Er machte keine Anstalten, sie zu umarmen oder sonst wie zu zeigen, wie nahe sie sich bereits gekommen waren. Seine Anspannung war zu groß, und er hatte schon mehr von sich preisgegeben, als ihm lieb war.

Sarah fischte die Schlüssel aus ihrer geräumigen Handtasche und hielt inne. »Ich nehme an, ich sehe dich am Montag bei der Pressekonferenz.«

Er schluckte. So viel zum Thema sich schonen. »Da bin ich nicht dabei.«

»Aber hat Alex nicht gesagt, ihr müsstet eine Pressekonferenz geben?«

»Ja, richtig, allerdings ohne mich. Ich beantworte keine Fragen. Die einzige Reporterin, mit der ich spreche, bist du.«

»Oh.« Sie wirkte überrascht. »Und wo wirst du sein, wenn sie und Chase mit der Presse sprechen?«

»Das weiß ich noch nicht genau.« Wieder studierte er die Blutergüsse in ihrem Gesicht und bekam dabei tatsächlich Schuldgefühle. Dass er dem Typen mit der Kamera keinen Kinnhaken verpasst hatte, ärgerte ihn immer noch.

»Gehst du zurück nach Palmdale?«

»Irgendwann schon.«

»Dann bleibst du erst mal auf dem Anwesen?«

Er schüttelte den Kopf. »Nein, Sarah. Ich mache mich auf die Suche nach meiner Mutter. Ich will die Frau finden, die mich den Behörden überlassen und Aaron Stones Zahlungen für mich in ihre eigene Tasche gesteckt hat.«

Sarah fiel die Kinnlade herunter. »Max …« Sein Name klang wie ein Seufzen.

»Drucken darfst du das auf gar keinen Fall. Wenn sie erfährt, dass ich nach ihr suche, taucht sie womöglich ab.«

Plötzlich musste sie blinzeln. »Ich behalte es für mich.«

Max nickte, küsste sie auf die Stirn, wandte sich ab und ging.

Kapitel 21

»Wir haben Wein getrunken und übers Wetter geredet.«

Sarah hatte das Schmerzmittel genommen und es sich auf der Couch bequem gemacht. Jetzt telefonierte sie mit ihrem Boss. Seit dem Schlag mit der Kamera hatte er nicht weniger als fünf Nachrichten auf ihrer Mailbox hinterlassen.

»Erzählen Sie doch keinen Bullshit.«

»Mehr kriegen Sie von mir jetzt nicht.«

»Sie haben …«

»Nein, habe ich nicht. Und die Ärztin, bei der ich war, hat ein CT vorgeschlagen, um einen Bruch ausschließen zu können. Einen, der mir bei der Ausübung meiner Arbeit zugefügt worden ist, möchte ich anmerken. Deshalb würde ich vorschlagen, Sie drängen mich jetzt nicht, zu arbeiten.«

Oh ja, die Opiate zeigten definitiv Wirkung. Gegenüber Max empfand sie im Moment denselben Beschützerinstinkt wie eine Bärin gegenüber ihrem Jungen. Anstatt sich Sorgen zu machen, dass sie etwas Falsches sagen und gefeuert werden könnte, forderte sie ihren Boss geradezu heraus.

»Ich dränge Sie nicht zu arbeiten, ich frage nach Informationen.«

Das war in ihrem Fall dasselbe, und er wusste es.

»Ich sage Ihnen jetzt mal was, und zwar nur, weil die Schmerzen mich fast umbringen und ich mich gleich wieder hinlegen muss.« In Wahrheit war sie eher etwas benommen, aber das konnte er ja nicht wissen. »Wenn Sie anfangen, irgendwelche Lügen oder wilde Spekulationen über die Stones zu drucken, war's das mit den Exklusivinterviews. Max sagt, ich bin die einzige Reporterin, mit der er reden will. Keine Ahnung, wie ernst er das meint. Aber wenn es stimmt, dann können Sie sich vielleicht vorstellen, was für eine große Sache das ist.«

Sie hörte den Chefredakteur seufzen. »Wir müssen die Geschichte am Laufen halten.«

»Dann arbeiten Sie daran. Schicken Sie jemanden zur Pressekonferenz. Stellen Sie Statements aus erster Hand von Alex und Chase ins Netz, aber bauschen Sie die Sache nicht auf.«

»Alex und Chase? Sie nennen einander beim Vornamen?«

»Ich habe die Nacht dort verbracht, Patrick. Da spricht man sich nicht stundenlang mit Mr und Ms Soundso an.«

»Wie ist es dazu gekommen? Warum haben die Ihnen erlaubt, zu bleiben?«

Dieses Gespräch schlug ihr auf die Stimmung. Anstatt ihm zu antworten, gab sie ihm eine Anweisung. »Schicken Sie Josephine zu der Pressekonferenz. Sie ist die Richtige dafür.«

»Wann sind Sie wieder da?«

»Ich kann mindestens eine Woche lang nicht arbeiten, vielleicht sogar zwei. Und bevor Sie sich jetzt aufregen: Die Ärztin meint, ich soll bis zu einem Monat lieber nicht längere Zeit auf einen Bildschirm starren. Das habe ich schriftlich. Die Augen anzustrengen, obwohl in dem Bereich etwas gebrochen ist, ist keine gute Idee.« Sie musste fast grinsen, weil sie ihre Verletzung so hindrehte, wie es ihr in der jeweiligen Situation am nützlichsten war. Im Arztbericht stand, sie solle sich zwei Wochen lang schonen, aber auch das behielt sie für sich.

»Okay, okay. Aber Sie halten mich auf dem Laufenden.«

Dazu sagte sie weder Ja noch Nein. »Für jetzt erst mal danke, dass Sie sich so mitfühlend erkundigen, wie es mir geht. Wie viele Gedanken Sie sich um mein Wohlergehen machen, freut mich sehr.« Er hatte sie nicht ein einziges Mal gefragt, wie es ihr ging, und ihm das unter die Nase zu reiben, war ein gutes Gefühl. »Bis demnächst, Patrick.«

Er murmelte etwas und legte auf.

Teri spazierte ins Wohnzimmer. »Dein Boss ist ein Volldepp.«

»Was du nicht sagst.«

Mit einer Tasse Tee in der Hand ließ sich Teri am freien Ende des Sofas nieder und zog die Füße unter sich. »Du siehst scheiße aus.«

Sarah schnitt eine Grimasse. »Ich liebe dich auch.«

»Wie war's denn in der Traumvilla?«

Sie dachte kurz nach. »Von außen sieht das Haus einfach nur teuer und übertrieben luxuriös aus. So als dürfte man auf keinen Fall irgendwas anfassen, um keinen Ärger zu kriegen. Aber drinnen hat es sich völlig anders angefühlt.«

»Wirklich?«

»Ja. Das liegt an den Leuten. Alex, Chase und Piper sind super bodenständig.«

»Und Max?«

Sarah verlor sich in ihren Gedanken an ihn. Er konnte völlig ruhig wirken, und dann plötzlich packte ihn die Wut, so wie auf den Kameramann, der sie im Gesicht erwischt hatte. Ja, und dann die an Arroganz grenzende Selbstsicherheit, mit der er sie geküsst hatte, als hätte sie ihn darum gebeten.

Teri holte langsam Luft. Dabei glitt ein Lächeln über ihr Gesicht. »Oh, Sarah! Warst du etwa ein böses Mädchen?«

Sarah schaute ihre Freundin an und biss sich auf die Lippe.

»Oh mein Gott! Das will ich genau wissen. Erzähl mir alles!«

»Er ist nicht mal mein Typ.«

Teri grinste wie ein Trottel. »Du hast keinen Typ. Dafür müsstest du wenigstens ab und zu jemanden abschleppen. Was ist passiert?«

»Er hat mich geküsst.«

Ihre Freundin ließ die Schultern hängen. »Und das war alles?«

Sarah dachte daran, wie sie auf der Motorhaube des Ferraris die Beine um Max' Hüfte geschlungen hatte und gekommen war, ohne auch nur ein Kleidungsstück auszuziehen, und schüttelte den Kopf. »Es war sehr viel mehr als ein Kuss.«

Teri kreischte. »Höchste Zeit, dass bei dir im Bett mal wieder was läuft.«

»Es war verdammt viel erotischer als irgendeine Bettgeschichte.«

»Dann hat dein Auge dir ja doch nicht so schlimm wehgetan.«

»Er hat dafür gesorgt, dass ich es vergessen habe.«

»Was denkst du, was hat das zu bedeuten? Seht ihr euch wieder?«

Sarah zog sich die Decke, die sie sich über die Beine geworfen hatte, bis hinauf zu den Schultern. »Ich denke schon.«

»Wie seid ihr denn verblieben?«

Eigentlich gar nicht. Kein »Ich rufe dich morgen an«. Kein »Dann bis nächsten Samstag«.

»Es ist kompliziert. Er ist eine Story, ich schreibe für eine Zeitschrift.«

»Er ist mehr als eine Story. Er ist ein Milliardär.«

Sarah schüttelte den Kopf. »Nein. Er ist ein ganz normaler Typ, der in einem gemieteten Haus in Palmdale von Gehaltsscheck zu Gehaltsscheck lebt und in Jeans und Flanellhemden rumläuft.«

»Und Milliardär ist!«

»Der plötzlich einen Haufen Geld von einem Vater geerbt hat, von dem er nichts wusste. Die Milliarden beschreiben Max kein bisschen.«

»Du kannst den Berg Kohle herunterspielen, so viel du willst. Aber dass du diesen Kerl datest, ist mindestens so sehr eine Story wie die verrückte Nachricht, dass er ein Stone ist.«

Noch ein Kopfschütteln. »Auf der Motorhaube eines Ferraris rumzumachen, ist nicht dasselbe wie Daten.«

Teri prustete los. »Hörst du dich eigentlich reden? Auf der Motorhaube eines Ferraris?«

»Du hast ja recht. Aber ich will das alles nicht zu hochhängen. Wir haben uns gerade erst kennengelernt und uns wegen meines Jobs und seiner Story ein paarmal gesehen. Ja, die Chemie zwischen uns ist offenbar da ...«

»Wie du auf der Motorhaube des Ferraris feststellen konntest«, unterbrach Teri.

»Jap. Aber für ihn ist kürzlich eine Bombe geplatzt, und sein Leben wird sich komplett ändern. Überleg doch mal: In dem Moment, als die Stones vor seiner Tür standen, war sein altes Leben vorbei. Bis dahin hat er hart körperlich gearbeitet, er hat fünfzig bis sechzig Stunden die Woche, manchmal sogar länger, Beton gesägt. Und er wohnt in Palmdale, verdammt. Kennst du irgendwen, der dort lebt?«

»Ich glaube nicht.«

»Das ist kein Viertel für Milliardäre. Und lang kann er dort auch nicht mehr bleiben. In einer Vorstadt, in der die Häuser so dicht beieinanderstehen, wo die Farbe blättert und alles voller Graffiti ist, wird er keinen Moment mehr Ruhe haben. Für ihn ging es in Lichtgeschwindigkeit von null Familie zu einem Bruder, einer Schwester und einem Hotelimperium. Er hat geglaubt, seine beiden Eltern wären tot, und jetzt besteht die Möglichkeit, dass seine Mutter noch lebt. Aber bei keinem unserer bisherigen Gespräche hat er auch nur einen einzigen engen Freund erwähnt, mit dem er das alles besprechen könnte.« Sie atmete tief durch und überlegte. »Du und ich, wir wachen morgens auf und haben eine grobe Vorstellung davon, wie der Tag laufen wird. Selbst wenn sich etwas ändert – ein neuer Job, eine neue Beziehung –, dann passiert das nach und nach. Bei Max hat sich schlagartig so gut wie alles verändert.« Sarah schnippte mit den Fingern. »Einfach so. Und trotz all des Geldes ist es sicher nicht leicht, damit klarzukommen. Ja, okay, zwischen uns ist irgendwas. Aber ich möchte da nichts hineinlesen. Vielleicht ist ein heißer Flirt im Moment einfach etwas, was er kennt und was ihm Halt gibt. Ich behalte das im Hinterkopf und werde nicht auf rosa Wolken schweben, nur weil ein anstrengender, wenn auch ziemlich gut aussehender Mann mit mir rummacht. Das könnte nämlich schon alles sein. Geld verändert einen Menschen. Und wer weiß, ob er das mit uns noch will, wenn ihm mal klar ist, was für Türen sein Reichtum ihm öffnet.«

»Er kann von Glück sagen, wenn er dich kriegt«, erklärte Teri mit fester Stimme.

»Verdammt richtig!« Sarah lächelte. »Trotzdem bleibe ich auf dem Boden.«

Ein paar Sekunden lang musterte Teri sie nachdenklich. »Hast du schon mal darüber nachgedacht, anstatt Zeitschriftenartikeln ein Buch zu schreiben?«

Sarah nahm es als Kompliment. »Dafür bin ich viel zu realistisch. Ein Buch zu schreiben, dauert Monate, vielleicht sogar Jahre. Und dann muss man erst mal einen Verlag finden. Ich schreibe lieber Artikel und kriege jede Woche mein Geld.«

Teri hob die Teetasse an die Lippen. »Jemand wird dieses Buch über Max schreiben, und du weißt, das wird ein Renner.«

* * *

»Wie geht es dir?«

Max rief am frühen Sonntagabend an.

»Kommt darauf an«, sagte Sarah.

»Worauf?«

»Ob du gleich verlangst, dass ich losrase und dich in einer halben Stunde am anderen Ende der Stadt treffe.«

Er gluckste. »Jetzt, wo du es sagst …«

»Ich stehe unter schweren Schmerzmitteln, also denk nicht mal dran.«

»Wirklich?«

Der Mann kannte sie schon ziemlich gut. »Nein. Ich nehme etwas vor dem Schlafengehen, damit ich durchschlafen kann. Aber tagsüber komme ich auch so klar. Ab morgen steige ich wieder ganz auf Paracetamol um.«

»Klingt gut.«

Das Wochenende über hatte sie ihren inneren Teenager bestimmen lassen, hatte endlos Serien geschaut, Junkfood gegessen und über den Vorschlag ihrer besten Freundin nachgedacht. »Und wie geht es dir? Wie sieht es draußen vor dem Haus aus?«

»Heute Morgen ist ein großer Teil der Meute abgezogen. Nur eine Handvoll hält noch durch.«

»Weil für morgen die Pressekonferenz angesetzt ist und alle glauben, dass du dabei sein wirst. Wozu in der Kälte warten, wenn man sich zusammen mit dreißig, vierzig Kollegen in einen warmen Raum drängen kann?«

»Wirst du Teil des Gedränges sein?«

»Nein. Ich habe mich für zwei Wochen krankgemeldet.«

Es gab eine kurze Pause. »Ernsthaft?«

»Jap. Aber den ganzen Tag nur rumsitzen und fernsehen macht mich wahnsinnig. Mal ganz abgesehen davon, dass ich auf die Art ein paar Kilo zunehmen werde.«

»Ich weiß, wovon du redest. Ich gehe hier auch schon die Wände hoch.«

»So sind wir Menschen nun mal. Wir wollen immer das, was wir nicht haben. Sobald man uns sagt, wir sollen still sitzen, wollen wir unbedingt durch die Gegend rennen.«

Einen Moment lang schwiegen sie beide, dann holten sie Luft und redeten gleichzeitig los.

»Max …«

»Hör mal, ich …«

Sie lachte.

»Du zuerst«, sagte er.

Sie schluckte und nahm ihren Mut zusammen. »Ich möchte dir gern helfen, wenn du mich lässt.«

»Helfen? Wobei?«

»Deine Mutter zu suchen.«

Er antwortete nicht sofort.

»Du würdest mir damit einen Gefallen tun. Wenn ich vom Rumsitzen zunehme, brauche ich neue Klamotten, und dafür fehlt mir das Geld …«

»Sarah …«

Sie spürte ein Nein kommen und legte nach. »Glaub nicht, dass ich jetzt anhänglich werde, nur weil wir … Du weißt schon.« Bei der Erinnerung daran wurden ihre Wangen ganz warm.

»Nicht?«

»Nein. Vielleicht sieht es so aus, aber Nein. Ich bin eine ziemlich gute investigative Reporterin. Und soweit ich das sehe, sind die einzigen Leute, die von deiner Mutter wissen und dir helfen könnten, Chase, Piper und Alex. Aber Alex und Chase haben ein Unternehmen zu leiten und Piper ist praktisch schon auf dem Weg in den Kreißsaal.«

»Einen Monat hat sie noch, glaube ich«, sagte Max.

»Du weißt, was ich meine. Ich habe plötzlich sehr viel Zeit und kann dir vielleicht helfen. Zumindest, um mal irgendwo anzufangen.«

»Als Gegenleistung für eine Story?«, fragte er.

»Wenn du mir deine Geschichte erzählen willst, dann ja. Aber ich möchte dir helfen, weil ich glaube, dass du Hilfe brauchst. Und weil ich denke, dass es dir schwerfällt, um Hilfe zu bitten, biete ich sie dir an.« Sie drückte sich selbst die Daumen, dass er ihr Angebot annehmen würde.

Und ja, vielleicht war ein kleiner Teil von ihr auch ein bisschen anhänglich.

Das Schweigen dehnte sich aus.

»Ich beginne meine Suche in Arizona. Wo ich geboren bin«, sagte er schließlich.

Das war noch kein Nein. »Klingt vernünftig.«

»Mein Flugzeug geht, während Chase und Alex bei der Pressekonferenz sind.«

»Oh.« Ihre Hoffnung sank. »Ich könnte später nachkommen.«

»Nein.«

Shit. Wenigstens hatte sie es versucht. Betteln kam nicht infrage, dann hätte er nämlich gemerkt, dass sie doch ein bisschen anhänglicher war, als sie zugeben wollte.

Er räusperte sich. »Ich lasse dich abholen und wir treffen uns am Flugplatz. Ich fahre zusammen mit Alex und Chase in die Firma, um die Medien auf eine falsche Spur zu lenken. Dann verschwinde ich durch die Hintertür.«

Yes! Triumphierend stieß sie eine Faust in die Luft. »Prima«, sagte sie mit weniger Begeisterung, als sie empfand. »Was wolltest du eigentlich vorhin sagen?«

»Dass ich für ein paar Tage weg bin und mich melde, wenn ich wiederkomme. Ich wollte nicht, dass du glaubst, ich ghoste dich.«

Sarah fand, das klang ziemlich gut.

Kapitel 22

»Ich bin froh, dass ich jetzt nicht da rausgehe.« Max deutete auf einen Monitor, der Kamerabilder aus einem großen Konferenzraum zeigte.

Im Gegensatz zu dem wilden Chaos vor dem Anwesen in Beverly Hills war das hier der organisierte Wahnsinn. Ganz hinten standen Kameras in allen Größen auf Stativen. Davor posierten hell ausgeleuchtete Reporter, die in diese Kameras sprachen. Zwei Schritte weiter Richtung Podium folgte die nächste Reihe von Kameras auf niedrigeren Stativen. Alles war stufig aufgebaut, damit man sich nicht gegenseitig im Bild stand. Selbst vorn auf dem Boden saßen noch Fotografen und Kameraleute, und auf dem Podium warteten über ein Dutzend Mikrofone auf Chase und Alex.

»Du kommst auch noch dran, keine Sorge«, sagte Alex.

Max schüttelte den Kopf. »Das ist eure Welt, nicht meine.«

Chase verdrehte die Augen, Alex wedelte mit dem Ausdruck der vorbereiteten Presseerklärung. »Es wird viele Fragen zu unserem Marktwert geben.«

»Wohl eher Vorwürfe«, entgegnetet Chase.

»Ja, die auch.«

»Wie schlimm ist es denn?«, fragte Max.

»So schlimm, dass manche ihre Anteile verkaufen werden. Aber andere werden das als günstige Gelegenheit betrachten und sie sich schnappen.«

»Ist das ein gutes Geschäft?«, fragte er.

»Absolut. Wenn der Wert sinkt, kommt immer ein bisschen Panik auf. Sicher dauert es eine Weile, bis wieder alles im Lot ist. Aber das wird schon.«

»Weil der Vorstand eine Abstimmung über den Starfield-Zukauf abgelehnt hat, dauert es vielleicht ein bisschen länger«, fügte Chase hinzu.

Alex zuckte die Achseln. »Das könnte auch ein Vorteil sein. Je weniger Veränderungen es gibt, desto schneller wird sich die Lage wieder beruhigen.«

Chase schaute erneut auf den Monitor. »Was wir da draußen sagen, ist wichtig für die öffentliche Wahrnehmung der Firma. Was zum …?«

Max und Alex beugten sich vor, um sehen zu können, was ihn so erboste.

»Was ist denn?«, fragte Alex.

»Melissa ist da.«

»Was?« Alex schob ihren Bruder zur Seite und nahm seinen Platz ein. »Was will die denn hier?«

Max drängte sich zwischen seine Halbgeschwister. »Wo ist sie?« Fotos und Videos von ihr kannte er aus dem Internet, konnte sie aber in der Menge nicht ausmachen.

Chase zeigte auf eine Frau.

Die zierliche Blondine sah eindeutig nach Beverly Hills aus. Dunkle Sonnenbrille in einem geschlossenen Gebäude, blutroter Lippenstift und so perfekt frisiert, dass kein einziges Haar aus der Reihe tanzte. Und obwohl die Frau jung war, hätte Max gewettet, dass sie jede Menge Chemie unter der Gesichtshaut hatte. »Die war eure Stiefmutter?«

»Sie war die Ehefrau unseres Vaters«, erwiderte Alex.

»Eigentlich doch dasselbe«, frotzelte Max.

Alex warf ihm einen düsteren Blick zu, Chase gluckste. »Das ist ein ganz schwieriges Thema.«

Oh ja, das wusste Max. Was ihn allerdings nicht davon abhielt, darüber Scherze zu machen.

Mit ein paar Unterlagen in der Hand betrat Piper den Raum. »Hier sind die neuesten Zahlen.«

Alex warf einen Blick darauf und Max sah, wie so etwas wie Sorge oder Enttäuschung über ihre Züge glitt, bevor sie die Schultern straffte und einen neutralen Gesichtsausdruck aufsetzte. »Okay.«

Chase überflog die Zahlen ebenfalls und presste die Lippen zusammen. Max suchte Pipers Blick. Sie zog die Nase kraus und schüttelte den Kopf. Im selben Augenblick ging die Tür auf und vier Leute kamen herein.

Max wurde jemandem aus der PR-Abteilung vorgestellt. Den Hausanwalt, der ebenfalls hereingekommen war, kannte er schon von der Vorstandssitzung, genau wie Floyd Gatlin und Arthur Ripley, den Finanzchef des Unternehmens.

»Haben Sie die Zahlen gesehen? Wir haben ein Problem«, erklärte Gatlin, kaum dass er durch die Tür getreten war.

»Herumrennen und Schwarzmalen schürt nur die Panik. Also behalten Sie Ihre Befürchtungen lieber für sich, Floyd«, warnte Alex. »Ich rede, Sie stehen dabei und sehen gut aus.«

Max lachte.

»Finden Sie das etwa lustig?«, blaffte Gatlin.

»Ich finde es lustig, wenn sich ein erwachsener Mann benimmt wie ein Kleinkind, dem man den Schnuller weggenommen hat.«

Gatlin machte einen Schritt auf Max zu. »Wir sprechen hier von Wertverlusten von zig Millionen Dollar.«

Max verlor sein Lächeln. »Panik steht Ihnen nicht. Und jetzt ist mir auch klar, weshalb Aaron Sie nicht als seinen Nachfolger wollte. Diesem Job sind Sie nicht gewachsen.«

»Holla!« Chase rückte näher.

»Was zum Teufel wissen Sie denn über die Leitung dieses Unternehmens?«

Max ballte die Hände zu Fäusten, sein Pulsschlag beschleunigte sich. Chase schob sich zwischen ihn und Gatlin, fixierte Max ernst, legte dabei eine Hand auf Gatlins Brust und schob den Mann ein Stück weg.

»Max.«

Einem Moment lang schaute Max Chase trotzig in die Augen.

»Ich glaube, auf dich wartet ein Flugzeug.«

Richtig.

Max blinzelte und lenkte seine Energie in andere Bahnen, auch wenn seine Faust noch immer in Gatlins Gesicht wollte. Es gab einen Grund, weshalb der Kerl noch in der Firma war, das wusste er. Aber inzwischen zweifelte er an der Klugheit dieser Entscheidung. Kontrolliert und langsam stieß er die Luft aus. »Stimmt. Ich muss los. Ich halte euch auf dem Laufenden.«

Chase klopfte ihm auf die Schulter.

Max nickte Alex zu. »Alles Gute da draußen.«

Alex lächelte. »Kleinigkeit.«

Die warmherzige Piper breitete die Arme zu einer Umarmung aus, die Max schlecht ablehnen konnte. »Ruf an, wenn du etwas brauchst«, flüsterte sie ihm zu.

Bevor er den Raum verließ, suchte er Blickkontakt zu den anderen Männern. Am längsten fixierte er Gatlin.

* * *

Die Zeit, die er für sich hatte, nutzte er für einen längst überfälligen Anruf.

Jeff begrüßte ihn mit einem herzhaften: »Heilige Scheiße.«

Max nahm an, dass sein Exkollege gerade im Firmenfahrzeug Pause machte, um dann die Betonsäge wieder anzuwerfen.

»Hey, Jeff. Wie läuft's bei der Arbeit?«

»Wie läuft's bei der Arbeit? Was Besseres fällt dir nicht ein? Die Arbeit? Der Freund, mit dem ich drei Jahre lang auf allen möglichen Baustellen geschuftet habe, kommt in sämtlichen Zeitungen und im Fernsehen und fragt mich, wie's bei der Arbeit läuft, verdammt noch mal?«

»Bevor es offiziell war, konnte ich nichts sagen.«

»Stimmt das wirklich? Aaron Stone war dein Vater?«

»Laut dem DNA-Test, ja.« Mal ganz abgesehen davon, wie ähnlich Chase und er sich sahen.

Jeff lachte los. Sein Lachen war ansteckend und bald lachte Max mit.

»Heilige Scheiße, das ist einfach unglaublich. Drehst du jetzt komplett durch?«

Max ließ sich auf dem Rücksitz eines SUVs nieder, in dem ein anderer Mann ihn zum Flughafen chauffierte. »Ganz ehrlich? Ich glaube, so richtig habe ich es noch gar nicht kapiert.«

»In den Nachrichten hieß es, du hast Milliarden geerbt.« Jeff klang aufgeregter als Max.

»Die Nullen habe ich noch nicht gezählt, aber ja, das hat man mir versichert.«

»Fuck, Mann. Ich weiß gar nicht, was ich sagen soll. Ich freue mich für dich. Verdammt neidisch bin ich natürlich auch, aber ich gönne es dir.«

Damit brachte er Max zum Lächeln. »Danke.«

Wieder lachte Jeff auf. »Dann kannst du mir jetzt ja den Zehner zurückgeben, den du mir schuldest.«

Max lachte. »Ich schulde dir keinen Cent, Mann.«

In der halben Stunde, in der der Fahrer den SUV durch den dichten Verkehr zum Flughafen lenkte, erzählte Max seinem Ex-Kollegen, was auch die Öffentlichkeit nach der Pressekonferenz wissen würde. Und Jeff berichtete, dass ein paar Reporter in der Firma aufgetaucht waren und Sheri interviewt hatten. Auch mit ihm hatten sie reden wollen, aber viel mehr als dass Max sein Freund war, hatte er nicht gesagt.

Über Chase und Alex erzählte Max ihm ein paar Dinge, dass er nach seiner Mutter suchen wollte, behielt er dagegen für sich. Er versprach, sich zu melden, wenn es etwas ruhiger wurde, damit sie sich auf ein Bier treffen konnten.

Der Fahrer hielt an einem gesicherten Tor, wo sich Max ausweisen musste. Von dort aus fuhren sie direkt auf das Rollfeld zu einem Privatjet. Sobald der Wagen stand, sprang der Fahrer hinaus, öffnete Max die Tür und holte dann das Gepäck.

»Mr Smith.« Ein Mann in einer Pilotenuniform stieg die Stufen des Flugzeugs herunter.

»Hallo.«

»Ich bin Carson, Ihr Pilot.« Sie schüttelten einander die Hände. »Unsere Co-Pilotin ist heute Megan. Soweit ich weiß, warten wir aber noch auf eine weitere Person.«

Max konnte den Blick nicht von dem Flugzeug losreißen. »Sie müsste gleich hier sein.«

»Kommen Sie an Bord, ich zeige Ihnen alles.«

Inzwischen hatte der Fahrer bereits das Gepäck in den Flieger gebracht und kam wieder heraus. Max bedankte sich bei ihm.

»Sind Sie schon mal in einem Privatjet unterwegs gewesen?«, fragte Carson.

»Bis letzte Woche habe ich einen Bauhelm und Sicherheitsschuhe mit Stahlkappen getragen. Was denken Sie?«

Carson schüttelte lachend den Kopf. »Mein Bruder arbeitet auch mit schwerem Gerät, und ich beneide ihn nicht.«

Beim Anblick der Kabine fehlten Max die Worte. Es gab bequeme Sessel, ein Sofa und einen großen Flachbildfernseher. Carson zeigte ihm die Küche, die Toilette und öffnete die Tür zur Schlafkabine. Dieses Flugzeug war größer als Max' erste Wohnung und natürlich viel edler ausgestattet.

Der Pilot erklärte, dass die Maschine seit fünf Jahren Stone Enterprises gehörte, eigentlich ein Firmenflugzeug war, aber vorwiegend von der Stone-Familie genutzt wurde. Auch zur Geschwindigkeit und Reichweite des Flugzeugs nannte er ein paar Daten.

»Wenn wir irgendwo landen, übernachten die Stones meist in einem ihrer eigenen Hotels. Aber damit Sie nicht von den Medien belagert werden, bringt ein Wagen Sie zu einem Hotel der Morrisons.«

Der Name kam Max bekannt vor. »Morrison. So heißt der Freund der Mutter von Chase und Alex.«

»Ja, genau. Sie werden dort Gast des Hauses sein und man wird sich ganz sicher bestens um Sie kümmern.«

»Solange ich den Kameras und Mikros entkomme, ist alles gut.«

Das Telefon des Piloten summte. »Ihr Gast ist offenbar gerade eingetroffen. Ich bereite das Flugzeug für den Start vor.«

Ziemlich überwältigt schaute sich Max in der Kabine um. Sah so jetzt sein neues Leben aus? Der Klang von Sarahs Stimme riss ihn aus seiner Versunkenheit.

»Das ist jetzt nicht wahr, oder?«

Max ging zur Tür der Kabine und gab sich gelassener, als er es in Wahrheit war.

Sarah stand unten an der Treppe und schaute zu ihm herauf. »Das ist kein Scherz?«

Er hob wie resigniert die Hände, und sie rannte mit einem Aufkreischen die Treppe herauf.

Kapitel 23

Den Bundesstaat Arizona hatte Max kurz nach seinem einundzwanzigsten Geburtstag verlassen. Weggewollt hatte er zwar schon früher, aber erst das Ende der Bewährungsfrist wegen seiner Gesetzesverstöße als Teenager abwarten müssen.

Dass er noch einmal einen Grund haben würde, hierher zurückzukehren, hätte er nie für möglich gehalten. Und doch war er jetzt da. Der Flug hatte gerade mal eine Stunde gedauert – viel zu kurz, wie Sarah fand.

Die paarmal, die er bis jetzt geflogen war, konnte er an einer Hand abzählen. Zweimal Vegas, hin und zurück. Einmal nach Colorado, wo er ein Motorrad abgeholt hatte, mit dem er dann nach Kalifornien zurückgefahren war.

Er hatte weder einen Pass, noch irgendwelche Vielfliegerprivilegien oder irgendetwas von dem anderen Zeug, von dem Sarah ihm während des Flugs erzählt hatte.

Sie meinte, einen Pass brauche er jetzt auf jeden Fall. »Laut meinen Recherchen hat Aaron Stone euch drei Kindern nicht nur Hotels auf fünf Kontinenten, sondern auch ein paar Privathäuser hinterlassen.«

»Wozu braucht man mehr als ein Haus?«, fragte er.

»Um nicht in Hotels übernachten zu müssen.«

»Selbst wenn einem die Hotels gehören?«

»Ja. Das hat dann in gewisser Weise immer etwas mit der Arbeit zu tun. Vermutlich brauchte er davon einfach hin und wieder eine Pause.«

»Oder er war mit einer seiner diversen Geliebten unterwegs.« Max fragte sich, ob seine Mutter jemals in irgendwelchen Stone-Hotels oder -Privathäusern gewesen war.

»Das vermutlich auch.«

Auf dem kleinen Flugplatz am Stadtrand von Phoenix wartete ein Fahrer des Morrison-Hotels auf sie.

Trotz Sonnenbrille und Make-up waren die blauen Flecken in Sarahs Gesicht noch deutlich zu sehen und sorgten beim Einchecken im Hotel für die eine oder andere gehobene Braue. Sie machte den üblichen Scherz: »Sie sollten mal den anderen sehen.«

Anstatt rot und lila schimmerten die Blutergüsse jetzt grünlich und braun und die Schwellung war bereits deutlich zurückgegangen. Die Schuldgefühle quälten Max inzwischen nicht mehr ganz so sehr. Ihm war klar, dass er den Vorfall nicht hätte verhindern können.

Auch seine Bedenken wegen des gemeinsamen Zimmers erwiesen sich als unbegründet, denn man gab ihnen eine Suite mit zwei Schlafzimmern.

Während ein Hotelangestellter Max die Räumlichkeiten zeigte, stellte Sarah bereits ihren Laptop auf den kleinen Esstisch.

»Die Minibar, der Zimmerservice und alles, womit wir Ihnen sonst noch dienen können, sind natürlich inklusive.«

»Sogar die Zwanzig-Dollar-Erdnüsse?«, rief Sarah.

Der Angestellte lachte. »Und das Zehn-Dollar-Bier.«

»Wunderbar.« Sarah riss die Nüsse auf.

»Die Anweisung, uns in jeder Hinsicht um Sie zu kümmern, kommt von den Morrisons persönlich.«

Max staunte, dass er hier wie ein VIP behandelt wurde. Schließlich war nicht seine Mutter mit einem Morrison befreundet.

»Wir brauchen einen Mietwagen. Können Sie irgendeinen Anbieter empfehlen?«

»Unser Fahrer steht Ihnen zur freien Verfügung.«

Max schüttelte den Kopf. »Ich möchte lieber selbst fahren.«

Der Mann nickte. »Wir rufen Sie an, wenn der Wagen bereit ist. Länger als eine halbe Stunde sollte das nicht dauern. Haben Sie einen bestimmten Wunsch?«

»Wie zum Beispiel?«

»Was für eine Art Wagen?«

Max wollte gerade sagen: »Einen, der fährt«, als Sarah an seiner Stelle antwortete.

»Nichts allzu Protziges. Wir wollen die Medien nicht auf uns aufmerksam machen. Aber der Motor sollte stark genug sein, um notfalls einen Übertragungswagen abhängen zu können.«

»Etwas zwischen einem Prius und einem Tesla. Verstanden.«

Max brachte den Mann zur Tür und zückte die Geldbörse, um ihm ein Trinkgeld zu geben. Nach kurzer Suche zog er einen Zwanziger heraus. Schließlich wohnten sie hier gratis, also konnte er wenigstens dem kleinen Angestellten eine Freude machen.

Der Mann steckte das Geld ein. »Vielen Dank. Ich bin übrigens Eddie. Wenn Sie irgendetwas brauchen, fragen Sie nach mir.«

»Danke, Eddie.« Ein großzügiges Trinkgeld geben zu können und damit jemandem den Tag ein bisschen zu verschönern, fühlte sich gut an.

Sarah warf sich eine Nuss in den Mund. »Warum schmecken die Snacks aus der Minibar immer besonders gut?«

»Keine Ahnung. Ich hatte noch nie welche.«

Sie hielt ihm die Dose mit den Nüssen hin. »Probier mal.«

Max nahm sich ein paar. »Was machst du da?«

Auf dem Bildschirm ihres Laptops waren einige überlappende Fenster geöffnet. »Ich schaue mir an, wo wir hinmüssen.«

Die Nüsse schmeckten tatsächlich sehr gut.

»Ich würde sagen, wir fangen mit den Leuten an, die vermutlich nicht gleich bei der Zeitung oder beim Fernsehen anrufen.«

»Bei Miss Abigale.« Chase, Alex und Piper hatten ihm erzählt, wie sie die Frau gefunden hatten, die in seinen ersten Lebensjahren auf ihn aufgepasst hatte. Die Frau, bei der seine Mutter ihn zurückgelassen hatte, als sie abgetaucht war. Seine Geschwister hatten ihm auch gesagt, dass Miss Abigale schon damals nicht mehr die Jüngste und nicht in der Lage gewesen war, Max zu sich zu nehmen. Sie hatte wichtige Teile zu dem Puzzle beigesteuert, aus denen sie seine ersten Lebensjahre rekonstruiert hatten. Und sie war die Vermieterin seiner Mutter gewesen.

Sarah blickte auf und nahm sich ein paar Nüsse. »Okay. Bist du dafür bereit?«

»Warum nicht?«

»Na ja, das ist der einzige Ort, an dem du zusammen mit deiner Mutter gelebt hast.«

Er spürte, wie sich der vertraute Stahlpanzer um seine Gefühle schloss. »Es ist bloß ein Haus.«

Sarah fixierte ihn ein paar Sekunden lang, dann wandte sie sich ab und knabberte noch eine Nuss. »Also zuerst zu Miss Abigale, dann zu den Freedman Galleries.«

»Ich weiß nicht, ob wir dort noch etwas Neues erfahren. Chase meinte, das Gespräch mit Freedman hätte ihnen bei der Suche nach mir nicht wirklich geholfen.« Bei den Freedman Galleries hatte Max' Mutter zur Zeit seiner Geburt gearbeitet.

»Vielleicht gibt es ein paar Fragen, die Chase und Alex noch nicht gestellt haben.«

Max zuckte die Achseln. »Schaden wird es nicht.«

Sarah tippte etwas in ihren Computer. »Zum Jugendamt müssen wir auch.«

»Die Adresse musst du nicht suchen. Wo das ist, weiß ich genau.«

»Ach ja, richtig.«

Das Zimmertelefon klingelte. Max nahm den Hörer ab. »Hallo.«

»Max?«

Weil er die Stimme nicht kannte, war er vorsichtig. »Wer will das wissen?«

»Sorry. Ich bin's, Jack.«

»Jack und wie weiter?«

»Morrison.«

Max lehnte sich gegen den Schreibtisch. Sarah legte eine Hand auf seinen Oberschenkel. »Wer ist das?«, flüsterte sie.

»Hallo, Jack. Chase hat gesagt, du würdest dich wahrscheinlich melden.« Max bedeckte die Sprechmuschel und flüsterte Sarah zu: »Morrison.«

»Alles andere wäre mehr als unhöflich. Ich hoffe, es ist alles in Ordnung.« Jacks texanischer Akzent klang genau so, wie man ihn Max beschrieben hatte.

»Alle geben sich die größte Mühe, uns zu unterstützen.«

»Gut. Wunderbar. Leider sind wir einander noch nicht vorgestellt worden, aber ich dachte, ich sage dir, dass wir dir bei der Suche nach deiner Mutter gern helfen, wenn du das willst.«

»Ich wüsste nicht, was ihr tun könntet.« Nicht dass Max diese fremden Menschen um Hilfe bitten würde.

»Man kann nie wissen. Die privaten Ermittler, die dich für Chase und Alex gefunden haben, habe ich angeheuert.«

»Oh.«

»Ja. Tut mir leid, dass wir in deinem Leben rumgeschnüffelt haben. Aber ich denke, es war nicht zu vermeiden, und letztendlich ist ja alles gut geworden.«

Da konnte Max ihm nicht widersprechen. »Dann muss ich mich bei dir und deiner Familie bedanken!«

»Das musst du nicht«, widersprach Jack. »Falls du nicht weiterkommst oder Fragen hast, die die Ermittler vielleicht beantworten können, melde dich.«

Sarah hörte mit konzentrierter Miene zu und versuchte, sich aus Max' Antworten das Gespräch zusammenzureimen.

»Danke. Gut zu wissen.«

»Okay, ich will dich nicht länger aufhalten. Wir freuen uns schon darauf, dich bald persönlich kennenzulernen. Vermutlich irgendwann an den Feiertagen oder wenn deine Nichte auf der Welt ist.«

Einen Moment lang war Max ratlos. »Meine Nichte?«

»Chase' und Pipers Baby?«

Er schloss die Augen. »Ja, richtig. Meine Nichte. Danke für den Anruf und für alles hier in eurem Hotel.«

»Gern geschehen.«

Nach dem Gespräch starrte Max noch einen Moment lang auf das Telefon.

»Was hat er gesagt?«, fragte Sarah.

»Er hat mir Hilfe angeboten. Und gefragt, ob wir alles haben, was wir brauchen.«

»Kennt ihr euch denn?«

»Nein.« Max schaute zu Boden.

»Für dich ist das seltsam, oder?«

Er sah sie an. »Was denn?«

»Dass Leute dir Hilfe anbieten, ohne etwas dafür zu erwarten.«

Damit schaffte sie es, seine Gedanken in Worte zu fassen. »Niemand tut irgendetwas ohne Grund oder ohne etwas dafür haben zu wollen.«

Sarah legte die Stirn in Falten. »Ich glaube, da täuschst du dich.«

Er stieß sich vom Schreibtisch ab. »Ich hoffe, du hast recht.«

* * *

Dass jemand Mauern um seine Gefühle errichtete, hatte Sarah schon erlebt. Aber Max war darin der unangefochtene Meister.

Während des Flugs hatten sie sich ganz zwanglos unterhalten. Sie hatten darüber gesprochen, wo sie im Leben bereits hingereist waren – oder auch nicht. Allein schon, dass sie praktisch wie durch Zauberhand plötzlich in einem Privatjet saßen, hatte sie eine halbe Stunde lang beschäftigt.

Doch je näher die Landung gekommen war, desto schweigsamer war Max geworden. Ob das nun daran lag, dass sie nach Arizona flogen, oder daran, dass sie jetzt mit der Suche nach seiner Mutter begannen, konnte Sarah nicht sagen. Sie merkte nur, wie er sich immer mehr zurückzog.

Wenn sie ganz ehrlich war, empfand sie deshalb so etwas wie ein Verlustgefühl. Zur Begrüßung hatte Max sie weder geküsst noch umarmt, während des Flugs hatten sie einander gegenübergesessen und später im Wagen zum Hotel auf dem Rücksitz viel Abstand gehalten. Jetzt auf der Fahrt durch das Zentrum von Phoenix verschloss sich Max noch mehr.

Schließlich bogen sie in die Straße ein, in der Miss Abigale wohnte, und suchten auf den Briefkästen nach der Hausnummer.

»Es muss die 1536 sein«, sagte Sarah. »Auf der linken Straßenseite.«

»Hier ist die 1530.«

Vor einem verwilderten Grundstück fuhr Max langsamer und hielt schließlich an. Sarah schaute zu, wie er das mit weißem Holz verkleidete kleine Haus betrachtete, dessen Dach bei Regen vermutlich leckte. Und den vergammelten Zaun, der bestimmt nichts und niemanden davon abhielt, aufs Grundstück zu gelangen oder vom Grundstück auf die Straße.

In der Einfahrt stand ein alter Buick mit blätterndem Lack. Ein Riss in der Windschutzscheibe verriet, dass er entweder nicht häufig gefahren wurde oder dass die Besitzerin nicht das Geld hatte, den Schaden reparieren zu lassen.

Nach allem, was Sarah über die Frau wusste, konnte beides der Fall sein.

»Kommt dir irgendetwas hier bekannt vor?«, raunte sie.

Max schüttelte den Kopf.

»Sie weiß, dass wir kommen, oder?«

»Piper hat sie heute Morgen angerufen.« Er antwortete nur in knappen, kühlen Worten.

An der Distanziertheit, die er ausstrahlte, ließ sich im Moment wohl nichts ändern. Max stieg aus, und Sarah folgte ihm. Langsam gingen sie zum Haus. Auf den ersten Blick sah man nur einen vernachlässigten Garten voller Unkraut. Auf den zweiten erkannte man eine Einfahrt, die seitlich am Haus entlang nach hinten zu einem weiteren Gebäude führte. Dort hatte Max einmal gelebt. Falls er etwas davon wiedererkannte, ließ er sich nichts anmerken.

Durch ein kleines hölzernes Tor hindurch gelangten sie zu den morschen Stufen, die zur Haustür führten. Sarah bemerkte, wie sich die Gardinen bewegten, und bevor sie auch nur anklopfen konnten, wurde die Tür aufgerissen.

»Oh heilige Muttergottes. Ich kann es gar nicht glauben.«

Eine Frau, die nur Miss Abigale sein konnte, eilte durch die Fliegengittertür auf die Veranda vor der Haustür. Das Fliegengitter schlug krachend hinter ihr zu. Miss Abigales Haar war mehr Salz als Pfeffer, ihr stämmiger Körper steckte in einem wadenlangen blauen Kleid. Um die Schultern trug sie einen weißen Strickpullover, an den Füßen zerschlissene alte Slipper.

Sie musste weit über achtzig Jahre alt sein, doch ihr Lächeln machte sie mindestens zehn Jahre jünger.

»Maxie ... Bist du das?«

Sarah verkniff sich ein Lächeln über den Spitznamen.

»Hallo, Miss Abigale«, sagte Max schließlich.

Und ob es ihm nun passte oder nicht, Miss Abigale warf zu einer überschwänglichen Umarmung die Arme um ihn.

Sarah hätte schwören können, dass die Frau ein leises Gebet sprach, während die Umarmung endlos weiterging.

»Ach, mein Kind! Ich kann gar nicht glauben, dass du hier bist.« Einen Moment lang trat sie zurück, umfasste seine Arme mit ihren dicklichen Fingern, musterte ihn und drückte ihn dann gleich noch einmal.

Max stand mit hängenden Armen da und schaute Sarah über die Schulter der Frau hinweg hilflos an.

Sarah machte ihm ein Zeichen, die Umarmung zu erwidern, doch er sah aus, als würde ihn das in Angst und Schrecken versetzen.

»Ich habe mir solche Sorgen um dich gemacht.«

Endlich legte Max die Arme um die Frau, worauf sie ein weiteres Dankgebet ausstieß. Ohne ihn loszulassen, trat sie wieder zurück. »Lass dich anschauen.«

Max stand da wie ein funkelndes neues Spielzeug in einem Schaufenster.

»Was für ein gut aussehender junger Mann du geworden bist. Als Miss Piper gesagt hat, dass du kommst, ist mir vor Glück fast das Herz zersprungen.«

»Klingt schmerzhaft.« Max hatte offenbar seine Zunge wiedergefunden.

Miss Abigale lachte herzhafter, als der lahme Witz es rechtfertigte. »Und lustig bist du noch dazu. Sieht blendend aus und hat Humor. Was sagt man dazu?«

Bei ihrer Frage schaute die Frau Sarah zum ersten Mal richtig an, und ihr Lächeln wich einem erschrockenen Blick. Sie fuhr zu Max herum und dann gleich wieder zu Sarah. »Kind, sag mir, dass das nicht du getan hast. Sonst muss ich dir einen Tritt geben, dass du direkt zurück nach Kalifornien fliegst.«

Sarah hob die Hände. »Ich hatte einen Zusammenstoß mit einer Kamera. Maxie wollte den Kerl verprügeln, der sie in der Hand hatte.«

»Lüg mich bitte nicht an, Baby«, warnte Miss Abigale sie, und Sarah sagte genau das, was die Frau jetzt vermutlich hören wollte.

»Ich schwöre bei der Heiligen Jungfrau.«

Miss Abigale lehnte die Stirn an Max' Brust und schluchzte beinahe vor Erleichterung auf. »Brich einer alten Frau nicht das Herz.«

»Ich gebe mir die größte Mühe.«

»Herrje, wo ist bloß mein Kopf! Kommt rein. Ihr müsst doch müde sein von der Reise.« Sie öffnete das Fliegengitter und drückte die Haustür auf. Max hielt die Türen für Sarah fest.

»Danke, Maxie«, scherzte sie leise.

Er kniff die Lider zusammen, doch sie hätte schwören können, dass sie einen Funken Freude in seinen Bernsteinaugen sah.

In Miss Abigales Haus sah es genau so aus, wie Alex und Piper es beschrieben hatten: abgewohnte alte Möbel, bedeckt von handgemachten Quilts, Wände mit unzähligen gerahmten Fotos und Regale voller Krimskrams. Manches davon abgestaubt, manches eher nicht. Doch dieses Heim strahlte Wärme und Geborgenheit aus, und es duftete nach Zimt und Keksen.

Während Sarah ein paar Schritte ins Wohnzimmer machte, blieb Max stocksteif an der Tür stehen. Sein Blick schweifte durch den Raum.

Miss Abigale bat sie, es sich bequem zu machen, während sie ein paar Dinge aus der Küche holte.

Eigentlich wollte Sarah Max fragen, ob alles in Ordnung sei. Doch so, wie sie ihn inzwischen kannte, hätte er nur Ja gesagt oder genickt – ganz gleich, wie es ihm tatsächlich ging. Deshalb überließ sie ihn seinen Gedanken, wanderte umher und schaute sich die Fotos an den Wänden an.

Auf einem stand eine jüngere Version der Frau, die gerade in der Küche rumorte, neben einem einen Kopf größeren Mann, der ihr einen Arm um die Schultern gelegt hatte. »Ist das ihr Mann?«

Max zuckte mit den Schultern und trat näher. »Keine Ahnung.«

»Erinnerst du dich an einen Ehemann?«

Er schüttelte den Kopf und ging zu einer anderen Wand voller Fotos.

Sie fragte sich, woran er sich überhaupt erinnerte. Viel konnte es nicht sein, denn als seine Mutter ihn hier zurückgelassen hatte, war er erst zwei Jahre alt gewesen.

»Ich hoffe, ihr mögt heißen Kakao.« Mit vorsichtigen Schritten trug Miss Abigale ein Tablett in ihr Wohnzimmer. Sarah schob eine Zeitschrift auf dem Couchtisch beiseite.

»Ich liebe Kakao.«

Auf dem Tablett standen drei Tassen mit verlockend duftender heißer Schokolade und eine Schale mit den Keksen, die Sarah vorher schon gerochen hatte.

Max wandte sich zu ihnen um und setzte ein Lächeln auf.

Ihre Gastgeberin zeigte auf das Sofa, während sie sich in einen Lehnstuhl niederließ. »Setz dich so hin, dass ich dich gut sehen kann.« Max tat der resoluten alten Frau den Gefallen, und Sarah nahm am anderen Ende des Sofas Platz, denn im Moment standen die Zeichen offenbar auf Distanz.

»Erzähl mir alles. Hattest du eine glückliche Kindheit?«

Sarah konnte sehen, wie Max nach Worten suchte.

»Ich … ich kann mich nicht beklagen.«

»Hm-hm«, brummte Miss Abigale. »Haben die ein gutes Zuhause für dich gefunden? Deine Mama war nämlich keine gute Mutter, und du hattest zwei Eltern verdient, die dich von ganzem Herzen liebten.«

Max blinzelte ein paarmal. Seine Antwort hing ungesagt in der Luft. Sarah nahm eine der Tassen, schob sich ein wenig näher an ihn heran und gab sie ihm.

»Bis die richtige Stelle für Max gefunden war, hat es eine Weile gedauert«, antwortete sie für ihn. »So war es doch, nicht wahr?«

Max schaute von der Tasse zu ihr und dann zurück zu der Tasse. »Ja, so war es.«

»Und in der Schule? Du warst ein so kluges Kind und hast schon unglaublich früh die ersten paar Worte gesprochen.«

Sarah wollte wieder wegrutschen, aber Max legte ihr eine Hand aufs Bein. »Die Lehrer haben mich gemocht.«

Sie lehnte sich zurück und blieb an Max' Seite. Während er ein wenig lockerer wurde und Miss Abigale Halbwahrheiten erzählte, um ihr Kummer zu ersparen, trank sie ihren Kakao.

»Dass die Lehrer dich mochten, sagt doch einiges.«

»Haben Sie auch Kinder, Miss Abigale?«, fragte Sarah.

Sie schüttelte den Kopf. »Nein, leider konnten mein Mann und ich keine bekommen. Wir haben es versucht, aber es sollte nicht sein. Als deine Mama eingezogen ist, war mein Mann schon lange tot«, sagte sie zu Max. »Ich habe das Geld gebraucht, und als Mieterin war deine Mama ideal. Eine ruhige alleinstehende Frau, die sich um ihren eigenen Kram gekümmert hat. Erst kurz bevor du zur Welt gekommen bist, haben wir angefangen, mehr miteinander zu reden.«

»Worüber haben Sie denn gesprochen?«, fragte Sarah.

»Vor allem über Max. Hin und wieder auch über ihren Job.«

»Und über meinen Vater?«, fragte Max schließlich.

»Um den ging es eigentlich nie. Wenn ich mal davon angefangen habe, hat Lisa immer gleich das Thema gewechselt. Ich habe angenommen, dass er kein guter Mann war, und nicht weitergefragt.«

»Hat sie mal etwas über ihre Familie gesagt?«, fragte Sarah.

Miss Abigale schüttelte bedächtig den Kopf. »Nachdem eure Freunde hier bei mir waren, habe ich versucht, mich zu erinnern.« Sie hielt inne. »Aber Freunde sind sie ja eigentlich gar nicht. Stimmt es, dass dein Daddy ein reicher Mann mit sehr vielen eigenen Hotels war? In den Nachrichten haben sie das gesagt. Und dann hat Miss Piper angerufen und mir erzählt, dass Chase und Alexandrea Stone deine Geschwister sind.«

»Das war eine Riesenüberraschung, aber ja.«

»Hm. Hm. Hm. Nach so langer Zeit muss man so was erst mal verdauen.«

»Mir hat man immer gesagt, meine Eltern wären beide tot.«

Miss Abigale betrachtete ihre ineinander verschlungenen Hände in ihrem Schoß. »Das war sicher am besten so. Wozu einem Kind Hoffnung machen, dass seine Eltern es eines Tages zu sich holen. Wenn das dann nicht passiert, wäre die Enttäuschung einfach zu groß.«

»Jetzt, wo wir wissen, dass Lisa vielleicht noch lebt, möchten wir sie gern finden«, erklärte Sarah, als wäre das nicht nur Max ein Anliegen, sondern auch ihr.

»Einerseits kann ich das verstehen. Aber deine Mama … sie war kein guter Mensch. Sie hat dich schon einmal im Stich gelassen, und ich möchte nicht, dass sie dich noch mal verletzt.«

Max hob das Kinn und schaute der alten Frau in die Augen. »Verletzen kann einen nur jemand, der einem auch wichtig ist. Ich möchte sie bloß finden, um mit meiner Vergangenheit abschließen zu können, Miss Abigale. Nicht, um eine Beziehung wieder aufzuwärmen, die es nie gegeben hat.«

Kapitel 24

»Lass uns ein bisschen rumfahren.« Er wollte einfach nur los, nur weg. Miss Abigale winkte ihnen von ihrer Veranda aus nach.

Zwei Stunden lang hatten sie mit ihr geplaudert, Kakao getrunken und Kekse gegessen. Kaum hatte er einen Fuß in dieses Haus gesetzt, schon war eine ganze Flut von Gefühlen und Empfindungen über ihn hereingebrochen. Er konnte sich an keinem Zeitpunkt in seinem Leben, an keine Situation erinnern, wo er einfach durch eine Tür getreten war und sofort so etwas wie tiefe Geborgenheit empfunden hatte.

Bis zu diesem Moment war Miss Abigale für ihn so etwas wie ein verblasstes Traumbild gewesen, das ihm vor allem in schwierigen Zeiten nachts immer wieder erschienen war.

Doch gerade hatte sie ihm erzählt, wie glücklich sie an dem Tag gewesen war, als seine Mutter ihn aus der Geburtsklinik mit nach Hause gebracht hatte. Die alte Frau sprach von seinem Leben wie nie ein Mensch zuvor.

Den Wohngruppen und Pflegefamilien, in denen er aufgewachsen war, war eines gemeinsam gewesen: Er hatte dort keine Geschichte. Miss Abigale hingegen erzählte mit einem Lächeln und echter Wärme von seinen frühesten Jahren. Als sie dann aber vorgeschlagen hatte, er könnte sich doch auf dem hinteren Teil des Grundstücks und in dem Haus dort umsehen, hatte er gesagt, das würde er lieber auf morgen verschieben.

Die Aussicht, ihn noch einmal wiederzusehen, hatte die alte Frau noch glücklicher strahlen lassen. Jetzt starrte er durch die Windschutzscheibe des Mietwagens und überlegte, ob er links oder rechts abbiegen sollte.

»Wo willst du denn hin?«, fragte Sarah.

Er schaute sie an. »Das ist mir völlig egal. Ich habe das ganze Wochenende über festgesessen und muss einfach nur raus.«

»Du bist hier in der Gegend aufgewachsen. Wo immer du hin möchtest, ich bin dabei.«

Er bog nach links ab.

»Miss Abigale ist eine sehr liebe Frau«, bemerkte Sarah. »Es war gut, dass du ihr keine Details über deine schwierige Kindheit erzählt hast. Wozu ihr jetzt deswegen Kummer bereiten?«

Max nickte. »Ich habe mich von dir leiten lassen. Von dir kann man lernen, wie man Halbwahrheiten erzählt.«

»Ich weiß nicht, ob das ein Kompliment ist.«

Er wusste es auch nicht.

Sie wartete einen Moment. »Kann ich dich was fragen?«

Er warf ihr einen kurzen Blick zu, dann schaute er wieder auf die Straße. »Beruht darauf nicht unsere Beziehung? Darauf, dass du Fragen stellst?«

Sie schloss den Mund wieder und schwieg.

Nett war das vermutlich nicht gewesen. »Was möchtest du wissen, Sarah?«

»Schon gut, wir müssen nicht …«

»Du bist den ganzen Weg mit mir hierhergeflogen …«

Sie schnaubte, dann drehte sie sich zu ihm. »Wie war es, unter Obhut der Behörden aufzuwachsen? In wie vielen Familien hast du gelebt?«

Wie sollte er ihr das beschreiben, ohne dass es klang, als wollte er Mitleid? »An die erste Wohngruppe erinnere ich mich nicht und kann dir auch nicht sagen, wie lange ich da war. Dann kam die erste Pflegefamilie, ein Paar.« Der Duft von Brathähnchen und Knoblauch wehte wie von fern durch seine Erinnerung. »Ich glaube, die beiden hatten noch ein anderes Kind. Ein eigenes oder auch ein Pflegekind, schwer zu sagen. Und an ein paar Details aus der zweiten Wohngruppe erinnere ich mich auch.«

»Wenn du Wohngruppe sagst, was bedeutet das?«

»Dort leben einige Kinder zusammen unter Aufsicht von Erwachsenen, bis man eine Pflegestelle für sie findet.«

»Also eine Art Waisenhaus?«

»Waisenhäuser gibt es nicht mehr. Jedenfalls nicht hier in den Staaten.« Max zuckte die Achseln und suchte sich einen Weg aus der Stadt hinaus zu den Canyons.

»Weshalb musstest du aus deiner ersten Pflegefamilie wieder weg?«

»Keine Ahnung. Vielleicht war es schwierig, einen festen Platz für mich zu finden, weil ich ja ein lebendes Elternteil hatte, das vielleicht eines Tages auftauchen und das Sorgerecht haben wollen würde. Beim Einzug in die zweite Wohngruppe muss ich ungefähr fünf gewesen sein. Glaube ich.«

»Das ist wirklich traurig.«

»Immerhin war ich nie einsam. Es waren immer andere Kinder da. Aber kaum hatte ich mich irgendwo eingelebt, gab es irgendein Problem und ich wurde wieder woanders abgeladen. Oder eine Familie nahm mich auf, überlegte es sich dann anders, und zack, saß ich wieder in einer Wohngruppe. Babys werden gern adoptiert, Kleinkinder haben immerhin eine gewisse Chance. Aber je älter ein Kind wird, desto schwieriger wird es.«

»Ziemlich kaputtes System.«

»So aufzuwachsen, war immer noch besser, als auf der Straße zu leben. Aber das ist mir natürlich erst klar geworden, als ich aus der vorletzten Wohngruppe abgehauen bin.«

»Du warst ein Straßenkind?«

Er nickte einmal kurz. »Aber nicht lange. Im Winter ist es draußen ziemlich kalt.«

»Klingt furchtbar.«

»Ich war ein Teenager und wollte frei sein. Mir nicht mehr von Erwachsenen sagen lassen, was ich zu tun hatte und wann.«

»Oh Gott, Max. Das tut mir so leid.«

Er bog in einen Wanderparkplatz ein.

»Das ist lange her, Sarah. Und jetzt ist es nur ein Thema, weil plötzlich klar ist, wer mein Vater war und dass meine Mutter vermutlich noch lebt. Blöd ist nur, dass früher oder später jemand von deinen Kollegen oder Kolleginnen meine Akte in die Finger kriegt, und dann weiß es die ganze Welt.« Er stellte den Motor ab.

»Traurig, aber wahr.«

»Deshalb möchte ich sie möglichst schnell selbst haben.«

»Haben Alex und Chase nicht gesagt, sie kennen diese Akte?«

Max nickte. »Aber nur die Kurzversion. Ich hätte gern alle offiziellen Unterlagen.«

»Warum denn? Du kennst deine Geschichte doch besser als jeder andere.«

»Ich möchte nichts über mich lesen und mich fragen müssen, ob es richtig ist oder falsch. Ich will wissen, ob jemand irgendwelchen Mist über mich erfindet.«

Was er nicht sagte, war, dass er die Tür zu seiner Kindheit eigentlich fest geschlossen hatte und nie wieder hatte öffnen wollen. Er hatte dreißig Jahre seines Lebens in der Überzeugung verbracht, dass Eltern und eine Familie nicht wichtig waren.

Und dann hatten Wildfremde an seine Tür geklopft und damit alles grundlegend geändert.

* * *

Am nächsten Tag war Max so leicht ums Herz wie lange nicht mehr. Dass er seine vertraute Kluft aus Jeans und Flanellhemd anhatte, trug vermutlich auch dazu bei. Außerdem hatte er Pläne für den Tag.

Über die Suite mit den zwei Schlafzimmern war er froh, denn die Begegnung mit Miss Abigale hatte ihn aufgewühlt, und zu viel Nähe zu Sarah hätte sich erzwungen angefühlt. Dieses Verhaltensmuster kannte er nur zu gut: Wenn er die Welt um sich herum nicht kontrollieren konnte, zog er sich zurück.

Bisher hatte ihm noch jede Frau in seinem Leben bestätigt, dass er emotional abwesend sei, und, was Kommunikation anging, eine Niete.

Meist hatte er das so hingenommen und nicht versucht, etwas daran zu ändern. Um zu verstehen, warum er sich so verhielt, brauchte man keinen Psychologen. Aber jetzt, wo sich für ihn gerade so viel änderte, fragte er sich, wie es wohl wäre, wenn er jemanden an sich heranließe.

Ob das Sarah war, konnte er nicht sagen. Dafür war es noch ein bisschen zu früh. Aber er spürte, wie gut es ihm tat, dass sie bei ihm war, während er sich mit seiner Vergangenheit beschäftigte.

Und er wollte nicht, dass sie davonlief.

Er wachte früh auf und bestellte sich beim Zimmerservice ein Frühstück. Dann googelte er seinen Namen, um zu sehen, ob die Medien ihm bereits auf der Spur waren. Doch er fand nur ein paar Meldungen über die Pressekonferenz, die seine Halbgeschwister gegeben hatten. Dabei ging es vor allem um Stone Enterprises und dass seine Existenz an der Art, wie das Unternehmen geführt wurde, nichts änderte. Ihre Antworten auf persönliche Fragen klangen allesamt positiv. Chase und Alex freuten sich darauf, ihren neu entdeckten Halbbruder noch besser kennenzulernen, und hießen ihn in der Familie willkommen. Und nein, es störte sie nicht, dass sie Aaron Stones Vermögen mit ihm teilen mussten, denn sie hatten nie damit gerechnet, überhaupt etwas zu erben.

Den Medienvertretern teilten sie mit, dass Max seine Geschichte nur einer ausgewählten Reporterin erzählen und nur ihre Fragen beantworten werde. »Falls Sie unseren Bruder irgendwo aufstöbern, wird er nicht mit Ihnen sprechen. Verschwenden Sie also nicht Ihre Zeit und beschäftigen Sie sich lieber mit dem nächsten Hollywoodskandal.«

Danach wurden wieder Fragen zum Unternehmen gestellt, die Alex beantwortete wie eine mit allen Wassern gewaschene Politikerin.

Gerade als er mit seinem Frühstück fertig war, hörte Max Geräusche aus dem angrenzenden Zimmer. Während im Bad das Wasser lief, rief er noch einmal beim Zimmerservice an. Kurz danach erschien Sarah. Die roten Locken fielen ihr vom Duschen feucht ums Gesicht. »Guten Morgen«, sagte sie.

Max hatte gerade die Tür hinter dem Zimmerservice geschlossen.

»Morgen.« Er schaute sie an. Die Blutergüsse um ihr Auge waren über Nacht noch ein wenig mehr verblasst. Zwar sah sie immer noch schlimm aus, aber nicht so schlimm, wie man es bei einem Bruch erwartet hätte. Max war natürlich kein Arzt und kannte sich mit Brüchen der Augenhöhle nicht aus, aber wie gebrochene Nasen aussahen, wusste er. Zweimal hatte er sogar selbst für welche gesorgt, und so schnell, wie Sarahs Schwellungen und blaue Flecken verschwanden, war das in diesen Fällen nicht gegangen. »Wie hast du geschlafen?«

»Wie ein Stein«, antwortete sie.

Sie setzte sich an den kleinen Esstisch und griff nach der Kaffeekanne. Dann zeigte sie auf die Metallabdeckung, mit der

der Zimmerservice die Speisen auf dem Weg aus der Küche zu den Gästen schützte. »Was hast du bestellt?«

»Eier, Speck, noch ein paar andere Sachen und Obst. Ich wusste nicht, was du möchtest.«

»Nichts für dich?«

Er schaute auf seine Uhr. »Ich habe schon gegessen. Ich bin seit zwei Stunden wach, der Tag ist halb vorbei.«

Sie zog einen Fuß auf die Sitzfläche des Stuhls, stützte die Brust ans Knie und trank einen Schluck schwarzen Kaffee. »Deine und meine Vorstellungen von halb vorbei liegen ziemlich weit auseinander.«

Es war fünf vor acht. »Wann fängt dein Arbeitstag normalerweise an?«, fragte er.

»Wenn wir kein Meeting haben, ist das flexibel. Solange ich meine Artikel rechtzeitig abgebe, ist es meinem Boss egal, wann ich auftauche. Okay, vielleicht nicht völlig egal. Aber man riskiert keinen Wutausbruch, wenn man erst später kommt.« Sie hob die Abdeckung und angelte sich ein Stück Toast.

»Wann will er deine nächste Story auf dem Schreibtisch haben?«

»Gestern. Aber jetzt muss er erst mal zwei Wochen warten.« Sie biss ein Stück Toast ab und kaute.

Max fand die Bewegung ihres Kiefers seltsam faszinierend und konnte gar nicht wegschauen. Dass sie kein Make-up trug, fühlte sich geradezu intim an. So zeigte sich eine Frau beim Morgenkaffee nach einer Liebesnacht in einem Hotelzimmer. Bisher hatte er es nur mit Frauen zu tun gehabt, die sich maximal schminkten. Wenn überhaupt, dann hatte er sie frühestens nach dem ersten Sex ohne Make-up zu Gesicht bekommen.

»Was steht für heute auf dem Programm?«, fragte sie zwischen zwei Happen.

»Ein Besuch bei Miss Abigale.«

»Du willst dir das Haus hinten im Garten ansehen?«

»Wahrscheinlich.« Miss Abigale hatte ihnen erzählt, ein paar Kisten mit Sachen von seiner Mutter stünden noch auf dem kleinen Dachboden. Weil sie sich schon seit Jahren nicht mehr auf eine Leiter traute, hatte sie sie nie heruntergeholt. Max war versucht gewesen, sich die Kisten gleich anzusehen. Aber er brauchte Zeit, um alles zu verdauen.

Das Mantra diverser Betreuer, mit denen er es im Lauf der Jahre zu tun gehabt hatte, klang ihm noch im Ohr. »Immer erst denken, bevor du etwas tust. Tief durchatmen. Wenn Wut, Stress, Sorge oder Angst dich zu irgendwelchem Blödsinn treiben – zähl bis hundert. Lass dir Zeit.«

Als Teenager hatte er diesen Rat ignoriert, in seinen Zwanzigern hin und wieder darüber nachgedacht. Inzwischen fand er ihn vernünftig.

»Wie meinst du das, wahrscheinlich?«

»Ihr Grundstück ist völlig verwildert, ihre Veranda stürzt demnächst ein und in ihrer Einfahrt gibt es mehr Unkraut als Asphalt.« Abgesehen davon brauchte er dringend etwas zu tun. Körperliche Arbeit und Bewegung – seit er so viele Nullen auf dem Konto hatte, fehlte ihm das.

Sarah ließ die Hand mit dem Toast langsam sinken. »Wir bringen ihren Garten in Ordnung?«

Er zeigte auf seine Brust. »Ich tue das. Wenn du mitkommen willst, prima. Wenn nicht, dann verstehe ich das. Ich kann nicht erwarten, dass du die Motorsense schwingst. Aber du hast ja gesehen, wie schwer sich die Frau tut.« Ob das nun am Alter, an Miss Abigales Gewicht oder an der Arthritis lag, war nicht wichtig. Sie brauchte Unterstützung und Max eine sinnvolle Beschäftigung.

»Drängt es dich nicht, deine Mutter zu finden?«

»Sie hat die letzten dreißig Jahre in meinem Leben keine Rolle gespielt. Auf ein paar Tage mehr oder weniger kommt es jetzt nicht mehr an.«

Eine gute Stunde später fuhr Sarah im Mietwagen voraus. Max folgte in dem von einem Baumarkt gemieteten Pick-up. Auf der Pritsche lagen Werkzeuge und Geräte, ein paar Säcke Mulch, Bretter und Holzlatten. Zwei der Gelegenheitsarbeiter, die oft in der Nähe von Baumärkten warteten, waren zu Max in die Kabine gestiegen, als er mit ein paar Hundertdollarscheinen gewinkt hatte. Wie so häufig hier in Arizona stammten beide aus Mittel- oder Südamerika. Hector, der jüngere, sprach ziemlich gut Englisch, Luis nicht.

Ein paar Brocken Spanisch konnte Max zwar, aber dass Hector Englisch sprach, machte die Sache leichter.

Sarah parkte am Straßenrand vor Miss Abigales Haus, Max fuhr rückwärts in die Einfahrt. Er und die beiden anderen Männer sprangen aus dem Pick-up und betrachteten das völlig verwilderte Grundstück. Luis stieß einen Pfiff aus und sagte etwas zu Hector.

»Was sollen wir machen?«, fragte Hector.

»Alles. Wir fangen am Haus an und arbeiten uns von dort nach außen.«

Das Geräusch der zuschlagenden Fliegengittertür ließ Max aufblicken.

»Was in aller Welt ist hier los?«, rief Miss Abigale von ihrer Veranda.

Max ging zum Fuß der Stufen. »Sagen Sie mir, was Sie hier haben wollen und was nicht.«

»Wie bitte?«

Er legte eine Hand an das Treppengeländer. »Dieses Ding ist eine Gefahr. Vor allem bei Ihren schlechten Knien. Und wenn wir den Garten weiter so wuchern lassen, finden Sie irgendwann im Unkraut eine Klapperschlange.«

Sarah kam mit Händen voller Tüten und Taschen die Einfahrt entlang, Max nahm ihr ein paar davon ab und stieg die Stufen hinauf.

»Ihr wollt meinen Garten auf Vordermann bringen?«

»Jap, und Sie können nicht Nein sagen.« Sarah schob sich um Miss Abigale herum ins Haus.

»Kindchen, ich bin ja nicht blöd. Wenn mir jemand Hilfe anbietet, dann sage ich nicht Nein.«

Max zwinkerte der lächelnden Miss Abigale zu, dann folgte er Sarah an ihr vorbei ins Haus.

Kapitel 25

Noch am Vormittag hatte Hector zwei weitere Helfer hinzugerufen. Auf dem klapprigen Pick-up des einen stapelte sich inzwischen allerlei Müll und kaputtes Zeug aus dem Garten. Während sie die Stauden und Büsche zurückgeschnitten, stießen sie auf jede Menge andere Probleme.

Kaputte Rasensprengerdüsen, rissige Gartenschläuche und rostige Geräte überall. Der Garten war ein einziges Chaos und Max in seinem Element. Anzupacken fühlte sich gut an, und seine Helfer brauchten nicht viele Anweisungen. Sie arbeiteten so unermüdlich und effizient, wie man es sich nur wünschen konnte. Dabei unterhielten sie sich laut und schnell auf Spanisch oder sangen die Lieder im Radio mit, das einer von ihnen mitgebracht hatte.

Unter dem Unkraut fanden sie alte Beetumrandungen aus Natursteinen. Einer der Helfer untersuchte das kaputte Bewässerungssystem und schrieb auf, was benötigt wurde, um es instand zu setzen. Luis und der neue Mann mit dem klapprigen Pick-up brachten die Hecken und Bäume in Form.

Hector arbeitete sich indessen mit der Motorsense übers gesamte Grundstück. Sarah bepflanzte die frei geräumten

Beete mit Blumen und Stauden, die dem Wetter in Arizona gewachsen waren, und schützte die Wurzeln mit einer dicken Schicht Mulch.

In der Zwischenzeit baute Max ein neues Treppengeländer und tauschte morsche Holzlatten auf den Stufen und der Veranda aus. Insgesamt fuhren er und Sarah im Lauf des Tages vier Mal zum Baumarkt. In einem Schuppen hinten im Garten hatte Max zwar ein paar Geräte gefunden, allerdings nicht viel Brauchbares.

Neben den Säcken voller Grünschnitt stapelten sich bald die Verpackungen des neuen Werkzeugs und der Geräte. Zwar hätte Max fast alles auch mieten können, aber wozu? Er gab das Geld eines toten Mannes für die Frau aus, die seine Windeln gewechselt hatte. Dieser Gedanke kam ihm ganz plötzlich, während er im Schuppen herumstöberte.

Als es Zeit für eine Pause wurde, hatte Miss Abigale Sandwiches und Nudelsalat gemacht, Obst aufgeschnitten und die unvermeidlichen Kekse dazugelegt. Am Ende des Arbeitstags sah der Garten vor dem Haus schon ganz manierlich aus.

Max teilte Geldscheine an die Arbeiter aus wie Bonbons an Kinder zu Halloween, und sie versprachen, Punkt acht Uhr am nächsten Morgen wieder da zu sein. Daran hatte er keinen Zweifel.

Er verstaute das Werkzeug und die Geräte im Schuppen, und als er sich abwandte, fiel sein Blick auf das hintere Haus. Auch um dieses Gebäude war schon viel Unkraut verschwunden, aber morgen würden sie hier noch einiges zu tun haben.

Er hörte Sarah über den Kiesweg näher kommen. »Willst du da reingehen?«, fragte sie in einem so sanften Ton, als fürchtete sie, er würde sonst nicht antworten.

»Ja. Morgen.« Er sog die laue Luft des Herbstabends ein und marschierte zur Vorderseite des Hauses.

Sie verabschiedeten sich von Miss Abigale, ließen den Miet-Pick-up in der Einfahrt stehen und fuhren müde, schmutzig, aber zufrieden zurück zum Hotel.

»Ich glaube, wir sollten noch kurz zu einem Walmart«, schlug Sarah vor.

»Wozu?«

»Für schmutzige Gartenarbeit habe ich nicht genug Kleider dabei.« Das war keine Klage, das hörte Max an ihrer Stimme. Er betrachtete seine Jeans und sein Flanellhemd. Auch er hatte vor lauter Eile, den Medien zu entkommen, in Palmdale nur schnell ein paar Sachen in eine Tasche geworfen.

»Warum gerade zu Walmart?«

»Weil das unkompliziert, schnell und billig ist. Weshalb viel Geld für Kleider ausgeben, die ich doch nur verdrecke und kaputt mache.«

Also fuhren sie tatsächlich einen kleinen Umweg und standen bald auf dem riesigen Parkplatz eines Walmart. Rein optisch passten sie bestens zu den anderen Kunden des Geschäfts, aber immerhin trugen sie – anders als einige von ihnen – keine Pyjamas. Weshalb erwachsene Menschen in Schlafanzügen einkaufen gingen, hatte sich Max nie erschlossen.

Sarah behielt recht: Drinnen im Laden trennten sie sich, und schon zehn Minuten später standen sie an der Kasse. Max hatte sich zwei Paar von den Jeans in der Größe geschnappt, die er schon trug, seit er zwanzig war. Dazu ein Flanellhemd, zwei schlichte T-Shirts und je eine Packung Socken und Unterwäsche.

Während sie in der Schlange an der Kasse warteten, schaute er sich an, was Sarah in den Händen hielt. Keine Jeans, aber irgendwelche Leggings, ein Paar Shorts, zwei Shirts und Socken. »Ich bin beeindruckt«, sagte er.

»Wovon?«

»Dass eine Frau weniger als eine Stunde braucht, um Kleider auszusuchen, habe ich noch nie erlebt.«

»Das liegt daran, dass ich nichts anprobieren musste«, erklärte sie.

An der Kasse sagte er, sie solle ihre Sachen zu seinen legen. Sie protestierte halbherzig, doch dann ließ sie die Kleidungsstücke zu seinen aufs Band fallen. Sie hatte für weniger als fünfzig Dollar eingekauft, er für das Doppelte. Und wieder staunte er. Sarah war sparsam, dabei wusste sie besser als fast jeder andere, dass sein Bankkonto nach dieser Erbschaft aus allen Nähten platzte. Und obwohl sie davon ausgehen konnte, dass er die Klamotten bezahlte, die sie sich bei der Gartenarbeit ruinierte, hatte sie einen Einkauf bei dem großen Discounter vorgeschlagen und dann auch noch Artikel aus dem Sale ausgewählt. Irgendwie gefiel ihm das an ihr. Er lächelte.

Zurück im Hotel, erwies es sich erneut als praktisch, dass sie eine Suite mit zwei Schlafzimmern bekommen hatten. Der Plan war, zu duschen und dann abendessen zu gehen. Diesmal kein Zimmerservice.

Eine knappe Stunde später stand Sarah in schwarzen Jeans und einer kupferfarbenen Bluse vor ihm, die nicht aus dem Ausverkauf bei Walmart stammte. Vorn hatte sie die Bluse lässig in die Jeans gesteckt, die Seiten fielen ihr über die Hüfte.

Sie hatte einen Hauch Make-up aufgelegt und damit die Blutergüsse um ihre Augen kaschiert. Das Haar hatte sie sich aufgesteckt, ein paar lose Strähnen umrahmten ihr Gesicht. Von der Arbeit im Freien hatte sie ein bisschen Farbe bekommen. Sarah McNeilly war eine wirklich schöne Frau. Max spürte, dass er sie anstarrte, und versuchte nicht, es zu verbergen.

»Können wir los?«, fragte sie in die Stille hinein, die sie offenbar mit ins Zimmer gebracht hatte.

Max wandte sich ab, gluckste und nickte.

An den Füßen hatte Sarah schwarze Converse-Tennisschuhe. Sie waren neuer und in besserem Zustand als die, die sie vor einigen Tagen im Café getragen hatte. Sportschuhe blieben es trotzdem. »Von mir aus, gern.«

* * *

Sie hatte angenommen, dass sie in irgendein Restaurant im Stadtzentrum gehen würden, aber Max hatte offenbar andere Pläne. Er lenkte den Wagen nach Norden, hinaus aus der Stadt und auf einen Highway.

»Wo fahren wir denn hin?«

»Zu einem Restaurant, das ich mir nie hätte leisten können, als ich noch hier gelebt habe.«

Sie lächelte. »Das muss sich doch gut anfühlen.«

Oh ja. Sie sah es ihm an.

Das Wrigley Mansion stand fernab des Stadtzentrums von Phoenix auf einem Hügel. Dieses imposante Haus hatte William Wrigley jr. gehört, einem Mann, der sein Geld mit Kaugummi gemacht hatte. Es hieß, er habe es für seine Frau bauen lassen.

Jetzt verwöhnten dort namhafte Köche die Gäste, leidenschaftliche Sommeliers kümmerten sich um den Wein, und das Haus war ein beliebter Ort für Hochzeiten und andere feierliche Anlässe.

Beim Anblick der Schilder an der Zufahrt fiel Sarah ein, dass sie in einem Ordner im Hotelzimmer Informationen über dieses Restaurant gesehen hatte. Ein Angestellter des Hauses öffnete ihr die Wagentür, und sie schob einen in Converse gehüllten Fuß hinaus. Als sie stand, war Max schon um den Wagen herumgegangen und griff nach ihrem Arm.

Seit dem Flug war das erst das zweite Mal, dass er sie berührte. Zunächst hatte sie befürchtet, er werde sie nicht anfassen und nicht mit ihr flirten, weil er womöglich doch kein Interesse an ihr hatte. Aber dann hatte sie seinen inneren Kampf in Miss Abigales Wohnzimmer miterlebt, hatte gesehen, wie Max seine

Gefühle im Zaum hielt, wenn Miss Abigale von seiner Mutter erzählte und von der Zeit, in der er hinten in dem kleineren Haus gelebt hatte. Genau wie die Kälte in seiner Stimme, als er von den vielen Wohngruppen und Pflegefamilien gesprochen hatte, durch die er immer weitergereicht worden war, deutete das auf ein unverarbeitetes Kindheitstrauma hin.

Deshalb fragte sie ihn nicht, weshalb er jetzt auf Distanz ging, obwohl er noch vor ein paar Tagen ganz versessen darauf gewesen war, sie in den Armen zu halten und zu küssen. Mit Desinteresse oder gar Abneigung hatte seine Zurückhaltung nichts zu tun. Das spürte sie genau.

Jetzt führte Max sie mit der Hand an ihrem Rücken und hocherhobenem Kinn in den dezent beleuchteten Eingangsbereich des Restaurants. Erst als er der Empfangsdame seinen Namen nannte, unter dem er offenbar einen Tisch reserviert hatte, ließ er seine Hand kurz fallen. Doch schon auf dem Weg zum Tisch fand sie zurück in ihr Kreuz.

Große, bodentiefe Fenster boten einen atemberaubenden Blick auf die Skyline der Stadt. Auf leinengedeckten Tischen flackerten Kerzen, überall saßen Paare, die sich leise unterhielten. Sarah war sehr angetan.

Sobald sie saß, schaute sie sich um. »Ich bin ein bisschen underdressed«, flüsterte sie.

»Eine so schöne Frau wie du passt auch ohne ein teures Kleid hierher.«

»Ah ja«, sagte sie zweifelnd. »Und mein blaues Auge ist absolut bezaubernd.«

»Das sieht man kaum noch«, behauptete er.

Sie freute sich über die kleine Lüge und darüber, dass sie Max gefiel, wie sie war, samt Converse-Style und allem. Der dunkle Ring unter ihrem Auge war jetzt tatsächlich veilchenblau, und obwohl sie nach dem Duschen ziemlich viel Make-up aufgelegt hatte, war er noch deutlich zu erkennen.

An die forschenden Blicke, mit denen sie gemustert wurde, hatte sie sich inzwischen fast gewöhnt. Eine Bedienung in gestärkter weißer Bluse, schwarzer Hose und mit aparten feinen Zügen lächelte sie an. »Guten Abend. Ich bin Kristy und werde Sie heute bedienen.«

Selbst Kristy schaute zweimal hin, als sie das Veilchen entdeckte. Einen kurzen Moment lang verrutschte ihr Lächeln, dann hatte sie sich wieder im Griff und sah Max an.

Sie hielt inne, er hielt inne.

»Kristy Johnson«, sagte er schließlich mit einem Grinsen.

Kristy verlor ihren professionellen Ton und lächelte strahlend. »Max! Oh mein Gott. Wie geht es dir?«

»Mir geht's gut. Wirklich gut. Und dir?«

Sarah lehnte sich zurück und beobachtete amüsiert das Wiedersehen.

Kristy hob ihre Hand und ließ einen Ehering aufblitzen. »Ich heiße jetzt Darlington.«

Max legte den Kopf schief. »Gratuliere. Bist du glücklich?«

»Ja. Er ist einer von den Guten. Er würde dir gefallen.«

Er drehte sich zu Sarah. »Sorry. Sarah, das ist Kristy. Während der Highschool haben wir in derselben Wohngruppe gelebt.«

Kristy zog eine Grimasse. »Ja, das Schlimmste kam am Schluss.« Sie lächelte Sarah an. »Schön, dich kennenzulernen.«

»Ganz meinerseits.«

Kristy musterte Max und schüttelte den Kopf. »Ich dachte, du wärst weggezogen.«

»Bin ich auch. Wir … helfen hier nur gerade einer Freundin«, erklärte er.

Kristy warf einen Blick über die Schulter und senkte die Stimme. »Ich muss eine Bestellung servieren. Bin gleich wieder da.« Sie eilte davon.

Max lächelte hinter ihr her.

»Sie macht einen netten Eindruck«, sagte Sarah in seine Gedanken hinein.

»Oh ja, sie ist toll.«

»Ihr habt in derselben Pflegefamilie gelebt?«

»In derselben Wohngruppe. Sie in einem Zimmer zusammen mit drei anderen Mädchen, ich mit vier Jungs, zwei davon Brüder.« Offenbar war die Erinnerung daran nicht schön. Das sah Sarah in seinen Augen.

Doch schon eine Sekunde später war sein Lächeln zurück. »Ich freue mich, dass sie glücklich ist. Sie verdient es.«

»Ich denke, das verdient ihr alle«, sagte Sarah aus ganzem Herzen.

Er schüttelte den Kopf. »Alle nicht. Kristy war schon immer sehr hübsch. Das hat ihr leider ziemlich viel unerwünschte Aufmerksamkeit eingebracht.«

Sarah spürte, wie ihr Lächeln gefror. Was Max damit meinte, konnte sie sich vorstellen. »Oh.«

Er griff über den Tisch hinweg nach ihrer Hand. »Als ich sie kennengelernt habe, hatte sie schon gelernt, sich zu wehren. Vermutlich hat sie mehr Nasen gebrochen als ich.«

Sarah atmete auf. »Gut gemacht, Kristy!«

Max nahm seine Hand weg und zog die Speisekarte zu sich.

Kristy kam strahlend zurück, zählte die Gerichte der Tageskarte auf und nannte ihnen die Empfehlung des Hauses, ein Menü mit Häppchen, Vorspeise, Hauptspeisen und Beilagen, gefolgt von einem Dessert. Dazu konnte man sich zu jedem Gang den passenden Wein bringen lassen – im Glas oder auch eine ganze Flasche – oder sich etwas von der Bar aussuchen.

»Was schlägst du denn vor?«, fragte Max.

»Mit der Empfehlung des Hauses könnt ihr nichts falsch machen, es sei denn, es gibt Sachen, die ihr gar nicht mögt. Unser Koch lässt sich immer wieder etwas Neues einfallen.« Sie senkte die Stimme und rückte ein wenig näher. »Die Portionen sind nicht gerade gigantisch. Und den Wein zum Menü könnt ihr euch auch teilen. Vorschlagen darf ich das den Gästen eigentlich nicht, das machen wir nur auf Nachfrage.«

Sie bestellten sich das vorgeschlagene Menü für hundertfünfundzwanzig Dollar pro Person und beschlossen, sich tatsächlich zu jedem Gang den passenden Wein bringen zu lassen und ihn sich zu teilen, weil sie beide keine großen Weintrinker waren.

Ein Sommelier stellte zu jedem Teller, den Kristy ihnen brachte, einen ausgesuchten Tropfen auf den Tisch, und bald waren sie sich einig, dass sie ihre Trinkgewohnheiten überdenken mussten.

»Ich dachte immer, das mit dem passenden Wein wäre bloß ein Hype«, gab Max leise zu.

»Ich auch.« Sarah ließ den dritten Wein in ihrem Glas kreisen. Max probierte immer nur ein paar Schlucke und ließ den Rest stehen. Als sie ihn fragte, weshalb er das tat, sagte er nur, er müsse ja noch fahren.

Kristy schaute öfter bei ihnen vorbei, als eine Bedienung es üblicherweise getan hätte, und ihre Bemerkungen und Anekdoten über Orte und Personen aus der gemeinsamen Vergangenheit mit Max bestimmten Sarahs und Max' Unterhaltung. Immer wenn Kristy wieder weg war, erzählte er noch ein bisschen weiter.

Bei einem normalen Date wäre Sarah stinksauer gewesen, wenn der Mann sich immer wieder mit einer anderen unterhalten hätte, aber ihr war, als könnte sie zuschauen, wie seine harte Schale Schicht um Schicht ein wenig durchlässiger wurde. Erst mit Hilfe von Miss Abigale, jetzt durch eine alte Freundin aus einer gemeinsamen schwierigen Vergangenheit.

Als die Rechnung kam und Sarah nach ihrer Handtasche griff, schüttelte Max den Kopf, und sie erhob keinen Widerspruch.

Zum Abschied umarmte Kristy ihn. Zu Sarah sagte sie: »Danke, dass du unsere Wiedersehensfreude so tapfer ertragen hast.«

Sarah schüttelte den Kopf. »Es ist schön, Max lächeln zu sehen.«

Sie traten hinaus in die kühle Nacht und warteten, bis ein Angestellter des Restaurants ihnen den Wagen brachte.

Max legte ihr einen Arm um die Schultern. »Danke.«

Sie blickte auf. »Wofür?«

»Jede andere Frau wäre sauer gewesen, weil Kristy und ich so viel geredet haben.«

Sie lehnte sich so weit zurück, dass ihr Hinterkopf seine Brust berührte. »Ich bin eben anders als andere Frauen.«

Er küsste sie oben auf den Kopf. »Den Eindruck habe ich inzwischen auch.«

»Max?«, rief Kristy vom Eingang des Restaurants. Mit der kleinen Rechnungsmappe in der Hand eilte sie zu ihnen. »Das war doch nicht nötig.« In ihren Augen schimmerten Tränen.

»Ich freue mich, dass ich so was jetzt tun kann«, sagte Max, während Kristy ihn noch einmal umarmte.

»Danke. Das ist so … Danke.«

Kurzerhand umarmte Kristy auch Sarah, als wären sie alte Freundinnen. Dabei flüsterte sie ihr ins Ohr: »Er ist einer von den Guten.« Dann eilte sie davon.

Inzwischen stand auch der Wagen bereit. Max hielt Sarah die Tür auf, Kristy winkte ihnen nach.

Auf dem Weg aus der Zufahrt fragte Sarah: »Wie viel Trinkgeld hast du ihr denn gegeben?«

»Zweihundert Prozent.«

Kapitel 26

Wieder ziemlich wortkarg, lenkte Max den Mietwagen den Hügel hinunter und auf den Highway.

Sarah lehnte sich seufzend zurück. »Hat das Wrigley Mansion deine Erwartungen erfüllt?«

»Mehr als das. Ich habe in bester Gesellschaft gut gegessen.«

Sie lächelte ihn an, dann starrte sie wieder durch die Windschutzscheibe. »Deine alte Freundin wiederzutreffen, hat sicher auch dazu beigetragen.«

Er nickte. »Es tut gut zu sehen, dass jemand den ganzen Mist von damals hinter sich gelassen hat.«

»Dir ist das auch gelungen.«

»Du kennst mich noch nicht lange.« Er dachte an Chase' und Alex' ersten Besuch bei ihm zu Hause. Sie hatten gehofft, er sei ihr verlorener Bruder, er hatte beinahe reflexhaft zum Baseballschläger gegriffen …

»Stimmt. Aber was ich bis jetzt gesehen habe, hat bei mir noch keine Alarmlämpchen aufleuchten lassen.«

»Wann würden die denn leuchten?«

Sie dachte kurz nach, dann sagte sie: »Bei Hass. Bei Jähzorn und grundloser Wut. Bei schlechten Gewohnheiten, Drogen. Bei Intoleranz gegenüber jedem, der nicht so ist wie du.«

Max wollte etwas sagen, doch Sarah redete weiter. »Bei übermäßig anhänglichen Ex-Freundinnen und fragwürdigen Freunden. Wenn du dich vor harter Arbeit scheuen und glauben würdest, die Welt ist dir was schuldig. Wobei ich zugeben muss, dass die Welt dir vielleicht tatsächlich etwas schuldig ist.«

Er fand ihre Liste interessant. Den Gedanken, dass die Welt ihm etwas schuldig war, hatte er schon vor verdammt langer Zeit aufgegeben. »Sonst noch was?«

»Was bei mir Alarm auslösen würde?«

»Jap.«

»So einiges. Das waren nur die Dinge, die mir spontan eingefallen sind.«

Er ging ihre Aufzählung im Kopf noch einmal durch, dann machte er ein Geständnis. »Bis jetzt hat mir noch jede Frau, die ich länger als fünf Minuten gedatet habe, erklärt, ich sei emotional abwesend.«

»Wirklich?« Sarah klang überrascht.

»Bist du anderer Meinung?«

Sie lachte. »Jap.«

Das machte ihn neugierig. »Wie das?«

»Warum sind wir hier? Warum haben wir heute gegen zwanzig Jahre Verwahrlosung auf Miss Abigales Grundstück angekämpft?«

»Weil ich das Gefühl hatte, dass das richtig ist.«

»Weshalb?«

Er zuckte mit den Schultern.

»Glaubst du, du bist ihr das schuldig?«

»Ja, vielleicht.«

Sarah setzte sich zurecht, als müsste sie eine bequeme Position für einen längeren Vortrag finden. »Sagen wir, du bringst ihr Grundstück in Ordnung, reparierst ein paar Dinge in ihrem Haus. Und in einem Monat ruft sie dich an, sagt, ihr Dach leckt, und fragt, ob du helfen kannst. Würdest du es tun?«

»Ich kann mir nicht vorstellen, dass ich Nein sagen würde. Sie ist nicht mehr die Jüngste.«

»Ist das der einzige Grund?«

Nachdenklich schaute er in das Licht der Scheinwerfer, die ihnen auf dem Highway entgegenkamen. »Nein.«

»Nein«, wiederholte Sarah leise. »Du würdest nicht Nein sagen, weil sie die Frau ist, die dich als kleines Kind in den Armen gehalten und versucht hat, dich zu beschützen. Es hat nur eine Begegnung gebraucht, und du warst bereit, ihr zu helfen. So ähnlich war es, als du Alex und Chase kennengelernt hast. Sie konnten dich nicht zwingen, geheim zu halten, wer du bist. Und doch hast du es ihnen zuliebe getan. Du bist mit zu der Vorstandssitzung gegangen, um deinem Bruder und deiner Schwester ihre Last ein wenig zu erleichtern, obwohl die Vorstellung, eine Familie zu haben, dir völlig fremd war.«

»All das beweist doch höchstens, dass ich kein Arschloch bin.«

»Für mich zeigt es Fürsorglichkeit und dass andere Menschen dir am Herzen liegen.« Sie seufzte. »Vielleicht warst du für deine Ex-Freundinnen emotional abwesend, weil sie dir nicht wichtig genug waren. Wenn man in einer Beziehung derjenige ist, der mehr empfindet als der andere, ist das schwer zu ertragen.«

Auf den letzten Kilometern Highway dachte er über Sarahs Worte nach. »Und was ist mit dir?«, fragte er schließlich. »Warum bist du Single?«

»Weil ich eine Regel habe.«

»Eine Regel?«

»Wenn ich merke, dass ich mehr für ihn empfinde als er für mich, oder auch umgekehrt, wenn er mehr Gefühle investiert, als ich investieren kann, dann beende ich es. Kein Groll, keine gebrochenen Herzen.«

»Und wie lange wartest du, bevor du das tust?«

»Ich tue es, sobald es mir klar wird. Einmal, während der Collegezeit, habe ich dafür fast ein Jahr gebraucht. Ich dachte, er steckt genauso tief drin wie ich. Aber ich habe mich getäuscht.«

»Hat er dir das Herz gebrochen?«

Sie zuckte die Achseln. »Ein bisschen schon. Aber ich war jung und bin drüber weggekommen.«

Anders als die meisten Frauen in seiner Vergangenheit wirkte Sarah unabhängig und stark. Er parkte den Mietwagen und nahm auf dem Weg ins Hotel ihre Hand. Während des Dinners hatte er das ein paarmal gemacht, ihre Hand gehalten, seine Hand auf ihren Rücken gelegt und ihre Schultern gedrückt.

Zurückgewichen war sie nie, hatte aber auch kein großes Ding um diese Gesten gemacht. Auch jetzt lächelte sie nur und ließ ihre Hand in seiner.

An Wochentagen war in dem Hotel in Phoenix nach dem Abendessen nicht mehr viel los. In der Lobby bauten gerade ein paar Angestellte einen Weihnachtsbaum auf, obwohl noch nicht einmal die Thanksgiving-Truthähne in der Bratröhre schmorten.

Vor dem Aufzug ließ Max Sarahs Hand los und drückte auf den Knopf.

Erst rückte sie ihre Brille zurecht, dann den Riemen der Handtasche auf ihrer Schulter. »Wann möchtest du denn morgen zu Miss Abigale?«, fragte sie, als sich die Aufzugtür öffnete.

»Kommt darauf an, wann wir schlafen.«

Sobald sich die Tür hinter ihnen geschlossen hatte, nahm er Sarahs Gesicht zwischen die Hände, und schon eine Sekunde später lagen seine Lippen auf ihren. Er spürte den Augenblick, in dem ihr bewusst wurde, was gerade passierte.

Sie stieß einen kleinen Seufzer aus, ihre Handtasche glitt ihren Arm hinunter, und sie drängte sich an ihn. Knisternde Leidenschaft, totale Hingabe.

Max küsste sie, drückte sie einen Moment lang gegen die Rückwand des Aufzugs und merkte dann plötzlich, dass sich die Kabine nicht bewegte. Er löste die Lippen lang genug von ihren, um den Knopf für den sechsundzwanzigsten Stock zu drücken.

Dann war er wieder bei ihr.

Ihre zarte Hand wanderte zu seiner Hüfte und von dort auf seinen Rücken. Ihre Lippen öffneten sich und luden die Hitze seiner Zunge zu sich ein.

In dieser Frau loderte ein mühsam gezügeltes Feuer der Leidenschaft, und Max konnte es kaum erwarten zu spüren, wie sie unter ihm lag und ihre Fingernägel in seinen Rücken grub.

Der Aufzug stoppte abrupt, das leise Ping trennte sie voneinander wie die Glocke bei einem Boxkampf.

Sarahs Lippen waren leicht geöffnet, ihre Lider halb geschlossen.

Er packte ihre Hand und zog sie geradezu den Korridor entlang zu ihrer Ecksuite. Dort suchte er nach seiner Geldbörse, in der die Schlüsselkarte steckte. Sarah zwängte sich zwischen die Tür und ihn und hob sich auf die Zehenspitzen, um ihn zu küssen.

Alles Blut in seinem Körper sackte in tiefere Regionen, und ein paar Atemzüge lang vergaß er, dass er eigentlich die Tür öffnen wollte.

Um ihren Hunger einen Moment lang zu stillen und an die Schlüsselkarte zu kommen, küsste er sie heftig. Doch sie wollte mehr.

Max gluckste an ihren Lippen und fummelte an seiner Geldbörse herum, bis er die Karte endlich hatte. Er klatschte sie an das das elektronische Schloss, die Tür in Sarahs Rücken öffnete sich und sie stolperten gemeinsam ins Zimmer.

Sarahs Handtasche plumpste zu Boden, die Tür fiel langsam zu. Max schälte sich aus seinem Jackett, Sarah warf die Arme um seinen Hals und sprang hoch.

Ihre Beine schlangen sich um ihn, er packte ihren Hintern, und schon waren sie unterwegs ins nächste Schlafzimmer. Wilde, hungrige Küsse trieben ihn an, und gemeinsam fielen sie aufs Bett.

Wie schon vor ein paar Tagen zuckten Sarahs Hüften und sie drängte sich an seine Härte unter dem Stoff der Hose. Doch dieses Mal würde er sich nicht zurückhalten. Das Verlangen, in ihr zu sein, wurde zu einem alles bestimmenden Gefühl.

Max löste sich lange genug von ihren Lippen, um ihr die Brille abzunehmen, Sarah machte sich an den Knöpfen seines Hemds zu schaffen.

Ihre zarten Hände auf seiner nackten Brust zu spüren, ließ ihn mit geschlossenen Augen innehalten. Ein Mann konnte sich daran gewöhnen, dass eine Frau wie sie mit ihren Nägeln so über seine Haut strich.

Er legte die Lippen an ihren Hals, spürte ihren Puls an seiner Zunge. Kühle Luft strömte über seinen Rücken, als es Sarah gelang, ihm das Hemd auszuziehen. Mit ihr in den Armen drehte er sich, bis sie über ihm saß, und fing an, sie auszuziehen.

Unter der Bluse trug sie einen elfenbeinfarbenen Spitzen-BH, hauchfein und sexy. Während er ihre Brüste umfasste, warf sie die Bluse beiseite. Er setzte sich auf und drückte die Lippen oberhalb des Spitzenstoffs auf ihre Haut. Durch den Stoff hindurch spielte er mit einer Brustwarze.

»Mach das noch mal«, seufzte sie und ließ den Kopf in den Nacken fallen. Max lächelte und gehorchte. Dabei spürte er, wie sich ihre Hüften bewegten und sich ihre Schenkel weiter öffneten.

»Ich will dich«, murmelte er an ihrer Haut, schob ihren BH nach unten und nahm einen Nippel zwischen seine Zähne.

»Du hast mich«, keuchte sie lustvoll, und er wusste, dass er nicht weiter nach ihrem Einverständnis fragen musste.

Binnen Sekunden landete Sarahs BH auf dem Boden. Max drehte sie auf den Rücken und zog ihr hastig die Jeans aus.

Ihre Haut war wie Pfirsich und Sahne. Nicht von der kalifornischen Sonne verbrannt, sondern von ihren Strahlen zu einem perfekten Farbton geküsst. Und Sarahs Pantys passten genau dazu.

Ihm gefiel das. Ihm gefiel das sogar sehr.

Ohne ihn aus den Augen zu lassen, wand sich Sarah auf dem Bett, während er aus seinen Kleidern stieg. Schon wenige Herzschläge später ragte der Beweis für sein Verlangen zwischen ihnen auf.

Sie schob eine Hand an sich hinunter in ihre Pantys und Max' Hoden zuckten. »Verdammt, Sarah.«

Sie lächelte, denn natürlich wusste sie ganz genau, was sie mit ihm anstellte.

Hektisch tastete er nach der Geldbörse, die er beiseite geworfen hatte, und kramte nach einem Kondom.

Nie zuvor im Leben hatte er sich so schnell eines übergezogen. Eilig nahm er Sarahs Hand weg und riss ihr das letzte kleine Stück Stoff beinahe vom Leib. »Du bist perfekt«, sagte er atemlos und schaute ihr tief in die Augen.

Sie spreizte die Beine, ihre Mitte schimmerte feucht.

Er musste unbedingt eine Kostprobe haben, nur eine kleine Kostprobe, bevor … Er beugte sich hinunter.

Bei der ersten Berührung seiner Zunge schrie Sarah auf. Er wiederholte die prickelnde Zärtlichkeit, berührte sie ein zweites und drittes Mal. Aber für heute musste das reichen. Nur zu gern hätte er sie verschlungen, wann immer sie ihn ließ, aber jetzt wollte er spüren, wie sie sich bei ihrem Höhepunkt um ihn zusammenzog.

Ein kleiner Protestlaut, weil er den Kopf hob. Dann schnappte sie nach Luft, als er sich auf sie schob und sich kopfüber in die pure Perfektion stürzte.

Schon bewegten sie sich gemeinsam, ihre Finger auf seinem Rücken, sein Mund auf ihrem. Ihre Hände lenkten seine Hüften, ihre Beine schlangen sich um seine Taille. Bald wurde ihr Atem flacher, und dann stockte er.

Jedes Mal, wenn sie sich um ihn zusammenzog, war er kurz davor, die Beherrschung zu verlieren. Doch er knirschte mit den Zähnen und hielt sich mühsam zurück.

»Ja, weiter«, drängte sie. Genau das brauchte sie, diese Stelle, dieses Tempo.

Max behielt genau denselben Rhythmus bei, bis sie den Atem anhielt und gleich darauf sein Name aus ihr herausbrach.

Erst dann gab er jede Kontrolle auf und ließ sein Verlangen anschwellen, bis es ihn übermannte. Dann war er es, der ihren Namen stöhnte wie ein Gebet.

Kapitel 27

Der Vertragstext auf Chase' Computerbildschirm brachte ihn zum Schielen. Er saß an seinem CMS-Schreibtisch und versuchte, sich auf die vor ihm liegenden Aufgaben zu konzentrieren. Der Umzug seiner eigenen Firma in das Gebäude von Stone Enterprises war eine gute Entscheidung gewesen.

Die Vorstellung, er könnte sie weiterhin wie gewohnt leiten und zugleich seine Schwester bei der Führung von Stone Enterprises unterstützen, erwies sich als absurd. Vor allem, seit sich der Wert der Firmenanteile im Sinkflug befand und von Entlassungen gemunkelt wurde.

Obwohl beides nicht im Entferntesten miteinander zusammenhing, brachten die Mitarbeiter und die Medien es miteinander in Verbindung, was auf jeder Ebene des Unternehmens für Spannungen und Unruhe sorgte.

Piper schlief nicht gut, Alex lebte praktisch im Büro und keiner von ihnen hatte in den letzten Monaten eine auch nur ansatzweise vernünftige Work-Life-Balance gehabt.

Zum tausendsten Mal in diesem Jahr verfluchte Chase seinen toten Vater dafür, dass er ihn und seine Schwester nicht auf die Übernahme des Hotelimperiums vorbereitet hatte. Er vergrub den Kopf in den Händen, bis ein hektisches Klopfen an seiner offenen Tür ihn aus seinen Grübeleien riss.

Dort wartete Alex, und die Sorge stand ihr ins Gesicht geschrieben.

»Wo brennt es diesmal?«, fragte er.

Sie trat ein und schloss die Tür hinter sich. Kein gutes Zeichen.

»Will ich es überhaupt wissen?«

Sie schüttelte den Kopf und setzte sich. »Ich habe gerade mit Starfield telefoniert. Gute Nachrichten …«, sagte sie ohne Freude. »Sie ziehen ihr Angebot zurück. Es sieht also so aus, als könnten wir uns die Abstimmung über eine Übernahme sparen.«

Chase hob eine Braue. »Weshalb siehst du dann nicht glücklich aus?«

Sie lehnte sich zurück, schlug ein Bein über das andere und begann, mit dem Fuß zu wippen. »Rate mal, wer den Laden gekauft hat.«

»Ist das wichtig? Es ist nicht mehr unser Problem.«

Alex zog eine düstere Grimasse. »Paul.«

Einen Moment lang war Chase ratlos. Er hatte mit »die XY-Hotelgruppe« gerechnet, nicht mit einem einzelnen Namen. Dann ging ihm ein Licht auf. »Yarros?«

Ein kurzes Nicken, ein finsteres Lächeln.

»Hatte er dafür überhaupt die Mittel?«

»Offenbar … Er hat seine Anteile an Stone Enterprises verkauft.«

Ein paar Sekunden lang dachte Chase darüber nach. Yarros war schon immer die Laus im Pelz des Vorstands gewesen. Eigentlich konnten sie froh sein, wenn sie ihn los waren.

»Und warum dann die sorgenvolle Miene?«

»Frag mich, wer seine Anteile gekauft hat. Los … frag.«

Das klang nicht gut. »Wer?«

Chase konnte sehen, wie seine Schwester die Kiefer so fest aufeinanderpresste, dass er um ihre Zähne fürchtete.

»Wer, Alex?«

Sie stand auf und stützte beide Hände auf seinen Schreibtisch. »Melissa. Er hat seine verdammten Anteile an Melissa verkauft!«

»Oh, Fuck!«

»Oh Fuck ist gar kein Ausdruck! Gerade als wir dachten, wir wären diese raffgierige Trulla los, wird sie uns von jetzt an bei den Vorstandssitzungen angrinsen und darf dieses Gebäude ganz offiziell betreten.«

Bei Chase schlug diese Nachricht ein wie eine Bombe. Sofort suchte er nach einem Grund, weshalb Melissa Yarros' Anteile auf keinen Fall kaufen konnte. »Kann er das überhaupt tun?«

»Kann er und hat er.« Alex begann, auf und ab zu gehen.

»Dafür hat Melissa doch gar nicht das Kapital.«

»Stimmt. Aber offenbar hat sie einen stillen Investor, der ihr unter die Arme greift und ihr den Sitz im Vorstand verschafft hat.« Alex war kurz davor zu schreien. Kein Wunder, dass sie mit dieser Information direkt zu ihm in den zweiten Stock gekommen war, anstatt darauf zu warten, bis er oben bei ihr auftauchte.

»Wann hast du das erfahren?«

»Vor einer halben Stunde hat Yarros mich angerufen und gesagt, seine Hotelkette sei nicht daran interessiert, an uns zu verkaufen, und, ach ja, er hoffe, es mache uns nichts aus, dass unsere Vorstandssitzungen von nun an wie ein Familientreffen aussehen werden. Dieser Arsch.«

»Wenn der Deal tatsächlich bereits durch ist, hat er schon eine ganze Weile daran gearbeitet.«

Alex deutete auf ihn. »Davon können wir ausgehen. Oder aber Yarros hatte schon länger bei Starfield die Finger im Spiel. Kein Wunder, dass er auf die Übernahme gedrängt hat.«

»Ist sein Name je in Zusammenhang mit Starfield aufgetaucht?«

Alex zuckte mit den Schultern. »Piper recherchiert das gerade. Falls er dort investiert hat, dann verdeckt.«

»Wenn Yarros Anteile an Starfield hatte und uns das trotz unserer Übernahmepläne verschwiegen hat, kann man ihm doch sicher Betrug oder verbotene Insidergeschäfte vorwerfen.«

»Eigentlich schon. Nur dass die Übernahme nicht zustande gekommen ist. Vermutlich hat er geahnt, dass wir auf Zeit spielen und die Sache verzögern.« Alex blieb am Fenster stehen, legte eine Hand an den Rahmen und starrte hinaus.

»Das ist ein Fall für die Rechtsabteilung«, sagten Chase und sie gleichzeitig.

»Ich habe wirklich gehofft, wir überstehen das erste Jahr in diesem Gebäude, ohne vor Gericht zu landen«, stöhnte Alex.

Chase stand auf und ging zu ihr. »Eins nach dem andern. Noch ist es nicht so weit.« Er legte seine Hände auf ihre Schultern und drückte sie.

Zwanzig Minuten später hatte sie ihre Fassung wiedergefunden und verließ sein Büro, als wäre alles in bester Ordnung.

Chase griff zum Telefon, rief erst Busa an, dann Nick.

»Sie braucht einen Wellnesstag«, sagte er zu Nick. »Und lass sie nicht über die Arbeit sprechen.« Er gab Nick seine Kreditkartennummer, ein Ausgabenlimit setzte er nicht.

»Ich mache das«, antwortete Nick.

Eine halbe Stunde nachdem Alex Chase' Büro verlassen hatte, kam Busa herein.

»Kannst du dir vorstellen, in Vollzeit auf diesem Stuhl zu sitzen?«

Für Chase wurde es Zeit, vom Chef zum stillen Teilhaber zu werden – bei der Firma, die er selbst gegründet hatte.

* * *

Draußen auf dem Grundstück herrschte reger Betrieb, im hinteren Haus saßen Sarah und Max mit einem halben Dutzend Kisten voller Sachen von seiner Mutter auf dem Boden.

Miss Abigale hatte alles eingepackt, was sie für wertvoll oder hilfreich gehalten hatte, falls die Polizei eines Tages Informationen brauchte, um Lisa Davis zu finden. Doch mit den Jahren hatte sie die Kisten vergessen.

Eigentlich hatte Max erwartet, dass ihn in dem kleinen Haus, in dem er seine ersten Lebensjahre mit seiner Mutter verbracht hatte, irgendeine Erinnerung überkommen würde. Aber das war nicht passiert. Auch die befürchtete Beklommenheit stellte sich nicht ein.

Vorn bei Miss Abigale weckten die Wärme und die Gerüche ein Gefühl, wie wenn man sich an einem kalten Tag vor dem Kamin in eine kuschelige Decke hüllte, und dort erinnerte er sich auch ganz vage an die weichen Arme der schwarzen Frau. Hier dagegen spürte er rein gar nichts.

Zusammen mit Sarah durchforstete er die Kisten vom Dachboden.

»Wonach genau suchen wir?«, fragte sie.

Max hielt eine Babydecke hoch und warf sie zur Seite. »Hiernach nicht.«

In Sarahs Kiste schienen vor allem Bücher zu stecken. Sie nahm ein Kinderbuch nach dem anderen heraus.

»Womöglich hatte sie ja ein Adressbuch oder eine Weihnachtskartenliste«, überlegte Max laut.

Sarah drehte einen Dr.-Seuss-Klassiker hin und her. »Vielleicht hat sie ein Tagebuch geführt.«

Max fand jede Menge Babykleidung in seiner Kiste. Obwohl ihm klar war, dass er all dieses Zeug irgendwann einmal getragen hatte, fühlte er keinerlei Verbindung zu den Hemdchen und Söckchen. »Tun Frauen das denn noch?«

»Als Teenager habe ich eins geschrieben«, gestand Sarah. »Über all die süßen Jungs.«

Max grinste. »Standest du auf Sportasse oder auf Bad Boys?«

»Auf Nerds«, antwortete sie. »Die Sportler hatten kein Interesse an einem rothaarigen Mädchen mit Brille und Sommersprossen, das nicht jedes Wochenende feiern wollte. Und die Bad Boys waren …« Sie brach ab.

»Waren was?« Max warf ein Stofftier beiseite.

»Zu unberechenbar.«

»Wie jemand, der nur stur an seiner Routine hängt, kommst du mir aber nicht vor.«

»In der Highschool war ich noch so. Das hat sich erst am College geändert. Oh! Das hier könnte interessant sein.« Sie zog ein Babybuch an sich, in dem Eltern besondere Ereignisse festhielten. Einen Moment lang blätterte sie, dann las sie vor. »Du bist um drei Uhr zwanzig morgens im Phoenix Memorial geboren und hast dreitausendvierhundertfünfzig Gramm gewogen.« Sie schlug die nächste Seite auf.

»Das ist mir neu.«

»Mutter: Lisa Davis. Vater: …« Sie lachte.

»Was hat sie eingetragen?«

Sarah hielt ihm das Buch hin. »Arschloch.«

»Scheint, dass so ziemlich jeder dieselbe Meinung von ihm hatte.«

Ohne Kommentar blätterte Sarah weiter. »Du hast eine Grandma Patty und einen Grandpa Joe.«

»Das ist immerhin was. Und vermutlich heißen sie ebenfalls Davis.«

Beim Weiterblättern fiel ein Foto aus dem Buch. Sarah gab es ihm lächelnd. Es war ein Babyschnappschuss. Er hatte keine Ahnung, wie man das Alter von so kleinen Kindern schätzte, aber das Foto musste aus seinen ersten Wochen stammen. Es zeigte ihn schlafend in eine Decke gewickelt, neben ihm lag ein Stofftier. Max schnappte sich das Stofftier, das er gerade beiseite geworfen hatte, und hielt es neben die Aufnahme.

»Hm.« Er seufzte. »Das ist das erste Babyfoto, das ich von mir sehe.«

Sarah blickte auf. »Hast du welche von dir als Kind oder als Teenager?«

Er schüttelte den Kopf. »Nur die in meiner Akte vom Jugendamt.«

»Wow. Das hätte ich nicht gedacht. Wie seltsam und wie schade.«

Er zuckte die Achseln. »Ja, vielleicht.« Er legte das Foto beiseite. »Sonst noch was Spannendes?«

Sie schüttelte den Kopf. »Die anderen vorgeschlagenen Einträge in dem Buch hat deine Mutter nicht mehr ausgefüllt.«

»Kein Wunder, sie hat mich ja auch nicht großgezogen.«

Sarah machte ein Gesicht, als hätte ihr gerade jemand einen Welpen geklaut. Er beugte sich vor und legte ihr eine Hand aufs Knie. »Hey, schon gut.«

Einen Moment lang legte sie ihre Hand auf seine, dann beschäftigten sie sich wieder mit den Kisten und hatten bald alle geleert. In der letzten fand Max ein paar Fotos von seiner Mutter in einer Kunstgalerie, vermutlich der, in der sie gearbeitet hatte. Sie war schlank, blond und groß, zumindest in ihren Stilettos.

Man konnte sie als schön bezeichnen.

»Kann ich eins davon haben?« Sarah zeigte auf die Aufnahmen.

»Klar. Aber wozu?«

»Vielleicht kann ich einen Bekannten um einen Gefallen bitten. Er könnte Lisa am Computer mit einer Software altern lassen und uns zeigen, wie sie heute möglicherweise aussieht.«

»Nur zu.« Er schob ihr einfach sämtliche Fotos seiner Mutter hin.

Ein Adressbuch fanden sie nicht, nur ein paar Geburtstags- und Weihnachtskarten, auf denen Namen standen.

Ungerührt betrachtete Max die Fundstücke.

»Was machst du jetzt mit all den Sachen?«

»Was die Secondhandläden nicht nehmen, kommt in den Müll.«

»Willst du nichts behalten?«

Max ahnte, weshalb Sarah das vorschlug, und fand es schön, dass sie sich Gedanken machte. »Nichts von dem Zeug hat irgendeine Bedeutung für mich. Das sind die Überbleibsel ihres Lebens, nicht von meinem. Es ist okay, Sarah. Ich bin okay. Ich halte mich lieber an die Erinnerungen, die ich bereits geschaffen habe. Nicht an die, die sie nicht wollte.«

Sarah nickte, nur halb überzeugt, und nahm die Schachtel, in der sie alles verstauten, worauf ein Name stand. Dann schnappte sie sich die Fotos, die Max weggelegt hatte. »In Ordnung. Aber die nehme ich. Du warst so ein süßes Baby, und wer weiß, vielleicht bringen die anderen Aufnahmen uns irgendwie weiter.«

Den ganzen Rest warfen sie zurück in die Kisten, und am Ende schleppte Max doch alles kurzerhand zum Müllcontainer.

Am späten Nachmittag war Miss Abigales Grundstück wieder in einem Zustand, auf den sie stolz sein konnte. Max nahm Hector beiseite und beauftragte ihn, einmal die Woche vorbeizuschauen und alles in Ordnung zu halten. Sie einigten sich auf den Lohn, Max schrieb sich Hectors Adresse auf und gab ihm seine Telefonnummer. »Wenn hier etwas gemacht werden muss oder Miss Abigale etwas braucht, sag Bescheid. Nenn mir einen fairen Preis und ich schicke dir das Geld dafür.«

Hector war mehr als glücklich über den festen Arbeitstag in der Woche und ein regelmäßiges Einkommen.

Miss Abigale saß auf ihrer Veranda und betrachtete ihren frisch verschönten Garten. »Ich weiß gar nicht, wie ich dir danken soll.«

»Das war purer Eigennutz«, scherzte Max. »Ich habe dringend ein bisschen Bewegung gebraucht.«

Sie durchschaute ihn sofort und verdrehte die Augen.

Sarah wusch sich drinnen gerade den schlimmsten Schmutz von den Händen.

»Du bist ein guter Mann, Maxie.« Miss Abigale drehte sich in ihrem Sessel und schaute über die Schulter durch die offene Tür ins Haus. »Wie lang seid ihr zwei schon zusammen?«, fragte sie leise.

»Erst ganz kurz.«

»Hm. Das habe ich mir gedacht. Sie ist ein süßes Mädchen. Hast du ihre Eltern schon kennengelernt?«

Max schüttelte den Kopf. »Nein.«

»Also, ich mag sie. Bring sie mit, wenn du mich wieder besuchst.«

»Mal sehen, was ich tun kann.«

Miss Abigale schaute ihn an. »Was hast du mit dem Kerl angestellt, der ihr das Veilchen verpasst hat?«

»Ich habe das Gegenteil von dem getan, was ich eigentlich tun wollte.« Ein zweites Mal würde ihm das garantiert nicht passieren.

»Wahrscheinlich besser so«, murmelte Miss Abigale.

»Ja, wahrscheinlich.« Er lehnte am hölzernen Geländer der Veranda und trank einen Schluck Wasser aus der Flasche in seiner Hand.

»Habt ihr aus dem Haus hinten alles geholt, was du brauchst?«

»Ja. Und den Rest haben wir weggeworfen.«

»Gut so. Gestern, als ihr gegangen seid, habe ich noch mal über deine Mama nachgedacht. Und wie gesagt, sie hatte nie Besuch von irgendwelchen Angehörigen und bloß eine Handvoll Freunde. Aber mir ist eingefallen, dass sie mal was von Arkansas gesagt hat.«

Max richtete sich auf. »Was denn?«

»Sie hat erwähnt, ihre Eltern würden Clinton mögen. Er sei bodenständig. Ich habe mich ein bisschen gewundert, weil deine Mama so gar keinen Akzent hatte. Die meisten Leute aus dem tiefen Süden haben ja einen. Du weißt, was ich meine?«

Sarah kam heraus und ließ die Fliegengittertür zufallen.

»Glauben Sie, sie war von dort?«, fragte Max.

»Schon möglich.«

»Wo war wer her?«, fragte Sarah.

»Miss Abigale ist eingefallen, dass meine Mutter mal etwas von Arkansas gesagt hat.«

In Sarahs Augen trat ein Leuchten. »Und wo genau in Arkansas?«

»Keine Ahnung, Kindchen.«

»Immerhin besser als noch vor zwei Tagen. Jetzt haben ein paar Namen und Arkansas.«

Das Smartphone in Max' Gesäßtasche vibrierte. In der Erwartung, eine unbekannte Nummer zu sehen, zog er es heraus, doch stattdessen erschien Tuckers Name auf dem Display. Bisher hatte der Junge ihm immer nur Textnachrichten geschrieben.

»Da muss ich rangehen.«

Miss Abigale wedelte mit der Hand. Max drückte das Telefon ans Ohr und stieg die Treppe hinunter in den Garten.

»Hey, Tucker.«

»Hallo, Mr Smith.«

Ganz gleich, wie oft er dem Jungen sagte, er solle ihn Max nennen, er fiel doch immer wieder auf Mr Smith zurück.

»Dass jemand aus deiner Generation noch weiß, dass man mit einem Telefon einen Anruf machen kann, überrascht mich.«

Tuckers kurzes nervöses Lachen war ein schlechtes Zeichen. »Ich dachte, diesmal rufe ich lieber an.«

»Was ist los?«

»Ich ähm … Ich bin gerade zu Ihrem Haus gefahren. Nach der Schule. Und …«

»Und was?«

Der Junge zögerte, und die Härchen in Max' Nacken richteten sich auf.

»Da ist einer eingebrochen, Mr Smith. Jemand hat das Fenster hinten eingeschlagen, und überall liegt Zeug rum.«

Max wollte es nicht glauben. Fuck! Er fuhr sich mit der Hand durchs Haar und ging noch ein Stück weiter von der Veranda weg. »Haben die was mitgenommen?«

»Ich glaube schon, aber ich war nicht in allen Zimmern. Es ist ein ziemliches Chaos. Gestern Abend um neun, als ich gegangen bin, war noch alles in Ordnung. Ich bleibe nach der Schule immer noch eine Weile. Seit die Reporter weg sind, ist es da schön ruhig und ich kann gut meine Hausaufgaben machen.«

»Glaubst du, es ist gestern Abend passiert, nachdem du weg warst, oder erst heute?« Bei der Vorstellung, dass jemand sein Haus durchwühlte, zog sich Max' Magen zusammen.

»Schwer zu sagen. Auf dem Weg zur Schule bin ich am Haus vorbeigefahren, war aber nicht drin. Tut mir leid.«

»Du kannst nichts dafür, Tucker.« Max warf einen Blick auf die Uhr. »Bloß gut, dass du nicht da warst, als das passiert ist.«

»Soll ich die Polizei rufen?«

Max plante bereits die Abreise aus Phoenix. »Ich kümmere mich darum. Ich fliege heute Abend noch zurück.«

»Tut mir leid.«

»Bist du der Einbrecher?«, fragte Max.

»Nein!« Tuckers Stimme klang entsetzt.

»Dann hör auf, dich zu entschuldigen. Ich mache dir keinen Vorwurf. Im Gegenteil, mir tut es leid, dass das gerade jetzt passiert ist, wo ich weg bin. Aber selbst wenn ich in der Stadt gewesen wäre, wer weiß … Ich melde mich, wenn ich zurück bin. Aber du gehst jetzt besser nach Hause. Offenbar weiß irgendwer, dass ich nicht da bin.«

»Okay. Bis später.«

Tucker legte auf und Max rief den Piloten an.

»Hallo, Mr Smith.«

Max hielt sich nicht mit Small Talk auf. »Wie schnell können Sie uns nach Palmdale fliegen?«

Kapitel 28

Erst im Mietwagen auf dem Weg zum Hotel erzählte Max Sarah, was passiert war. »In mein Haus ist eingebrochen worden. Wir müssen zurück nach Kalifornien.«

Dass er mit kühler Stimme nur ein paar Fakten aufzählte, war ein Muster, das Sarah an ihm nun schon kannte. In Stresssituationen verhielt er sich so. Sie wollte Einzelheiten hören, aber viel konnte er ihr nicht sagen.

Im Hotel duschten sie, packten ihre Sachen und ließen sich dann von einem Fahrer zum Flughafen bringen. Max rief Chase an, aber Sarah hörte nicht, was gesprochen wurde. Nur dass Chase bei der Landung auf sie warten werde, sagte Max ihr hinterher. Sie konnte geradezu sehen, wie heftig es in seinem Kopf arbeitete. Und er war sehr still. Zu still.

Die Reporterin in ihr wollte unendlich viele Fragen stellen. Die Frau, die in der vergangenen Nacht mit ihm geschlafen hatte, wünschte sich, er würde sich öffnen und sagen, was in ihm vorging.

Doch sie verkniff sich die Fragen und drängte ihn nicht, seine Gefühle preiszugeben. Sich zurückzuhalten, fiel ihr unendlich schwer.

Vier Stunden nachdem sie sich von Miss Abigale verabschiedet hatten, landeten sie in Lancaster, wo Chase bereits auf sie wartete.

»Wissen wir irgendwas?«, fragte er Max auf dem Weg nach Palmdale.

»Nur dass jemand eingebrochen ist, alles durcheinandergeworfen und ein paar Sachen mitgenommen hat.«

»Und die Polizei?«

»Wurde nicht gerufen. Ich wollte nicht, dass die Reporter vor uns da sind.«

Die würden sich auf diese Geschichte stürzen. Sarah schwieg.

»Gewisse Vorteile hat es ja, wenn sie ein Haus belagern: Solange sie da sind, bricht wenigstens niemand ein«, sagte Chase. Über den Rückspiegel schaute er Sarah in die Augen. »Bitte nimm das nicht persönlich. Wenn du da bist, ist das immer gut. Für die anderen gilt das nicht unbedingt.«

Max lächelte sie über seine Schulter hinweg an.

Bislang hatte Sarah sein Haus nur im Fernsehen und von außen gesehen, und sie fand, dass es so gar nicht zu ihm passte. Vielleicht weil sie ihn bis jetzt nur in Luxusvillen, Privatflugzeugen, edlen Hotels und bei Miss Abigale gesehen hatte. Sich ihn hier vorzustellen, fiel ihr schwer.

Chase hielt in der Einfahrt und schaltete den Motor und die Scheinwerfer aus. Max sprang aus dem Wagen und half Sarah vom Rücksitz. Sie nutzte die Gelegenheit, ihre Hand in seine zu legen.

Er schaute ihr in die Augen und drückte ihre Finger.

Gut, ging es ihr durch den Kopf. Immerhin zog er sich nicht komplett zurück.

Seine Hand ließ sie nur los, damit er die Tür aufschließen konnte, dann nahm sie ihn am Arm. Er stieß die Tür auf, und sie schnappte nach Luft.

»Heilige Scheiße«, flüsterte Chase hinter ihr.

Max stapfte wortlos ins Haus und wollte den Arm wegziehen. Sarah hielt ihn fest. Er wandte sich zu ihr um, drückte ihre Hand an seine Lippen, küsste sie und ließ sie dann los.

Im Wohnzimmer war alles, was in ein Wohnzimmer gehörte, aber nichts davon am richtigen Ort. Die Sofapolster lagen kreuz und quer, die Füße des Couchtischs ragten in die Luft. Jede Schublade, jeder Behälter war ausgeschüttet worden – ein riesiges Chaos.

Auf Zehenspitzen schob sich Sarah voran und gab sich alle Mühe, nicht auf Max' Sachen zu treten.

»Offenbar haben die etwas Bestimmtes gesucht«, sagte sie.

»Vermutlich das Geld, das ich kürzlich geerbt habe.«

Chase schloss die Haustür. »Hattest du hier was davon herumliegen?«

Max schüttelte den Kopf. »Viel gab es nicht zu holen. Sogar mein Fernseher war alt.«

Sarah schaute sich um. »Welcher Fernseher?«

Max zeigte auf eine leere Konsole.

»Oh«, schnaufte sie.

Bedächtig ging er durch seine Küche. Alle Schubladen standen weit offen, der Inhalt war verstreut. Plötzlich blieb er stehen und fluchte. Dann eilte er zu einer anderen Tür und riss sie auf. »Verdammte Scheiße!«

Sie hastete zu ihm.

Die Tür, die er geöffnet hatte, führte in die Garage. In die leere Garage.

»Die haben meinen verdammten Truck gestohlen.«

»Ich rufe die Polizei«, sagte Chase seufzend.

Während sie auf die Beamten warteten, schauten sich Sarah und Max noch weiter um. Die Einbrecher hatten sich nicht nur mit dem neuen Truck davongemacht, sie hatten den Wagen nicht einmal kurzschließen müssen. Der Zweitschlüssel hatte in einer Küchenschublade gelegen und war weg.

Innen im Haus fehlten außer dem Fernseher und dem Computer auch die neuen Kleider, an denen sogar noch die Preisschilder gehangen hatten.

Die Polizisten erstellten einen Bericht. Aufgrund der Zeit, die vergangen war, seit Tucker das Haus zuletzt in normalem Zustand gesehen hatte, gingen sie davon aus, dass der Pick-up bereits in Mexiko war oder gerade irgendwo umlackiert oder in seine Einzelteile zerlegt wurde.

Sie machten Max so gut wie keine Hoffnung, dass er irgendetwas wiederbekommen würde. Weil auf der Computerfestplatte viele wichtige Informationen gespeichert waren, sahen sie die Gefahr eines Identitätsdiebstahls. Er musste seine Banken benachrichtigen, alle seine Passwörter und Pins ändern und so weiter.

Die Beamten wollten auch Tucker befragen, aber Max sagte ihnen, er wolle den Jungen gern aus der Sache heraushalten. Für ihn sah es so aus, als hätte Tucker es zu Hause schon schwer genug, ohne auch noch in Max' Probleme verstrickt zu werden.

Die Officer waren anderer Meinung, erklärten, meist würden die Opfer die Täter kennen, und Tucker stand ganz oben auf der Liste der Verdächtigen, weil er gewusst hatte, dass Max nicht zu Hause war.

»Nicht er«, widersprach Max. »Mit Jungs seiner Sorte kenne ich mich aus. Tucker hat nichts damit zu tun.«

Schließlich verabschiedeten sich die Polizisten und sagten, sie würden sich melden, wenn sie irgendetwas herausfanden.

Sarah starrte hinter dem Streifenwagen her. »Sollen wir wetten, dass wir von denen nie wieder etwas hören?«

»Die Polizei zu rufen, war vermutlich Zeitverschwendung«, bestätigte Max auf dem Weg zurück ins Haus.

»Aber Kriminelle sind dumm. Manchmal kommen sie zurück, brechen zweimal in dasselbe Haus ein und übersehen dabei die Kameras, die der Hausbesitzer nach dem ersten

Einbruch installiert hat. Falls sie es tatsächlich wieder versuchen, ist es gut, wenn die Polizei schon mal da war.«

Max schaute sie an. »Die kleine Miss Lois Lane kennt sich mit Verbrechern aus.«

Sarah lächelte. »Berufsrisiko.«

Chase stieß den Atem aus. »Kann ich hier noch was tun?«

Max schüttelte den Kopf. »Anstatt alles wieder einzuräumen, schnappe ich mir morgen ein paar Kisten und fange an zu packen.«

»Du ziehst um?«, fragte Sarah.

»Hier kann ich nicht bleiben. Dank Presse, Funk und Fernsehen weiß jetzt so gut wie jeder, wo ich wohne und dass ich Geld habe. Und in einer Gegend wie dieser ist das eine große Versuchung.«

»Wo willst du denn hin?«

Er zuckte die Achseln. »Keine Ahnung.«

»Zieh aufs Anwesen«, schlug Chase vor. »Zumindest, bis du dich entschieden hast, wie es weitergehen soll. Oder für immer. Alex und ich möchten dort nicht wohnen.«

»Ja, vielleicht.«

Chase klopfte Max auf den Rücken. »Wenn ich hier nichts mehr tun kann, fahre ich jetzt nach Hause.«

Max nickte. »Danke fürs Kommen.«

Sarah ging auf, dass Chase vor allem zur moralischen Unterstützung den langen Weg hierher gefahren war. Sie wollte ihn gerade zum Abschied umarmen, als Max sie beiseitenahm.

»Ich habe Chase gebeten, dich nach Hause zu bringen«, sagte er.

»Was? Warum?«

»Aus demselben Grund, weshalb ich auch Tucker nicht hier haben wollte. Falls die noch mal wiederkommen, sollst du nicht in Gefahr geraten.«

Sie ließ die Schultern fallen. »Ich kann sehr gut …«

»Ich weiß.« Er hob die Hand und strich zart mit dem Daumen über die noch immer sichtbaren Blutergüsse in ihrem Gesicht. »Aber falls irgendwer versuchen sollte, dir wehzutun, wird er hinterher sehr, sehr unglücklich sein.«

Sarah beschloss, sich über seine Fürsorglichkeit zu freuen. Seine entschlossene Miene sagte ihr deutlich, dass Widerspruch sowieso zwecklos war.

»Was unternehmen wir wegen deiner Mutter?«, fragte sie.

»Darum kümmern wir uns später. Mit dem, was wir jetzt wissen, können wir ein paar Nachforschungen anstellen, und ich mache ein paar Anrufe. Ich fordere meine alten Akten vom Jugendamt an, und vielleicht gibt es ja Polizeiakten aus der Zeit, in der sie verschwunden ist.«

»Lass mich dir dabei helfen. Du hast hier gerade genug um die Ohren. Ich will noch nicht zurück in die Redaktion und brauche etwas zu tun«, sagte sie.

Max ließ die Hand fallen. »Okay. Danke.« Damit zog er sie an sich.

Sie schlang die Arme um seine Taille. »Ich würde mich ja für die schöne Zeit in Arizona bedanken«, sagte sie. »Aber ich habe Blasen an den Händen und blaue Flecken an den Knien, weil ich zwei Tage lang auf der Erde rumgekrochen bin und geschuftet habe.«

Er lachte – etwas, was sie seit Tuckers Anruf nicht mehr gehört hatte. »Wenn wir wieder mal einen Ausflug machen, wird es nett und es gibt keine Gartenarbeit. Versprochen.«

»Ich habe ja freiwillig mitgemacht.«

»Stimmt.«

Sie wollte noch nicht gehen. »Kann ich dich um etwas bitten?«

Er kniff die Augen zusammen. »Versuch es einfach.«

»Stoß mich bitte nicht weg. Ich meine, wenn das mehr war als nur ein Wochenende.« Plötzlich fühlte sie sich wie ein

Highschoolgirl, das unbedingt wissen wollte, ob ein Junge nun tatsächlich mit ihm ging.

»War es mehr als nur ein Wochenende?«

Sie schloss die Augen. »Ach, lassen wir das. Vergiss, dass ich gefragt habe.«

Er hob ihr Kinn mit einem Finger an, sodass sie ihn anschauen musste. »Ich werde mich anstrengen. Und ja, es ist mehr. Wenn du mir mehr geben willst.«

Sie legte den Kopf in den Nacken und spitzte die Lippen. »Ich will.«

Er deutete ihre Haltung richtig und küsste sie sanft. Erst einmal, dann noch einmal. »Ich rufe dich morgen an.«

Kapitel 29

»Hier spricht die persönliche Assistentin von Maximillian Smith. Ich muss mit jemandem reden, der Zugriff auf seine Akten hat.« Sarah betrachtete die vielen Seiten voller Notizen, die sie auf ihrem Schreibtisch ausgebreitet hatte. Die Leute am anderen Ende der Leitung davon zu überzeugen, dass sie tatsächlich Max' persönliche Assistentin war, war nicht leicht. Trotzdem versuchte sie es, um dadurch gleich möglichst weit oben in der jeweiligen Behördenhierarchie zu landen.

An die Polizeiakte über das Verschwinden der Mutter des kleinen Max zu kommen, war vergleichsweise einfach gewesen, denn Akten ungelöster Fälle wurden gut aufbewahrt. Ausgestattet mit der Fallnummer und dem genauen Datum, an dem Lisa Davis abgetaucht war, kämpfte Sarah jetzt mit dem Jugendamt des Countys, das für Max zuständig gewesen war. Doch sie erfuhr nur das, was die privaten Ermittler bei ihrer Suche nach Max bereits herausgefunden hatten.

Während das Amt erfolglos eine feste Pflegestelle für ihn gesucht hatte, war er durch verschiedene Wohngruppen und Pflegefamilien gereicht worden. Mit fünfzehn war er weggelaufen, aber der entsprechende Eintrag in seiner Akte war gelöscht worden. Danach hatte es weitere Wohngruppen gegeben, doch mit seinem achtzehnten Lebensjahr endeten die Aufzeichnungen. Es gab keine weiteren Details. Damit fehlten gut eineinhalb Jahre seines Lebens.

Natürlich war er damals alt genug gewesen, um sich auch heute noch erinnern zu können, was er in dieser Zeit gemacht hatte. Aber Sarah wollte alles, was die Behörden über ihn hatten, bevor sie damit zu ihm ging. Sie hatte den Lautsprecher ihres Telefons angeschaltet und rieb sich den Nacken.

»Haben Sie nicht gestern schon mal angerufen?«, fragte die Frau am anderen Ende der Leitung.

»Ja, und vorgestern. Aber ich wurde nicht zurückgerufen.«

»Wir haben hier sehr viel zu tun. Jemand wird sich bei Ihnen melden.«

Sarah wollte schreien, doch sie schnappte sich ihren Stift und gab sich Mühe, höflich zu bleiben. »Das glaube ich Ihnen gern, aber dann könnte es zu spät sein.« Sie wollte ein Gefühl von Dringlichkeit entstehen lassen, und womöglich konnte sie der Person, die ihr helfen sollte, das Gefühl geben, etwas Gutes zu tun.

»Zu spät? Wofür?«

»Entschuldigung, wie war noch mal Ihr Name?«, fragte Sarah.

»Nalee.«

»Haben Sie im Lauf der letzten Woche die Nachrichten gesehen, Nalee?«

»Gelegentlich.«

Vielleicht kam sie ja mit diesem Ansatz weiter. »Haben Sie Ihr Handy bei sich?«

»Selbstverständlich.«

»Okay, bitte tun Sie mir den Gefallen und geben Sie den Namen Maximillian Smith in Ihre Suchmaschine ein.«

»Weshalb?«

»Damit Sie sehen, für wen die Informationen sind.«

Sarah wartete schweigend, während Nalee vermutlich nachschaute, was über Max im Netz stand.

»Oh. Oh! Wow. Das ist die Person, um die es sich handelt?«

Sarah war froh, dass sie offenbar zu der Frau durchdrang. »Ja, allerdings. Max wurde als Kind von den Behörden betreut. Ihm hat man gesagt, seine Eltern wären tot, doch jetzt stellt sich heraus, dass seine Mutter ihn als Zweijährigen bei einer Nachbarin zurückgelassen hat. Er braucht seine Akten vom Jugendamt und allen anderen Behörden …« Schnell, Sarah, denk! »… damit er denjenigen danken kann, die ihn durch seine Kindheit und Jugend begleitet haben. Jetzt, wo er die Mittel dafür hat.«

Yes!

»Er hat tatsächlich Milliarden geerbt?«

»Verrückt, oder? Er möchte gern etwas zurückgeben, aber ihn rufen alle möglichen Leute an und behaupten, sie hätten ihm als Kind geholfen. Leider erinnert er sich nur an wenige Namen und es gibt jede Menge Scammer, die die Situation gern ausnützen möchten.«

Ihre Lügengeschichte spann sich wie von selbst.

»Das kann ich mir vorstellen.«

Sarah warf einen Blick auf den Zettel, auf dem sie den Namen der Frau notiert hatte. »Bitte, Nalee, ich muss mit jemandem reden, der uns Informationen geben kann, und wir müssen verhindern, dass sie in falsche Hände geraten. Die Medien sind einfach fürchterlich.« Der letzte Satz ging ihr nur schwer über die Lippen.

»Ich sehe mal nach, ob Mrs Eastman in ihrem Büro ist. Bitte warten Sie einen Moment.«

Warteschleifenmusik dudelte aus dem Telefon, und Sarah seufzte.

Teri kam zur Wohnungstür herein, sah ihre Freundin am Schreibtisch sitzen und schüttelte den Kopf. »Du arbeitest immer noch an der Sache?«

Sarah tat, als würde sie ihren Kopf gegen die Tischplatte schlagen. »Diese Ämter können einem den letzten Nerv rauben.«

Lachend warf Teri Handtasche und Schlüssel auf die Arbeitsplatte in der Küche. »Was du nicht sagst.«

Sarah tippte mit ihrem Stift auf den Notizblock. »Du arbeitest heute Abend, oder?«

»Jap. Kommst du vorbei?«

Sarah zeigte auf die Jogginghose, die sie trug, seit sie am Morgen aufgestanden und zum Schreibtisch gestolpert war. »Dann hätte ich wenigstens einen Grund zu duschen.«

»Kein Date mit Daddy Warbucks?« Diesen Spitznamen hatte Teri Max verpasst und fand ihn sehr treffend. Schließlich war Daddy Warbucks eine Comicfigur, die aus einfachen Verhältnissen stammte und dann stinkreich geworden war.

»Der packt seine Sachen.«

»Unglaublich, dass dein Freund in eine Villa in Beverly Hills zieht.«

»Der Typ, den ich date, nicht mein Freund.«

»Trotzdem.«

Nalee meldete sich zurück. »Miss McNeilly?«

Sarah gab Teri ein Zeichen, still zu sein.

»Ja bitte?«

»Mrs Eastman ist bereits gegangen.«

Sarah stutzte, es war erst zwei Uhr nachmittags. »Sind Sie sicher?«

»Ich weiß, das klingt nach einer Ausrede, aber es stimmt tatsächlich. Ich mache mir eine Notiz und kümmere mich am Montag gleich selbst noch einmal darum. Leider kann ich Ihnen nichts versprechen, aber ich werde es versuchen.«

Mehr konnte Sarah im Augenblick wohl nicht verlangen. »Vielen Dank.« Sie beendete den Anruf und schob ihren Stuhl zurück. »Absolut frustrierend.«

Teri ließ sich aufs Sofa fallen. »Für eine Frau, die krankgeschrieben ist, arbeitest du ziemlich hart.«

Sarah stand auf und streckte sich. »Das kannst du laut sagen. Aber unglaublich, was ich schon alles erfahren habe, auch wenn man nicht alles verstehen muss.«

»Wie zum Beispiel?«

Sie setzte sich ans andere Ende des Sofas und zog die Beine unter sich. »Was Max' Mutter getan hat, könnte alles sein – von einem geringfügigen Verstoß bis hin zu einem Schwerverbrechen.«

»Ein geringfügiger Verstoß? Im Ernst?«

»Kommt ganz darauf an, wie der Staatsanwalt das sieht. Schließlich hat sie ihren kleinen Sohn nicht sich selbst überlassen, sondern ihn in die fürsorglichen Hände von Miss Abigale gegeben, bevor sie verschwunden ist. Gegen Gesetze hat sie damit natürlich trotzdem verstoßen. Wenn sie gut wegkommt, drohen ihr sechs Monate Haft, auf drei Jahre zur Bewährung ausgesetzt, und eine Geldstrafe von zweitausendfünfhundert Dollar.«

Teri riss die Augen auf. »Dafür, dass sie ein hilfloses Kleinkind einfach zurückgelassen hat? Das kann doch nicht alles sein.«

»Stimmt, denkbar sind bis zu vier Jahre Knast. Aber das Irrsinnigste ist: Egal, ob sie hinter Gittern landet oder Bewährung kriegt, ihr Sohn hat nichts davon. So ein Kind wird achtzehn Jahre lang – oder sechzehn wie im Fall von Max – durch die verschiedensten Pflegefamilien und Wohngruppen geschleust, während sie nach längstens vier Jahren wieder frei ist und tun kann, was sie will. Selbst wenn das damals schon nach kurzer Zeit geschehen wäre – um ihr Kind hätte sie sich danach nicht mehr kümmern müssen. Sie hätte sich irgendwo auf den Bahamas an den Strand legen können, während Max weiterhin auf die Großherzigkeit anderer Menschen angewiesen gewesen wäre. Oder auf welche, die das Pflegegeld brauchten.«

»Und was ist mit dem Vater?«, fragte Teri. »Okay, inzwischen ist er tot. Aber zu Lebzeiten hat er sich nie um seinen Sohn gekümmert. Wäre er komplett ungeschoren davongekommen?«

Sarah hob die Hände. »Er hat Unterhalt bezahlt. Solange er regelmäßig Geld überwiesen hat, war er rechtlich auf der sicheren Seite.«

»Krass.«

»Finde ich auch. Und Max hat sogar noch Glück gehabt. Viele Kinder, die so aufwachsen wie er, haben es hinterher schwer im Leben. Manche landen im Knast, und von den Mädchen werden viele früh schwanger. Ein echter Teufelskreis.«

Einen Moment lang dachten sie beide stumm über diese Ungerechtigkeiten nach. Dann brach Teri das Schweigen. »Klingt nach einem idealen Rezept für alle möglichen emotionalen Probleme. Bist du sicher, dass du dir so jemanden ans Bein binden willst?«

»Bis jetzt habe ich nur festgestellt, dass er sehr still wird, wenn ihn etwas belastet.«

»Und wenn er wütend ist? Hast du nicht gesagt, er wollte den Kameramann verprügeln, dem du das Veilchen verdankst?«

»Stimmt. Aber ich weiß nicht, ob man ihn deshalb als gewalttätig bezeichnen kann. Er hat einen ausgeprägten Beschützerinstinkt.«

»Ich hoffe, du nimmst ihn nicht bloß in Schutz.«

Sarah schüttelte den Kopf. »Ich glaube nicht.«

Teri rappelte sich hoch. »Wenn bei mir irgendwelche Alarmlämpchen aufleuchten, sage ich es dir. Mir ist völlig gleich, wie reich ein Typ ist oder wie gut im Bett. Ich will nicht, dass sich meine beste Freundin an einen Kerl hängt, der ihr das Leben zur Hölle macht. Das lasse ich nicht kampflos zu.«

Dass Teri sich Gedanken um sie machte, war ein gutes Gefühl. »Wer redet denn vom ganzen Leben? Wir haben gerade erst angefangen zu daten.«

»Dieser Mann passt zu dir wie der Deckel auf den Topf. Wenn irgendwer das beurteilen kann, dann ich. Obwohl das Motorrad und die Tattoos mich schon ein bisschen überraschen.«

Sarah dachte an den Drachen, der sich von Max' Schulter aus über seinen ganzen Rücken zog. Seinen muskulösen Rücken, den er harter Arbeit verdankte. »Sein Tattoo mag ich.«

Teri lachte. »Wenn du irgendwann ein Freundschaftstattoo willst, sag Bescheid. Ich hätte da ein paar Ideen.«

Zum allerersten Mal winkte Sarah nicht sofort ab. Dank Max konnte sie sich offenbar jetzt etwas vorstellen, was noch bis vor Kurzem auf ihrer Nie-im-Leben-Liste gestanden hatte.

* * *

Wenn man Geld hatte, tat man Dinge, die einem sonst nie in den Sinn gekommen wären. Wie zum Beispiel ganze Wagenladungen noch nützlicher Sachen an Secondhandläden zu spenden, anstatt sie aufzubewahren oder bei einem Garagenflohmarkt zu verkaufen. Jedenfalls verbrachte Max den Rest der Woche damit, sein Leben von vor Stone zusammenzupacken, zu sortieren und wegzuwerfen.

Am aufwendigsten war die Garage. Außer dem Pick-up, den er nicht mal einen Monat lang gefahren hatte, fehlte so gut wie nichts. Was ihn verblüffte. Von allen Gegenständen auf seinem Grundstück wären die Werkzeuge am leichtesten zu Geld zu machen gewesen. Seinen Wagen weiterzuverkaufen, war viel komplizierter und riskanter. Oder man brachte ihn auf dem schnellsten Weg nach Mexiko, was er für ziemlich wahrscheinlich hielt.

Tucker half ihm nach der Schule, dafür schenkte Max ihm einiges an Werkzeug. Er wollte sich neues, noch solideres und leistungsstärkeres besorgen.

Schon am Tag nach der Entdeckung des Einbruchs ließ die Versicherung Max einen Miet-Pick-up liefern.

Geld, dachte er. Wäre Max Smith kein Milliardär, dann wäre sein Fall nie so schnell und entgegenkommend bearbeitet worden. Reich zu sein, hatte viele Vorteile.

Dass Paparazzi von der Straße aus Fotos schossen, gehörte eindeutig nicht dazu. Max ignorierte den Reporter, der irgendwann einsah, dass er nicht mit ihm reden würde, und wegfuhr.

Samstag war der Umzugstag. Max stand mitten in den ausgeräumten vier Wänden, die vier Jahre lang sein Zuhause gewesen waren. Draußen wartete Jeff. Ihre beiden Pick-ups waren voll beladen, aber das war auch schon alles. Sein gesamtes Leben passte auf die Pritschen zweier Pick-ups.

Während Jeff und Tucker die Spanngurte festzurrten, ging Max mit seinem Vermieter durchs Haus. Norm besaß mehrere Mietobjekte, war mindestens so breit wie hoch und kämmte sich ein paar graue Strähnen über die kahle Stelle am Hinterkopf, die dadurch natürlich erst recht auffiel. Und er war ein echtes Ekel.

»Die Kaution kriegen Sie nicht zurück«, blaffte er. »Kaputte Fenster, der Teppichboden ist hinüber, und so, wie die Wände aussehen, könnte man glauben, hier hätte ein Kleinkind gewütet.«

»Ein kaputtes Fenster«, korrigierte Max. »Eine Wand, die die Einbrecher zerkratzt haben, und der Teppichboden war schon hinüber, als ich eingezogen bin.«

»Jetzt sieht er noch schlimmer aus.«

Dass Norm Ärger machen würde, hatte Max bereits geahnt. Er gab dem Mann die Schlüssel. »Überlegen Sie sich, wer den Schaden bezahlen soll. Ich oder die Versicherung. Das Geld zweimal einzustreichen, wäre glatter Betrug.«

»Was wissen Sie denn über so was?«

»Typen wie Sie kenne ich. Sie sahnen immer gern zweimal ab und glauben, keiner merkt es. Wenn ich bezahlen soll, okay. Aber ich brauche eine Rechnung für die Steuer.« Das zu sagen, hatte Alex ihm geraten. Nicht dass Max auf das Geld von der Kaution angewiesen war, aber er mochte diesen Kerl nicht. Die Miete hatte er jedes Jahr maximal erhöht und sich nie darum geschert, wie viel Arbeit und Geld Max in das Haus und das Grundstück steckte. In der Garage standen neue Werkbänke und Schränke, die er kurz nach seinem Einzug eingebaut hatte, um dort arbeiten zu können. Falls im Haus Reparaturen nötig gewesen waren, hatte Norm sie verzögert oder gleich abgewinkt. In Zeiten, in denen Max nicht gut verdient hatte, war es finanziell für ihn manchmal sehr eng geworden.

»Wollen Sie mir irgendwas unterstellen?« Norms Gesicht erinnerte an eine vollreife Tomate.

Max schüttelte mit einem düsteren Lächeln den Kopf. »Nein. Dafür fehlt mir die Zeit.«

Er marschierte aus dem Haus direkt zu seinem Wagen. Tucker saß auf dem Beifahrersitz und freute sich, dass er mitkommen durfte und sich die Villa ansehen konnte, in die Max jetzt einzog.

Der Nachbar, mit dem ihn eine innige Feindschaft verband, schaute zu, wie sie losfuhren. Eigentlich hielt sich Max für einen halbwegs vernünftigen und verantwortungsbewussten Erwachsenen, aber er konnte nicht widerstehen, hielt vor dem Haus des neugierigen Kerls und ließ sein Fenster herunter.

Siegfried tat, als hätte er nicht beobachtet, was auf dem Nachbargrundstück vor sich ging, gab sich sehr beschäftigt und richtete den Wasserstrahl aus dem Gartenschlauch auf seinen Rasen.

»Hey, Siegfried!«, rief Max. Als der Mann nicht reagierte, drückte er auf die Hupe. Siegfrieds verkniffener Gesichtsausdruck freute ihn von Herzen.

»Was ist?«

»Ich wollte dir nur sagen, dass mir in meinem ganzen Leben noch kein Mann begegnet ist, der dringender einen Blowjob gebraucht hätte.«

Tucker prustete los, Siegfried fiel die Kinnlade herunter. Max hob zum Abschied den Mittelfinger und fuhr davon.

Kapitel 30

Jeff und Tucker stiegen in Jeffs Pick-up und wollten gleich zurück nach Palmdale fahren.

»Ich weiß gar nicht, wie ich euch danken soll«, sagte Max.

»Da fallen mir paar Millionen Möglichkeiten ein«, scherzte Jeff.

Max nickte. »Nächsten Monat bringt der Weihnachtsmann deinen Kindern garantiert was besonders Schönes.«

»Da werden sie sich freuen!« Jeff starrte zum hundertsten Mal ungläubig an der Villa hinauf. »Völlig abgefahren, wirklich.«

»Wenn ich im Sommer noch hier bin, kommt ihr zum Grillen. Die Kinder können im Pool toben, bis sie genug haben, und wir genehmigen uns ein paar Bier.«

»Guter Plan.« Jeff nickte.

Max wandte sich an Tucker. »Du hast meine Nummer. Wenn es irgendwelche Schwierigkeiten gibt oder dein alter Herr dir Probleme macht, weißt du, wie du mich erreichst.«

»Danke, Mr Smith.«

»Max«, korrigierte er ihn zum x-ten Mal an diesem Tag.

»Danke, Max.«

Schon besser.

»Von meiner Frau soll ich dir sagen, dass das Angebot für Thanksgiving immer noch gilt«, sagte Jeff.

»Hat sie inzwischen einen Kochkurs gemacht?«

»Nein.« Jeff gluckste.

Mehr musste Max nicht sagen. Als Jeff den Motor anließ, trat er zur Seite. »Fahrt vorsichtig.«

Jeff legte zum Gruß zwei Finger an den Schirm seiner Baseballmütze, dann schaute Max den beiden hinterher.

Zurück in der Villa, stand er im Eingangsbereich und lauschte dem Echo der Stille. Die Küche war zu weit weg, um elektrische Geräte summen zu hören. Weder die Heizung noch die Lüftung oder die Rohrleitungen machten irgendwelche Geräusche. Hier gab es nur jede Menge sehr stillen Platz.

Erst einmal hier zu wohnen, war im Moment am einfachsten. In Palmdale konnte er nicht bleiben, doch in diesem riesigen Schuppen würde er sicher nicht lange sein. So viel Leere ertrug kein Mensch.

Er brauchte Musik, damit er sich mehr wie er selbst fühlte und nicht wie ein Fisch auf dem Trockenen. Am vorherigen Wochenende hatten er und Chase das Gehirn des Gebäudes entdeckt, von dem aus sich ein Bluetooth-Sound-System mit über einem Dutzend Lautsprechern überall im Haus steuern ließ.

Max wanderte durch die Flure, bis er vor der Steuerung stand. Er suchte sich einen Radiosender mit Musik aus, die er mochte, und schon fühlte sich das Haus ein bisschen kleiner an. Dann machte er sich auf den Weg ins Obergeschoss. Chase und Alex hatten vorgeschlagen, er solle sich das größte Zimmer nehmen, denn sie würden nie im Leben im ehemaligen Schlafzimmer ihres Vaters übernachten.

Die beiden sahen dort ihren ungeliebten Erzeuger. Für ihn war es einfach nur ein luxuriöser Raum, der größer war als das Haus, das er heute mit seinen Siebensachen verlassen hatte. Es gab einen offenen Kamin, einen Balkon, ein Badezimmer mit einer Duschkabine, in der fünf Leute gleichzeitig Platz hatten, dazu eine Badewanne und zwei Waschbecken. Im angrenzenden begehbaren Kleiderschrank würden seine paar Klamotten ziemlich verloren wirken.

Er raffte die persönlichen Gegenstände des Verstorbenen zusammen und legte sie ein Zimmer weiter aufs Bett. Ordentlich verstauen würde er alles, wenn er seine eigenen Sachen ausgepackt hatte. Noch während er die erste Umzugskiste leerte, klingelte sein Handy. Sarahs Name auf dem Display brachte ihn zum Lächeln. »Hallo, Lois Lane.«

»Sollte ich mich über den Spitznamen ärgern?«

»Ärgerst du dich?«

Sie hielt kurz inne. »Nein.«

»Damit hast du deine eigene Frage beantwortet. Wie geht's?«

»Willst du eine ehrliche Antwort?«

Er nahm einen Stapel Jeans aus der Kiste und grinste. »Lügen sind mir in dem Fall lieber.« Quatsch.

»Ich bin frustriert«, erklärte sie. »Vor allem sexuell.«

Max ließ die Jeans auf ein Regalbrett im Kleiderschrank fallen und marschierte schnurstracks zum Badezimmer. »Zehn Minuten zum Duschen, dreißig, um zu dir zu fahren.«

»Ich bin schon auf dem Weg zu meinem Wagen«, sagte sie. »Weiß der Himmel, wen Teri in einer Samstagnacht hier anschleppt.«

Max stellte den Lautsprecher seines Smartphones an und zog sich das Shirt über den Kopf. »Mir gefällt, wie du denkst.«

»Schön, dass du nicht mehr zwei Stunden weit entfernt wohnst.«

»Viel zu essen habe ich nicht im Haus.«

»Ich habe sowieso nur Hunger auf was anderes.«

Max spürte ein Zucken zwischen den Beinen. »Der Weinkeller ist gut bestückt.«

»Dann haben wir alles, was wir brauchen.«

Er drehte das Wasser in der Dusche auf. »Fahr vorsichtig.«

* * *

Mit ihrem Bein strich Sarah an Max' Bein entlang. Warm und satt schwebte sie von der Wolke, auf der sie gemeinsam gelandet waren. Sie schmiegte sich an ihn, bettete ihr Ohr auf seine Brust und sagte: »Das machen wir beide wirklich sehr gut.«

»Stimmt.« Er nickte. »Endlich habe ich eine Frau gefunden, die genauso viel Appetit hat wie ich.«

»Du meinst, es macht dir nichts aus, dass ich anrufe und einen Quickie will?«

Sein Lachen ließ seine Brust vibrieren. »Du darfst mich jederzeit gern benutzen, Sarah.«

Sie kuschelte sich noch fester an ihn und betrachtete ihre Hand auf seiner nackten Brust. »Wann hattest du zuletzt eine Freundin?«

Die Antwort kam ohne Zögern. »Letztes Frühjahr. Wenn man es so nennen kann.«

»Es war nichts Festes?«

»Wir hatten ein paar Dates, haben uns ein paarmal getroffen.«

»Was ist passiert?«

Er streichelte beim Reden ihr Haar. »Sie hat gleich nach der ersten Nacht bei mir ein paar von ihren Sachen dagelassen. Und beim nächsten Mal wieder.«

»Zu viel, zu schnell?«

»Sehr fordernd und eifersüchtig«, antwortete er.

Sarah nahm sich vor, ihre Zahnbürste unbedingt wieder mit nach Hause zu nehmen.

»Und bei dir? Wer war der letzte Glückliche?«

Da musste sie ein Stück zurückgehen. »Letztes Jahr habe ich online jemanden kennengelernt. Hat aber nur einen Monat gehalten.«

»Das habe ich noch nie ausprobiert.«

»Du warst noch nie auf einem Online-Dating-Portal?«

»Nope.«

»Das wird auch überbewertet. Die meisten Leute sind nicht ehrlich, und wenn man sie dann trifft, sitzt ein ganz anderer Mensch vor einem, sieht anders aus und verhält sich auch anders, als in seinem Profil steht.«

»Das habe ich gehört und es deshalb nie versucht.«

Sie richtete sich ein wenig auf, damit sie ihn anschauen konnte. Eigentlich wollte sie ihn fragen, wie er über Monogamie dachte, oder, besser noch, ihm sagen, dass sie nicht die Absicht hatte, sich außer ihm noch mit jemandem zu treffen. »Ich glaube, du solltest etwas über mich wissen.«

Sein Lächeln wurde ein wenig zögerlich. »Okay?«

Sie holte tief Luft, dann brach es aus ihr heraus. »Ich kann immer bloß mit einem Mann ins Bett. Teri jongliert ganz locker mehrere Lover, und von mir aus kann sie das gern tun. Aber ich würde das nicht fertigbringen.«

Max musterte sie mit einem amüsierten Blitzen in den Augenwinkeln. Er sagte nichts, und sie redete weiter.

»Ich will dir auf keinen Fall Vorschriften machen. Ich meine, ich will nicht sagen, du kannst nicht … Moment. Nein. Natürlich kannst du. Wenn du das willst.« Du lieber Himmel, was für ein Gefasel. Und Max sagte einfach nichts. »Ich könnte jetzt behaupten, ich wäre nicht eifersüchtig, wenn du dich noch mit anderen triffst. Aber das wäre gelogen.«

Bis er den Mund aufmachte, dauerte es ewig. »Danke für deine Ehrlichkeit.«

Und das war's? Den Kampf gegen ihre Enttäuschung verlor sie kläglich.

»Du bist nicht wirklich eifersüchtig«, fügte er hinzu.

Bei der Vorstellung, dass er eine andere Frau in den Armen hielt, hatte sie sofort einen schalen Geschmack im Mund. »Ich weiß nicht.«

»Wenn du eifersüchtig wärst, wärst du stinksauer gewesen, als Kristy und ich uns den halben Abend über die alten Zeiten unterhalten haben.«

»Sie ist verheiratet.«

»Wann hat das je jemanden abgehalten, der auf ein Abenteuer aus war?«

Sarah dachte an Max' biologische Eltern. »Auch wieder wahr.«

Er strich mit dem Daumen über ihren Kieferknochen. »Ich habe überhaupt kein Verlangen, mit einer anderen Frau zusammen zu sein, Sarah. Ich hoffe, das ist in Ordnung für dich.«

Um das Lächeln zurückzuhalten, das mit Sicherheit das ganze Schlafzimmer ausgeleuchtet hätte, biss sie sich auf die Unterlippe. Sie stieß die Luft aus. »Von mir aus … Von mir aus geht das klar.« Das sollte lässig und entspannt klingen, aber ihr Strahlen verriet sie.

»Schön, dass wir einer Meinung sind.«

»Dann solltest du wissen, dass ich mit einer Spirale verhüte. Schon seit drei Jahren, und in zwei Jahren gibt's eine neue.«

Er nickte, und sein Lächeln wurde ein bisschen ernster. »Kondome sind für mich Gewohnheit.«

»Eine gute.«

Wieder ein Nicken. »Bis jetzt habe ich mir noch nie etwas eingefangen und möchte gern, dass es so bleibt.«

»Wir sind uns schon wieder einig.«

Seine Hand rutschte auf ihren Arm, er schaute ihr fest in die Augen. »An meinem einundzwanzigsten Geburtstag habe ich mich sterilisieren lassen.«

Bis ihr Gehirn verarbeitet hatte, was ihre Ohren hörten, dauerte es volle zehn Sekunden. »Im Ernst?«

Er nickte kurz, dann richtete er sich auf und lehnte sich mit dem Rücken an die Kopfstütze des Betts. Sarah setzte sich ihm im Schneidersitz gegenüber. Das Laken zog sie über ihren Schoß, der Rest von ihr blieb unbedeckt. »Du willst keine Kinder haben?«

»Ich wollte nie dafür verantwortlich sein, dass ein Kind in der Obhut von Ämtern und Behörden aufwächst.«

Ihr Herz zog sich schmerzhaft zusammen. Seine Worte waren wie eine offene Wunde. Sie legte ihre Hand auf sein Bein. »Das tut mir so leid, Max.«

Sein Kiefer spannte sich an. »Ich will kein Mitleid.«

»Zu spät.«

Das schien ihn zu amüsieren.

»Seit ich deine Geschichte kenne, habe ich viel recherchiert – über verlassene und vernachlässigte Kinder, über Pflegefamilien, das ganze System. Aber ich lese das alles bloß, ich erlebe es nicht. Mein Gott, wie verzweifelt musst du gewesen sein, um so jung eine so schwerwiegende Entscheidung zu fällen.«

»Die Entscheidung war richtig.«

»Das bezweifle ich gar nicht. Ich denke nur an all deinen Schmerz, und es tut mir tatsächlich leid für dich.« In ihren Augen brannten Tränen.

Max' Blick wurde weicher. Er streckte eine Hand nach ihr aus. »Komm her.«

Sie beugte sich vor und drückte die Lippen auf seine. Eine einzelne Träne glitt dabei über ihre Wange. Max wischte die Träne weg, drehte Sarah auf den Rücken und drückte sie aufs Bett. Dann liebte er sie langsam und sehr intensiv. Die Kondome blieben unbenutzt auf dem Nachttisch liegen.

* * *

»Würden Sie mir das bitte mal erklären?«

Kaum saß Sarah nach zwei Wochen Abwesenheit wieder auf ihrem Schreibtischstuhl, schon stand ihr Boss vor ihr und wedelte mit einem Foto, das sie und Max beim Lunch in einem beliebten Restaurant in Malibu zeigte. Die körnige Aufnahme war mit einem Teleobjektiv geschossen worden und in einem Konkurrenzblatt erschienen. Unter einer eindeutig zweideutigen Schlagzeile: »Reporterin erhält intime Einblicke!«

Sarah fand es immer ein bisschen ironisch, wenn eine Klatschzeitschrift die Wahrheit schrieb.

»Sie sollten nicht alles glauben, was Sie lesen«, sagte sie zu Patrick.

»Erzählen Sie keinen Mist, McNeilly. Das ist nur eines von vielen Fotos von Ihnen und dem neuen Stone.«

»Smith, nicht Stone.«

»Vorsicht, McNeilly! Was treiben Sie beide eigentlich zusammen?«

Sie war relativ sicher, dass er das nicht anzüglich meinte, doch sie befand sich im Angriffsmodus.

»Mit wem ich außerhalb der Arbeitszeit was treibe, ist ganz allein meine Sache.«

Ihr Chefredakteur stemmte die Hände in die Hüften. »Ich habe Sie nicht gefragt, ob Sie mit ihm schlafen, aber das wäre jetzt wohl geklärt. Wie Sie an Ihre Geschichten kommen, ist mir egal. Das überlasse ich Ihnen. Mich interessiert nur die Story. Wo sind die versprochenen exklusiven Informationen? Jeder fragt nach der Mutter. Lebt sie noch? Ist sie tot? Was?«

Mit diesem Verhör hatte Sarah gerechnet und bereits einen mit Max abgesprochenen Artikel in der Schublade. »Das wissen wir nicht. Und das Letzte, was Max jetzt braucht, ist, dass irgendwer schreibt, dass er nach ihr sucht. Was er übrigens nicht tut«, log sie schamlos. »Mein nächster Maximillian-Smith-Beitrag ist so gut wie fertig. Er erzählt, wie es ist, sich in einem neuen Leben zurechtzufinden, mit der neuen Freiheit klarzukommen, wenn man nicht mehr arbeiten muss. Er beantwortet Fragen, die in so einer Situation sicher jedem gestellt werden würden. Was tust du, wenn du plötzlich in Geld schwimmst und Tag und Nacht von den Medien verfolgt wirst? Was war das für ein Gefühl, zum ersten Mal das Haus deines leiblichen Vaters zu betreten? Wie verstehst du dich mit deinem Bruder und deiner Schwester? Das sind die Themen, die jetzt gerade wichtig sind, Patrick. Die Mutter kann warten.«

»Das sehe ich anders.«

Sie merkte, wie sie reflexhaft das Rückgrat durchdrückte. Eigentlich hatte sie darauf gehofft, dass sie der Erfolg ihres ersten Exklusivartikels durch die nächsten Wochen tragen würde und sie nicht allzu bald sensationsträchtige Details liefern musste. »Wo ist das Problem?«, fragte sie. »Ich höre Dinge, die sonst niemand hört. Ich bin die einzige Reporterin, der er seine persönliche Geschichte erzählt.«

»Das ist mir alles viel zu kuschelig.«

»Kann schon sein, aber dieses neue Interview wird unsere Verkaufszahlen in die Höhe treiben, und andere Blätter werden uns zitieren.«

Patricks Miene verriet, dass er nicht glücklich war. Er hob die Hand und hielt Daumen und Zeigefinger nur einen Zentimeter weit auseinander. »Muss ich Sie daran erinnern, dass Sie vor weniger als einem Monat nur ganz knapp an einer Entlassung vorbeigeschrammt sind?«

Sie schluckte. »War mein Artikel nicht ein ganz großes Ding?«

Er kniff die Augen zusammen und musterte sie. »Ein Reporter muss immer am Ball bleiben. Ich will schmutzige Wäsche, McNeilly. Ich will Dreck.«

»Es gibt keinen Dreck. Nicht soweit ich bis jetzt weiß.«

Er stützte die Hände auf ihren Schreibtisch und fixierte sie. »Und wenn es welchen gäbe, würden Sie dann darüber schreiben?«

Ihr Herz begann zu rasen. »Das sind wirklich anständige Leute, Patrick.«

»Blödsinn. Keiner, der so viel Geld hat, hat eine blütenweiße Weste. Jeder hat irgendwelche Leichen im Keller. Man muss nur an der richtigen Stelle graben.«

»Wie wäre es denn mit einer Serie über Kinder in Wohngruppen oder Pflegefamilien? Über die Vergessenen? Darüber könnte Max uns einiges erzählen.« Sie wollte etwas schreiben, womit sie vielleicht etwas bewegen konnte. Etwas Wichtiges. Nicht ausgedachten Mist verbreiten.

Was ihr Chefredakteur von ihrem Vorschlag hielt, war ihm deutlich anzusehen. »Unsere Leser wollen Tratsch, keine Fakten.«

»Max' Geschichte ist voller Fakten.«

»In seiner Vergangenheit muss es doch Vorfälle geben, aus denen wir was machen können. Hatte er vielleicht die falschen Freunde? Oder hat er seine Highschoolfreundin geschwängert? Hat er im Jugendknast gesessen? Was?«

»Nicht, dass ich wüsste.« Ein Gespräch über diese Themen hatte sich bisher nicht ergeben, und sie hatte nicht nachgefragt.

»Überlassen Sie die Vergessenen den Leuten, die Schicksalsromane schreiben, und liefern Sie mir etwas, was sich verkauft und nicht deprimiert.« Er wollte sich abwenden, hielt aber noch einmal inne. »Dass sie etwas schreiben, was es wert ist, gedruckt zu werden, solange Sie mit dem Typ schlafen, kann ich mir nicht vorstellen. Und bevor Sie jetzt wegen unangemessener Bemerkungen Ihres Vorgesetzten auf die Barrikaden gehen, möchte ich Sie daran erinnern, dass das Smith-Stone-Projekt hier bei dieser Zeitschrift Ihr Rettungsring war. Jeder einzelne Artikel, den Sie mir von jetzt an auf den Schreibtisch legen, sollte mir einen Grund geben, Sie nicht vor die Tür zu setzen. Ist das klar?«

Sie schluckte. »Glasklar.«

Ihr Boss stapfte davon, und als Sarah auf die Hände in ihrem Schoß hinunterschaute, stellte sie fest, dass sie zitterten.

Kapitel 31

Am Montagmittag hielt Max es nicht mehr aus, griff zum Smartphone und schrieb Chase eine Nachricht. In letzter Zeit hatten sie selten geredet, weil Max' Gedanken vor allem um Sarah kreisten. Erst waren sie zusammen in Arizona gewesen, jetzt telefonierten sie oft und lang. Sarah zog ihn in ihren Bann, dabei war seine Wunschliste an eine Frau, mit der er zusammen sein wollte, ziemlich kurz. Im Grund musste sie nur drei Bedingungen erfüllen: nicht durchgeknallt, nicht verheiratet und es passte im Bett.

Doch an ihr faszinierten ihn noch ganz andere Dinge. Sie war stark und doch sensibel, sie brachte ihn zum Lachen und ließ sich keinen Mist erzählen. Sie hatte Hirn und kein Problem damit, ihre Verletzlichkeit zu zeigen. Und auch er durfte bei ihr verletzlich sein. In ihrer Gegenwart fühlte er sich sicher, dabei hatte er nie nach dieser Art Sicherheit gesucht, schon gar nicht in einer Beziehung zu einer Frau. Jetzt war das plötzlich anders. Schritt für Schritt öffnete Sarah ihm die Augen dafür, was es bedeutete, sich auf jemanden einzulassen und zu verlassen, und zum ersten Mal im Leben ergriff er nicht gleich die Flucht.

Im Gegenteil, jetzt, wo er all das erlebte, wollte er nicht mehr darauf verzichten.

Zweimal hatte er Frauen nach ein paar Dates erzählt, dass er sich hatte sterilisieren lassen. Beide hatten ihm erklärt, wie verrückt und unüberlegt sie das fanden.

Sarah hatte geweint. Um den Jungen in ihm, der diese Entscheidung vor vielen Jahren getroffen hatte. Und zum allerersten Mal kamen ihm Zweifel.

Der Arzt, der den Eingriff durchgeführt hatte, hatte zunächst versucht, ihm die Sache auszureden. Zuvor hatten zwei andere Ärzte rundheraus abgelehnt.

Mit einundzwanzig hatte sich Max nicht vorstellen können, dass er jemals Vater werden wollte. Und falls doch, dann gab es jede Menge Kinder, die ein Zuhause suchten. Ein Kind zu adoptieren, war doch eine gute Sache. Davon war er immer noch überzeugt.

Dass Sarah nicht unbedingt dasselbe wollte wie er, war ihm allerdings bewusst. Ohne groß darüber nachzudenken, sah er sie auch noch in fünf Jahren in seinem Leben. Und wenn sie dann noch da war, wollte sie vielleicht eigene Kinder haben.

Er schob die Gedanken ans Vaterwerden weg und tippte die Nachricht an Chase zu Ende. Die Familienplanung konnte noch warten, aber eine Beschäftigung brauchte er schnell. Er bat Chase, ihn anzurufen, wenn er eine Minute hatte.

Schon fünf Minuten später klingelte sein Telefon. »Hey.«

»Du hast mich in einem guten Moment erwischt«, sagte Chase.

»Schön. Ähm. Hör mal, Leute, die den Jackpot geknackt haben, sagen ja immer, sie würden ihren Job sofort an den Nagel hängen, sich irgendwo an den Strand legen und Margaritas schlürfen.«

Chase lachte. »Jap, das hört man gelegentlich.«

Max stand draußen auf der Terrasse, einem voll möblierten Wohnzimmer im Freien samt Fernseher, offenem Kamin, Outdoorküche und Bar. Er starrte am Pool vorbei ins Nichts.

»Um mich totzusaufen, bin ich noch zu jung. Ich brauche einen Job.«

Chase lachte noch lauter. »Du ahnst gar nicht, wie sehr mich das freut.«

»Heißt das, du hast schon eine Idee?«

»Nein, das heißt, ich habe die Wette mit Alex gewonnen.«

»Welche Wette?«

»Ich habe gesagt, sobald du ausgepackt hast, würdest du die Wände hochgehen. Alex meinte, das würde sicher noch einen Monat dauern.«

Max ließ sich in einem der Sessel nieder. »Und worum wetten Leute mit so viel Geld? Um eine Villa in Europa oder ein teures Auto?«

»Um einen Hunderter«, antwortete Chase.

Max lächelte. »Seit ich alt genug war, einen Hammer zu schwingen, habe ich immer gearbeitet. Ich brauche etwas zu tun, und warum mich woanders umsehen, wenn es bei Stone Enterprises vielleicht etwas für mich gibt.«

»Pass auf, Alex und ich haben uns für morgen Früh verabredet. Kannst du um neun im Büro sein?«

»Solange ich keine Krawatte tragen muss.«

»Krawatten sind freiwillig.«

Sie beendeten den Anruf, und Max spürte eine innere Ruhe, die ihm vorher gefehlt hatte. Nachdem er noch ein paar Minuten lang ins Leere gestarrt hatte, fiel ihm ein, dass die meisten Kleider, die er mit Nick zusammen gekauft hatte, jetzt bei jemand anderem im Schrank hingen.

Er ging ins Haus und blieb erschrocken stehen. Eine Frau mittleren Alters mit einer Handtasche in einer Hand und einer Tüte in der anderen zuckte bei seinem Anblick zusammen.

»Wer sind Sie?«, fragte er.

»Mein Gott, haben Sie mich erschreckt!« Die Frau schluckte. »Ich bin Karina.«

Max starrte sie fragend an. Der Name sagte ihm nichts.

»Die Haushälterin«, erklärte sie. »Sie müssen Mr Smith sein.«

»Von einer Haushälterin hat mir niemand etwas erzählt.« Aber dass es eine gab, war eigentlich naheliegend.

»Miss Piper meinte, ich soll heute kommen. Ist das ungünstig für Sie?«

Er schüttelte den Kopf. »Nein. Das passt schon.«

Sie seufzte und trat von einem Fuß auf den anderen. »Schön. Ich habe gehört, Sie sind hier eingezogen?«

»Ja. Für eine Weile zumindest.«

Die Frau lächelte nervös. »Normalerweise komme ich montags bis donnerstags. Feste Zeiten hatte ich bislang nicht. Aber jetzt, wo Sie hier sind, können wir das absprechen.«

»Okay.« Er hatte keine Ahnung, was er sagen sollte. Mit Haushälterinnen hatte er keine Erfahrung. Aber er hatte auch noch nie ein Haus besessen oder in einem so riesenhaften wie diesem gewohnt.

»Mr und Mrs Stone haben mich hin und wieder auch am Wochenende gebraucht. Wenn sie Gäste hatten.«

Max ging davon aus, dass sie von Aaron und seiner Trophäenfrau sprach. Karina wartete. Offenbar musste er irgendetwas sagen. »Ich plane keine Einladungen.«

Darüber schien sie ganz glücklich zu sein.

Sie legte ihre Handtasche und die Tüte auf einen Tisch. »Die Einkäufe erledige ich gern in der Wochenmitte.«

Wieder schaute er sie fragend an.

»Haben Sie schon eine Einkaufsliste?«

Was? »Ich kann selbst einkaufen gehen.«

Sie blinzelte ein paarmal. »Was ist mit Essen? Wir hatten eine Köchin …«

»Ich kann …«, begann Max, dann machte er den Mund zu. Er kochte, weil er musste, nicht, weil er es gern tat oder wirklich gut konnte. »Erzählen Sie mir ein bisschen mehr über diese Köchin.«

Das schien ihr zu gefallen. »Gern. Lassen Sie mich kurz die Sachen wegräumen, dann können wir alles besprechen.«

* * *

Max war noch einmal in die Geschäfte gefahren, in denen er zusammen mit Nick eingekauft hatte, und hatte ein paar von den Kleidungsstücken ersetzt, die die Einbrecher hatten mitgehen lassen.

Jetzt saß er in Alex' Büro und war gespannt, ob es für ihn hier im Unternehmen eine sinnvolle Aufgabe gab.

»Als unser Vater gestorben ist, sind Chase und ich hier reinspaziert, als wüssten wir, was zum Teufel wir taten«, erklärte Alex.

»Was natürlich nicht der Fall war«, ergänzte Chase.

»Ich habe bei der Regent-Hotelgruppe in der Abteilung Zukäufe und Fusionen gearbeitet. Mein finsterer Plan war es, für Regent möglichst viele Anteile von Stone Enterprises zu erwerben. Als eine Art ausgestreckter Mittelfinger gegenüber Dad.«

»Wow. Ihr beide habt ihn wirklich nicht gemocht.«

»Ist das denn ein Wunder?«

Max schüttelte den Kopf.

»Zum Glück habe ich durch diese Arbeit eine gewisse Ahnung davon, wie man ein Hotelunternehmen leitet. Wobei es bei Stone Enterprises noch einige weitere Geschäftszweige gibt«, erklärte Alex.

»Wie zum Beispiel?«, fragte Max.

»Dad hat Fluglinien gekauft, in Lebensmittellogistik investiert und in eine große Mietwagenfirma. Alles Mögliche.«

»Die Hotels waren ihm nicht genug?«

»Dad war nur glücklich, wenn er Geld ausgeben oder viel Geld machen konnte«, erklärte Chase.

»Wie viel habt ihr beide denn mit dem Tagesgeschäft von all dem zu tun?«

»Für die meisten Bereiche haben wir Leute, die sich auskennen und sich darum kümmern. Aber wenn es irgendwo nicht gut gelaufen ist, musste der Hotelsektor des Unternehmens das bislang ausgleichen. So kann es nicht weitergehen.«

Max lehnte sich zurück und versuchte, sich dieses gigantische Geflecht aus verschiedenen Firmen vorzustellen. »Deshalb wolltet ihr die Starfield-Hotels nicht auch noch dazukaufen.«

Alex verdrehte die Augen. »Was ein Fehler gewesen sein könnte.«

»Habe ich irgendwas nicht mitbekommen?«

In den nächsten Minuten erzählte Chase ihm von Yarros' neuestem Coup. Dass er seine Stone-Enterprises-Anteile an Melissa verkauft und Starfield erworben hatte.

»Wann ist das denn passiert?«, fragte Max.

»Während du in Arizona warst. Noch ist es nicht öffentlich bekannt«, antwortete Alex.

Dass sie Yarros los waren, ging für Max in Ordnung. Aber dass nun an seiner Stelle die Trophäenfrau im Vorstand saß, stellte er sich ziemlich ungut vor.

»Für uns sieht es aus, als hätte Dad ein paar Fehlinvestitionen getätigt, in Bereichen, aus denen wir uns zurückziehen müssen. Was auch bedeutet, dass dort Jobs verloren gehen.«

Max fuhr sich über den ordentlich gestutzten Bart. »Bald ist Weihnachten. Da erwarten die Leute eine Bonuszahlung, keine Kündigung.«

»Schon klar. Es gab zwei Gründe, alles hinauszuschieben. Erstens: dich. Deine Stimmenanteile lagen brach und ohne dich konnten wir erst mal nichts verkaufen. Zweitens: den Black Friday. Der tut den Zahlen im vierten Quartal immer gut.«

»Ich dachte immer, der Black Friday wäre nur was für den Einzelhandel«, sagte Max.

Alex schüttelte den Kopf. »Das stimmt nicht ganz. Am Black Friday können wir Frühbucherrabatte fürs kommende Jahr anbieten, Gutscheine oder Feiertagsarrangements. Genau wie der Einzelhandel kann auch ein Hotelunternehmen im letzten Quartal deutlich bessere Zahlen schreiben als im ersten.«

»Dann warten wir noch mit den Entlassungen.« Max wollte nicht dafür verantwortlich sein, dass jemand seinen Kindern nichts zu Weihnachten kaufen konnte.

»Genau«, bestätigte Chase.

»Aber was kann ich denn tun?«, fragte Max. »Bislang habe ich immer mit den Händen gearbeitet und war im Zweifel derjenige, dem gekündigt wurde, nicht der, der die Kündigung geschrieben hat.«

Alex und Chase tauschten Blicke. Dann beugte sich Chase vor und stützte die Ellbogen auf die Knie. »Wir müssen uns ein Bild von den Firmen machen, von denen wir uns womöglich trennen.«

»Und das machen wir wie?«

»Nehmen wir zum Beispiel die Lebensmittellogistik. Wir haben eine Firma namens Stone Holdings, die wiederum Teil der Via Corporation ist. Via Corp managt Stone Holdings. Mit dem Tagesgeschäft haben wir so gut wie nichts zu tun. Alex und ich hatten geplant, dass ich diese Firmen besuche, sie mir genau anschaue und überlege, ob sie zu retten sind. Aber das Baby kann jeden Moment kommen, und wenn bei Piper die Wehen einsetzen, will ich auf keinen Fall irgendwo weit weg sein.« Chase fuhr sich mit der Hand durchs Haar.

»Von Quartalszahlen und solchem Zeug habe ich nicht die geringste Ahnung und könnte die Aufstellungen vermutlich gar nicht lesen, geschweige denn entscheiden, wie es weitergehen soll.« Max war verwundert, dass sie ihm eine solche Aufgabe geben wollten.

Alex schüttelte den Kopf. »Dafür haben wir unsere Leute. Nein, wir brauchen jemanden, der dem Management auf den Zahn fühlt und mit den Angestellten spricht. Du weißt sicher aus Erfahrung, dass die Bosse oft ziemlich wenig Ahnung haben, weshalb ihre Belegschaft nicht so produktiv ist, wie sie sein könnte.«

»In meiner eigenen Firma, CMS«, fügte Chase hinzu, »habe ich, sooft es ging, die Jeans angezogen, bin runter zu den Verladestationen gegangen und habe mit den Leuten gesprochen. Wenn sich mehr als einer über die Abläufe beschwert hat, habe ich genau hingehört. Und wenn unsere Leute Verbesserungsvorschläge hatten, haben Busa und ich uns damit beschäftigt und dann auch oft etwas verändert.«

Chase' Erklärung klang logisch.

»Keiner erwartet, dass du innerhalb kürzester Zeit ein Spezialist für Lebensmittellogistik wirst, ein Hotel leitest, Köche einstellst oder ein Kasino managst. Das meiste davon können wir selbst auch nicht. Aber die Leute, die das für uns erledigen, werden mit dir reden. Schließlich bist du jetzt einer der Haupteigner des Unternehmens.« Alex lächelte und fuhr fort: »Und du kommst uns vor wie ein Mann, der es merkt, wenn man ihm Bullshit erzählt.« Sie hielt inne und verdrehte die Augen. »Außer bei dem einen Mal, als drei Fremde an deine Tür geklopft und verkündet haben, du wärst der Sohn eines verstorbenen Milliardärs.«

Max lachte. Chase warf ebenfalls lachend den Kopf zurück und schlug sich auf die Schenkel. Alex wippte mit dem Fuß und schaute Max mit ungerührter Miene ins Gesicht.

»Eins zu null für euch«, sagte er. »Aber ihr habt recht. Mein Bullshitsensor funktioniert ziemlich gut.«

Seine Halbschwester neigte den Kopf. »Ohne den wärst du bei deinem Lebenslauf vermutlich untergegangen.«

Allerdings. Ihm machte niemand so leicht etwas vor. »Okay. Welche Firma ist die erste, der es an den Kragen geht?«

In Chase' Büro auf der obersten Etage vertiefte sich Max in die Informationen über Stone Holdings. Das meiste davon sagte ihm zunächst ziemlich wenig, doch er wollte sich nützlich machen und sah es als Herausforderung. Um halb zwölf verließen er und Chase zu einem frühen Lunch das Gebäude. Sie holten sich Sandwiches und setzen sich draußen vor dem Deli außer Hörweite der anderen Kunden an einen Tisch.

»Ich habe heute noch gar nicht nach Piper gefragt. Wo ist sie eigentlich?« Max packte sein Sandwich aus und trank einen Schluck Wasser aus einer Flasche.

»Zu Hause. Ihre Ärztin konnte sie endlich überreden, in den Mutterschutz zu gehen. Nicht dass sie sich wegen ihres Jobs Gedanken machen oder Geldsorgen haben müsste. Wir sind verlobt, verdammt noch mal.«

Max hörte die Frustration in Chase' Stimme.

»Sicher fällt es Piper genauso schwer wie uns allen, einfach dazusitzen und nichts zu tun.«

»Garantiert wird das Baby da bei uns beiden für Abhilfe sorgen.«

»Wann soll es denn kommen?« Max biss in sein Sandwich.

»Den Berechnungen nach? Jede Minute. Für die Leute im Büro und Pipers Eltern: in ein paar Wochen.«

Max kaute langsamer. »Weshalb dieser Zeitunterschied?«

Chase schaute nach links und rechts, dann senkte er die Stimme. »Das ist nicht für die Öffentlichkeit bestimmt.«

»Okay.« Max nickte.

»Piper war schon schwanger, als wir uns kennengelernt haben.«

Max riss die Augen auf. Damit hatte er nicht gerechnet. »Wow!«

Chase schüttelte den Kopf. »Das ist nicht wichtig. Dieses Kind ist mein Kind, unser Kind. Die Kleine wird meinen Namen tragen, und alles wird sein, als wäre sie von mir. Aber Pipers Eltern sind sehr religiös und müssen die Details nicht kennen.«

»Ein bisschen starr in ihren Ansichten?«

»Ziemlich. Beinahe hätte Piper ihr Baby deshalb zur Adoption freigegeben. Sie wollte sogar die Schwangerschaft komplett vor ihren Eltern verheimlichen.«

Max stieg Galle in die Kehle, und er schluckte dagegen an. »Und warum hat sie es dann doch nicht getan?«

Chase schaute ihm fest in die Augen. »Der Grund warst du.«

»Ich?«

»Piper hat alles gegeben, um dich zu finden. Alex und ich hatten ziemlich viel um die Ohren, aber sie hat nicht lockergelassen. Bei der Suche nach dir hat sie sich mit Adoptionen beschäftigt und damit, was mit Kindern passiert, die nicht adoptiert werden und um die sich die Ämter kümmern. Und dann konnte sie sich nicht mehr vorstellen, ihrem Kind so etwas zuzumuten.«

»Babys finden so gut wie immer schnell ein neues Zuhause.«

»Das war ihr klar. Aber sie wurde die vielen Was-wenn-Gedanken einfach nicht mehr los.«

»Ich weiß gar nicht, was ich sagen soll.« Von der Warte einer Frau aus, die daran dachte, ihr Kind zur Adoption freizugeben, und sich Gedanken über seine Zukunft machte, hatte Max dieses Thema noch nie betrachtet.

»Ja, nicht wahr? Wegen ihrer Eltern und weil sie Single war, dachte sie, das Baby zu behalten, wäre keine Option. Selbst als es zwischen ihr und mir langsam ernst geworden ist, wollte sie es noch hergeben. Ich musste mich extrem zurückhalten, denn am liebsten hätte ich sie überredet, es zu behalten. Mir war sehr schnell klar, dass Piper die Richtige für mich ist. Und ich habe ihr gesagt, wenn ich sie ein Jahr später als alleinerziehende

Mutter kennengelernt hätte, hätte ich auch versucht, mit ihr zusammenzukommen.«

»Wow!« Max fehlten noch immer die Worte. Er hielt sich nicht für sentimental, aber Chase' und Pipers Geschichte ging ihm zu Herzen.

»Es gibt nur eins, was mich stört.«

»Was denn?«

»Dass ich sie nicht überreden kann, mit mir zum Standesamt zu gehen, bevor Baby Stone zur Welt kommt. Die Papiere liegen bereit, für den Fall, dass sie ihre Meinung noch ändert. Ich weiß, heutzutage ist das nicht mehr so wichtig, und wir planen ja eine richtige Hochzeit im Frühjahr. Aber ich will nicht, dass sie sich irgendwelche Sorgen macht. Und Frauen sorgen sich immer wegen allem Möglichen. Zumindest Piper.«

Max lachte. »Alex nicht.«

»Oh doch, sie sorgt sich. Sie verbirgt es bloß besser.«

Max aß weiter, und auch Chase biss in sein Sandwich.

»Wir haben über Thanksgiving gesprochen«, sagte Chase.

»Was ist damit?« Max spülte den letzten Happen mit einem Schluck Wasser hinunter.

»Alex und ich gehen normalerweise zu unserer Mutter.«

Max ahnte, worauf dieses Gespräch hinauslief. »Ihr müsst mich nicht einladen. Ich komme gut zurecht.«

»Das ist es nicht. Oder vielleicht doch. Mom ist letzte Woche zu ihrem Freund gezogen.«

»Zu dem Hotelbesitzer?«

»Gaylord Morrison. Sie wohnt jetzt in Texas. Und Pipers Frauenärztin meint, so kurz vor dem Geburtstermin sollte sie nicht mehr fliegen. Das sehen wir auch so, und ausgerechnet nach Texas möchten wir schon gar nicht. Man weiß einfach nicht, was die Ärzte dort tun dürfen und was nicht, falls es Probleme gibt.«

»Aber es sieht doch alles gut aus.« Dass in einigen konservativen Bundesstaaten Frauen zunehmend das Recht abgesprochen wurde, über sich, ihren Körper und ihre Gesundheit zu entscheiden, wusste Max. Darüber, was das für eine Hochschwangere bedeutete, die ihr Kind eigentlich behalten wollte, hatte er allerdings nie nachgedacht.

»Wir möchten keinerlei Risiko eingehen. Als wir letzten Monat in Texas waren, haben wir beschlossen, erst nach der Geburt wieder hinzufliegen.«

»Und was hat das jetzt mit Thanksgiving zu tun?«

»Gaylord und Mom kommen her. Erst wollten wir bei uns feiern, aber das könnte für Piper zu anstrengend werden. Und Alex … Tut mir leid, aber sie kann nicht kochen. Mom hat zwar angeboten, sich in Alex' Küche zu stellen, oder wir könnten uns das Festtagsessen bringen lassen. Aber Alex' Wohnung ist viel zu klein. Deshalb hatten wir die Idee, auf dem Anwesen zu feiern. Aber jetzt wohnst du da, und wir möchten nicht …«

Max lachte. »Es ist euer Haus.«

»Und deins. Bislang haben wir dort nur ein paarmal übernachtet, aber du lebst jetzt in der Villa, und das respektieren wir.«

Max rieb sich das Gesicht und schüttelte den Kopf. »Dieses Haus ist größer als manche Wohnanlagen, die ich kenne, und ich brauche nur ein einziges Schlafzimmer. In der Bude stehen acht, nein, mindestens zehn Betten herum. Und ich bin mir fast sicher, dass an ein paar davon noch die Preisschilder hängen. Ihr müsst mich nicht um Erlaubnis bitten. Ihr könnt jederzeit kommen. Sagt einfach nur rechtzeitig Bescheid, damit es nicht peinlich wird, wenn Sarah bei mir ist und wir gerade nackt durchs Wohnzimmer rennen.«

Chase gluckste. »Prima. Dann also Thanksgiving auf dem Anwesen. Ein bisschen haben wir gehofft, dass du das sagst. Mom und Gaylord freuen sich schon sehr, dich kennenzulernen.«

Sich vor dem gemeinsamen Festtagsessen zu drücken, war vermutlich keine Option. »Wird das eurer Mutter nicht unangenehm sein? Schließlich hat ihr Ehemann sie mit meiner Mutter betrogen.«

Chase knüllte seine Serviette zusammen und warf sie in die Papiertüte, in die das Sandwich verpackt gewesen war. »Das ist ja nicht deine Schuld.«

Richtig. Max beschloss, sich nicht zu viele Gedanken zu machen. Gemeinsam gingen sie zurück zu Chase' Wagen.

»Wie läuft es denn mit Sarah?«

»Gut.« Der Gedanke an sie brachte ihn zum Lächeln. »Eine Frau, die mich versteht und durchschaut. Für mich ist das neu.«

»Wir mögen sie. Nicht, dass das irgendwie ausschlaggebend wäre.«

Auch daran, dass jemand eine Meinung zu der Person hatte, die er datete, war er nicht gewöhnt. Aber es gefiel ihm.

»Vermutlich wird unsere Mutter schon ziemlich früh am Donnerstag kommen wollen, um zu kochen. Vielleicht lässt sie auch ein paar Lebensmittel anliefern.«

Bei Lebensmitteln fiel Max sofort die Haushälterin ein, und er knuffte Chase gegen die Schulter. »Danke übrigens für die Überraschung mit Karina.«

Chase öffnete die Fahrertür. »Oh, Shit. Richtig. Dir von der Haushälterin zu erzählen, hatte ich komplett vergessen. Sorry.«

»Gibt es noch andere Angestellte, von denen ich wissen sollte?« Grinsend schob sich Max auf den Beifahrersitz.

»Bloß die Leute für den Garten. Ach ja, und für den Pool. Die kümmern sich auch um die Brunnen.«

Max schloss die Beifahrertür und schüttelte den Kopf. »Was ist das bloß für ein Leben?«

Kapitel 32

Isa und Sean McNeilly hatten sich am College kennengelernt. Nach zwei verliebten gemeinsamen Jahren hatten sie ihre Abschlüsse gemacht und danach längere Zeit eine Fernbeziehung geführt, weil Sarahs Mutter ein Praktikum bei einer Organisation in Irland absolviert hatte, die sich um globale und kulturell bedingte Gesundheitsprobleme kümmerte. Isa war vor allem in der Forschung tätig gewesen, und von ihr hatte Sarah vermutlich den unbedingten Willen geerbt, die Fakten zu kennen, bevor sie eine Geschichte schrieb.

Aus Sarahs Sicht ergänzten sich ihre Eltern perfekt. Ihre Mutter war die Ernsthafte, ihr Vater erzählte gern Witze, und zwar mit trockenem Humor und Pokerface.

Wegen ihrer Arbeit war Isa viel unterwegs, und er fand nichts dabei, zu Hause die Stellung zu halten, während seine Frau ihre Karriere voranbrachte. Er selbst hatte einen Abschluss in Buchhaltung und Betriebswirtschaft, doch nach drei Jahren in diesem Bereich hatte er festgestellt, dass er Zahlen hasste, und gekündigt. Er hatte gern mit Menschen zu tun, saß ungern hinter einem Schreibtisch und war gut im Planen und Organisieren. In der Familie wurde oft gescherzt, ihr Dad halte es in einem neuen Job immer nur so lange aus, wie ein neuer Wagen noch neu roch. Dann war es Zeit für etwas anderes.

Die Ehe ihrer Eltern lebte von gegenseitiger Unterstützung. Und genau das war auch Sarah für ihre Zukunft wichtig.

Thanksgiving bei den McNeillys war seit jeher laut und trubelig. Außer ihren Eltern und ihrem Bruder saß auch immer ein Onkel väterlicherseits mit seiner Familie mit am Tisch. Dazu eine Tante mütterlicherseits mit ihrem erwachsenen Sohn und dessen Ehefrau sowie alle vier Großeltern. Traditionell lief nebenher im Fernsehen Football.

Chaos und Liebe bestimmten diesen Feiertag, und Sarah kannte es nicht anders. Sich vorzustellen, wie freudlos Thanksgiving bislang für Max gewesen sein musste, tat ihr im Herzen weh. Er hatte ihr versichert, sie müsse sich keine Gedanken machen, er vermisse nicht, was er nie gekannt habe. Doch das nahm sie ihm nicht ab. Zum ersten Mal feierte er jetzt mit seinen Geschwistern. Schauten sie Football? Wer waren die Köche in der Familie? Gab es irgendein Gericht, das Max liebte und das für ihn an einem Feiertag einfach dazugehörte?

Diese Fragen beschäftigten sie, während sie versonnen Kartoffeln schälte.

»Ich habe gehört, du hast einen Freund«, sagte ihre Tante Della.

Richtig.

»Einen reichen Freund«, raunte ihre Mutter ihrer Schwester zu.

Auch richtig.

»Reich heißt nicht gleichzeitig anständig«, gab ihr Vater zu bedenken.

»Er ist kein anständiger junger Mann?« Della fuhr zu Sarah herum.

Bevor sie etwas sagen konnte, redete ihre Mutter schon weiter. »Das kannst du doch gar nicht wissen, Sean.«

»Das weiß keiner von uns.«

Sarah funkelte ihren Vater an.

»Sarah hat eine gute Menschenkenntnis. Sie würde niemanden daten, der nicht weiß, was sich gehört.«

»Ich war mit so jemandem verheiratet, und was hat mir das gebracht?« Tante Della war geschieden, ihr Ex-Mann ein ziemlich schräger Charakter, den die Familie stillschweigend toleriert hatte, bis er angefangen hatte zu trinken.

Tante Della fixierte Sarah. »Lass die Finger von den Bad Boys. In Liebesromanen klingen die immer sehr romantisch. Aber in der Realität – vergiss es.«

»Er hat sie in seinem Privatjet mitgenommen, stell dir vor.«

»Ein Privatjet sollte nicht über einen zweifelhaften Charakter hinwegtäuschen«, warnte ihr Vater.

Ihre Mutter und Della wollten gleichzeitig etwas sagen, aber Sarah hob die Stimme, um auch einmal zu Wort zu kommen. »Max ist einer der fürsorglichsten und warmherzigsten Männer, die mir je begegnet sind. Und mit dem Privatjet wollte er mich nicht beeindrucken, den haben wir nur genommen, weil die Medien ihm ständig auf den Fersen sind. Und dass er Tattoos hat und Motorrad fährt, macht ihn nicht zum Bad Boy. Wir leben nicht mehr in den Fünfzigern.«

»Mein Boss ist ein Hippie«, sagte ihre Mutter. »Er fährt Motorrad.«

»Er hat einen Motorroller, Isa. Das ist etwas völlig anderes«, hielt Sean dagegen.

»Es schadet nichts, wenn ein Mann Geld hat«, erklärte Tante Della. »Falls ich irgendwann noch mal heirate, dann nur jemanden mit einem dicken Konto. Meine Liebesheirat hat mir bloß einen arbeitsscheuen Rumhänger eingebracht, der noch nicht mal den Müll rausgetragen hat.«

Tante Della war ein bisschen verbittert. Mit dem Handrücken schob Sarah die Brille auf ihrer Nase höher und schälte weiter Kartoffeln.

»Denkst du, es ist was Ernstes, Honey?«, fragte ihre Mutter.

Wieder machte Sarah den Mund auf, doch diesmal kam ihr Vater ihr zuvor.

»Du lieber Himmel, Isa. Sie kennt den Kerl ja noch kaum.«

Sarah ließ die Hände sinken und schaute ihren Vater an. »Seit wann bist du so ein Pessimist?«

»Na, stimmt doch.«

»Und wie lang hast du gebraucht, um zu merken, dass die Sache mit Mom etwas Ernstes war?«

»Dass er mich heiraten würde, hat er mir schon beim ersten Date gesagt«, antwortete ihre Mutter.

»So was sagen junge Männer, um bei Frauen landen zu können.«

»Trotzdem bist du mehr als dreißig Jahre später immer noch da«, entgegnete Sarah. »Und nörgelst an dem Mann rum, den ich date, ohne ihn überhaupt zu kennen.«

Ihre Mutter straffte die Schultern. »Zum Glück sehe ich die Dinge ja positiv.«

Ihr Vater ließ sich nicht beirren. »Falls du mal Geld brauchst, kommst du zu uns und fragst nicht ihn«, forderte er.

Ja, klar. Als ob sie das jemals tun würde. Wer erwachsen sein wollte, konnte nicht ständig seine Eltern anpumpen. Schon deshalb war es so wichtig, dass sie ihren Job bei *RMI* behielt. »Wer behauptet denn, dass ich Geld brauche?«

Ihr Vater schaute ihr lange ins Gesicht. Der plötzliche Lärm aus dem Wohnzimmer deutete auf einen Touchdown des Favoriten hin. Sean schnappte sich sein Bier und marschierte aus der Küche.

»Dein Dad meint es nur gut, Honey. Er macht sich Sorgen, deshalb stellt er sich so an.«

Ihre Tante senkte ihre Stimme. »Wie war denn der Privatjet?«

Sarah legte das Schälmesser weg und schnappte sich ein Handtuch. »Fantastisch. Und bevor ihr fragt: Nein, wir sind jetzt nicht Mitglieder im Mile-High-Club.«

Ihre Mutter lachte.

Tante Della zog eine Grimasse. »Jammerschade.«

Sarah ließ das Handtuch auf die Kücheninsel fallen und ging ins Wohnzimmer. Die Augen fest auf den Fernseher geheftet, stand ihr Vater hinter dem Sofa. Sie stellte sich zu ihm, hakte sich bei ihm unter und legte den Kopf an seine Schulter. Schon nach einer Sekunde spürte sie, wie er lockerer wurde. Als er den Kopf an ihren lehnte, nickte sie Richtung Terrasse. Gemeinsam gingen sie weg vom Lärm, hinaus zu diesem etwas ruhigeren Platz.

»Möchtest du mir sagen, was das gerade sollte, Dad?«

In so düsterer Laune hatte sie ihn noch selten erlebt. Normalerweise strahlte er Zuversicht und Stärke aus, und das liebte sie an ihm. So wie er sich jetzt gab, kannte sie ihn nicht.

Seufzend führte er sie zur Sitzgruppe und forderte sie mit einer Geste auf, sich zu ihm zu setzen.

»Ich will nicht, dass sich mein kleines Mädchen vom Geld eines reichen Mannes blenden lässt.«

Sie atmete tief ein. »Wenn ich nicht wüsste, wie lieb du mich hast, wäre ich jetzt verletzt.«

»Verletzt?«

»Glaubst du wirklich, ich suche mir einen Mann wegen seines Bankkontos aus?«

Er schaute ihr in die Augen. »Was soll ich denn glauben? Du kennst diesen Typ gerade mal wie lange? Einen Monat?«

»So ungefähr, ja.«

»Und jedes Mal, wenn ihn jemand erwähnt, kriegst du diesen verträumten Blick. Das sieht dir nicht ähnlich.«

Verträumt? »Ist dir schon mal der Gedanke gekommen, das könnte daran liegen, dass ich ihn lieber mag als je einen andern zuvor?«

Ihr Dad presste die Lippen zusammen. »Den Kerl, der dir das Veilchen verpasst hat, hat er nicht verprügelt.«

Das Veilchen war nur noch eine Erinnerung, aber jetzt, da ihr Vater wieder davon anfing, verstand sie, worum es wirklich ging. Sie musterte ihn mit einem kleinen Lächeln. »Schon klar. Du hast Angst, Max könnte ein reicher Waschlappen sein, der mich nicht beschützen will oder kann.«

»Hat er ja auch nicht.«

»Daddy. Glaub mir, du sorgst dich wegen nichts. So lange ich denken kann, hast du mir immer gesagt, ich soll mich nie von einem Mann abhängig machen, ich soll darauf achten, dass ich meine Miete und mein Essen immer selbst bezahlen kann. Und du hast meine Messlatte höher gelegt als das Empire State Building. Du hast mir beigebracht, Respekt zu erwarten und nur mit dem Besten zufrieden zu sein, weil deine Tochter nur das Beste verdient.«

Er hob das Kinn, als wollte er sagen: Verdammt richtig, das habe ich dich gelehrt.

»Meine Messlatte ist tatsächlich sehr hoch, Dad. Weshalb, glaubst du, habe ich bislang nur ganz wenige Männer gedatet, geschweige denn euch vorgestellt? Max ist respektvoll, und nicht nur mir gegenüber. Er hilft völlig Fremden und gibt Bedienungen ein unglaublich großzügiges Trinkgeld. Er hält Türen für mich auf, und wenn wir auf einem Gehsteig unterwegs sind, achtet er darauf, dass er zwischen mir und dem Verkehr geht. Klingt das nach einem Mann, der mit Geldscheinen winkt, um ein Mädchen zu kriegen?«

Ihr Vater schaute beiseite. »Nein.«

»Nein«, wiederholte sie. »Hab ein bisschen mehr Vertrauen in mich, Dad.«

Er legte ihr seinen Arm um die Schultern und zog sie an sich. »Okay.«

Die Antwort kam mühsam, aber für den Moment war Sarah zufrieden.

* * *

Jede Sorge, Chase und Alex' Mutter könnte sich in seiner Gegenwart unwohl fühlen, verpuffte in dem Moment, als Vivian durch die Tür kam und ihn umarmte, als würde sie ihn seit Jahren kennen. Ihr Freund Gaylord klopfte ihm auf die Schulter und nannte ihn Sohn. Wirklich seltsam, das alles.

Innerhalb kürzester Zeit entwickelte sich die Küche zum Zentrum des Geschehens. Hier kamen alle zusammen und jeder half bei den Vorbereitungen.

»Erzähl mal, was wollte der kleine Max früher gern werden?«, fragte ihn Gaylord.

Max lachte über die Frage, dann zeigte er auf den Hut des Mannes. »Jedenfalls kein Cowboy.«

»Sehr bedauerlich, mein Sohn.«

»Bei Cowboys versteht er keinen Spaß«, erklärte Alex Max.

Piper klemmte halb stehend, halb sitzend auf einem Hocker an der Kücheninsel und mischte Süßkartoffeln mit anderen Zutaten. »Du solltest den Cowgirlhut sehen, den er unserer Kleinen bereits geschenkt hat.« Sie tätschelte ihren Bauch, der über Nacht noch größer geworden zu sein schien.

»Sobald sie auf der Welt ist, sattle ich ihr ein Pony.«

Piper stöhnte. »Von mir aus kann das gar nicht bald genug passieren. Ich kann nicht mehr sitzen, ich kann nicht mehr stehen.«

»Schlafen auch nicht«, fügte Chase hinzu.

»Daran erinnere ich mich nur zu gut«, sagte Vivian. »Bei Chase war es nicht so schlimm, aber Alex hat mir das Leben wirklich schwer gemacht.«

Alex riss die Hände in die Luft, in einer hielt sie einen Löffel, in der anderen eine leere Schüssel. »Sieger! Sieger!«

Zum ersten Mal, seit er sie kannte, erlebte Max Alex komplett entspannt. Sie trug Jeans, einen Pulli und so gut wie kein Make-up. Sie, Chase und Vivian veranstalteten eine Art Weinprobe zu der Käseplatte, die Alex mitgebracht hatte – wie sie sagte, ihr traditionell einziger Beitrag zu jedem Festtagsessen. Für die Weinprobe holte Chase eine beliebige Flasche aus dem gut bestückten Keller. Wenn alle probiert und dem Wein eine Bewertung gegeben hatten, schaute Piper im Internet nach, was er kostete.

Ziemlich schnell gelangte Max zu dem Schluss, dass Aaron Stone sehr viel Geld für Wein ausgegeben hatte. Die angebrochenen Flaschen wurden beiseitegestellt, Chase entkorkte bereits die vierte und goss ein wenig daraus in drei Gläser.

Während Gaylord an seinem Whiskey nippte, genügte Max das eine Glas Wein aus der ersten Flasche, die sie geöffnet hatten. Dass Chase und Alex zur Entspannung ein bisschen mehr tranken als sonst, gönnte er ihnen von Herzen. Schließlich standen sie seit Aarons Tod unter einem gewaltigen Druck. Gleichzeitig war es gut, wenn jemand nüchtern genug blieb, um zu fahren, denn Piper sah aus, als könnte das Baby jede Minute kommen.

»Wenn du schon kein Cowboy sein wolltest, was wolltest du dann?« Gaylord griff seine Frage noch einmal auf.

Max dachte einen Moment lang darüber nach. »Ich wollte Arbeit.«

Der große laute Texaner zeigte mit dem Finger auf ihn und nickte. »Das gefällt mir.«

»Der hier ist aus dem Burgund.« Chase gab Alex und Vivian ihre Gläser. Sie unterbrachen ihre Arbeit und nahmen einen Schluck. Alex trank, ohne den Wein zuvor zu schwenken oder daran zu riechen. Vivian ließ sich mehr Zeit, schnupperte, schwenkte und probierte. Chase betrachtete das Glas, zuckte die Schultern und nahm einen Schluck. Alle drei summten.

»Mir schmeckt er«, sagte Alex.

»Ich fand den letzten besser.«

»Der ist köstlich«, stellte Vivian fest.

Piper ließ die Süßkartoffeln stehen, schob sich mühsam neben Chase, betrachtete das Etikett, tippte etwas in ihr Smartphone und überflog die Suchergebnisse.

»Holla!« Sie räusperte sich und schaute sich die Flasche noch einmal genauer an. »Die wollt ihr vielleicht tatsächlich leer trinken«, erklärte sie.

»Ach ja? Wie viel?«, erkundigte sich Alex lachend.

»Sechstausendvierhundert …«

»Für eine Flasche Wein?«, fragte Max ungläubig.

Chase lachte.

»Du solltest mal meine Whiskeysammlung sehen«, sagte Gaylord.

»Sechstausend Dollar? Im Ernst, Gaylord?« Max schüttelte den Kopf.

»Wozu all das Geld verdienen, wenn man es nicht ausgibt, Sohn?«

Max kippte den Wein, der in seinem Glas schal geworden war, in den Ausguss und hielt Chase das Glas hin. Chase schenkte ihm ein, und er nahm einen Schluck, bei dem ihn alle beobachteten. Einen Moment lang behielt er ihn im Mund, als wüsste er, wie man Wein verkostete, dann schluckte er ihn hinunter. »Schmeckt rot«, erklärte er.

Alex schlug lachend mit der Hand auf die Küchentheke, Piper widmete sich wieder den Süßkartoffeln, und Max schaute zu, wie Chase Wein im Gegenwert von knapp siebenhundert

Dollar aus seinem Glas in den Ausguss schüttete und sich aus der vorigen Flasche bediente, die achthundert Dollar gekostet hatte.

Es war absolut verrückt. »Bin ich der Einzige, dem gerade die Weihnachtsgeschichte von Charles Dickens durch den Kopf geht?«, fragte Max.

Alex schüttelte den Kopf. »Als wir nach dem Begräbnis zum ersten Mal länger hier waren, ist es mir genauso gegangen. Wir haben uns im Haus umgesehen, die Kunstgegenstände gesucht, die im Testament aufgeführt sind, und Chase hat mir den Tresor gezeigt.«

»An den Tag erinnere ich mich noch sehr gut«, sagte Piper.

»Welchen Tresor?«, wollte Max wissen.

Chase stellte sein Glas beiseite. »Oh, Shit! Von dem haben wir dir noch gar nichts erzählt.«

»Bereite dich auf einen Schock vor«, sagte Alex zu Max.

Chase winkte ihn und Gaylord zu sich und marschierte aus der Küche. Zu dritt stiegen sie die Stufen ins Obergeschoss hinauf und gingen in das Schlafzimmer, das Max inzwischen bewohnte.

»Den Tresor haben wir fast zufällig entdeckt, oder, genauer gesagt, Piper. Im Testament stand jedenfalls nichts davon.« Chase betrat den begehbaren Kleiderschrank.

»Da drin gibt es keinen Tresor.«

Lächelnd schob Chase die Hand in die Ecke eines Regalbretts an der hinteren Wand, und Max hörte ein Klicken. Im nächsten Moment drückte Chase eine Geheimtür auf.

»Heilige Scheiße«, murmelte Max.

»Unglaublich«, sagte Gaylord.

»Es ist bloß eine winzige Kammer, aber …« Chase ging in den kleinen Raum.

Max steckte den Kopf durch die Tür, und da stand er, der gigantische Tresor.

Chase nahm einen Zettel oben vom Korpus, gab die darauf notierte Zahlenkombination ein und öffnete die schwere Tür.

Max blieb der Mund offen stehen. Der Tresor war so groß, dass eine Person darin Platz finden konnte. Eine kleine Person zwar, aber immerhin. Und er war vollgestopft. Selbst von da aus, wo Max stand, sah er die Bargeldstapel. Damit er nähertreten konnte, schob sich Chase aus der Kammer.

Dieser Kasten war die reinste Goldmine, und Max traute seinen Augen nicht. Neben den Stapeln aus gebündelten Hundertdollarscheinen gab es noch anderes, weitaus farbigeres Geld. »Ich nehme mal an, das sind keine Pesos?«, fragte er.

Gaylord spähte in die Kammer und stieß einen Pfiff aus.

»Alles haben wir uns noch gar nicht angesehen«, erklärte Chase. »Aber da liegen außer Dollar auf jeden Fall Euro, britische Pfund, Dirham, Yuan und sogar Rubel.«

»Russisches Geld?«, fragte Max.

»Verrückt, oder?«

Max schob einen Packen Scheine beiseite und entdeckte dahinter einige Behälter. Er nahm einen heraus und schraubte den Deckel ab. »Goldmünzen.«

Damit Gaylord besser sehen konnte, rückte er beiseite.

»Verdammt, Sohn.«

»Kaufverträge für Immobilien, Wertpapiere, Rechnungen und Belege für teure Anschaffungen, Versicherungsscheine … Das könnte ich verstehen. Aber das hier?«, sagte Chase. »Was hatte er mit all dem Zeug vor? In seinen Bankschließfächern sieht es ganz ähnlich aus, nur die Stapel sind kleiner.«

Gaylord nahm eine Pistole aus dem Tresor, warf einen Blick in die Kammer und legte sie zurück.

Im selben Moment entdeckte Max das Gewehr, das an der Innenwand des Tresors lehnte, und daneben eine Schachtel Munition. »War Aaron in illegale Geschäfte verwickelt?«

Chase zuckte mit den Schultern. »Keine Ahnung.«

»Dass man für alle Fälle etwas Geld im Haus haben will, kann ich verstehen«, sagte Gaylord. »Eine gewisse Menge Bargeld oder wertvolle Münzen zur Hand zu haben, kann klug sein. Aber das hier …« Er schüttelte den Kopf.

»Wie gibt man das überhaupt aus?«, fragte Max.

»Gar nicht«, antwortete Gaylord und wandte sich ab.

Max stellte die Goldmünzen zurück in den Tresor und schloss die schwere Tür.

»Euer Vater war besessen von mehr. Mehr Hotels, mehr Reichtum, mehr Einfluss.«

»Mehr Frauen«, fügte Max hinzu.

»Richtig. Vielleicht hat das alles nur mit seinem Ego zu tun. Zugetraut hätte ich es ihm.«

Max schloss die Geheimtür, und sie blieben noch einen Moment lang im begehbaren Kleiderschrank stehen.

»So viel Bares von einem Konto abzuheben und im Haus zu bunkern, ist doch merkwürdig. Deshalb haben Alex und ich bis jetzt nichts davon angerührt.«

»Wenn euer Vater irgendetwas zu verbergen hatte, wird es ans Licht kommen«, sagte Gaylord. »Max ist das beste Beispiel dafür.«

Max nickte und hob die Hände.

»Über den Tresor und seinen Inhalt muss ich erst mal nachdenken, Jungs. Wenn mir etwas Schlaues dazu einfällt, lasse ich es euch wissen.« Gaylord klopfte Chase auf die Schulter. »Aber was ganz anderes: Deine Mutter kann uns gerade nicht hören, deshalb möchte ich dir gern etwas sagen.«

Um Chase' Lippen spielte ein Lächeln, denn er konnte sich vorstellen, was er gleich hören würde. Max war ziemlich ahnungslos, doch das änderte sich schnell.

»Deine Mutter und ich, wir werden beide nicht jünger.«

Chase schwieg, nur seine Augen wurden größer.

»Ich denke, du weißt, was ich für sie empfinde. Ich möchte, dass sie den Nachnamen Stone loswird und dafür bald Morrison heißt.«

»Bittest du mich gerade um Erlaubnis, meine Mutter heiraten zu dürfen?« Chase' Lächeln reichte von einem Ohr zum anderen.

»Wenn du es so sagst, klingt es ein bisschen seltsam. Aber, verdammt, nein. Ich bitte nicht um Erlaubnis. Den Antrag mache ich ihr so oder so. Nur hätte ich gern deinen Segen. Du bist ihr Sohn, und ich wollte es dir vorher sagen.«

Chase streckte Gaylord die Hand hin. Der Texaner ergriff sie und zog ihn zu einer Umarmung an sich. Max schaute zu, wie die Männer einander danach musterten, und offenbar gefiel ihnen, was sie sahen. So etwas hatte er noch nie erlebt, aber er war verdammt glücklich, in diesem Moment hier zu stehen. Es zeigte Größe, wenn ein Mann, der doppelt so alt war wie Chase, dem jüngeren diese Art von Respekt erwies.

Zwar war Vivian nicht seine Mutter, und Gaylord würde nicht sein Stiefvater werden, aber langsam verstand Max ein wenig besser, was es bedeutete, eine Familie zu haben. Ein unerwartet gutes Gefühl.

Chase und Gaylord gingen zurück nach unten, Max blieb noch einen Moment lang oben. Heute Abend hatte er noch nicht mit Sarah gesprochen und wollte das nachholen, bevor es zu spät wurde.

Ihr leises Hallo brachte ihn zum Lächeln. »Wie ist dein Thanksgiving?«, fragte er.

»Lass mich mal überlegen. Tante Della ist eine heiße Anwärterin für einen Platz in der Betty Ford Clinic und wird wohl die Nacht auf der Couch verbringen. Grandpa McNeilly schnarcht bereits im Liegesessel. Wie er bei dem ganzen Geschrei wegen des Footballspiels auch nur ein Auge zukriegt, ist mir ein Rätsel. Mein Cousin spielt Trinkspiele mit meinem Bruder, wir sind alle jetzt schon satt, und der Truthahn kommt gerade erst aus dem Ofen. Wie läuft's bei dir?«

»Bis jetzt schläft hier noch keiner. Aber Alex, Chase und ihre Mutter haben schon leicht einen im Tee. Auf lustige Art.«

»Ist es anstrengend, die Mom und Morrison im Haus zu haben?«

»Überhaupt nicht. Sie sind toll. Und Morrison hat Chase vor einer Minute mehr oder weniger gefragt, ob er Vivian bitten dürfte, ihn zu heiraten.«

»Wie bitte?« Sarah hob die Stimme.

»Ja, irgendwie cool.« Viel mehr als nur cool, aber er wollte nicht klingen wie ein sentimentaler Idiot.

»Dann ist dein erster Feiertag mit Familie ein Erfolg?«

Obwohl Sarah ihn nicht sehen konnte, nickte er. »Deutlich besser als Vegas.«

»Das freut mich für dich. Du verdienst es, glücklich zu sein.«

Sie machte ihn glücklich. »Und was treibst du jetzt für den Rest des Wochenendes?«

»So einiges mit dir, hoffe ich.«

Er warf lachend den Kopf in den Nacken. Dann hörte er, wie unten jemand seinen Namen rief. Auf dem Weg ins Erdgeschoss redete er weiter. »Black Friday Shopping ist nicht so mein Ding. Aber vielleicht fällt uns ja was Besseres ein.«

»Ich shoppe sowieso lieber online.«

»Max? Komm schnell!« Chase' Stimme klang ernst und gestresst.

Max verlor sein Lächeln. »Moment bitte«, sagte er zu Sarah. »Was ist denn los?«

»Keine Ahnung.« Er ging schneller, erreichte die Küche und sah, wie dort alle durcheinanderliefen. Vivian riss sich gerade die Schürze herunter, Alex stellte Essen in den Kühlschrank. Chase hatte den Arm um Piper gelegt und Piper stand in einer Pfütze.

Der Einzige, der völlig gelassen wirkte, war Gaylord. »Sieht aus, als möchte die Kleine beim Thanksgivingdinner dabei sein.«

»Was ist denn?«, fragte Sarah noch einmal.

Piper hielt sich den Bauch und verzog das Gesicht.

Max schaute auf den Fußboden. »Bei Piper ist die Fruchtblase geplatzt.«

Kapitel 33

Max fuhr, Piper und Chase saßen auf der Rückbank, Alex auf dem Beifahrersitz. Gaylord und Vivian folgten ihnen in einem zweiten Wagen.

»Ich dachte, beim ersten Kind dauert alles immer ein bisschen länger«, sagte Max und suchte im Rückspiegel Chase' Blick.

»Sag das mal der Kleinen«, murmelte Alex.

Die Wehen kamen zwar noch nicht schnell nacheinander, aber sie hatten direkt begonnen, nachdem das Fruchtwasser abgegangen war. Und so, wie Piper sich dabei anhörte, war das wirklich nicht spaßig. Eine halbe Stunde hatten sie gebraucht, bis alles in der Küche ausgeschaltet und das Essen im Kühlschrank verstaut gewesen war, um Pipers Ärztin anzurufen und die fertig gepackte Tasche zu holen.

Was schwangere Frauen in diesen Taschen verstauten, war Max ein Rätsel. Aber ganz offenbar standen sie immer bereit.

Während er sich vom Navi zum Krankenhaus leiten ließ, versuchte Alex, für ein bisschen Ablenkung zu sorgen. »Seht es mal so: Auf die Art werdet ihr nie ihren Geburtstag vergessen.«

»Es ist nicht wie Weihnachten«, hielt Max dagegen. »Das Datum von Thanksgiving ändert sich jedes Jahr.«

Alex knuffte ihm gegen den Arm. »Das war nicht sehr hilfreich.«

»Wie soll sie denn heißen?«, fragte Max schnell.

Piper stöhnte.

»Atmen, Honey.«

»Ich habe nicht deshalb gestöhnt«, erklärte Piper. »Ich hätte auf dich hören sollen, Chase.«

»Und wegen was genau?«

»Es ist so weit, sie kommt heute noch.«

Max warf einen Blick zu Alex, Alex biss sich auf die Lippen.

»Wir wussten doch, dass es jederzeit so weit …«

»Nein, es ist … Autsch! Aua! Ach, verdammt.«

Max verzog das Gesicht, und sobald er den Freeway erreicht hatte, fuhr er schneller.

Als die Wehe abebbte, sprach Piper weiter. »Wir müssen die Geburtsurkunde unterschreiben.«

»Ja, klar«, sagte Chase und klang dabei verwirrt. »Kein Problem.«

Max warf einen Blick in den Rückspiegel, Piper starrte Chase an. »Wir haben unterschiedliche Namen, wir sind nicht verheiratet.«

Wieder tauschten Max und Alex Blicke.

»Honey, das macht doch nichts …«

»Oh doch. Ich hätte auf dich hören sollen. Wir hätten zum Standesamt gehen müssen. Weshalb habe ich mir das nicht besser überlegt? Jetzt werden verschiedene Nachnamen auf der Geburtsurkunde stehen. Aber ich will nicht, dass sie jemals glaubt, wir hätten heiraten müssen.« Piper brach in Tränen aus.

Max fuhr direkt zur Notaufnahme des Krankenhauses. Alex sprang aus dem Wagen, um jemanden zu holen, Max öffnete Piper die Tür, Chase stützte sie. Jemand vom Krankenhaus brachte einen Rollstuhl und nahm Piper und Chase mit.

»Wir sehen euch gleich drin«, rief Alex hinter ihnen her.

»Ganz schön aufregend«, stellte Max fest.

Sie parkten den Pick-up und trafen kurz danach im Wartebereich der Geburtsstation mit Vivian und Gaylord zusammen. Zehn Minuten später spazierte Sarah durch die Tür. Max stand auf und begrüßte sie mit einem Kuss.

»Wie geht es ihr?«

»Die Kleine hat es ganz schön eilig.« Max erzählte Sarah, was er wusste. Unterwegs waren Pipers Wehen stärker geworden und die Abstände etwas kürzer, was alle nervös gemacht hatte.

Max stellte Sarah Vivian und Gaylord vor, dann setzten sie sich und warteten.

»Verdammt!« Alex starrte auf ihr Smartphone.

»Was ist denn?«

»Ich habe mein Ladekabel vergessen, und mein Akku ist fast tot.«

Sarah griff in ihre Handtasche. »Kein Problem.«

Max grinste. »Du hast ein Ladekabel mitgebracht?«

»Jap. So eine Geburt kann dauern.« Sie gab Alex das Kabel und kramte wieder in der Handtasche. »Snacks habe ich auch dabei, und etwas, um die Nerven zu beruhigen.« Sie zog zwei Miniflaschen mit bernsteinfarbenem Alkohol heraus und zwei Piccoloflaschen Champagner.

Max grinste. »Du hast wirklich an alles gedacht.«

»Die Idee war von meiner Mutter.«

Chase betrat den Wartebereich und fuhr sich mit der Hand durchs Haar.

Vivian stand auf. »Ist alles in Ordnung?«

Er schüttelte den Kopf. »Sie ist völlig aufgelöst und will sich nichts gegen die Schmerzen geben lassen.«

»Viele Frauen wollen bei der Geburt lieber keine Medikamente, Honey.«

»Nein, Mom, das ist es nicht. Sie will unbedingt einen Standesbeamten oder einen Pastor. Jemanden, der uns hier und jetzt trauen kann, bevor das Baby zur Welt kommt, damit auf der Geburtsurkunde unser gemeinsamer Name steht.«

»Ach, Darling …«

Chase hörte seine Mutter nicht. Er wandte sich an Max und Alex. »Wir brauchen jemanden. Holt irgendwen.«

»Ich kenne keine Pastoren«, sagte Max.

Sarah schüttelte den Kopf. »Sorry. Vielleicht gibt es ja hier in der Klinik einen Seelsorger?«

»Die Schwestern haben ihn schon angerufen. Er hat Bereitschaftsdienst und kann in frühestens zwei Stunden hier sein, aber nur falls nicht zu viel Verkehr ist. Und an Thanksgiving ist immer viel Verkehr.«

Alex wedelte mit der Hand. »Ich hab's.«

Chase fuhr zu ihr herum, alle schauten sie erwartungsvoll an.

»Nick. Vor zwei Jahren hat er einen Kurs gemacht und sich eine Lizenz besorgt, damit er seine Schwester trauen konnte.« Alex griff bereits nach ihrem Telefon.

»Perfekt. Sag ihm, er soll Gas geben.«

»Kommen die Wehen schon schnell hintereinander?«, fragte Vivian.

»Es gibt noch Pausen. Aber die Schwestern sagen, wenn Piper erst Medikamente genommen hat, darf sie keine offiziellen Dokumente mehr …«

Gaylord klopfte ihm auf die Schulter. »Alles klar, Sohn. Jetzt geh wieder rein und sag ihr, wir regeln das.«

Chase nickte wie ein Wackeldackel.

»Nick!« Alex seufzte den Namen ihres besten Freundes geradezu ins Telefon. »Wir brauchen dich.«

* * *

Nach exakt einer Stunde und fünfunddreißig Minuten stürzte Nick durch die Tür. »Schneller ging's nicht.« Er trug eine smaragdgrüne Latexhose und ein schwarz-weiß gestreiftes Shirt. Damit sah er aus wie eine Comicfigur, nicht wie jemand, der eine Amtshandlung vollziehen durfte.

Alle starrten ihn fassungslos an.

»Was zum Teufel ist das für ein Kostüm?« Alex klang geradezu entsetzt.

»Es ist Thanksgiving«, sagte er, als wäre damit alles erklärt. »In meinem Fall Friendsgiving. Schon mal gehört?«

»Ihn haben sie mit dir zum Kleiderkaufen geschickt?«, flüsterte Sarah Max ins Ohr.

»Das Motto dieses Jahr ist ›Der Joker‹.«

Alex schüttelte den Kopf.

»Sei froh, dass ich mich für dieses Outfit entschieden habe. Ich hätte auch als seine verrückte Freundin mit den Zöpfen gehen können.« Nick drehte sich um die eigene Achse. »Wo ist denn das glückliche Paar?«

Alex zeigte zur Eingangstür der Geburtsstation.

Vivian machte sich gleich auf den Weg, blieb aber kurz bei Nick stehen und musterte ihn von oben bis unten. »Der Joker traut meinen Sohn und die Liebe seines Lebens.« Sie schüttelte den Kopf.

Nick senkte sein Kinn ein wenig. »Sorry, Mama V. Es ist Friendsgiving.«

Vivian tätschelte seinen Arm. »Nächstes Jahr um diese Zeit werden wir sicher darüber lachen.« An der Eingangstür griff sie nach dem Haustelefon und rief im Stationszimmer an. »Hallo … Ja. Unser Pastor ist gerade angekommen.«

Sarah und Max prusteten los.

Ein paar Minuten später trat eine Krankenschwester durch die Tür. Ihr Blick blieb an Nick hängen, sie blinzelte, sagte aber nichts. »Wir haben Piper in ein größeres Zimmer verlegt, damit Sie alle Platz haben.«

»Wie lang ist denn der Abstand zwischen den Wehen?«, fragte Vivian.

»Jetzt etwa fünf Minuten. Ein Weilchen dauert es also noch, aber sobald die Trauung erledigt ist, können wir ihr etwas gegen die Schmerzen geben.«

»Wir sehen doch nichts, oder?«, fragte Nick mit schreckensweiten Augen.

Die Krankenschwester musterte ihn. »Sie machen sich Gedanken darüber, was Sie sehen könnten?«

Gaylord lachte auf. »Genau dasselbe habe ich mir auch gerade gedacht. Das arme Baby wird vor lauter Schreck wieder zurück in den Bauch wollen.«

»Es. Ist. Friendsgiving!«, schimpfte Nick wie ein trotziges Kind.

»Cool bleiben, Nick. Wir ziehen dich bloß auf.«

Max stand auf und griff nach Sarahs Hand.

»Meinst du, sie möchte mich wirklich dabeihaben?«, fragte Sarah.

Alex wedelte mit der Hand. »Keine Sorge. Komm einfach mit.«

Bevor sie die Station betreten durften, maß die Krankenschwester bei allen die Temperatur, und dann mussten sie sich gründlich die Hände waschen.

Während sie wartete, bis sie an der Reihe war, schaute Sarah den Korridor entlang. Im Gegensatz zu den kühl und steril wirkenden übrigen Bereichen der Klinik war die Geburtsstation in zarten Rosa-, Hellblau- und Gelbtönen gehalten. In einen gleichmäßigen Piepston mischte sich hin und wieder ein Stöhnen. Schwestern und Pfleger eilten umher, und es roch nach Desinfektionsmitteln und Hoffnung.

Max und Sarah gingen hinter den anderen her in Pipers Zimmer. In einem blau gepunkteten Krankenhauskittel saß sie mit hochgestelltem Rückenteil aufrecht im Bett. An einem Arm hatte sie eine Infusion, mehrere dünne Kabel schlängelten sich über ihren Rumpf. Aus einem Monitor neben dem Bett tönte leise ein schnelles wischendes Geräusch. Chase saß bei ihr und hielt ihre Hand.

»Hallo, Mama.« Vivian ging zur freien Seite des Betts und gab Piper einen Kuss auf die Stirn. »Wie fühlst du dich?«

»Mir geht's ... Oh Mist!« Piper schloss die Augen und zog eine gequälte Grimasse.

Chase drückte ihre Hand ein wenig fester und sagte ihr, sie solle atmen.

»Angenehm sieht das nicht aus«, sagte Sarah leise zu Max.

Er schaute sie an und nickte.

»So glücklich, ein Junge zu sein, war ich noch nie in meinem Leben«, erklärte Nick in seiner üblichen direkten Art.

Eine Frau, die sich einen weißen Kittel über ihre Kleider geworfen hatte, eilte ins Zimmer und ging direkt zu Piper. »Hi.«

Piper nickte ihr zu und atmete in kurzen Stößen weiter.

»Das ist Pipers Ärztin«, stellte Chase sie vor. »Dr. Resnik.«

Nach einem kurzen Blick in die Runde wandte sich die Ärztin wieder Piper zu. »Alles sieht perfekt aus. Der Narkosearzt ist auf dem Weg herauf und kann Ihnen die Epiduralanästhesie legen, sobald Sie das möchten.«

Die Wehe ebbte ab und Piper lächelte wieder.

Dr. Resnik schaute die Besucher forschend an. »Wer vollzieht die Trauung?«

Nick hob die Hand, und sie musterte ihn kurz. »Friendsgiving?«

Jetzt hob er beide Hände, wie um den Göttern zu danken. »Endlich jemand, der versteht, was los ist.«

»Lass uns anfangen«, drängte Piper.

Nick stellte sich ans Bett. »Habt ihr eine Heiratslizenz?«

Piper machte ein erschrockenes Gesicht. »Die Lizenz? Die liegt zu Hause.«

»Ja, wir haben eine. Zu Hause«, bestätigte Chase.

»Solange es eine gibt …«

Eine der Krankenschwestern schob sich mit einer Handvoll Kunstblumen um Vivian herum. »Hier, bitte.« Sie drückte Piper die Blumen in die Hand. »Echte dürfen wir auf der Station leider nicht haben. Die sind von der Deko unten in der Lobby.«

Sarah drückte sich eine Hand auf die Brust. »Oh«, seufzte sie.

»Wer sind eure Trauzeugen?«, fragte Nick.

Piper zeigte auf Alex. Chase schaute zu Max und Sarah, und Sarah spürte, wie Max neben ihr erstarrte.

»Komm, Bruder.« Chase winkte ihn zu sich.

Max schaute sich um, als könnte er unmöglich gemeint sein. »Bist du sicher …«

»Beeil dich!«, schimpfte Piper. »Das tut verdammt weh!«

Sarah gab Max einen kleinen Schubs.

Vivian und Gaylord stellten sich auf eine Seite des Bettes, Sarah auf die andere. Dr. Resnik und vier weitere Frauen, vermutlich Krankenschwestern, schauten von der Tür aus zu.

Nick räusperte sich und las vom Display seines Smartphones ab. »Willkommen, Familie und Freunde. Wir haben uns heute hier eingefunden, um Chase und Piper bei ihrem Start in ein gemeinsames Leben als Eheleute zu begleiten. Als sie …«

Die nächste Wehe rollte an und Piper kniff die Augen zu. Sarah bemerkte, wie Dr. Resnik auf die Uhr schaute. Die Zeremonie wurde unterbrochen, bis die Wehe vorbei war.

Dann begann Nick aufs Neue. »Als sie …«

Piper machte eine rollende Handbewegung. »Überspring den blumigen Teil und komm zur Sache.«

»Shit … Okay.« Nick wischte auf seinem Display herum. »Ein Eheversprechen sollte niemals leichthin gegeben werden.« Er hielt inne und schaute in die Runde. »Es ist ein Versprechen, das aus tiefster innerer Überzeugung und dem aufrichtigen

Wunsch heraus gegeben wird, sich für immer aneinander zu binden.«

»Mein tiefstes Inneres hat's eilig!« Piper behielt die rollende Handbewegung bei.

Hektisch scrollte Nick auf seinem Smartphone weiter. »Schon gut. Da ist es. Chase, willst du Piper zu deiner rechtmäßig angetrauten Frau nehmen? Willst du sie lieben, mit ihr lachen, sie trösten, sie ehren und beschützen, allen anderen entsagen und ihr treu sein, solange ihr beide lebt? Dann antworte: Ja, ich will.«

Chase hob Pipers Hand ein wenig höher, schaute ihr fest in die Augen und sagte: »Ja, ich will.«

»Piper, willst du Chase zu deinem rechtmäßig angetrauten Mann nehmen? Willst du ihn lieben, mit ihm lachen …«

»Aaaautsch!« Piper wand sich.

»Atmen, Honey. Du machst das prima«, feuerte Chase sie an.

Sarah sah, wie die Ärztin erneut auf die Uhr schaute. Eine der Krankenschwestern überprüfte den Monitor über dem Bett.

Als Piper wieder ruhiger atmete, begann Nick noch einmal von vorn. »Willst du, Piper, Chase zu …«

»Ja, ich will. Ja. Für immer und ewig.«

Die Schwester neben Sarah gluckste verhalten.

Nick blickte von seinem Smartphone auf. »Jetzt die Ringe. Wo sind die Ringe?«

Piper zerrte an ihrem Verlobungsring, doch der saß fest an ihrem Finger. »Ich kriege ihn nicht …« Sie drehte und zog.

Eine der Krankenschwestern schnappte sich eine Flasche mit Gleitgel und drückte ein bisschen davon auf Pipers Hand.

»Ich habe noch gar keinen Ring«, sagte Chase zu Nick.

»Aber ich, Sohn.« Gaylord zog einen Ring von seinem Finger und gab ihn Chase. »Bis du deinen eigenen hast.«

Pipers Ring löste sich und sie und Chase gaben Nick die Ringe.

Nick holte tief Luft. »Seit Tausenden von Jahren tauschen Männer und Frauen …«

»Beeil dich«, zischte Piper zwischen ihren zusammengebissenen Zähnen hindurch.

Nervös scrollte Nick weiter. Sarah und Max tauschten Blicke. Max hatte offenbar alle Mühe, ernst zu bleiben.

Als Nick gefunden hatte, was er suchte, stieß er die Luft aus. »Chase, nimm Pipers Hand und sprich mir nach.«

»Nicht den Ringfinger«, sagte Dr. Resnik schnell. »Der ist zu sehr angeschwollen. Nehmen Sie den kleinen Finger.«

Chase nickte.

»Sprich mir nach: Piper, nimm meinen Ring …«

Lächelnd steckte Chase den Ring auf Pipers kleinen Finger. »Piper, nimm meinen Ring …«

»… als Zeichen, dass ich dich gewählt habe …«

»… als Zeichen, dass ich dich gewählt habe …«, wiederholte Chase.

»… zu meiner Ehefrau und Partnerin …«

»… zu meiner Ehefrau und Partnerin …«

Nick blickte auf. »… und als meine beste Freundin bis zum Ende meiner Tage.«

Chase strich Piper das verschwitzte Haar aus der Stirn. »… und als meine beste Freundin bis zum Ende meiner Tage.«

Vivian seufzte. Alex schaute mit feucht schimmernden Augen beiseite.

»Jetzt du, Piper. Sprich mir nach: Chase, nimm meinen Ring …«

»Chase, nimm meinen Ring …«

»… als Zeichen, dass ich dich gewählt habe …«

Piper verzog das Gesicht, sprach aber weiter. »… als Zeichen, dass ich dich gewählt habe …«

»… zu meinem …«

Piper fiel Nick ins Wort. »… zu meinem Ehemann und Partner und besten Freund bis zum Ende meiner Taaaaage!« Sie begann zu hecheln.

Nick ließ sein Smartphone sinken und sprach hektisch weiter. »Kraft des Amtes, das mir von der Universal Life Church und dem Bundesstaat Kalifornien verliehen wurde, erkläre ich euch hiermit zu Mann und Frau. Chase, du darfst deine Frau jetzt küssen.«

Piper schaffte es gerade noch, die Lippen zu Chase zu heben. Nach dem Kuss stieß sie einen Schrei aus.

Dr. Resnik schob Sarah aus dem Weg und verscheuchte Nick von seinem Platz am Fußende des Betts. »Und jetzt alle raus. Wir müssen nachsehen, wie weit sie schon ist.«

Nick erschauerte und war der Erste, der durch die Tür flüchtete. Max klopfte Chase auf den Rücken und eilte davon. Das Letzte, was Sarah noch sah, bevor die Tür hinter ihnen zuging, war, wie sich Pipers Faust fest um die Kunstblumen schloss. Dann folgte ein Schmerzensschrei.

Kapitel 34

Dreiundvierzig Minuten nachdem sich ihre Eltern, Chase und Piper Stone, in einem Kreißsaal ewige Treue geschworen hatten, erblickte Hailey Lynn Stone das Licht der Welt.

Die Hochzeit fand im engsten Familienkreis statt. Anwesend waren unter anderem Alexandrea Stone und Maximillian Smith, der erst kürzlich gefundene Bruder. Nicholas Maelstrom, der die Trauung vollzog, sagte nach dem Eheversprechen und dem Tausch der Ringe: »Chase ist vermutlich der einzige Mann der Welt, der absolut keine Entschuldigung dafür hat, jemals seinen Hochzeitstag zu vergessen.«

Mutter und Tochter sind wohlauf und erholen sich in einer örtlichen Klinik, aus der sie voraussichtlich zum Wochenende entlassen werden.

Sarah las die kurze Meldung, die ihr Boss übers Feiertagswochenende auf die Website gesetzt hatte.

Selbstverständlich wollte er weitere Details, aber sie stellte sich taub. Sie fügte lediglich ein paar biografische Angaben über Chase und Piper hinzu und schmückte die Liebesgeschichte der beiden mit den Tränen aus, die sie während der Zeremonie vergossen hatten. Wer dabei gewesen war, wusste, dass es Schmerzenstränen gewesen waren. Bei Piper wegen der Wehen und bei Chase, weil sie seine Hand dabei so fest gedrückt hatte, dass sie ihm beinahe die Finger gebrochen hätte.

Max las den Artikel am Frühstückstisch und nickte. »Perfekt.«

»Danke.«

»Viel hast du nicht verraten«, sagte er. »Was sagt denn dein Boss dazu?«

»Der ist nicht glücklich, aber da muss er durch.« Sie schaute Max über den Rand ihrer Tasse mit dem schwarzen Kaffee hinweg an. »Langsam vergeht mir der Spaß an meinem Job bei der Zeitschrift.«

»Wie das?«

Sie zuckte die Achseln. »Nie ist die Wahrheit gut genug. Alles muss immer zu einer Sensation aufgebauscht werden.«

»Für deine Artikel gilt das aber nicht. Zumindest nicht für die, die ich gelesen habe.«

»Da bin ich in unserer Redaktion leider die Ausnahme. Zudem weiß ich jetzt, wie es sich anfühlt, wenn über einen geschrieben wird, und habe gesehen, welche Auswirkungen die Storys auf dein Leben und das der anderen haben. Mein Chefredakteur sitzt mir ständig im Nacken und möchte, dass ich etwas über deine Mutter schreibe. Ich habe ihm gesagt, das muss warten, bis wir mehr wissen.«

»Weißt du denn schon mehr?«

»Ich habe überall Fühler ausgestreckt. Die Frau vom Amt, mit der ich letzte Woche endlich reden konnte, hat versprochen, deine Akte auszugraben und sie mir über eine sichere

Verbindung zu schicken. Mit einem Ermittler in Arizona stehe ich auch in Verbindung, der wiederum gute Kontakte zur Polizeidirektion hat. In dem Bericht, der geschrieben wurde, als deine Mutter dich verlassen hat, gibt es ein paar Lücken, die ich gern füllen möchte. Wegen Thanksgiving hat sich allerdings alles verzögert. Bis ich mehr weiß, kann es noch ein paar Wochen dauern. Wahrscheinlich höre ich erst nach Weihnachten wieder was. Schwer zu sagen, ob etwas dabei ist, was uns weiterhilft.«

Max stützte die Ellbogen auf den Tisch. »Ich bin dir wirklich dankbar, dass du das machst. Mir selber fehlt dafür die Geduld. Ich würde bloß wie wild kreuz und quer durch die Stadt von einem Amt zum anderen fahren, anstatt auf einen Rückruf zu warten.«

»Bei Ämtern und Behörden braucht man sehr viel Geduld.« Sie trank einen Schluck Kaffee. »Aber weißt du, wozu diese Puzzlearbeit bei mir geführt hat?«

Er schüttelte den Kopf.

Zweimal begann sie, zweimal brach sie wieder ab. Dann spuckte sie es doch aus. »Ich möchte ein Buch schreiben. Mit persönlichen Geschichten von Kindern, die so aufgewachsen sind wie du. Dich kennenzulernen und sich mit deiner Kindheit und Jugend zu beschäftigen, ist herzerwärmend und herzzerreißend zugleich. Die Welt soll erfahren, was da alles schiefläuft, und vielleicht passiert dann ja etwas und es wird besser. Wir leben in den Vereinigten Staaten, verdammt noch mal. Hier sollte es keine vergessenen Kinder geben.« Von ihren Gefühlen überwältigt, spürte sie, wie ihre Hände zitterten.

Max beugte sich über den Tisch und legte seine Hand auf ihre. »Du bist wirklich umwerfend. Weißt du das?«

Sie schüttelte den Kopf. »Bin ich nicht. Aber ich wäre es gern.«

Er drückte ihre Hand. »Ich glaube, du solltest das machen. Das Buch schreiben.«

»Meinst du?«

»Jap. Wer könnte das besser als du?«

Es war, als hätte sie nur seinen Segen gebraucht, und schon lösten sich all ihre Ängste und Bedenken, ob sie das wirklich konnte, in Luft auf wie Nebel an einem sonnigen Tag. »Ich glaube, ich werde es wirklich versuchen.« Es laut auszusprechen, fühlte sich gut an. »Und im Januar schreibe ich ein paar Bewerbungen. Mal sehen, ob sich die *Times* oder die *Washington Post* für meine Arbeit interessieren.«

* * *

Am Montag nach Thanksgiving flog Max zu Stone Holdings nach Kansas City in Missouri. Laut dem Wetterbericht lag zwar kein Schnee, aber die Temperaturen waren verrückt niedrig, und ein böiger Wind sorgte dafür, dass es gefühlt noch kälter war. Eine gute Gelegenheit für Flanellhemden und Jeans.

Er wollte in ein Hotel in der Nähe der Firma einchecken und sich für die Happy Hour eine Bar in der Nachbarschaft suchen. Weil das Firmengelände außerhalb der Stadt lag, gab es in der Nähe weder Stone Hotels noch Partnerbetriebe, was ihm im Grund ganz gut passte.

Seine wärmste Jacke war mindestens fünf Jahre alt, und er sah darin aus wie ein Mann, der anpacken konnte. Eigentlich fehlten nur die Sicherheitsschuhe, doch die Stiefel, die er normalerweise zum Motorradfahren trug, waren keine schlechte Wahl und noch dazu bequem und vertraut.

Sobald sich die Tür des Flugzeugs öffnete, schlug ihm die Kälte unerbittlich ins Gesicht. Mit dem Plan, am Abend des nächsten Tages gegen acht nach Kalifornien zurückzufliegen, verabschiedete er sich von Carson. Länger zu bleiben, hätte nichts gebracht. Er musste das Überraschungsmoment nutzen und sich mit den Angestellten unterhalten, bevor die

Firmenleitung den Leuten sagen konnte, was sie antworten sollten. Nur so würde er etwas herausfinden – falls es überhaupt etwas herauszufinden gab.

Er mietete sich einen Wagen mit Allradantrieb und ließ sich von der Navi-App auf seinem Telefon zu einem einfachen Motel führen. Mit Betonung auf einfach. Die Unterkunft war sauber, mehr wollte er gar nicht. Wobei er sich fragte, ob sich seine Ansprüche im Lauf der nächsten Monate noch ändern würden. Vermutlich.

Er hoffte nur, dass er und seine Geschwister niemals die Bodenhaftung verlieren würden. Und Sarah gab er recht: Die Stones waren tatsächlich ziemlich normal. Okay, sie leiteten ein gigantisches Unternehmen, hatten viel Geld und damit auch Einfluss. Aber bislang war ihnen das nicht zu Kopf gestiegen. Vielleicht wäre das anders gewesen, wenn Aaron seinen ehelichen Kindern tatsächlich ein guter Vater gewesen wäre. Aber dass der alte Stone kaum etwas von den beiden hatte wissen wollen und zudem vorgegeben hatte, Max würde nicht existieren, sorgte für eine gewisse Verbundenheit. Dafür war er dankbar. Wäre Alex eine hochnäsige Promitussi und Chase ein arroganter Philanthrop gewesen, wäre zwischen ihnen niemals die Art Vertrautheit entstanden, die sich nun langsam einstellte.

Max spürte, wie er sich öffnete. Begonnen hatte das vermutlich, als die Millionen auf seinem Konto gelandet waren. Außerdem hatten sich seine Geschwister immer dafür interessiert, wie er mit seinem neuen Leben klarkam. Dank ihrer Unterstützung und Beratung konnte er Vertrauen zu ihnen fassen. Die beiden hatten keinerlei Hintergedanken, und zum ersten Mal in seinem Leben freuten sich ein paar Leute wirklich, dass es ihn gab.

In den Pflegefamilien und Wohngruppen hatte er immer das Gefühl gehabt, eine Belastung zu sein. Zwar hatte er sich hin und wieder irgendwo beinahe willkommen gefühlt, doch das hatte nie lange angehalten.

Rückblickend war ihm klar, dass er nicht das einfachste Kind gewesen war. In seiner Erinnerung an seine frühen Jahre gab es sehr viel Wut. Wut darüber, wieder einmal ein Zuhause auf Zeit verlassen zu müssen. Wut darüber, dass er nicht in eine Wohngruppe zurückgeschickt wurde, die er kannte. Auch wenn es ihm dort nicht sonderlich gefallen hatte, wäre das doch wenigstens ein vertrauter Ort gewesen. Stattdessen wurde er weitergereicht und es gab Zoff. Zoff mit der Familie oder Zoff mit den Mitschülern in der x-ten neuen Schule.

Die endlosen Stunden mit Psychologen oder Sozialpädagogen, zu denen man ihn verdonnert hatte, hatten nicht viel geholfen. Der ganze Berg aus all dem Mist war schneller gewachsen, als er ihn hatte aufarbeiten können. Eines Tages hatte ein Junge einem der Mädchen in der Wohngruppe etwas Übles angetan, und Max hatte seinen ganzen Frust und Zorn an ihm ausgelassen.

Der Jugendrichter hatte keine Milde walten lassen, was aus Max' heutiger Sicht ein Segen gewesen war. Der Jugendarrest war für ihn kaum mehr gewesen als eine weitere Wohngruppe, nur mit höheren Mauern. Mit rotzigem Selbstbewusstsein war er dort angekommen und hatte festgestellt, dass er die Regeln bereits kannte. Genau wie draußen in der Welt, aus der er kam, herrschte auch hier das Recht des Stärkeren. Solange er keine Angst zeigte, war alles gut.

Nach drei Wochen hatte Glenn, ein Sozialarbeiter, angefangen, mit ihm zu reden, wobei er die ersten paar Male vor allem selbst geredet hatte. Erst später hatte sich das umgekehrt. Zu seinem eigenen Erstaunen hatte Max dem Mann erklärt, dass er sich vor allem wünschte, die absolute Kontrolle über sein Leben zu haben. Klar, wenn er einen Job hatte, gab es auch einen Boss. Aber harte Arbeit schreckte ihn nicht. Im Gegenteil, sie konnte ihn von seiner beschissenen Situation ablenken. Außerdem erzählte er Glenn, dass er eines Tages ein eigenes Haus haben wollte, einen Garten, vielleicht sogar einen Hund.

Wochenlang hatte Glenn dann vor allem zugehört, und während dieser Zeit hatte Max begonnen, in den Schulstunden besser aufzupassen. Weil er so unglaublich viel verpasst hatte, war klar, dass er, wieder draußen, noch mindestens ein Jahr lang in die Abendschule würde gehen müssen, um einen Abschluss zu schaffen. Dass die anderen Kids im Jugendarrest ihn auslachten und meinten, das werde ihm nie gelingen, spornte ihn nur zusätzlich an. Nach acht Monaten war er wieder frei. Glenn fuhr ihn persönlich zum Busbahnhof und drückte ihm zum Abschied fünfhundert Dollar in die Hand. Max versprach, ihm das Geld irgendwann wiederzugeben.

Doch Glenn schüttelte nur den Kopf. »Die beste Möglichkeit, es mir zurückzuzahlen, ist, wenn wir uns niemals wiedersehen.«

Sein achtzehnter Geburtstag war der einzige hinter Gittern geblieben, aber das bedeutete nicht, dass ihm nicht der Kragen platzen konnte. Oder dass er tatenlos zusah, wenn irgendwer angegriffen wurde. Er dachte an den Moment, als der Typ Sarah mit der Kamera erwischt hatte. Zum ersten Mal, seit er siebzehn gewesen war, hatte er jemandem seine Faust ins Gesicht schlagen wollen. Das war fast wie ein Reflex gewesen, wenn auch verzögert. Doch genau, wie er es Glenn versprochen hatte, hatte er einen kühlen Kopf bewahrt. Sarahs kluge Worte hatten ihm dabei geholfen.

»Captain America.« Gedankenverloren wiederholte er, wie sie ihn genannt hatte, als er sich auf den Kameramann hatte stürzen wollen, und lachte.

Verdammt, diese Frau war etwas Besonderes.

Er hatte immer geglaubt, er werde einmal an einer großen, langbeinigen Blondine hängen bleiben. Doch jetzt stellte er fest, dass es nur einen Typ gab, auf den er wirklich stand: ein nicht ganz so großes, kurviges rothaariges Energiebündel. Mit Brille. Als er sich vorstellte, wie Sarah diese Brille wieder einmal auf ihrer Nase zurechtrückte, wurde sein Grinsen noch breiter. Auf keinen Fall wollte er die Sache mit ihr gegen die Wand fahren.

Er ließ die Sporttasche mit seinen Habseligkeiten aufs Motelbett fallen und griff nach seinem Handy. Sarah meldete sich beim ersten Klingeln.

»Hey, Süße. Ich bin gerade im Motel angekommen und wollte deine Stimme hören.«

Ihr Seufzen war für ihn das schönste Geräusch des Tages.

* * *

Ein paar Tage später trat Max in Alex' Büro. Wie immer war sie perfekt gestylt, doch ihre Augen wirkten müde. Sobald er die Tür geschlossen hatte, streifte sie die Schuhe ab, setzte sich ihm gegenüber auf das Sofa in der Sitzgruppe und lehnte sich zurück. »Was hast du denn rausgefunden?« Sie seufzte.

»Das erzähle ich dir gleich, aber sag mir lieber erst, wie es dir geht.«

»Eine Woche auf den Bahamas würde helfen.«

»Wie hoch ist die Wahrscheinlichkeit, dass du auf eine Insel fliegst und nicht jeden Tag hier anrufst?«

Sie legte die Füße hoch und schloss einen Moment lang die Augen. »Zwischen Null und minus Unendlich. Im Augenblick kann ich hier nicht weg. Es gibt noch viel zu viel, was ich nicht weiß.«

Das überraschte ihn. Nach außen wirkte sie immer, als hätte sie alles unter Kontrolle. »Das merkt man dir aber gar nicht an.«

»Alles nur Show.« Sie öffnete die Augen. »Ich verfluche meinen Vater noch immer jeden Tag dafür, dass er uns auf das hier nicht vorbereitet hat. Und jetzt haben wir zusätzlich Melissa am

Hals. In einem Vorstand war ich noch nie, und plötzlich sitze ich einem vor und habe diese intrigante kleine …« Sie brach ab. »Wir haben die Sache unserer Rechtsabteilung übergeben. Vielleicht findet die einen Weg, wie wir sie loswerden können.«

»Ich wünschte, ich könnte etwas Hilfreiches sagen.« Aber weder von Melissa noch von der Arbeit eines Unternehmensvorstands hatte er die geringste Ahnung.

»Schon gut. Erzähl mir einfach, was du rausgefunden hast.«

Er lehnte sich zurück. »In der Kneipe in der Nähe der Firma habe ich nicht viel gehört. Ausgerechnet am Montag nach dem Feiertagswochenende dorthin zu fliegen, war vielleicht nicht die schlaueste Idee.«

Alex lachte ohne Freude auf. »Daran hätte ich denken müssen.«

»Der Barkeeper meinte, die Leute von Stone Holdings, die zur Happy Hour kommen, seien auch nicht unzufriedener mit ihren Jobs als andere. Seiner Erfahrung nach sind die Stammgäste von Bars ganz allgemein eher unglücklich mit ihrem Leben.«

»Interessante Beobachtung.«

»Als Erstes habe ich mit Ed gesprochen, der für die täglichen Abläufe verantwortlich ist. Netter Kerl, mittleres Alter. Dass wir uns Sorgen machen, habe ich nicht durchblicken lassen, und er scheint keine Probleme zu sehen. Die Lagerflächen dort sind riesig, aber überraschenderweise ist etwa ein Drittel davon leer. Als ich wissen wollte, warum das so ist, hat er mich an seinen Boss verwiesen. Aber in der Zwischenzeit hatte sich bereits rumgesprochen, dass ich da war. Sein Boss, Bryan, ist jemandem bei Via Corp unterstellt.«

»Von wo aus Stone Holdings und etliche andere Stone-Unternehmen gemanagt werden.«

»Bryan sagt, für die Verträge mit Lieferanten und Kunden sei Via Corp zuständig. Und im vergangenen Jahr hätte es

Schwierigkeiten mit den Lieferketten gegeben, was die Preise für die Kunden in die Höhe getrieben und dem Geschäft einen ziemlichen Dämpfer versetzt hätte.«

»Das passt zu den Zahlen in den Büchern.«

»Ich habe gefragt, was Via Corp unternimmt, um die Abläufe wieder zu beschleunigen, was getan werden könnte, um die Umsätze zu steigern. Darauf konnte er mir keine Antwort geben. In der Via-Corp-Chefetage meint man wohl, das wäre eine vorübergehende Flaute, und Bryan glaubt das auch. Denn ein Kumpel von ihm arbeitet in Wichita in einem Lebensmittellogistikbetrieb, der ebenfalls von Via Corp gemanagt wird. Und der sagt, der Laden dort platzt aus allen Nähten.«

Alex kniff die Augen zusammen. »Wie weit ist es von Kansas City nach Wichita?«

»Die Frage habe ich mir auch gestellt. Mit dem Auto drei Stunden. Bei schlechtem Wetter auch mal vier oder fünf. Chase kennt sich im Transportgeschäft aus und hat vielleicht eine Idee, weshalb es in Wichita so viel besser läuft als in Kansas City.«

»Damit möchte ich ihn im Moment nicht behelligen. Aber vielleicht kann Busa uns etwas sagen. Wir fragen ihn. Jedenfalls stimmt da irgendetwas nicht.«

»Bryan hat ziemlich offen mit mir gesprochen. Er findet es seltsam, dass Via Corp noch an der gesamten Belegschaft festhält. Die Leute dort haben ihm sogar gesagt, er soll auf keinen Fall Stellen streichen, solange wir nicht darauf drängen.«

»Wir? Stone Enterprises?«

»Jap. Bryan meint, die schlechtere Auftragslage hätte vielleicht etwas mit Aarons Tod zu tun.«

»Probleme gab es dort schon in den beiden Quartalen davor.«

»Ich würde es mal so zusammenfassen: Ich habe ein Lager mit zu vielen leeren Regalen und zu vielen unterbeschäftigten Leuten gesehen, die aber ziemlich zufrieden sind und keine Ahnung haben, dass es für sie bald ungemütlich werden könnte.«

Alex' Kinn sank auf ihre Brust. »Herrje. Das macht die Sache noch schlimmer.«

»Das Problem ist wohl die Firma, die alles managt«, folgerte Max.

»Jap.« Alex schwang die Beine vom Sofa, als wären sie zentnerschwer. »Ich mache ein paar Anrufe.«

»Moment.« Max strich sich über den Bart. »Was meinst du, wie hoch ist der Beitrag von Stone Holdings zum gesamten Unternehmen?«

»Im Augenblick ist er negativ.«

»Aber potenziell könnte der Laden Geld verdienen?«

»Ja.«

»Hast du schon mit jemandem von Via Corp gesprochen?«, fragte er.

»Nein.«

Er seufzte und schaute Alex in die Augen. »Dann mache ich das«, erklärte er, als wäre das bereits beschlossene Sache.

Sie musterte ihn unsicher. »Hast du nicht gesagt, von so etwas hättest du nicht die geringste Ahnung?«

»Stimmt. Genauso wenig wie du und Chase davon, wie man ein so riesiges Unternehmen leitet. Aber ihr lernt jeden Tag dazu. Warum sollte es bei mir anders sein? Okay, bis jetzt habe ich vor allem mit den Händen gearbeitet und mit der Managementebene nichts zu tun gehabt. Aber das heißt nicht, dass ich es nicht kann.«

»Willst du dir das wirklich antun?«

»Warum nicht? Bei Via Corp muss man mit mir reden, weil ich nun mal bin, wer ich bin. Wenn die irgendetwas verbergen, dann lügen sie mich an. Und wenn sie mich anlügen, werden sie auch euch anlügen. Deshalb macht es kaum einen Unterschied, wer von uns mit ihnen spricht.« Er hielt inne. »Und genau wie du und Chase lerne ich dazu. Manchmal wird etwas danebengehen, manchmal werde ich Erfolg haben. Aber am Ende werden die Erfolge heller strahlen als meine Fehler. Außerdem …« Er holte Luft. »Außerdem bin ich schlau genug, um Hilfe zu bitten, wenn ich welche brauche. Wir entscheiden hier über Leute, die ihren Lebensunterhalt verdienen müssen, nicht über Artikelnummern in irgendeiner Tabelle. Und ganz abgesehen davon kann ich nicht einfach zuschauen, wie jemand …« Er zeigte auf Alex. »… sich zu Tode schuftet, während ich Däumchen drehe.«

Sie schüttelte den Kopf, nickte und schüttelte den Kopf noch einmal. »Du hast recht. Du hast recht!« Sie hob die Hände. »Leg los. Und jetzt drehen wir die Sache um: Nicht ich sage dir, wie du mir helfen kannst, sondern du sagst mir, welche Art Unterstützung du brauchst.«

Auf dem Weg aus dem Büro wurde Max bewusst, dass er eines seiner Lebensziele tatsächlich erreicht hatte. Er hatte die Kontrolle über das, was er tat, und war von niemandem abhängig, auch nicht von einem Boss.

Kapitel 35

»Wo ist dein Freund?«

Sarah hob lächelnd ihren Schokomartini mit Minze. Die Redaktionsweihnachtsfeier fand an ihrem Arbeitsplatz statt, vermutlich weil ihr Boss zu geizig war, mit der Belegschaft woanders hinzugehen. Beliebter machte ihn das nicht.

»Der ist auf Geschäftsreise«, antwortete sie Kiev.

»Jemand hat gesagt, du bist bei ihm eingezogen«, behauptete Merik.

»Das wüsste ich aber.«

»Auf jeden Fall bist du öfter in der Luxusvilla in Beverly Hills als bei dir zu Hause«, nuschelte Josephine, die schon ein Glas zu viel intus hatte.

Das Lametta und die kitschigen Girlanden, mit denen die Redaktionsräume dekoriert waren, sahen aus wie Überbleibsel vom Garagenflohmarkt einer alten Dame, kurz bevor die Müllabfuhr kam. An einem pinkfarbenen Plastikbaum hingen weiße Kugeln zwischen kleinen silbernen Kränzen, in deren Mitte jeweils das Foto eines Redaktionsmitglieds prangte.

Die zwölf Weihnachtstage wurden von den zwölf aufsehenerregendsten Artikeln des vergangenen Jahres symbolisiert. Nummer zwei war Sarahs erste Exklusivreportage über Max,

Nummer elf das Interview mit ihm kurz nach Thanksgiving. Darin erzählte Max, wie sich sein Leben verändert hatte und wie es sich anfühlte, plötzlich eine Familie zu haben.

Kein Tag verging, an dem Patrick sie nicht drängte, mehr über Max und die Stones zu schreiben. Und mit mehr meinte er irgendetwas Sensationelles. Etwas, womit sich zum Jahresende eine gigantische Flut von Downloads und Klicks generieren ließ – eine Art Black Friday für die Zeitschrift.

Doch Sarah weigerte sich standhaft, auch nur eine Zeile zu schreiben, die nicht ausdrücklich von Max und seiner Familie freigegeben war. Was ihren Boss natürlich rasend machte.

Sie nippte an ihrem Cocktail und schaute in die Runde. »Glaubt ihr, ich würde immer noch hier arbeiten, wenn ich zu meinem Freund in die Million-Dollar-Villa gezogen wäre?«

»Dieses Haus ist viel mehr wert als eine Million«, entgegnete Kiev.

»Du weißt, was ich meine.«

Merik beugte sich verschwörerisch zu ihr. »Was schenkt er dir denn zu Weihnachten?«

Offenbar war ein bisschen Alkohol nötig gewesen, damit ihre Kolleginnen und Kollegen ihr all diese Fragen stellten.

»Wir schenken uns nichts.«

Kievs Lächeln wich einer düsteren Grimasse. »Weshalb lässt du dich darauf ein?«

»Wir fliegen für ein verlängertes Wochenende nach Hawaii. Ich habe ihm gesagt, das genügt und ist viel mehr, als ich je im Leben geschenkt bekommen habe.« Sie zeigte mit ihrem Glas auf Josephine. »Und bevor du fragst: Ich binde mir eine Schleife um den Hals. Das ist mein Geschenk.«

Jetzt musterte Kiev sie mit einem Augenzwinkern von oben bis unten. »Sehr schön.«

»Man munkelt, du suchst einen neuen Job«, sagte Josephine.

»Behauptet wer?«

»Vielleicht hat jemand bei einer gewissen Zeitung deinen Namen fallenlassen.«

Sarah hatte bei ein paar Freunden und Bekannten vorgefühlt, die bei anderen Blättern arbeiteten, und der Gedanke, dass ihr Name die Runde machte, brachte sie zum Grinsen. »Man sollte nie zu lang bei derselben Zeitschrift bleiben. Es sei denn, sie gehört einem.«

»McNeilly?«, rief Kim quer durch den Raum.

Sarah schaute hinüber. »Was ist denn?«

Kim hob die Hand ans Ohr, als würde sie telefonieren.

»Du arbeitest heute?«, fragte Kiev.

»Ich arbeite immer.« Sarah entschuldigte sich. In Wahrheit wartete sie auf zwei ganz bestimmte Anrufe, weil sie Max gern mehr als nur eine Schleife zu Weihnachten schenken wollte. Mit dem Drink in der Hand schob sie sich zwischen ihren Kolleginnen und Kollegen hindurch zur hinteren Ecke, wo ihr Schreibtisch stand.

Zum Glück dröhnte die Weihnachtsmusik nicht so laut, dass Telefonieren unmöglich war. Ein rotes Lämpchen zeigte an, dass jemand in der Leitung wartete. »Sarah McNeilly«, meldete sie sich. Seit sowieso jeder wusste, dass sie mit Max zusammen war und für eine Zeitschrift schrieb, verzichtete sie auf ihr Pseudonym.

»Ich bin's, Sanchez.«

Ihr Herz machte einen Sprung. »Hey, Miguel.« Miguel war der ältere Bruder einer ihrer Mitbewohnerinnen aus der Collegezeit. Er arbeitete als Betrugsermittler in Sacramento, und manchmal halfen sie einander oder kannten jemanden, der helfen konnte. Gelegentlich hatte sie schon anhand seiner Informationen Artikel geschrieben, nach deren Erscheinen ihm wiederum weitere Informationen zugespielt worden waren, die dann zur Lösung eines Falles beigetragen hatten. Dafür hatte er diesmal ein paar seiner Freunde gebeten, nach einer gewissen Lisa Davis zu forschen.

»Ich habe ein Weihnachtsgeschenk für dich.«

Sarah vergewisserte sich, ob auch wirklich keiner mithörte. Doch alle anderen taten ihr Bestes, um am nächsten Tag mit einem Kater aufzuwachen. »Im Ernst?«

»Ich habe deine Unbekannte gefunden. Na ja, so gut wie. Ich habe ihre Eltern.«

Wenn irgendwer wusste, wo Lisa Davis war, dann doch sicher ihre Eltern. »Ich höre.«

»Patricia und Joseph Smith, nicht Davis, wohnen in Batesville, Arkansas.«

Sarah stieß eine Faust in die Luft. »Yes!«

»Ein paar weitere Informationen über deine Unbekannte gibt es auch noch.«

»Perfekt.«

»Kann ich dir die Details mailen?«

Sie schüttelte den Kopf. »Schick mir lieber ein Fax. Ich will das nicht in meinem Posteingang liegen haben.« E-Mails wurden regelmäßig gehackt, aber ein Fax zu kopieren, kam kaum jemandem in den Sinn. Nachdem sie Sanchez die Nummer gegeben hatte, ging sie direkt zu der Maschine. Summend spuckte das Faxgerät zwei Seiten aus.

Sie überflog die kurze Aufstellung. »Lisa Smith war verheiratet mit einem gewissen …« Sie lachte. »Lese ich das richtig?«

Miguel gluckste. »So was denke ich mir nicht aus.«

»Billy Bob Davis. Weshalb strafen Eltern ihre Kinder mit Namen wie Billy Bob?«

Miguel schnaubte und Sarah las weiter. Lisa und Billy Bob hatten ihre Ehe ein Jahr nach dem Ja-ich-will annullieren lassen.

Darunter stand die letzte bekannte Adresse von Lisas Eltern und dass sie Mitglieder einer Elks Lodge waren. Auch bei einem kirchlichen Jugendcamp hatten sie mitgearbeitet, aber das war bereits zehn Jahre her. »Leben sie überhaupt noch?«

»Das Haus hat seinen Besitzer nicht gewechselt, und Traueranzeigen waren nicht auffindbar. In den Kleinstädten im Süden sind Traueranzeigen bis heute sehr angesagt.«

»Perfekt.«

»Ich habe noch was für dich, was dir vielleicht neu ist.«

»Okay.«

»Moment. Ich schicke es dir als Fax.«

Wieder schaute sie sich um, aber niemand schien auf sie zu achten.

»Könnte sich unsere Unbekannte in Arkansas aufhalten?«

»Nicht unter dem Namen, den du mir gegeben hast. Vielleicht hat sie ja wieder geheiratet, aber wenn, dann nicht in Batesville.«

Sarah wartete am Faxgerät. »Hast du es mir geschickt?«

»Ist denn nichts angekommen?«

»Nein.«

»Dieses Ding macht manchmal Ärger. Ich versuche es noch mal.«

Ein paar Sekunden später hielt Sarah einen Ausdruck in der Hand: einen Auszug aus dem Jugendstrafregister mit allem, was Maximillian Smith seinerzeit ausgefressen hatte. »Verdammt!«

»Wusstest du das?«

»Nein.« Übermäßig überrascht war sie nicht. Sie wunderte sich nur, dass Max ihr nie davon erzählt hatte, aber das war auch schon alles.

»Warum habe ich das bei meinen Recherchen nicht gefunden?«

»Weil so was unter Verschluss ist. Einsicht kann man nur nehmen, wenn sich jemand für ganz bestimmte Jobs bewirbt«, erklärte Miguel.

»Okay. Das ist schon fast mehr, als ich wissen wollte.«

»Ich habe dir das nur geschickt, weil du mit ihm zusammen bist. Falls er immer noch so ist und seither bloß nicht mehr angezeigt wurde …«

Sarah rückte ihre Brille zurecht und las weiter. »Er hat sich geändert, ist erwachsen geworden. Aber das hier darf auf keinen Fall an die Öffentlichkeit. Die Stone-Geschwister haben wegen der Fehlentscheidungen ihres Vaters schon genug um die Ohren. Diese Sündenliste würde nur für zusätzlichen Ärger sorgen.«

»Ich stecke sie gerade in den Aktenvernichter«, versicherte ihr Miguel.

Sie ging direkt zum Schredder und tat dasselbe. Die Informationen über Lisa Davis steckte sie zusammengefaltet in die hintere Tasche ihrer eng anliegenden schwarzen Jeans.

»Vielen Dank, Miguel. Wenn ich mal wieder was für dich tun kann …«

Er räusperte sich. »Meine Frau und ich wollen nächsten Sommer nach Barcelona. Wenn dein Kerl uns in einem seiner schicken Hotels einen guten Preis machen kann, würde ich nicht Nein sagen.«

Sarah grinste. »Das lässt sich sicher einrichten.«

»Prima. Frohe Weihnachten schon mal, Sarah.«

»Frohe Weihnachten.«

Sie stellte sich vor, wie sie die Seiten aus ihrer Hosentasche in eine große Schachtel mit einer schönen roten Schleife packte, die Max dann am Weihnachtsmorgen öffnete. Jap. Das war die perfekte Überraschung. Das Wochenende auf Hawaii konnten sie auch verschieben und stattdessen nach Arkansas fliegen, damit Max wieder ein Stück mehr mit seiner Vergangenheit abschließen konnte.

»McNeilly! Jetzt komm schon und erzähl uns, wie es sich anfühlt, einen Ferrari zu fahren.«

Sie nahm ihren Drink vom Schreibtisch und ging zurück zu der Party. »Wenn man einmal in einem gesessen hat …«

* * *

Max stand im Eingangsbereich der Villa, die seit über einem Monat sein Zuhause war. Sarah hatte die Arme um ihn geschlungen. Sie trug einen kuscheligen Morgenmantel, ihre Augen waren noch halb geschlossen, der Morgenkaffee musste erst wirken.

»Ich will nicht, dass du gehst«, nuschelte sie und seufzte dabei.

Max küsste sie oben auf den Kopf. »Ich bin ja am ersten Weihnachtstag gegen Mittag wieder hier.« Er flog mit Alex, Chase, Piper und Baby Hailey nach Texas, wo Gaylord seiner Vivian an Heiligabend einen Heiratsantrag machen wollte und sich wünschte, dass alle dabei waren. Max eingeschlossen.

Sarah flog nicht mit. Sie liebte den Heiligabend im Kreis ihrer Familie, und Max wollte am ersten Feiertag zu ihnen zum Weihnachtsdinner kommen. Zum allerersten Mal in seinem Leben lernte er die Eltern einer Frau kennen, mit der er zusammen war. Eigentlich hätte er nervös sein sollen, doch er freute sich darauf. Er war gespannt auf die Menschen, die sie aufgezogen und dazu beigetragen hatten, dass aus ihr eine so wunderbare und schöne Frau geworden war.

»Sehr egoistisch, ich weiß.« Sie hob das Kinn zu einem Kuss.

Er schmeckte Kaffee auf ihren Lippen.

Ohne den Mund von seinem zu lösen, murmelte sie: »Ruf mich an, wenn ihr gelandet seid.«

»Mache ich.«

»Und schieß viele Fotos von Gaylords Antrag.« Noch immer lagen ihre Lippen an seinen.

Er gluckste, küsste sie tief und hob dann den Kopf. »Bis bald, Süße.«

Auf seinem Weg zur Tür warf sie ihm noch einen Luftkuss zu, und keine Stunde später saß er mit seiner Familie im

Flugzeug. Zusammen mit Kit, dem Rottweiler. Alex sah zum ersten Mal seit Wochen halbwegs entspannt aus. Die kleine Hailey zu halten, war ein gutes Mittel gegen jede Art von Stress. Irgendwo über Arizona legte Piper Max das Baby in die Arme.

Hailey war leicht wie eine Feder, saugte im Schlaf an ihrer winzigen Faust und streckte sich hin und wieder. Jedes Mal, wenn sie sich bewegte, rückte Kit ein wenig näher, schnupperte an ihr oder hatte die Nase höchstens eine Handbreit von ihr weg. »Sieht aus, als hätte sie ihren eigenen persönlichen Bodyguard.«

»Seit sie geboren ist, schläft er nicht mehr bei uns im Bett«, sagte Chase.

»Wir haben etwas für euch.« Piper ging zu einer Tasche, die sie mit an Bord gebracht hatte.

»Ich dachte, wir schenken uns nichts.«

»Das ist kein Geschenk, bloß eine Kleinigkeit«, entgegnete Piper.

Max schaute Chase an. »Versteht das irgendwer?«

Chase verdrehte die Augen, Alex lachte.

»Wenn es nicht eingepackt ist, ist es auch kein Geschenk.« Piper zog zwei Shirts aus der Tasche, gab eines Alex und das andere Max. Alex breitete ihres aus. Unter einer Figur, die ihr geradezu unheimlich ähnlichsah, stand »Tante Alex« und in kleinerer Schrift darunter »seit 2024«.

»Sehr hübsch«, sagte sie.

Piper nahm Max Hailey ab und gab sie Chase. Max faltete sein Shirt auseinander. Über den Worten »Onkel Max« saß er als Comicfigur auf einem Motorrad.

»Wir haben eins für jeden und teilen die restlichen nach dem Antrag aus.«

»Wisst ihr schon, was er vorhat?«, fragte Alex.

Während sie Ideen austauschten, wie Gaylord wohl die Frage der Fragen stellen würde, betrachtete Max die Worte »Onkel Max« und merkte, wie ihn ganz unerwartete Gefühle beschlichen. Er konnte sich nicht erinnern, wann ihm zuletzt Tränen in die Augen gestiegen waren, aber jetzt passierte genau das. Ein langer, tiefer Atemzug half ihm, die Kontrolle wiederzuerlangen. Darin hatte er Übung.

»Max?«

Er löste den Blick von seinem Shirt. »Ja?«

Alle starrten ihn an, und er räusperte sich. »Dass neben meinem Namen irgendwann mal das Wort Onkel steht, hätte ich nie gedacht.«

Eine ganze Minute lang schwiegen sie gemeinsam. Dann ging Alex mit Tränen in den Augen zu ihm und breitete die Arme aus. Er stand auf, ließ sich von ihr drücken und erwiderte die Umarmung.

»Du wirst uns nicht mehr los«, erklärte sie. »Bruder, Onkel … wir sind deine Familie, und das wird sich nie ändern.«

Er spürte, wie ihm eine Träne über die Wange glitt, und hielt den Augenblick so lang wie möglich fest.

* * *

Den Lautsprecher ihres Telefons eingeschaltet, stand Sarah vor dem Aufbruch zu ihren Eltern vor dem Badezimmerspiegel und schminkte sich. Traditionell gingen sie zur Mitternachtsmesse und taten so, als wären sie irgendwann einmal katholisch gewesen. In Wahrheit sahen sie nur gelegentlich eine Kirche von innen, und meist, weil irgendwer heiratete.

Wegen dieser Familientradition war sie nicht bei Max und hatte nicht miterlebt, was er ihr jetzt bei seinem Videoanruf beschrieb.

»Ich will sämtliche Details.«

»Du wirst niemals glauben …«

»Moment mal. Das Wichtigste zuerst: Hat sie Ja gesagt?« Sie schaute Max auf dem Display fragend ins Gesicht.

»Was glaubst du?«

Sie verdrehte die Augen. »Okay, okay. Erzähl.«

»Er hat ihr ein Pferd geschenkt.«

Sarah ließ die Wimperntusche sinken. »Wie bitte? So in der Art: Bitteschön, du bist zwei Pferde und eine Ziege wert?«

Max lachte. »Nein, es … sie. Das Pferd ist ein Weibchen, eine Stute sagt man wohl.«

»Klingt korrekt, aber von Pferden habe ich keine Ahnung.«

»Irgendwer hat auch die Rasse erwähnt. Aber die habe ich vergessen. Sie hat ein schimmerndes weißes Fell, wie eine Sonderlackierung bei einem Auto. Wunderschön. Jedenfalls ist er mit uns zum Stall gegangen, und dort waren Hunderte von weißen Rosen.«

Sarah seufzte. »Oh mein Gott!«

»Ja, einfach überall. An den Wänden, in riesigen Vasen und als Kranz um den Hals dieses Pferdes. Und dann hat er gesagt, wenn sie es haben möchte, muss sie auch den alten Mann dazunehmen, der es ihr schenkt. Er ist auf ein Knie runtergegangen, und das verdammte Pferd hat dasselbe gemacht. Ziemlich cool.«

Sarah vergaß ihr Make-up und hatte Mühe, nicht gerührt aufzuschluchzen. »Ich hätte doch mitkommen sollen.«

»Piper hat alles gefilmt.«

»Es klingt furchtbar romantisch.«

»Dieser Typ ist unglaublich.«

»Hört sich an, als würde es dir dort gefallen.«

»Mit dir wäre es noch viel schöner.«

Sie streckte die Unterlippe vor.

»Zum Anbeißen«, sagte er.

Sarah schielte hinunter auf ihre Lippe, dann schaute sie ihn an. »Steht dir morgen Abend zur Verfügung.«

Er lächelte. »Jetzt los, zu deiner Familie.«

»Ich freue mich schon so auf morgen. Ich habe eine Überraschung für dich.«

Er kniff die Augen zusammen. »Wir haben doch gesagt, wir schenken uns nichts.«

»Das ist kein Geschenk.«

»Das habe ich heute schon ein paarmal gehört. Trotzdem hat jeder von uns einen weißen Cowboyhut bekommen, und der Typ, der die Dinger geliefert hat, hat dann dafür gesorgt, dass sie richtig gut sitzen. Das war angeblich auch kein Geschenk.«

»Einen Hut kriegst du von mir nicht.«

»Über dieses Wir-schenken-uns-nichts-Geschenk reden wir noch mal, wenn ich zu Hause bin.«

Sie warf ihm einen Kuss zu. »Bis morgen.«

»Gute Nacht, Lois Lane.«

Kapitel 36

Am Weihnachtsmorgen trug Max sein Onkel-T-Shirt, das zu den Shirts aller anderen im Zimmer passte. Zu seinem grenzenlosen Erstaunen waren die Morrisons eine Art große Patchworkfamilie. Gaylords Sohn Jack und seine Frau Jessie hatten drei Kinder. Dani, ihr Ältester, ging seit Kurzem aufs College, seine Geschwister waren gute zehn Jahre jünger. Als Jack und Jessie sich kennengelernt hatten, war Jessie eine alleinerziehende Mutter gewesen, und Jack hatte Dani in der Woche nach der Hochzeit adoptiert.

Gaylords Tochter Katie und ihr Mann Dean hatten ebenfalls drei Kinder. Die erste Tochter war Deans leibliches Kind, die beiden anderen waren adoptiert.

Das alles schien niemanden zu kümmern. Der ganze Clan war ein turbulentes Zimmer voller Lachen und Liebe, und Max saß mittendrin. Genau wie die Kinder gehörte er offenbar einfach dazu. Dass er aus einer Affäre seines Vaters stammte, war egal. Schließlich konnte er nichts dafür, und niemand hier lehnte ihn deswegen ab.

Als die Geschenke geöffnet waren und das Einwickelpapier draußen an der Feuerstelle verbrannt wurde, machte sich Max für den Flug zurück zu Sarah fertig. Gerade als er in seine Jacke schlüpfte, klopfte jemand an die Tür. »Herein.«

Die Tür ging auf, davor standen Alex und Chase mit sehr ernsten Gesichtern.

Sofort richteten sich die Härchen in Max' Nacken auf. »Was ist passiert?«

Nach einem kurzen Blick zu Chase machte Alex ein paar Schritte auf Max zu. Sie hielt etwas in der Hand. »Ich glaube, das solltest du sehen.«

Es war ein Screenshot von einem Artikel in der Zeitschrift, bei der Sarah arbeitete. Die Schlagzeile lautete:

> Pikante Enthüllung: Maximillian Smiths Strafregister

Rückwärts ging Max zum Bett, setzte sich und schlug buchstäblich eine Seite aus seiner Vergangenheit auf. Es war alles da. Der Jugendarrest und die beiden Male zuvor, als er wegen Schlägereien von zwei verschiedenen Schulen geflogen war. Dass er durchgebrannt war, konnte man in dem Artikel genauso lesen wie eine Behauptung von jemandem, der angab, er sei früher mit ihm befreundet gewesen. »Er hatte eine Vorliebe für Kokain.« Auch dass Max ein Vorstandsmitglied von Stone Enterprises bedroht hatte, wurde angedeutet, aber kein Name genannt. Alles in allem bestand der Artikel aus zwei Dritteln Wahrheit und einem Drittel Bullshit.

Doch der eigentliche Schlag in die Magengrube war der Name der Autorin.

Vom Schreibtisch von Sarah McNeilly.

Ein paar Sekunden lang starrte er den Artikel nur an.

»Max?«

Damit Alex nicht weitersprach, hob er die Hand. Irgendetwas stimmte nicht. Es war, als täte sich in seiner Brust ein Krater auf. Aber warum? Weil Sarah ihm so etwas antat, oder weil er nicht wahrhaben wollte, dass sie dazu imstande war? Woher wusste sie das alles? Wer hatte es ihr gesagt?

»Für mich klingt das gar nicht nach Sarah«, erklärte Alex rundheraus.

»Vom Schreibtisch von …«, wiederholte Max, was er gelesen hatte.

»Wie viel davon entspricht der Wahrheit?«, fragte Chase.

Max schaute seinen Bruder an. »Alles außer dem Kokain. Von dem Typen, der das behauptet, habe ich nie gehört.«

»Dass es Lecks geben und dein Strafregister irgendwo auftauchen könnte, damit mussten wir rechnen«, sagte Chase.

»Das Problem ist, Sarah ist die einzige Reporterin, mit der du bislang gesprochen hast. Die Leute werden das lesen und es glauben.« Alex setzte sich neben Max aufs Bett.

»Was bedeutet das für den Marktwert von Stone Enterprises?«

Alex seufzte. »Ich war nie glücklicher, dass Weihnachten auf einen Freitag fällt. Wir haben bis Montag für die Schadensbegrenzung. Vielleicht können wir einen größeren Absturz verhindern.«

»Verluste wird es trotzdem geben«, stellte Max fest.

Sie nickte. »Wir kümmern uns darum.«

Er schüttelte den Kopf. »Nein. Ich kümmere mich darum. Kannst du Ms Kelly irgendwie erreichen?«

»Vermutlich.«

»Sie soll die Medien informieren, dass ich in vier Stunden aus dem Flieger steige. Falls irgendwer scharf auf einen O-Ton ist – ich werde reden.«

»Und was genau sagen?«, fragte Alex.

»Die Wahrheit.«

* * *

Fünf Minuten nach sechs am Weihnachtsmorgen klingelte Sarahs Telefon. Im ersten Moment begriff sie nicht, wo das Geräusch herkam. Benommen streckte sie die Hand nach ihrem Wecker aus, dann war sie wach genug, um zu begreifen, dass sie den Klingelton ihres Smartphones hörte. »Hallo?«

»Sarah? Bist du wach?«

»Nein? Wer ist dran?«

»Ich bin's, Kiev.«

Weshalb, zum Teufel, rief Kiev sie mitten in der Nacht an? »Stürzt der Himmel ein?«

»Nicht auszuschließen. Hast du den Artikel über deinen Freund geschrieben?«

»Was? Wovon redest du?«

»Von der Sonderausgabe, die gerade online gegangen ist.«

Sie richtete sich auf, schwang die Beine aus dem Bett und knipste das Licht an. »Für eine Weihnachtsausgabe habe ich nichts geschrieben.«

Kiev stieß den Atem aus. »Also irgendwer hat es getan, und zwar unter deinem Namen.«

»Wie bitte?« In dem verzweifelten Versuch, ein bisschen wacher zu werden, schüttelte sie den Kopf. »Was steht denn drin?«

»Fahr deinen Computer hoch und lies selbst.«

Sie stolperte zu ihrer Brille, ging ins Wohnzimmer und erweckte ihren Computer zum Leben. Bis sie die Startseite der Zeitschrift vor sich hatte, dauerte es ein paar Sekunden. Dann sah sie ein Foto von Max, auf dem er vor der Villa in Beverly Hills die Ausrüstung eines Fotografen beiseite stieß, kurz nachdem ihr die Kamera ins Gesicht geschlagen worden war. Sie begann zu lesen.

Nach zwei Sätzen war sie hellwach. »Heilige Scheiße!«

»Ist das von dir?«, fragte Kiev noch einmal. »Bei der Weihnachtsfeier hatte ich den Eindruck, dass dir wirklich etwas an dem Typ liegt.«

»Verdammt, nein, das habe ich nicht ...«

Sie entdeckte ihren Namen unter dem Artikel und las laut. »Vom Schreibtisch von ... Das schreibe ich nie unter meine Beiträge.«

»Stimmt irgendwas davon?«

Sie schloss die Augen. Wer würde so etwas tun?

Patrick.

»Kein Kommentar.«

Kiev verstand. »Verdammt! Halt mich auf dem Laufenden, okay? Wenn jemand das mit dir macht, macht er es irgendwann auch mit uns.«

»Danke, Kiev.«

»Das ist wirklich das Allerletzte, Sarah. Falls ich was für dich tun kann ...«

Sie legte auf, wählte Max' Nummer, erreichte aber nur die Mailbox. »Hey, Honey. Wir müssen dringend reden. Bitte ruf mich an.«

Für den Fall, dass er den Artikel noch nicht gesehen hatte, wollte sie nicht mehr sagen. Vermutlich war er gerade auf dem Weg zum Flugplatz oder bereits in der Luft.

Sie eilte zurück in ihr Zimmer und zog sich hektisch an.

Teri kam um die Ecke und rieb sich den Schlaf aus den Augen. »Was ist denn los?«

»Bei meiner Zeitschrift hat jemand Max übel in die Pfanne gehauen, und das unter meinem Namen.«

»Was?«

Sarah schnappte sich ihre Handtasche. »Lies den Artikel, dann weißt du, was ich meine.«

Eine halbe Stunde später hielt sie ihre Schlüsselkarte an die Eingangstür der Redaktion. Der erste Weihnachtsfeiertag war der einzige Tag des Jahres, an dem wirklich niemand zur Arbeit kam. Sie begann mit ihrem Schreibtisch, öffnete und schloss die Schubladen und warf durcheinander, was sie derzeit recherchierte. Das

Gesuchte fand sie schließlich zusammengeknüllt im Papierkorb: Miguels Bericht, und zwar den Teil, den sie geschreddert hatte. Nur dass diese Seiten intakt waren. Miguel hatte dieses Fax zweimal geschickt. Vermutlich hatte das Gerät die Seiten noch einmal ausgespuckt, als sie schon wieder weg gewesen war. Sie ging zu Patricks Büro, doch es war abgeschlossen.

Auf einem der Bürotelefone wählte sie seine private Nummer. Wütend marschierte sie auf und ab.

»Hallo?«

»Sie elender Drecksack!«

»Mit wem spreche ich?«

»Was fällt Ihnen ein, unter meinem Namen diesen Müll zu veröffentlichen?«

Eine Sekunde lang blieb es still. »Sarah«, sagte er schließlich.

Was bewies, dass er genau wusste, wovon sie redete. »Wie konnten Sie es wagen!«

»Die Informationen habe ich auf Ihrem Schreibtisch gefunden. Sie wollten mir nicht geben, was ich brauche, also habe ich es mir genommen.«

»Lügen! Sie verbreiten Lügen!«

»Polizeiberichte lügen nicht«, hielt er dagegen.

»Damit kommen Sie nicht durch.«

Die Art, wie er die Luft ausstieß, klang gelangweilt. »Die Zeitschrift wird am Montag eine Entschuldigung bringen, weil verwechselt wurde, wer den Artikel geschrieben hat. Danach folgt eine Erklärung, dass wir zum Inhalt stehen und die Informationen tatsächlich auf Ihrem Schreibtisch lagen.«

»Das ist gelogen, und das wissen Sie! Nehmen Sie den Artikel sofort aus dem Netz!« Ihr war klar, dass er das niemals tun würde, aber sie musste es versuchen.

»Schönen Tag noch, Sarah. Fröhliche Weihnachten.«

Er legte auf, und sie warf das Telefon quer durchs Büro.

Verdammt! Wenn sie ihre Eltern anpumpen musste, dann war es eben so. Kein Gehaltsscheck der Welt war so etwas wert. Wenn ihre Arbeit ihr nicht die Tür zu ihrem Traum öffnete, war es vielleicht Zeit, sich einen neuen Traum zu suchen. Menschen waren wichtiger. Max war wichtiger.

Sie stürmte in einen Lagerraum, kippte das Kopierpapier aus zwei großen Schachteln, ging mit den leeren Schachteln zu ihrem Schreibtisch und warf alle ihre persönlichen Sachen hinein.

Dann raffte sie sämtliche Recherchen für geplante Artikel zusammen und steckte sie in den Schredder. Immer wenn der Auffangkorb voll war, kippte sie die Papierstreifen vor Patricks Bürotür. Danach fuhr sie ihren Computer hoch und setzte ihn auf die Werkseinstellungen zurück. Damit löschte sie alles, was irgendwie nützlich sein konnte. Vermutlich war die Mühe umsonst, denn jeder halbwegs versierte IT-Mensch war ziemlich sicher in der Lage, die Daten wiederherzustellen. Aber immerhin übergab sie ihre Arbeit nicht kampflos.

Um die Sache noch ein wenig zu erschweren, schüttete sie ein Glas Wasser über das Gehäuse mit der Festplatte, und dann gleich noch ein zweites. Bevor sie mit ihren Sachen die Redaktion verließ, klebte sie ihre Schlüsselkarte an Patricks Bürotür. Darunter schrieb sie mit einem dicken schwarzen Filzstift in großen Buchstaben »Ich kündige!«. Sie ließ den Stift fallen, stellte sich vor die Überwachungskamera, hob den ausgestreckten Mittelfinger und stapfte davon.

Alle Türen fielen hinter ihr ins Schloss. Draußen in ihrem Wagen verebbte ein wenig von dem Adrenalin, das durch ihre Adern pulsierte. Inzwischen war Max ganz sicher in der Luft. Sie wählte Alex' Nummer.

Kapitel 37

Die Presse wartete bereits. Zwar hatten sich nicht ganz so viele Medienleute versammelt wie vor ein paar Wochen, als die Nachricht von seiner Existenz verkündet worden war, aber schließlich war heute der erste Weihnachtstag.

Während des Flugs hatte Max gespürt, wie der Schock langsam nachließ und wie er die inneren Mauern, die er hatte bröckeln lassen, wieder aufbaute. Irgendwo tief in seinem Herzen bezweifelte er, dass Sarah für den Artikel verantwortlich war. Aber sein Kopf hörte nicht auf sein Herz. Er brauchte Zeit, er brauchte Raum.

Die Frage war nur, wie viel von beidem.

Ms Kelly erwartete ihn an der Landebahn und begleitete ihn zu einem privaten Terminal, wo die improvisierte Pressekonferenz stattfand.

»Wollen Sie zu dem, was ich sagen werde, noch etwas hinzufügen?«, fragte er.

Sie schüttelte den Kopf. »Der Plan ist gut. Falls eine Frage kommt, bei der Sie nicht sicher sind, ob Sie sie beantworten sollen, greife ich ein.«

Ihm war egal, wie er für die Leute da draußen aussah, die sich für seine Vergangenheit interessierten. Für Alex und Chase sein Bestes zu geben, war alles, was jetzt zählte. Er straffte die Schultern und setzte das breiteste falsche Lächeln auf, zu dem er imstande war.

»Fröhliche Weihnachten.«

Sofort hielten ihm unzählige Reporter ein Mikrofon vors Gesicht und riefen Fragen. Er hob die Hände.

»Ihre Fragen beantworte ich gleich. Aber zuerst möchte ich etwas sagen. Sie lassen mir also besser ein bisschen Luft zum Atmen.«

Ein paar Leute gluckten, und man machte ihm ein wenig Platz.

Einen Moment lang sammelte er sich, dann atmete er tief ein. »Als Erstes muss ich Ihnen sagen, wie enttäuscht ich von Ihnen allen bin. Heute ist der erste Weihnachtstag, und Sie machen Jagd auf eine Klatschgeschichte, anstatt bei Ihren Familien und Ihren Lieben zu sein. Das sind die Worte eines Mannes, der erst seit diesem Jahr eine Familie und liebe Menschen hat. Denken Sie darüber mal eine Minute nach.«

Er hielt inne.

»Irgendwer da draußen will mir das Leben schwer machen. Aber da hat er sich gründlich vertan. Mit diesem Zeitschriftenartikel, dieser sensationellen Neuigkeit, macht er es mir sogar ein bisschen leichter. Weil einiges, was darin steht, tatsächlich wahr ist, war ich ständig in Sorge, wann die Welt davon erfahren und welche Auswirkungen das für mich und Stone Enterprises haben würde. Diese Gedanken muss ich mir jetzt nicht mehr machen.

Habe ich tatsächlich acht Monate lang im Jugendknast gesessen? Ja. Ich habe dort meinen achtzehnten Geburtstag gefeiert. Keine Familie, die mich besucht hätte, keine Familie, zu der ich konnte, als ich wieder rausgekommen bin.« Er zeigte auf eine Kamera. »Das war schwer. Aber das interessiert Sie natürlich nicht wirklich. Sie wollen wissen, für welches Verbrechen ich eingesessen habe.« Er schüttelte den Kopf. »Ich sage es Ihnen. Sorgen Sie dafür, dass Ihre Mikrofone auch wirklich an sind und Sie alles mitbekommen.« Er fixierte den Reporter direkt vor ihm. »Ich hasse Leute, die andere einschüchtern und fertigmachen, und ganz besonders Männer, die sich an Frauen vergreifen. Als ich einen der jungen Kerle in meiner Wohngruppe dabei überrascht habe, wie er über eine hilflose Dreizehnjährige hergefallen ist, hat er diesen ganzen Hass zu spüren bekommen. Bin ich zu weit gegangen? Eindeutig. Ist der Typ, den ich verprügelt habe, lebend davongekommen? Ja. Würde ich es wieder tun? Ich denke, die eigentliche Frage ist doch, was würden Sie in so einem Fall machen? Für mich selbst kann ich das beantworten. Seit Kurzem habe ich eine Familie, und wenn jemand versuchen würde, Alexandrea etwas anzutun, dann dürfen Sie Ihren Arsch darauf verwetten, dass ich eingreifen würde. Und Hailey …?« Er schüttelte den Kopf und ließ die Pause für sich sprechen.

Dann schaute er auf die Uhr, als hätte er es eilig. »Sie haben fünfzehn Minuten für Ihre Fragen.«

»Waren Sie drogenabhängig?«

Er musterte den Fragesteller mit schiefgelegtem Kopf. »Wenn es so gewesen wäre, hätte ich keinen Grund, Ihnen das jetzt zu verschweigen. Hatte ich Zugang zu Drogen, als ich unter der Obhut von Ämtern und Behörden aufgewachsen bin? Ja. Habe ich welche probiert? Wieder ja. War ich abhängig? Nein. Die Kontrolle zu behalten, hat sich schon damals für mich besser angefühlt, als high zu sein.«

»Stimmt es, dass Sie mit Sarah McNeilly zusammen sind?«

Er schluckte. »Ja.«

»Und wie geht es Ihnen damit, dass sie diesen Artikel über Sie geschrieben hat?«, rief eine Reporterin aus einer der hinteren Reihen.

»Falls sie ihn geschrieben haben sollte, wäre ich enttäuscht.« Er schaute in die Runde und wartete auf die nächste Frage.

»Haben Sie seit der Veröffentlichung mit ihr gesprochen?«

»Nein.«

»Wenn Miss McNeilly ...«

Er unterbrach den Reporter. »Weitere Fragen über Miss McNeilly beantworte ich nicht.«

»Mr Smith?«

Er schaute nach links. Eine Reporterin von einem Lokalfernsehsender stellte die Frage, mit der er schon früher gerechnet hatte. »Was denken Sie? Wie werden sich diese Neuigkeiten auf den Wert von Stone Enterprises auswirken?«

Er lächelte. »Sie wissen, dass ich mit schwerem Gerät im Betonbau gearbeitet habe, bevor ich eines Morgens als Milliardär aufgewacht bin, oder?«

Damit erntete er ein paar Lacher.

»Alexandrea und Chase Stone erwarten gewisse Verluste in überschaubarem Umfang, ich eher nicht.«

»Warum nicht?«

Er zeigte mit dem Daumen hinter sich zu dem Flugzeug, aus dem er vor ein paar Minuten gestiegen war. »Weil die Nachricht, dass ich mit siebzehn jemanden verprügelt habe, schon nächste Woche nicht mehr besonders spannend sein wird. Gestern Abend hat Gaylord Morrison Vivian Stone einen Heiratsantrag gemacht. Der Rest der Familie ist noch in Texas, feiert zusammen Weihnachten und die Verlobung. Selbst wenn die beiden großen Hotelunternehmen jetzt nicht verschmelzen, wird damit doch aus zwei Familien eine.«

Wie Max erwartet hatte, ging ein Raunen durch die Menge.

»Für Stone Enterprises sind das sehr gute Nachrichten. Wer sollte Alexandrea und Chase besser unterstützen können als eine Familie, die seit Jahrzehnten ein Hotelimperium leitet? Ihr eigener Vater hat das ja leider verpasst. Aber was weiß ich schon?

Ich habe schließlich erst kürzlich meine Stahlkappenschuhe ausgezogen.«

Er beantwortete noch ein paar Fragen, doch als sie immer spekulativer wurden, brach er ab.

Zusammen mit Ms Kelly ging er zu einem bereitstehenden SUV und schob sich auf den Rücksitz.

»Sie waren brillant«, sagte sie zu ihm. »Der Satz, dass Sie eines Morgens als Milliardär aufgewacht sind, wird sicher wochenlang immer wieder irgendwo zu lesen sein.«

»Danke, dass Sie so kurzfristig hier sein konnten. Tut mir leid, dass ich Sie an Weihnachten von Ihrer Familie weggezerrt habe.«

Sie schüttelte den Kopf. »Keine Sorge, als Jüdin mache ich mir nicht so viel aus Weihnachten.«

»Dann bin ich ja erleichtert, dass ich Ihnen nicht den Feiertag verdorben habe.«

* * *

Im Wohnzimmer der Villa in Beverly Hills saß Sarah auf dem Sofa und wippte mit der Fußspitze. Dann stand sie auf, tigerte durch den Raum und setzte sich wieder, nur um sofort wieder aufzuspringen. Auf einem Lokalsender hatte sie die Pressekonferenz gesehen. Dass Max sich sichtbar gewunden hatte, als er nach ihr gefragt worden war, brachte sie fast um. Er konnte unmöglich glauben, den Artikel hätte sie geschrieben. Oder doch?

Mit der Uhr im Blick rechnete sie immer wieder nach, wann er zu Hause ankommen musste. Als sie schon kurz davor war, ihn anzurufen, hörte sie in der Einfahrt einen Wagen. Sie ging in die Eingangshalle und wartete dort auf ihn. Ihr Auto stand vor dem Haus, also würde er nicht überrascht sein, sie zu sehen.

Der Schlüssel drehte sich im Schloss, die Haustür ging auf und Max kam herein. Ihre Blicke trafen sich, dann schauten Max' bernsteinfarbene Augen an ihr vorbei. Wortlos schloss er die Tür.

»Hi.« Mehr brachte sie nicht heraus.

Er ließ seine Tasche fallen und warf seine Jacke darauf. Sein Schweigen brachte sie um den Verstand. Er ging an ihr vorbei ins Wohnzimmer.

»Max?« Sie folgte ihm.

An den bodentiefen Fenstern, von denen aus man in den Garten hinter dem Haus sehen konnte, blieb er stehen. »Ich höre«, sagte er zu der Glasscheibe.

Sie stand ein paar Schritte von ihm entfernt, spürte, wie Kälte sich zwischen ihnen ausbreitete. »Du glaubst, ich hätte das geschrieben?«

»Dein Name steht unter dem Artikel.«

»Max, dir muss doch klar sein, dass ich niemals dich – uns – riskieren, nie deine Familie für eine Story in Schwierigkeiten bringen würde.«

Er wandte sich um und schaute ihr ins Gesicht. »Wie lange weißt du schon von meinen Jugendsünden?«

»Seit ein paar Tagen.«

»Und warum hast du mir das nicht gesagt?«

»Weil es für mich nichts ändert.«

»Du weißt besser als jeder andere, wie schwer es mir fällt, jemandem zu vertrauen. Weshalb musste ich durch einen Artikel in einer Klatschzeitschrift erfahren, dass meine Freundin meine verborgene Vergangenheit kennt?«

»Weil mir egal ist, was du als Siebzehnjähriger getan hast. Wenn du gewollt hättest, dass ich davon weiß, hättest du es mir erzählt.«

»Du hast dafür gesorgt, dass es die ganze Welt weiß.« Seine Stimme war lauter geworden.

Zwar sah es tatsächlich so aus, als hätte sie den Artikel verfasst, aber ihn das laut aussprechen zu hören, tat weh.

»Das habe ich nicht getan. Eine Kontaktperson hat mir bei der Suche nach deiner Mutter geholfen und ist dabei auf deine Jugendstrafe gestoßen. Weil mir eine E-Mail zu unsicher war, habe ich mir ein Fax schicken lassen. Darin stand, was du damals getan hast. Ich habe es kurz überflogen und sofort in den Schredder gesteckt. Vielleicht hat mein Boss mich dabei beobachtet und es irgendwie geschafft, das Fax noch mal auszudrucken. Oder aber das Gerät hatte eine Störung und hat das Fax noch ein zweites Mal ausgespuckt. Ich selbst habe mit keiner Menschenseele darüber gesprochen.«

Seine Züge wurden etwas weicher, doch noch immer lagen Zweifel in seinem Blick.

»Den Artikel hat mein Boss geschrieben oder er hat ihn jemanden schreiben lassen und meinen Namen daruntergesetzt. Ich würde nie etwas tun, was dir schadet oder dich verletzt, Max. Ich liebe dich, ist dir das nicht klar?« Sie spürte, wie ihr Herz brechen wollte.

Er schaute sie an, und sein innerer Kampf spiegelte sich auf seinem Gesicht.

»Kurz bevor ich dich kennengelernt habe, ist dein Leben komplett aus den Fugen geraten. Plötzlich hast du Geld, eine Familie und Einfluss, aber dir steigt das kein bisschen zu Kopf und du bleibst dir treu. Durch dich habe ich verstanden, dass man nicht gegen seine eigenen Überzeugungen handeln muss, um einen Job zu erledigen. Dass die Nullen auf einem Gehaltsscheck bedeutungslos sind, wenn man sich abends nicht im Spiegel anschauen kann. Klingt das nach jemandem, der einen solchen Artikel schreiben würde?«

Er blinzelte, machte den Mund auf und wieder zu.

»Schlag die Tür zwischen uns nicht zu, Max. Bitte. Du bedeutest mir schon so viel …« Sie zuckte zusammen. »Oh

Gott!« Tränen stiegen ihr in die Augen, und ihre Kehle zog sich zusammen. »Ich bin hier diejenige mit den großen Gefühlen; ich stecke ganz tief drin und du nicht.« Ihre Regel für Beziehungen schwenkte direkt vor ihrer Nase heftig die rote Fahne.

Sie stolperte ein paar Schritte rückwärts Richtung Tür. Der Drang zu flüchten war plötzlich übermächtig. Sie brauchte ihre Handtasche. Wo war ihre Handtasche? Hektisch schaute sie sich um, sah sie auf einem Tisch liegen und eilte hin. Mit zitternden Fingern zog sie den Umschlag mit den Informationen über Max' Großeltern heraus, legte ihn auf den Tisch und flüchtete zur Haustür. Noch bevor sie sie erreichte, flossen die Tränen.

»Sarah?«

Sie riss die Tür auf und war schon halb draußen.

»Sarah!«

Max rannte zu ihr und stellte sich ihr draußen auf den Stufen in den Weg. »Geh nicht.«

Sie schluckte. »Ich kann nicht riskieren, dass meine Gefühle für dich noch größer werden. Das würde ich nicht überleben.«

Er machte einen Schritt auf sie zu. »Es tut mir leid. Ich hätte niemals an dir zweifeln dürfen. Ich habe deinen Namen unter dem Artikel gesehen und plötzlich das altbekannte Gefühl gehabt, im Stich gelassen, betrogen worden zu sein. Weiter konnte ich nicht denken.«

»Das würde ich dir niemals antun.«

Er legte eine Hand auf seine Brust. »Hier drinnen weiß ich das genau. Aber mein Kopf macht sein eigenes Ding. Er sagt mir, ich soll niemandem vertrauen und nur an mich selbst glauben. Er sagt, wenn ich von anderen nur das Schlimmste erwarte, erspare ich mir schmerzhafte Enttäuschungen.«

»So kannst du nicht für alle Zeiten weitermachen, sonst bleibst du allein.«

Sein Blick suchte ihren. »Ich vertraue dir. Ich weiß nur nicht, wie ich mir selbst trauen soll. Ich habe wahnsinnige Angst, dass ich früher oder später alles kaputtmache.«

Sie fixierte ihn unbarmherzig. »Dann mach das nicht!«

Angst trat in seinen Blick. »Ich schleppe Unmengen von Gepäck mit mir herum, Sarah. Niemals könnte ich dich bitten, dass du bei mir bleibst, während ich mich mit diesem ganzen Mist beschäftige.«

Hatte er komplett den Verstand verloren? »Du musst mich nicht bitten. Ich liebe dich so, wie du bist. Mit deinem Gepäck und allem. Durch eine rosarote Brille habe ich dich nie gesehen. Meine Augen waren vom ersten Tag an weit offen.«

Er antwortete nicht sofort, und sie konnte sehen, wie er mit sich rang.

»Ich kann dir keine Kinder schenken.«

»Um Kinder habe ich nicht gebeten.«

»Aber eines Tages willst du vielleicht welche haben.«

»Dann werden wir eines Tages darüber sprechen. Als du mir erzählt hast, dass du dich hast sterilisieren lassen, habe ich da meine Sachen geschnappt und bin davongelaufen? Nein. Weil es genau wie dein Jugendstrafregister für mich nichts ändert. Ob du Kinder zeugen kannst und welchen Mist du als Teenager gemacht hast, bestimmt nicht dein ganzes Leben, Max. Dieses Haus und deine neue Familie bestimmen nicht dein ganzes Leben. Und genauso wenig tut das deine Vergangenheit.« Sie ließ ihre Handtasche fallen und bohrte ihm ihren Zeigefinger in die Brust. »Der Mann, der du geworden bist, der gezögert hat, Teil dieser Familie zu werden, und sie jetzt doch liebt, der bestimmt dein Leben. Der Mann, der sich vor eine Horde sensationsgieriger Reporter stellt und ihnen unter die Nase reibt, sie sollten jetzt bei ihren Familien sein, das ist der, der du bist.« Sie breitete die Arme aus. »Wenn du hier in diesem Haus aufgewachsen wärest, wärest du wahrscheinlich nicht so.

Du musst lernen, dir selbst zu vertrauen, dann kannst du dich auch selbst lieben. Und bis du das gelernt hast, kannst du dich auf mich stützen. Vertrau mir. Liebe mich. Ich will den Weg mit dir gehen.«

Max nahm ihre Hände.

Sie schaute hinunter auf ihre Finger, die in seinen lagen, und zwang sich, die nächsten Worte auszusprechen. Waren sie erst einmal heraus, konnte sie nicht mehr zurück. »Wenn Liebe dir Angst macht, kann ich das verstehen. Daran können wir arbeiten. Aber wenn du nicht weißt, ob du mich lieben kannst …« Ihre Stimme versagte, und sie schüttelte den Kopf.

Max ließ eine ihrer Hände los, hob ihr Kinn an und zwang sie, ihn anzuschauen.

»Als du mir gerade den Rücken zugekehrt hast und zur Tür gerannt bist, war ich wie gelähmt. Das passiert nicht, wenn man jemanden nicht liebt. Du hattest mich schon bei deiner ersten kaputten Brille. Ich war stinksauer, konnte dich aber nicht einfach so gehen lassen. Ich bin deinem Uber-Taxi bis zu dir gefolgt und dir dann bis zur Bar.«

Sie legte den Kopf schief. »Das habe ich mir schon zusammengereimt.«

»Es hat doch funktioniert, oder? Ich wusste, dass du Reporterin bist und dass das für mich zum Problem werden kann. Trotzdem habe ich mich kopfüber in die Sache mit uns beiden gestürzt. Ich liebe dich, Sarah. Ich habe nie jemanden geliebt, nur dich.«

Die Enge in ihrer Kehle löste sich mit einem kleinen Aufschrei. Im selben Moment, in dem er die Arme nach ihr ausstreckte, streckte sie ihre nach ihm aus. Ihr Kuss wurde zu einem Versprechen und besiegelte, was von jetzt an zwischen ihnen sein würde.

Danach zog er sie noch enger an sich und hielt sie so fest, als wäre sie sein Rettungsring.

»Ich bin arbeitslos«, flüsterte sie an seiner Schulter.

Sein Lachen war ansteckend. »Perfekt. Dann hast du ja jetzt einen prima Vorwand, um bei mir einzuziehen.«

»Du willst, dass ich bei dir einziehe?«

Er lehnte sich zurück und schob ihr eine Locke aus dem Gesicht. »Gerade habe ich dir gesagt, dass ich dich liebe, und ich will nicht, dass du am anderen Ende der Stadt wohnst. Ich war viel zu lang allein, und jetzt, wo ich dich habe, möchte ich, dass du bei mir bist. Ich will nie wieder allein sein.«

»Ist das eine Bitte oder ein Befehl?«

Er blinzelte. »Womit komme ich am besten zum Ziel?«

Sie versuchte, nicht zu lächeln. Dann sagte sie ihm vor, was sie hören wollte. »Versuch es mal so: Sarah, ich liebe dich, und ich möchte gern, dass du bei mir einziehst.«

Er räusperte sich. »Sarah, meine Liebe, ich halte den Gedanken nicht mehr aus, morgens ohne dein verschlafenes Morgenmuffellächeln neben mir auf dem Kopfkissen aufzuwachen. Bitte mach mir das schönste Weihnachtsgeschenk meines Lebens und zieh bei mir ein.«

Ihr Herz schmolz wie Schnee in der Sonne. »Wenn du so lieb bittest, wie soll ein Mädchen da Nein sagen?«

Er lächelte, dann riss er sie buchstäblich von den Füßen und warf sie sich über die Schulter.

»Max!«

Er gab ihr einen Klaps auf den Hintern. »Stillhalten.«

»Was soll das werden?« Sie musste ihre Brille festhalten, damit sie nicht zu Boden fiel.

»Ich habe nett gefragt, und jetzt kann ich wieder ein Neandertaler sein.«

Sie lachte und versuchte, halbwegs bequem zu liegen, während er sie die Treppe hinauftrug.

Kapitel 38

Auf den Türstufen von Joe und Patty Smiths Haus in Arkansas nahm Max Sarahs Hand. Die Giebel waren noch mit Weihnachtslichtern geschmückt, an der Haustür hing ein Kranz aus Tannenzweigen. Es war der dreißigste Dezember, und Max wollte die Begegnung mit seinen Großeltern und damit den nächsten Schritt auf der Suche nach seiner Mutter nicht länger aufschieben. Ihm lag daran, das neue Jahr mit möglichst wenig offenen Fragen zu beginnen.

Seine Vergangenheit und das Gepäck, das er von damals mit sich herumschleppte, hatten ihn beinahe die Frau gekostet, die er liebte. Max Smith, das Waisenkind, hatte gelernt, seine Gefühle zu verdrängen, anstatt sich ihnen zu stellen. Max Smith, der Bruder, Onkel und hoffentlich eines Tages Ehemann, musste mit seiner Vergangenheit abschließen, um eine glückliche Zukunft haben zu können. Dazu gehörte auch, das Kapitel zu Ende zu schreiben, das seine Mutter offengelassen hatte.

»Bereit?« Sarah drückte seine Hand.

»Nein«, sagte er, während er bereits an die Tür klopfte.

Fast sofort hörten sie Schritte. Die Tür ging auf, und vor ihnen stand ein Mann Ende siebzig mit schütterem grauem

Haar. Er lächelte sie durch die Fliegengittertür hindurch an. »Hallo.«

»Mr Joseph Smith?«, fragte Max.

Der Mann nickte. »Ja. Was kann ich für Sie tun?«

»Mein Name ist Max, das ist Sarah. Wir suchen Ihre Tochter Lisa und hoffen, Sie können uns helfen.«

Einen Moment lang musterte Joseph sie mit schief gelegtem Kopf. »Patty?«, rief er dann ins Haus.

Neben ihm erschien eine grauhaarige untersetzte Frau in seinem Alter.

»Diese beiden hier suchen Lisa.«

Patty schaute ihren Ehemann fragend an. »Und weshalb stehen sie dann draußen, Joe? Bitte sie doch rein.«

Joe öffnete ihnen das Fliegengitter.

»Danke«, sagte Sarah und trat über die Schwelle.

Auf einem Tisch stand ein kleiner künstlicher Weihnachtsbaum, der übrige Schmuck im Raum sah genauso aus, wie man sich das bei einem ländlichen Weihnachtsfest vorstellte. Doch das Haus roch nach einer Schmerzsalbe und Desinfektionsmitteln. Oder aber das antiseptische Putzmittel hatte den minzigen Geruch einer ganz bestimmten Salbe.

»Hübsch haben Sie es hier«, bemerkte Sarah lächelnd.

Patty nickte. »Sie kommen mir gar nicht bekannt vor«, sagte sie. »Waren Sie Arbeitskollegen von Lisa?«

»Nein«, antwortete Max. »Zusammengearbeitet haben wir nie.«

Patty nickte ein paarmal und Max sah, wie müde ihr Lächeln war. Sie und ihr Mann wirkten traurig und erschöpft.

»Sie beide sind nicht erkältet oder sonst irgendwie krank?«, fragte Joe.

Max fand die Frage seltsam. »Nein, Sir. Und wir möchten Sie auch nicht lange stören. Wir möchten nur gern wissen, ob …«

Patty seufzte leise. »Ich sehe mal nach, ob es ihr gut genug geht. Wie war noch mal Ihr Name?«

Max hatte plötzlich das Gefühl, unter Strom zu stehen.

Sarah hakte sich bei ihm unter. »Sie ist hier?«

Patty und Joe tauschten Blicke. »Schon einige Zeit.«

Max schaute den Flur entlang. Hinter einer der Wände in diesem Haus atmete die Frau, die ihn als Kind verlassen hatte.

»Max. Sagen Sie ihr, Max möchte sie gern sehen. Sie weiß dann, wer ich bin.«

Patty tappte schwerfällig durch den Flur zum hinteren Teil des Hauses; ihr Mann versuchte, das Schweigen mit unbeholfenem Small Talk zu füllen. »Es heißt, wir kriegen einen strengen Winter. Vielleicht gibt es sogar Schnee.«

»Schneit es hier öfter? Wir sind nicht aus der Gegend«, spann Sarah den Faden weiter.

»Hin und wieder schon, aber nicht in jedem Winter.«

Die Unterhaltung zog an Max vorbei. Sein Blick hing an dem Flur, in dem Patty verschwunden war. Sein Pulsschlag ging doppelt so schnell wie sonst. Er hatte geglaubt, er würde heute seine Großeltern kennenlernen, nicht plötzlich seiner Mutter gegenüberstehen. Was er Joe und Patty sagen konnte, hatte er sich zurechtgelegt. Was er zu seiner Mutter sagen sollte, wusste er nicht.

»Woher sind Sie beide denn?«

»Aus Kalifornien.«

»Die Benzinpreise sollen dort ja durch die Decke gegangen sein.«

»Oh ja, alles wird teurer.«

Patty kam mit ausdrucksloser Miene zurück. Ganz offensichtlich hatten die zwei alten Leute nicht die geringste Ahnung, wer Max war. Eigentlich durfte ihn das nicht überraschen, aber ein bisschen wunderte es ihn trotzdem.

»Lisa sagt, es geht. Aber sie wird sehr schnell müde. Falls sie mitten im Satz einschläft, dürfen Sie sich nichts dabei denken. Das kann schon mal passieren.«

Max und Sarah schauten sich an.

»Ist sie krank?« Sarah sprach die Frage für sie beide aus.

Patty zögerte. »Sie wissen nichts davon?«

Sarah schüttelte den Kopf, Max stand nur wortlos dabei.

»Brustkrebs im Endstadium. Die Ärzte können nichts mehr für sie tun. Es ist nur noch eine Frage der Zeit.«

Das erklärte den schleppenden Gang und die müden Augen ihrer Eltern. Der Sturm, der in Max tobte, verwandelte sich plötzlich in ein Gefühl, das er nicht benennen konnte.

Sarah hielt seinen Arm fest und sagte nichts.

»Ich dachte, alle wüssten Bescheid. Tut mir leid, dass Sie es jetzt so erfahren«, sagte Patty.

Max fand seine Stimme wieder. »Schon gut. Uns tut es leid. Das muss sehr schwer für Sie sein.«

Joe stellte sich zu seiner Frau. »Ein Kind sollte nicht vor seinen Eltern gehen.«

Mit einem Winken forderte Patty Max und Sarah auf, ihr zu folgen, und ging voran. Max' Füße bewegten sich ohne sein Zutun.

Dann deutete Patty auf eine Tür, und Sarah nahm Max' Hand und hielt sie fest.

Ihre Hand in seiner gab ihm Mut. Er holte tief Luft und machte die Tür auf. Der Geruch von Desinfektionsmitteln und Verzweiflung schlug ihnen entgegen. Sein Blick fiel auf das Bett und das, was von der Frau darin noch übrig war. Ihre Augen lagen tief in den Höhlen, ihre Haut spannte sich pergamentartig über ihr mageres Gesicht. Das dunkle Tuch um ihren Kopf bildete einen harten Kontrast zu ihrer aschfahlen Haut. Unter der Bettdecke zeichnete sich ein Körper ab, der besser zu einem Kind als zu einer erwachsenen Frau gepasst hätte.

Lisa Davis war nur noch eine brüchige Hülle, die schon beim nächsten Atemzug endgültig zerfallen konnte.

Zum ersten Mal schaute Max seiner Mutter in die Augen. Sie lächelte nicht, sie blickte nicht düster. Sie starrte ihn nur an.

»Bitte macht die Tür zu«, sagte sie so leise, dass sie fast nicht zu verstehen war. Sarah ließ Max' Hand los und erfüllte Lisa den Wunsch.

»Ich wusste, du würdest mich finden.« Sie sprach langsam und unter großer Anstrengung.

»Man hat mir gesagt, du seist tot.«

Lisa schloss die Augen, und einen Moment lang dachte Max, sie sei eingeschlafen. Dann sprach sie weiter. »Das war besser zu ertragen als die Wahrheit.«

»Ja, allerdings.« Max hatte seinen Worten Schärfe verleihen wollen, doch stattdessen klangen sie sanft und so, als müsste er über sehr dünnes Eis gehen.

Eine lange Pause entstand.

»Glaubst du an Gott, Max?«, fragte Lisa schließlich.

Er schüttelte den Kopf. »Nein.«

Sie schaute aus dem Fenster, holte mühsam Luft. »Ich auch nicht. Aber ich werde nur allzu bald rausfinden, ob ich mich täusche.«

Max setzte sich in den Sessel am Bett, Sarah lehnte sich an die Bettkante.

»Warum?« Das war die einzige Frage, die er dieser sterbenden Frau stellen wollte.

Sie seufzte und begann dabei zu husten.

Plötzlich hatte Max den Drang, ihr irgendwie zu helfen.

Lisa hob das zerknüllte Taschentuch in ihrer Hand an die Lippen. Die Finger gehörten einer Frau von hundert Jahren, nicht einer, die noch keine sechzig war.

Als der Hustenanfall verebbt war, schaute sie ihn wieder an. »Für die Antwort, die du verdienst, habe ich nicht mehr genügend Zeit.«

»Sag mir wenigstens etwas.«

Sie nickte bedächtig. Bis sie weitersprechen konnte, dauerte es eine Weile. »Ich wollte keine Mutter sein, ich wollte einen reichen Mann.«

»Aaron war verheiratet«, entgegnete Max.

»Das wusste ich. Ich war jung, aber nicht dumm. Ein Baby sollte ihn an mich binden.«

Max schüttelte den Kopf. Was hatte er erwartet? Dass sie erklärte, alles sei ein riesiger Fehler gewesen, den sie tief bedauerte, dass sie aber nicht gewusst habe, wie sie ihn wiedergutmachen konnte? Nein, Lisa sagte genau das, was er die ganze Zeit vermutet hatte.

Sie versuchte, mit der Zunge ihre trockenen Lippen zu befeuchten. »Ich war egoistisch, und du hattest etwas Besseres verdient.«

»Und du glaubst, das habe ich bekommen?«

Sie schüttelte kaum merklich den Kopf.

»Du hast das Geld genommen.« Das war eine Feststellung, kein Vorwurf.

Sie schloss die Augen und hatte Mühe, sie wieder zu öffnen. »Ich verdiene dein Mitleid nicht und auch nicht, dass du mir verzeihst.«

»Wie kann ich dir etwas verzeihen, wenn du noch nicht einmal gesagt hast, dass es dir leidtut?«

Die Worte kamen ihr nicht über die Lippen. Stattdessen schaute sie Sarah an. »Sind Sie die Reporterin?«

»Sie haben die Nachrichten gesehen.«

Lisa blinzelte ein paarmal. »Ich musste sichergehen, dass mein Anruf an der richtigen Stelle gelandet ist.«

Max' Gehirn verarbeitete nur verzögert, was Lisa sagte. »Du hast der Zeitschrift den Tipp gegeben?«

Ein kurzes Nicken. »Bei der *Times* hat man einfach aufgelegt. Zu Lebzeiten konnte ich Aaron nicht dazu bringen, sich zu dir zu bekennen. Ich wollte, dass du wenigstens nach seinem Tod zu deinem Recht kommst.« Sie schluckte und schaute Max an. »Als du nach dem Begräbnis nicht aufgetaucht bist, musste ich etwas tun. Aber ich kann mich nicht für etwas entschuldigen, wozu erst sein Tod mich gebracht hat. Und um Vergebung kann ich dich nicht bitten, weil ich sie nicht verdiene.« Sie erschauerte und zog sich mit knochigen Fingern die Bettdecke höher auf die Brust. »Falls es eine Hölle gibt, nun ja, dann werde ich wenigstens nicht mehr frieren.«

Max fühlte sich wie ein kleiner Junge, dessen Herz noch einmal gebrochen wurde, so als würde er zum zweiten Mal den Tod derselben Frau erleben.

Sarah setzte sich auf die Armlehne seines Sessels und legte ihm eine Hand auf die Schulter. Er griff danach.

»Wissen Ihre Eltern etwas von Max?«, fragte Sarah.

Lisa schüttelte den Kopf.

»Du bist mir nichts schuldig. Aber wenn du warten kannst, bis ich nicht mehr bin, bevor du ihnen alles erzählst, wäre das besser für sie. Sonst werden Wut und Bitterkeit ihre letzten Tage mit mir zusätzlich belasten.«

Sarah sagte, wofür Max die Worte fehlten. »Das können wir tun.«

Lisas Augen füllten sich so langsam mit Tränen, als müsste ihr Körper erst an den Ozean reisen, um sie zu finden. »Danke.«

Und als wäre sie ein Computer, der nach der Arbeit heruntergefahren wurde, schloss sie die Augen und schlief ein.

Nach ein paar Minuten erhob sich Sarah und streckte die Hand nach Max aus. Bevor auch er aufstand, beugte er sich vor und berührte die zerbrechliche Hand der Frau, die ihn geboren hatte.

Ihre kalten Finger schlossen sich um seine, doch ihre Lider blieben zu, ihr Atem ging ruhig wie in einem tiefen Schlaf.

Beim Verlassen des Zimmers hielt Max die Gefühle all der langen Jahre eisern zurück. Sarah gab Patty und Joe ihre Telefonnummer und bat sie, sich zu melden, wenn Lisa gegangen war. Dann verabschiedeten sie sich.

Max stolperte die Stufen des Hauses in Arkansas hinunter und schaffte es noch bis zum Gehsteig, bevor die Tränen flossen. Sarah schmiegte sich in seine Arme, war sein Anker, der verhinderte, dass er davontrieb.

Epilog

Auf einem Friedhof hinter einer kleinen weißen Kirche in Arkansas standen Max, Sarah, Chase, Piper und Alex an einem Sarg. Lisa Davis war genau vierundzwanzig Stunden nach Max' Besuch bei ihr gestorben. Es war, als hätte ihr Körper gewusst, dass sie in diesem Leben nun nichts mehr tun konnte, und sie hatte losgelassen.

Sarah hielt Max' Hand, versuchte, ihm Kraft zu geben, während er sich damit auseinandersetzte, dass er die Frau, die ihn geboren hatte, nun zum zweiten Mal verloren hatte. Während der Trauerfeier hatten sie ganz hinten in der Kirche gesessen, hinter all denen, die Lisa gekannt hatten. Natürlich gab es Tränen, aber sicher empfanden einige Trauergäste auch so etwas wie Dankbarkeit, weil Lisa nun von ihrem Leiden erlöst war.

Sarah nahm alles in sich auf und versuchte, sich auszumalen, was jetzt in Max vorging.

Die Träger hatten den Sarg aus der Kirche direkt zu dem offenen Grab gebracht, an dem bereits ein Grabstein mit Lisas Geburts- und Todesdatum bereitstand. Unter ihrem Namen war »geliebte Tochter« eingemeißelt. Nicht »Mutter«.

Während die Trauergäste nach und nach den Friedhof verließen, blieben Max und seine Geschwister, Sarah und Piper noch am Grab.

»In dem Moment, als wir in ihr Zimmer getreten sind, hat sie mir meine Wut geraubt«, sagte Max schließlich. »Alle meine Vermutungen über sie haben sich bestätigt. Sie war egoistisch, berechnend und grausam. Aber ich kann sie nicht hassen.« Er schaute Sarah an und drückte ihre Hand. »Sie hat mich zu dir geführt.«

Alex legte ihm eine Hand auf die Schulter. »Und wenn unser Vater uns nicht quasi aus dem Grab heraus gesagt hätte, dass es dich gibt, hätte Lisa auf ihre Weise dafür gesorgt, dass wir zusammenfinden konnten«, fügte sie hinzu.

»Wir werden die Fehler unserer Eltern nicht wiederholen«, versicherte Chase. »Für uns steht die Familie an erster Stelle.«

»Immer«, bekräftigte Alex.

»Für uns alle.« Max hob Sarahs Hand an seine Lippen und küsste sie.

In der Vorhalle der kleinen Kirche fand die traditionelle Zusammenkunft zu Ehren der Person statt, die nicht mehr dabei sein konnte. Sarah bemerkte, wie Max zu den Fenstern schaute, hinter denen sich die Trauergäste versammelten. Gesprochen hatte niemand mit ihnen, aber ein paar Leute schauten durch die Fenster zu ihnen heraus.

Max atmete tief aus. »Ich gehe jetzt rein und sage ihnen, wer ich bin.«

»Soll ich mitkommen?«, fragte Sarah.

Er schüttelte den Kopf. »Das ist etwas, was ich allein tun muss. Es dauert nicht lang.«

Max machte sich auf den Weg zur Kirche, die anderen schauten ihm hinterher.

»Wie geht es ihm denn wirklich?«, fragte Alex Sarah.

»Er lässt seine Gefühle raus, das macht es leichter«, antwortete sie. »Normalerweise wäre sein Reflex, sich zurückzuziehen und sich abzuschotten. Aber diesmal tut er das nicht.«

»Gut zu wissen«, sagte Piper.

Sarah sah, wie Max hinter einem der Fenster auf Joe und Patty zusteuerte.

»Glaubt ihr, sie ahnen etwas?«, fragte Alex.

»Fünf Leute in der letzten Bank, die keiner kennt und die so angezogen sind wie wir? Vermutlich denken sie, wir sind von der Mafia«, bemerkte Piper.

Sarah schaute von einem zum anderen. Chase hatte sich genau wie Max für einen schwarzen Armanianzug entschieden, und heute trugen beide Krawatten.

Piper war in einem schwarzen Hosenanzug und einem Mantel gekommen, Alex in einem figurbetonten schwarzen Kleid, das ihr bis über die Knie reichte. In Kombination mit dem strengen Pferdeschwanz und dem langen Blazer sah sie darin aus, als wäre sie direkt von den Seiten eines Modemagazins in die kühle Winterluft spaziert.

Sarah hatte ein schlichtes A-Line-Kleid mit langen Ärmeln an, dazu flache Absätze. Ihre geliebten Converse hätte sie unpassend gefunden.

Trotz der für ein Begräbnis angemessenen Sachen fielen sie auf. Denn obwohl auch die anderen Trauergäste das eine oder andere schwarze Kleidungsstück trugen, hatten sich doch die meisten lediglich für gedeckte Farben entschieden, wie man sie auch zu einem winterlichen Sonntagsessen wählen konnte.

Gemeinsam verfolgten Sarah, Alex, Chase und Piper jetzt von außen Max' Gesten und sahen deutlich, in welchem Moment er Joe und Patty sagte, wer er war.

Patty nahm ihn an den Schultern, schaute ihren Mann an und dann wieder Max. Dann warf sie die Arme um ihren Enkel.

Nach kurzem Zögern erwiderte Max die Umarmung.

»Er kriegt das immer besser hin«, stellte Sarah fest.

Piper seufzte. »Immerhin haben sie ihn nicht mit einem Baseballschläger davongejagt.«

Alex lachte leise. »Ja, die guten alten Zeiten.«

Jetzt umarmten sich auch Joe und Max. Es wurde genickt und gesprochen.

»Lasst mich mal die letzten zwölf Monate zusammenfassen: zwei Beerdigungen, zwei Verlobungen, eine Muss-Hochzeit in letzter Minute …«

»Hey, wir wollten!«, erwiderte Piper.

»Ja, okay. Ein Baby und ein neuer Bruder. Können wir es jetzt mal eine Weile ruhiger angehen lassen?«, fragte Alex.

Die anderen seufzten.

»Wie wär's noch mit einer Schwägerin?«, fragte Sarah.

Alex schnappte nach Luft. »Hat er dir einen Heiratsantrag gemacht?«, fragte sie aufgeregt.

Sarah schüttelte grinsend den Kopf. »Noch nicht.«

»Ich glaube, mit dem ›Noch‹ hast du recht.« Alex legte einen Arm um Sarah.

Als sich Max zum Ausgang wandte, gingen sie voran zu dem großen SUV. Ein paar Minuten später war Max bei ihnen, und sie freuten sich, ihn lächeln zu sehen. Er wirkte, als wäre ihm jetzt leichter ums Herz.

»Das sah aus, als würde es ganz gut laufen.« Chase sprach genau das aus, was auch Sarah hatte sagen wollen.

»Patty meinte, ich hätte den schwersten Tag ihres Lebens zu einem der besten ihres Lebens gemacht.«

»Das ist wunderbar«, sagte Piper.

»Ja. Ich habe versprochen, in etwa einem Monat wiederzukommen, damit wir uns kennenlernen können und ich ihnen meine Freundin vorstellen kann.« Er lächelte Sarah an. »Und von meiner Familie erzählen.«

Chase schaute vom Fahrersitz aus nach hinten und ließ den Motor an. »Möchtest du hier noch irgendwas tun?«

Max schaute aus dem Fenster hinüber zum Friedhof. »Nein. Für den Moment ist es gut.«

* * *

Am nächsten Abend saßen Max und Sarah an die Kopfstütze gelehnt zusammen im Bett. Im offenen Kamin knisterte ein wärmendes Feuer.

»Ohne dich hätte ich das alles nicht geschafft.«

Sarah schmiegte sich an ihn und bettete ihr Ohr an seine Brust, ihr liebster Platz auf der ganzen Welt. »Du hättest es geschafft, aber nicht so gut«, scherzte sie.

»Ich hätte viel mehr mit Wut und Bitterkeit zu kämpfen gehabt«, gestand er.

»Schon möglich.«

Er gluckste und seufzte. »Jetzt möchte ich gern etwas unternehmen, um Kindern und Jugendlichen zu helfen, die so aufwachsen wie ich aufgewachsen bin.«

»Schwebt dir da etwas Bestimmtes vor?«

»Ich dachte, das könnten wir uns gemeinsam überlegen.«

Sie blickte kurz hoch, dann legte sie ihren Kopf wieder dahin, wo er hingehörte. »Du hast dir einen günstigen Zeitpunkt ausgesucht. Ich bin arbeitslos und brauche etwas zu tun.«

»Bei der *Times* werden sie dich mit Handkuss nehmen.«

Seine Zuversicht war ansteckend. »Wenn sie mir einen Vertrag geben, schreibe ich Artikel und Reportagen über die Schwächen unseres Jugendhilfesystems und setze mich für die Rechte der vergessenen Kinder ein. Gemeinsam können wir etwas bewirken.«

»Gemeinsam«, wiederholte er. Dann strich er mit dem Daumen über ihre linke Hand.

Sie wackelte mit den Fingern. »Ich habe Ringgröße fünf.«

Er zog ihre Hand auf seine Brust. »Ich weiß nicht, wovon du redest.«

»Ja, schon klar.«

Ein paar Augenblicke vergingen, das Feuer knisterte.

»Ich liebe dich, Sarah. Bitte zweifle nie daran.«

Sie schloss die Augen und ließ seine Worte in sich nachklingen. Worte, die mehr bedeuteten, als ein Ring es je konnte. Sie blickte auf, drückte die Lippen auf seine, lächelte und küsste ihn dann noch einmal und noch fester.

* * *

Glenn Peterson ging zu seinem Spind im Bürogebäude der Jugendstrafanstalt. Für heute hatte er Feierabend. Mit einem der neuen Jungs kam er langsam voran, aber ein anderer Junge, mit dem er gearbeitet hatte, war nach zwei Wochen in Freiheit schon wieder zurück. Fast als hätte er nur über die Feiertage einen Kurzurlaub bei seiner Familie gemacht. Dieser Kerl war erst sechzehn und schaffte es nicht, aus seinen unguten Gewohnheiten auszubrechen.

Aber Glenn würde nicht aufgeben, das lag einfach nicht in seinen Genen. Geschlagen gab er sich höchstens, wenn einer seiner Schützlinge am Ende in einer Vollzugsanstalt für Erwachsene landete und irgendwann mehr Zeit hinter Gittern verbracht hatte als draußen. Wenn die Jungs früh genug zu ihm kamen, konnte er manchmal etwas bewirken. Davon war er tief in seinem guten Herzen überzeugt.

»Peterson!«, rief einer der Wachleute, als er schon am Ausgang stand.

»Ja?«

»Für dich ist Post gekommen. Per Einschreiben.« Der Mann wedelte mit einem großen Umschlag.

Überrascht nahm Glenn den Umschlag an sich und drehte ihn zwischen den Händen. Wo der Absender stehen sollte, las er den Namen einer Firma. Er dankte dem Wachmann, verließ das Gebäude und ging zu seinem zehn Jahre alten Honda. Dort warf er seine Jacke auf den Beifahrersitz, riss das Kuvert auf und zog einen Brief und einen zweiten, deutlich kleineren, unbeschrifteten weißen Umschlag heraus.

Hallo, Glenn,
ich weiß, du wolltest nie wieder von mir hören, aber ich hoffe, wenn du das hier gelesen hast, wirst du nicht sauer sein, dass ich mich nicht daranhalte.

Vor vielen Jahren hast du mal zum richtigen Jungen das Richtige gesagt. Und dieser Junge hat dann ein paar gute Entscheidungen getroffen.

Ich bin dir unendlich dankbar für deine Weisheit und Offenheit in dieser wichtigen Phase meines Lebens.

Falls du in den letzten Monaten die Nachrichten gesehen oder Zeitung gelesen hast, bist du vielleicht gar nicht so sehr überrascht. Aber du hast mal gesagt, Nachrichtensendungen würden aus neunundneunzig Prozent Bullshit und einem Prozent Schwachsinn bestehen. Ich habe fast ein Jahr gebraucht, bis ich verstanden habe, was du damit sagen wolltest: Die Mühe, sich so was anzusehen, könne man sich sparen.

Trotzdem stimmt manches von dem, was berichtet worden ist: Letztes Jahr ist mein Leben komplett auf den Kopf gestellt worden. Und deswegen kann ich dir jetzt das hier schicken. Wenn du den Scheck nicht einlöst, sorge ich dafür, dass dir das Geld direkt aufs Konto überwiesen wird. Sei kein Märtyrer, Glenn. Manchmal passieren guten Menschen gute Dinge. Und dass du einer von den Guten bist, wissen wir beide.

Das hier ist für dich persönlich, aber ich möchte auch etwas für die anderen tun. Ich will eine Stiftung gründen, die Kids nach dem Jugendarrest ein Arbeitsprogramm anbietet, damit sie eine Chance haben, den richtigen Weg zu finden. Und ich brauche deinen Rat, wie ich das am besten mache.

Mit der Zeit soll ein Netzwerk aus gut finanzierten Hilfsorganisationen entstehen, welches das Leben der vergessenen Kinder da draußen besser macht, der Kids, die einfach nur einen Menschen brauchen, der ihnen zuhört, ihnen Wärme schenkt und damit eine Zukunft.

Für jeden von uns gibt es einen Kampf, der es wert ist, gekämpft zu werden, und das ist nun meiner.

Weiter unten findest du meine Kontaktdaten. Fühl dich nicht verpflichtet, mir bei meinem Vorhaben zu helfen. Dieses Geschenk ist nicht an irgendwelche Bedingungen geknüpft. Betrachte es als Zinsen für die fünfhundert Dollar, die du mir vor vielen Jahren geliehen hast.

Ich würde mich sehr freuen, irgendwann von dir zu hören. Falls du das Geld nicht annimmst, hörst du bald von mir.

Nimm das verdammte Geld, Glenn!

Kauf dir einen neuen Wagen, du hast immer eine uralte Schrottkiste gefahren.

Mit den allerbesten Wünschen,

Maximillian Smith,
Mitbesitzer von Stone Enterprises

Der Name kam Glenn bekannt vor. Er sah das Bild eines anfangs ziemlich rotzigen jungen Kerls vor sich, aber mit gutem Herzen und schon verdammt vielen harten Schlägen in seinem jungen Leben.

»Stone Enterprises«, murmelte er nachdenklich. Auch den Firmennamen hatte er schon gehört, konnte aber nichts damit anfangen.

Langsam öffnete er den zweiten Umschlag. »Ein Auto kaufen? Wirklich?« Er lachte leise vor sich hin.

Dann sah er die Zahl Fünfhundert und lächelte. Ein kleines Post-it verdeckte die Nullen dahinter. Auf dem Post-it war eine Notiz.

Das Finanzamt ist gnadenlos. Ich musste die Summe ein bisschen aufstocken, damit für dich überhaupt etwas übrig bleibt.

Glenn zog den kleinen Klebezettel ab und zählte die Nullen. Er blinzelte, rieb sich die Augen, zählte die Nullen noch einmal und las, was ausgeschrieben daneben stand.

Zahlbar an Glenn Peterson, fünfhunderttausend Dollar.

Er spürte, wie ihm ein bisschen schwindelig wurde, sein Adrenalinpegel schoss in die Höhe. Dann griff er zu seinem Handy und wählte die Nummer auf dem Brief.

Danksagung

Ein herzlicher Dank geht an dich, Lindsey Faber. Du hast mir geholfen, die Kanten dieses Buchs glatt zu feilen. Mit dir zu arbeiten, ist eine Freude.

Genauso herzlich danke ich Maria Gomez und Amazon Publishing / Montlake, die mir die Möglichkeit geben, die Bücher zu schreiben, die ich schreiben will.

Jane Dystel, meine Agentin, Freundin und unverdrossene Cheerleaderin: Danke für all deine Klugheit und Unterstützung.

Jeff und Sheri – danke! Das Monopolygeld ist in der Post.

Und jetzt zu dir, Sarah.

Dass du keine eigenen Kinder hast, hat dich nicht davon abgehalten, eine Mutter zu sein. Und wir wissen beide, es gibt Mütter, die der Verantwortung für ihre Kinder so abrupt den Rücken kehren, als würden sie ein Licht ausknipsen.

Manchmal führt das Universum zum richtigen Zeitpunkt die richtigen Menschen in unser Leben. So ein Mensch bist du für mich. Es gibt Freundinnen und Freunde, die ich als meine Familie betrachte, und du stehst auf dieser sehr kurzen Liste.

Vergiss niemals, wie sehr du geliebt wirst.

Catherine

Folge der Autorin auf Amazon

Wenn dir dieses Buch gefallen hat, folge Catherine Bybee auf Amazon. Dann erhältst du eine Benachrichtigung, wenn die Autorin ihr nächstes Buch veröffentlicht. Um der Autorin zu folgen, gehe bitte folgendermaßen vor:

Desktop:

1) Suche auf Amazon.de oder in der Amazon App nach dem Namen der Autorin.
2) Klicke auf den Namen der Autorin, um auf die Autorenseite zu gelangen.
3) Klicke auf den »Folgen«-Button.

Smartphone und Tablet:

1) Suche auf Amazon.de oder in der Amazon App nach dem Namen der Autorin.
2) Klicke auf einen Titel der Autorin.
3) Klicke auf den Namen der Autorin, um auf die Autorenseite zu gelangen.
4) Klicke auf den »Folgen«-Button.

Kindle eReader und Kindle App:

Wenn du dieses Buch auf einem Kindle eReader oder in der Kindle App liest, wird dir automatisch angeboten, der Autorin zu folgen, nachdem du die letzte Seite des Buches gelesen hast.

Printed in Germany
by Amazon Distribution
GmbH, Erfurt

12792628R00246